2043

Geld und weiße Lügen

Ulrike Novy

Zur Autorin:

Ulrike Novy wurde 1963 in Salzburg geboren, studierte dort Geschichte, Latein, Deutsch, Spanisch und Italienisch für das Lehramt und arbeitete von 1982 bis 1994 als AHS Lehrerin in Salzburg und Wien. Mit ihrem Mann, einem mexikanischen Diplomaten, und ihren vier Kindern lebte sie in Mexiko City, New York, Wien, Genf, Washington D.C., Nairobi und Oslo. Zurzeit lebt sie in Mexiko City und arbeitet als Deutschlehrerin an der Schweizer Schule.

Im Sinne der im Jahr 2043 im deutschsprachigen Raum schon höher entwickelten Geschlechtergerechtigkeit wird im Roman immer abwechselnd die weibliche Form (z.B. Lehrerin) und die männliche Form (z.B. Politiker) verwendet. Gemeint sind bei beiden Formen (besonders auch im Plural) immer alle Geschlechter. Auch wird sich das „Du" gegenüber dem „Sie" immer mehr durchsetzen. Zahlen schreibt man nicht mehr aus. Die Groß- und Kleinschreibung, sowie das scharfe ß gibt es im Roman 2043 noch immer. Anglizismen sind trotz des schwindenden Einflusses der USA auf Politik und Kultur häufig.

FSC
www.fsc.org
MIX
Papier aus ver-
antwortungsvollen
Quellen
Paper from
responsible sources
FSC® C105338

Impressum:

Bibliographische Information der Deutschen Nationalbibliothek:

Die Deutsche Nationalbibliothek verzeichnet diese Publikation

In der Deutschen Nationalbibliographie. Detaillierte bibliographische

Daten sind im Internet über dnb.dnb.de abrufbar.

TWENTYSIX - der Self Publishing Verlag

Eine Kooperation zwischen der Verlagsgruppe Random House und

BoD Books on Demand

© 2018 Ulrike Novy

Herstellung und Verlag BoD – Books on Demand Norderstedt

ISBN 9783740747572

2043

Geld und weiße Lügen

Kapitel 1

Geschichte ist die Lüge, auf die man sich geeinigt hat. (Voltaire)

Amina wartete frierend auf den Beginn der Zeremonie. Das Lincoln Memorial im Rücken, links und rechts neben ihr Sally und Angela, stand sie vor dem World War II Memorial auf der National Mall in Washington. Die 56 weißen Steinsäulen mit den goldenen Schriftzügen darauf und die Triumphbögen, aus denen das bombastische Monument gebaut war, waren erst jüngst gereinigt und renoviert worden, um sie zum 100. Jahrestag des Angriffs auf Pearl Harbour in neuem Glanz erstrahlen zu lassen. Das Wasser in dem kleinen Pool vor den Säulen war zur Feier des Tages rot gefärbt. Damit sollte das Blut symbolisiert werden, das amerikanische Helden in diesem guten Krieg vergossen hatten.

Sally und Angela traten ungeduldig von einem Bein auf das andere, um sich aufzuwärmen und schnatterten neben ihr über sie hinweg aufeinander zu. Sie beachteten Amina nicht mehr, die offensichtlich schlechte Laune hatte. Amina zog ihren Schal vors Gesicht, sodass nur noch ihre Augen zu sehen waren. Hier stand sie nun und wartete vor diesem Kriegsdenkmal auf die Parade. Denkmal war nicht das richtige Wort für diesen protzigen Prunkbau. Präsident George W. Bush hatte dieses Monument 2004, 60 Jahre nach dem 2. Weltkrieg eingeweiht. Damals hatten sich mehrere Zeitungen über dieses Monument geäußert: es wäre eitel, bombastisch, voll banaler Symbolik, in einem von Hitler, Mussolini und den Sowjets favorisiertem Stil erbaut, ein Mischmasch von Klischees mit der emotionalen Wirkung von Granitplatten. Amina fühlte sich erschlagen. Sie wäre gerne weggegangen, um sich irgendwo in dem großen Park unter einen Baum zu setzen.

„Dieses Monument passt zu Amerika", dachte sie bitter. Sie war nun schon seit September in den USA und hatte bald bemerkt, dass dieses Land einen anderen Weg eingeschlagen hatte, als der Rest der Welt. Krieg und Waffen waren hier Begriffe, die positiv besetzt waren und gut zu Begriffen wie Sieg und Heldentum passten. Sally und Angela waren deshalb in Partystimmung, denn hier wurde ein Sieg gefeiert.

Die drei waren früh aus Glendale angereist, um einen guten Platz zu bekommen, von dem aus sie die Parade sehen konnten. Nun standen sie tatsächlich in den vorderen Reihen. Hinter ihnen hatte sich der Platz schon gefüllt und die Menschen drängten sich immer dichter aneinander.

Die Mall war links und rechts des großen Pools bis zum Monument hin mit Fahnen geschmückt. Neben den Stars und Stripes waren es die Flaggen der vielen großen Konzerne, die im kalten Wind flatterten. Die Flagge von Mallmart kannte Amina schon, ebenso wie diejenigen mehrerer Internetfirmen und die Fahne von Mc Pill, dem Pharmazeutikriesen, mit dessen Logo Amina während ihres 2-wöchigen Quarantäneaufenthalts bei ihrer Einreise schon bekannt geworden war.

Als Europäerin hätte eigentlich eine Woche Quarantäne genügt, aber nachdem sie den Antrag für das Visum gestellt hatte, bekam sie einen Anruf der US-Botschaft: In ihrem Reisepass sei als Geburtsort Kabul, Afghanistan, eingetragen, ob sie dort als Kind eines Diplomaten geboren sei. Nur in diesem Fall könne auf das extreme vetting bei der Einreise verzichtet werden. Andernfalls müsse sie nicht eine, sondern zwei Wochen Quarantäne einplanen. Amina hatte erklärt, sie sei in Afghanistan geboren und mit ihren Eltern ein Jahr nach ihrer Geburt nach Österreich geflüchtet. Auf diese, ihre Informationen hin, hatte sie einen Termin in der Botschaft bekommen, um die Umstände ihrer Reise in die USA näher zu erläutern. Da sie aufgrund ihres Geburtsortes als Muslimgirl eingestuft worden war, hatte sie sich, obwohl sie in einem Interview im Konsulat ihre ablehnende Haltung zum Waffenbesitz klargemacht hatte, 14 Tage in Quarantine City aufhalten müssen.

Quarantine City war eine Mischung aus Hotel und Shopping Mall. Nach dem Franchisesystem gab es eine derartige Einrichtung in der Nähe jedes internationalen US-Flughafens und an jedem größeren US-Grenzübergang. Der Aufenthalt kostete 30 Dollar pro Nacht, Mahlzeiten nicht inbegriffen, regionales WLAN gratis. In der Einrichtung wurden bestimmte Einreisewillige eine Zeit lang zur Beobachtung und Akklimatisation interniert. 2 Wochen Quarantäne gab es für Nichtchristen, - 1 Woche für Christen, die sich länger als 6 Monate in den USA aufhalten wollten, und 2 Tage für alle übrigen. Wer Christ war und wer nicht, bestimmten die US Konsularabteilungen bei der Bearbeitung der Visaanträge.

Als Lehrerin wollte Amina nach vier Jahren Beruf ein Fortbildungs- und Entwicklungsjahr einlegen und etwas erleben. Aus beruflichen Gründen hatte sie zwar noch keine Pause nötig, aber Sascha hatte vor kurzem mit ihr Schluss gemacht. Er war ihr Mann seit ihrer Schulzeit. Sie hatten sich in der Schulküche kennengelernt.

Sascha und sie selbst waren ein Jahr vor ihrem Gymnasialabschluss, als das Unterrichtsfach Kochen in den Mittelschulen Pflicht geworden war. Sie waren nicht auf dasselbe Gymnasium gegangen, trafen aber in der Schulküche als Küchencoaches zusammen. Ihre Aufgabe war es, die Küchenchefin bei der Führung ihrer Kochgruppe zu unterstützen. Schließlich musste nach dem Vormittag ein Mittagessen für die gesamte Schulgemeinschaft auf dem Tisch stehen. Die Kinder schienen sich von Anfang an des Ernstes der Lage bewusst zu sein. Nie hatte es ein Problem gegeben. Sascha und Amina hatten mit den Kindern Gemüse um die Wette geschnitten, den großen Dosenöffner betreut und die Tomatensoße, die die Kinder in die große Kochwanne gießen mussten, vom Rand in die Mitte gerührt. Eigentlich wären soziale Arbeiten für die beiden Oberstufenschüler vorgesehen gewesen. Falls Kinder sich nicht kooperativ verhielten, hätten die beiden diese unter ihre Fittiche nehmen sollen. Sie waren ausgewählt worden, weil sie sich schon als Sportgruppenleiterinnen bewährt hatten und im sozialen Bereich sehr talentiert waren. Es war Liebe auf den ersten Blick gewesen. Für beide, wie sie sich später eingestanden. Amina fand es „sooo cool" wie er sich die Einweghandschuhe anzog und er liebte ihre dunklen Augen, die ihn über dem Mundschutz von Anfang an verliebt anschauten. Die Kochkinder hatten das Verhältnis der beiden erst gegen Ende des Schuljahres bemerkt und stellten dann die üblichen vorwitzigen Teenagerfragen.

Nach der Schule hatte Amina Sozialwissenschaften für das Lehrfach studiert und Sascha war nach Graz gezogen, um dort sustainable Energy zu studieren. Dieser Kurs fand auf Englisch statt und deshalb hatte er in Graz eine große Gruppe von Freunden aus vielen verschiedenen Ländern. Amina war oft am Wochenende nach Graz gekommen, um dort an Partys teilzunehmen. Die Afrikanischen und die Latinostudenten hatten sich dabei immer ums Musikmachen gestritten. Sascha und Amina hatten zu beiden Rhythmen gleich gerne getanzt. Sie waren sich treu geblieben und hatten sich auch schnell von dem Schreck erholt, als Amina mit 23 schwanger geworden war.

Ihre Fertilhoy Zahnpasta war am Abend, bevor sie miteinander geschlafen hatten, nur sehr leicht rosa gefärbt gewesen, sodass sie Saschas Frage, ob er ein Kondom verwenden sollte, mit Nein beantwortet hatte. Das war ein Fehler gewesen. Sie hätte auf ein eindeutiges Weiß der Zahnpasta warten müssen. Kurz nach der Bestätigung der Schwangerschaft durch ihre Gynäkologin hatten sich beide aber schon auf ihr Baby gefreut, bis Amina in der 11. Schwangerschaftswoche in einem riesigen Blutfleck erwacht war. Sie war aufs Klo gegangen, hatte sich gereinigt und war mit Sascha ins Spital gefahren. Der Ultraschall hatte dann ihre Befürchtungen bestätigt. Der Uterus war leer. „Das liebe, heilige Leben ist zusammen mit den Exkrementen den Abfluss hinuntergegangen" hatte Amina damals gedacht.

Die Ärztin hatte sie beide umarmt und wollte sie trösten, aber Amina hatte abgewinkt. „Ist schon gut, es wird dann sicher ein anderes Mal klappen", hatte sie gemeint und war nach der Curettage mit Sascha in ein Restaurant gegangen, wo sie gemeinsam über das Kind und sein Ableben gesprochen hatten. Amina machte sich keine Sorgen, dass es mit einer Schwangerschaft zu einem späteren Zeitpunkt klappen würde, obwohl sie durch die Fehlgeburt ein wenig verunsichert war, da sie immer gesund gelebt und nicht einmal Hormone zur Empfängnisverhütung eingesetzt hatte. Danach hatten sie aber aufgepasst nicht schwanger zu werden. Das war nun fast drei Jahre her.

Sally und Angela waren nur wenig jünger als Amina, hatten aber die wahre Liebe noch nicht kennengelernt, wie sie selbst sagten, obwohl Sally einen Freund hatte. Er war Mexikaner und wurde von Sally liebevoll white Taco gerufen, weil er von weißen Amerikanern kaum zu unterscheiden war, wie sie immer betonte. Trotzdem war sie sich nicht sicher, ob white Taco der Mann fürs Leben sein würde. Er war lustig und nahm das Leben und die Liebe nicht sehr ernst, wie es Sally schien. Außerdem war er katholisch, bzw. ökumenisch und ihre Eltern waren auch aus diesem Grund von der Freundschaft ihrer Tochter zu diesem Häretiker nicht sehr begeistert. Beide Mädchen schwärmten für Herzog. Herzog war der Sohn einer reichen Pharmazeutikunternehmerin und würde nun bald aus Anlass dieser Feier seinen Auftritt mit den übrigen Lobbyisten der Regierung haben.

„Bitte zurücktreten", vernahm sie eine Stimme hinter sich und noch bevor sie sich richtig umdrehen konnte, wurden sie und Angela von einem korpulenten alten Mann an der Schulter gepackt und zurückgedrängt. Er zwängte sich zwischen den beiden durch und stellte sich vor sie. "Was fällt ihnen ein" redete Amina ihn empört an. „Das ist unser Platz, wir warten schon lange hier". Sie funkelte den Alten böse an. „Rudeness trumps", gab er zurück und schaute den beiden unverschämt grinsend ins Gesicht. Angela reagierte auf diesen unverschämten Blick mit einem schüchternen Lächeln. Amina ärgerte sich. Solche Männer gefielen den Amerikanern, dachte sie, als der Alte auch noch begann, Angelas Po zu begrapschen. Angela steckte in einem dicken Wintermantel und vielleicht war die Berührung noch nicht durch den Stoff und das Fett ihres Popos bis zu den Nervenzellen ihres Gehirns gedrungen, denn sie ließ es sich eine Zeit lang gefallen. Endlich trat sie aber doch einen Schritt zurück und kam wieder neben Amina zu stehen.

Die Zeit bis zu Herzogs Erscheinen verging den Mädchen schnell. Es folgte nämlich die Parade der Militärs in ihren jedes Jahr von berühmten Designern neu entworfenen Uniformen. Das Heer hatte in den letzten beiden Jahrzehnten einen großen Wandel erfahren. Nach der großen Wirtschaftskrise 2023 wurde das Militär privatisiert und die großen Firmen hielten sich ihre eigenen paramilitärisch organisierten Sicherheitstruppen.

Der Absatzverlust, den die USA in der Waffenbranche die beiden letzten Jahrzehnte beim Export hatten hinnehmen müssen, musste durch Inlandverkäufe ausgeglichen werden. Das war nicht leicht, denn seit nach der Legalisierung aller Drogen Mc Pill in den 20er Jahren das Drogenmonopol vom Staat gekauft hatte, brach der Verkauf schwerer automatischer Waffen und der Bazookas stark ein, da die bad hombres als die beste Kundschaft der Waffenindustrie verschwunden waren. Es gab eine fast feindselige Rivalität zwischen der pharmazeutischen Industrie und der Waffenindustrie, weil die Pillendreher, wie sie von den Waffenherstellern abschätzig genannt wurden, ihre zusätzlichen Milliardeneinkünfte aus dem Drogengeschäft nicht mit den Waffenherstellern teilen wollten. Mc Pill verwies auf die tausenden von Soldaten, die seit der Auflösung der NATO wieder zurückgekommen waren. Die würden sicher in den vielen neu gegründeten privaten Sicherheitsfirmen angestellt werden und würden Ausrüstung brauchen. Mc Pill selbst beschäftigte eine Privatarmee zur Sicherheit des Unternehmens und hatte freundlicherweise viele der vom Staat nicht mehr bezahlten Soldaten übernommen. Wie viel Mann, darüber könne das Unternehmen keine Auskunft geben. Es sei aber gesagt, dass mehrere Milliarden für Ausrüstung des Sicherheitspersonals schon an Keybolt Steven geflossen seien. Die Mehrheit der aus den früheren NATO Ländern zurückgekehrten Soldaten, die nicht in den neu eröffneten Kohlebergwerken oder auf den Ölplattformen in den südlichen Sümpfen des Landes arbeiten wollten, waren tatsächlich in privaten Sicherheitsfirmen untergekommen. Eine noch viel bessere Kundschaft stellten die Truppen allerdings für die pharmazeutische Industrie dar, die ihnen von Kokain über die Palette verschiedenster Halluzinogene bis zu Steroiden und Vitamintabletten alles verkaufte und sie als Versuchskaninchen für ihre Forschung verwendete.

Auch das ganz große Gerät war die US Waffenindustrie nicht mehr los geworden, seitdem das Land sich mehr und mehr auf sich selbst konzentriert hatte. Man hatte 2017 noch überlegt, sich entweder in Syrien in den Krieg einzumischen oder in Korea die Mutter aller Bomben abzuwerfen, um das Land hinter dem unbeliebten Präsidenten durch einen Krieg zu vereinen, so wie George W. Bush es 2003 mit dem Irakkrieg geschafft hatte, musste das Projekt aber fallen lassen, weil sich Europa mit Russland verständigt hatte, aus der NATO ausgetreten war und seine eigenen Waffen produzierte.

11

Die europäischen Flugzeug- und Waffenproduzenten freuten sich, ihren eigenen Leuten auf diesem Gebiet mehrere Arbeitsplätze zu verschaffen. Neue Atombomben waren keine hergestellt worden. Man stationierte mehrere indische nukleare Sprengköpfe an verschiedenen Orten in Europa und schloss ein neues Atomabkommen unter dem Namen IENU, Indian European Nuclear Umbrella ab.

Einen Krieg gegen die eigenen Nachbarn Mexiko und Kanada zu beginnen, um höhere Militärkosten zu rechtfertigen und der Waffenindustrie wieder auf die Beine zu helfen, war der Bevölkerung dann doch nicht zuzumuten gewesen, obwohl der Präsident es geschafft hatte, sich die Mexikaner zu Feinden zu machen.

Alle diese Veränderungen hatten sich in einem relativ kurzen Zeitraum abgespielt. Trotzdem merkten die US-Amerikaner kaum, dass ihre internationale Bedeutung vollkommen erodiert war. Ihre Augen waren (wie immer) auf die Börsenkurse und die Medien im eigenen Land gerichtet gewesen. Ihrer erfolgreichen Werbeindustrie war es zuzuschreiben, dass alle Veränderungen, die in Wirklichkeit in jeder Hinsicht immer Rückschritte waren, als enormer Erfolg der Nation und wirtschaftliche Siege hingestellt werden konnten. Auf diese Weise waren die USA auf demokratischem Weg zu einer Plutokratie geworden, in der einzig und allein der ökonomische Wert eines Individuums den Ausschlag für eine erfolgreiche Karriere bestimmte.

„Ich freu mich schon so darauf, Herzog endlich einmal live zu sehen" wandte sich Angela nun an Amina, die den Schal vom Mund zog, um ihr zuzulächeln. Sally war ebenfalls schon ganz aufgeregt, hatte aber noch genug Aufmerksamkeit übrig, um die Parade mit den vielen paramilitärischen Sicherheitsdienste zu genießen. „Schaut doch bitte! Die tollen Uniformen der Electric Universals! Wer hat die kreiert? Ich will auch so ein Outfit bitte, bitte!" Sie klatschte in die Hände. Während ihre Augen noch den Soldaten des Energielieferanten folgten, zogen schon andere Truppen vorbei. Jede Formation trug die Firmenfahne voran und an den Trommeln der Söldner waren Werbungen für verschiedene Produkte des Ausstatters der Truppe angebracht. Angela interessierte sich ebenfalls für die neueste Mode, die von berühmten Designern zum Anlass des Jahrestages entworfen worden war. Manche Truppen waren stolz auf ihr historisches Outfit und trugen nur die allermodernsten Waffen des Herstellers Keybolt Steven zur Schau.

Die Söldner der Nationalgarde führten an diesem Feiertag ihre traditionell weißen Uniformen mit dem Kreuz, das vorne und hinten die Oberteile zierte und den weißen Spitzhelmen mit herunterklappbarem Visier aus. Dazu das neueste Gerät vom größten Waffenhersteller des Landes. Die Nationalgarde war die einzige Truppe, die vom Staat bezahlt wurde, weil die Mitglieder ihrer Vorgängervereinigung einen Prozess wegen Diskriminierung gewonnen hatten. Die Vorgängervereinigung der Nationalgarde war des Rassismus angeklagt worden, worauf ihre Rechtsanwälte den Spieß umgedreht und ihrerseits auf Behinderung der Meinungsfreiheit geklagt hatten. Die obersten Richter, allesamt schon sehr alte Männer, hatten dem Verein Recht gegeben. Die beteiligten Anwaltskanzleien hatten bei diesem Aufsehen erregenden Prozess ebenfalls einen dauerhaften Profit für sich selbst herausgeschlagen, da sie in der Folge von der Nationalgarde monatliche Zuwendungen bekamen und ihre Vertretung in allen Streitfällen übernehmen durften. Political correctness war in den USA vollkommen aus der Mode gekommen und zu einem eher negativ besetzten Konzept geworden.

Es gab ein buntes Bild, nachdem alle Paradetruppen ihre Plätze hinten, auf der eigens für diesen Zweck errichteten, riesigen, nach vorne zum Denkmal hin abfallenden Bühne eingenommen hatten. Eine Fanfare kündigte das Eintreten des Präsidenten und der Lobbyisten, seiner Minister, an. Der Präsident, ein schon ziemlich alter Herr, hatte gerade Platz genommen, als Angela schrie: „schaut, hier kommt er, Herzog! Herzog! Herzog!" Natürlich konnte Herzog sie nicht hören und auch wenn, wäre sie nicht die einzige gewesen zu der er seine Blicke hätte richten müssen, denn es gab auf dem Platz noch mehrere Frauen, die offensichtlich zu seinen Fans zählten. Herzog war der Junggeselle der Nation. Er war schon 36 und noch nicht verheiratet, aber schwul war er nicht, da waren sich Sally und Angela sicher. Man munkelte, er hätte zwei Kinder mit einer Latinofrau, wie Amina von den beiden Mädchen im Vorfeld der Exkursion nach Washington informiert worden war. Natürlich gäbe es viele Frauen, die ihn heiraten wollten, es fiele ihm aber schwer, sich für die richtige zu entscheiden, da er befürchtete, an eine Frau zu geraten, die sich mehr für sein Geld als für seinen Charakter interessiere. So verzieh ihm die Nation, dass er sich noch nicht für eine stramme weiße Amerikanerin entschieden hatte, die ihm und der Nation legitimen Nachwuchs bescheren würde. Das hatte immerhin den Vorteil, dass Angela und sogar Sally noch von einer Hochzeit mit ihm träumen konnten.

Die Rede des Präsidenten glorifizierte nicht nur die Rolle der USA im zweiten Weltkrieg, sondern auch ihre Rolle in allen anderen Kriegen, die das Land danach geführt hat. Aufgrund des erfolgreichen Vietnamkrieges gäbe es in

13

Vietnam nun keinen Kommunismus mehr und das Land hätte deswegen wirtschaftliche Verbindungen mit den USA. Im Irak herrsche nun Frieden aufgrund der zahlreichen Opfer amerikanischer Truppen, in Afghanistan gäbe es nun keine Terroristen mehr, weil die Luftwaffe den shit out of them gebombt habe. Auch die glorreichen Interventionen wie der 9/11, 1973 in Chile und andere Einmischungen der letzten 100 Jahre drangen in einer völlig neuen Interpretation an Aminas Ohr. Überhaupt war die Glorifizierung des Krieges in Aminas Heimatland Österreich eine Straftat, auf die Gefängnis stand. Hier aber schien jeder gefallene Soldat automatisch ein Held zu sein, kein Opfer, das paranoider Propaganda auf den Leim gegangen war und diese Dummheit mit seinem Leben bezahlte.

Nach der Rede wurde die Nationalhymne gespielt und die Truppen zogen zum Kapitol hin von der National Mall ab. Sally und Angela hakten sich bei Amina unter: „Na, wie hat es dir gefallen?" Amina, die tatsächlich beeindruckt von der bunten Show mit Musikkapelle gewesen war, wollte gerade antworten, als der Hop On Hop Off Touristenbus in die Haltestelle einfuhr.

Die drei jungen Frauen begannen zu laufen, um den Bus noch zu erwischen. Keuchend setzten sie sich und hörten die Informationen, die ein Lautsprecher gab. Sie kamen an einigen historischen Gebäuden vorbei, stiegen ab und zu aus, um sich eine Sehenswürdigkeit näher anzusehen oder um in einem der Fast Food Restaurants etwas zu essen. Amina war aufgefallen, dass an jeder Straßenlaterne und jeder Parkbank ein Schild angebracht war, das den Namen des Spenders verriet. Sogar auf Zebrastreifen und Ampeln gab es ein solches Schild. In den USA kümmerte sich nicht der Staat um die Verkehrswege, sondern die verschiedenen Firmen, die dafür auf den Straßenschildern ihre Logos anbringen durften.

Die öffentlichen Gebäude und Einrichtungen in Washington waren nicht so gut erhalten wie die in Aminas Heimatstadt Wien. Von Sally hatte sie erfahren, dass sich hier die Kongressabgeordneten, die von ihren Firmen bestellt wurden, immer davor drückten, ihre Chefs um mehr Geld für öffentliche Einrichtungen anzupumpen. Sie forderten lieber Gehaltserhöhungen für sich selbst, wenn sie es geschafft hatten, einer anderen Firma als ihrer eigenen die Kosten für öffentliche Ausgaben anzulasten. Die Bevölkerung interessierte sich hier nicht für Politik. Die Begriffe „Politiker" oder „Staat" waren Sally und Angela fast fremd, jedenfalls aber negativ besetzt, was Amina als Sozialwissenschaftslehrerin sehr wunderte.

Sally und Angela besorgten sich vor dem Rückflug nach Glendale in den Shops am Flughafen noch verschiedenste Tabletten. „Ihr beide seid wohl überzeugte Hypochonderinnen", meinte Amina lachend, als diese mit ihren prall gefüllten Plastiktaschen wieder in den Warteraum zurückkamen. „Die Schlankheitspillen sind hier billiger als zu Hause" rechtfertigte Sally sich.

Auch der Flughafen, von dem aus sie an diesem Abend nach der Parade den Flug nach Hause nahmen, machte einen etwas verkommenen Eindruck. Amina hatte in dem, diesem Flughafen angeschlossenen Quarantänecenter bei ihrer Ankunft 2 Wochen verbracht. Sie hatte dort einige Erfahrungen über die US-amerikanische Kultur sammeln können und eine Freundin kennengelernt.

Kapitel 2

Das wichtigste Produkt der Marktwirtschaft ist der Konsument (Werner Mitsch)

Konsum im Allgemeinen wurde nicht nur in Glendale als patriotische Bürgerpflicht zur Ankurbelung der Wirtschaft angesehen. Gleich an ihrem ersten Abend in Quarantine City hatte eine Vertreterin von Mc Pill an Aminas Zimmertür geklopft, um einen Termin für ihren Behandlungsplan auszumachen. Auf Aminas Reaktion, sie sei nicht krank, meinte die freundliche pausbackige Frau im weißen Kittel, deren Namensschild sie als Dr. Attwood auswies, nur: „ach, irgendwas haben wir doch Alle, Kleines! Meistens ist es was Psychisches - Gefühle der Unsicherheit oder Einsamkeit und Ähnliches." Sie verließ das Hotelzimmer mit einem freundlichen Winken, nicht ohne Amina anzuweisen, sich im Kanal 92 über die Vorsorgemaßnahmen für die Einreise in die USA zu informieren. Vor dem Schlafengehen hatte Amina dann tatsächlich auf Kanal 92 geschalten. In den anderen Kanälen liefen Sendungen von rein lokaler Bedeutung, an die sich Amina erst im Laufe ihres Aufenthaltes in den USA gewöhnen würde. Nach dem Einloggen ins Internet hatte sie festgestellt, dass auch dieses auf lokal eingestellt war und somit nichts aus einem gemütlichen Skypeabend mit ihren Eltern, Geschwistern oder Freunden in Österreich werden würde. Ein kurzer Anruf, dass sie gut angekommen war, musste genug sein. Am nächsten Morgen würde sie für das internationale Netz bezahlen.

Kanal 92 zeigte in Endlosschleife eine Sendung, die verschiedene Krankheitssymptome und ihre medikamentösen Beseitigungsmöglichkeiten aufzeigte. Schlaflosigkeit, „shaking leg syndrom", Fingerknacken, leicht angeschwollene Füße, die am Abend nicht mehr so leicht in die Schuhe passten, Besenreisser, verschiedene Arten von Pusteln und Flecken auf der Haut, Müdigkeit, Kratzen am Kopf oder im Hals, Trockenheitsgefühl im Mund, in der Nase oder den Augen und vieles mehr. Sogar ein kleiner Sehtest kam immer wieder auf den in der Wand eingelassenen Bildschirm. Interessant waren aber auch die Behandlungsvorschläge für psychische Zustände, die Amina bis jetzt für normal gehalten hatte: Das „single room syndrom", ein Gefühl der Einsamkeit in einem Einzelzimmer, das Amina eigentlich immer genossen hatte, seit sie es sich leisten konnte, allein in einem Hotelzimmer ein paar Tage zu verbringen, wurde in dieser Sendung zu einem unangenehmen, ja sogar gefährlichen Symptom gemacht, das in weiterer Folge zu einem „Apellduvid", dem Gefühl des „Rufes der Leere" führen könne, welches einen wiederum veranlassen würde, ohne Grund aus dem Fenster zu springen oder sich durch einen Schuss das Leben zu nehmen. Ersteres wäre in diesem Zimmer nicht möglich gewesen, da man in dem voll klimatisierten Raum die Fenster nicht öffnen konnte und letzteres war Amina noch nicht möglich, weil sie sich in der, dem Quarantänekomplex angeschlossenen Shoppingmall noch keine Waffe gekauft hatte.

Aber nicht nur Einsamkeit war ein mit Medikamenten behandelbares Problem, auch verschiedene Ängste, die alle auch mit ihrer griechischen Fachbezeichnung vorgestellt wurden, sowie verschiedene obsessive Gedanken und das Grübeln über ein Problem, waren schon von der pharmakologischen Forschung belegte Krankheiten. Traurigkeit, die „Vorstufe zur Depression" in all ihren Erscheinungsformen ebenso wie viele andere alltägliche Gefühle und mentale Einstellungen wurden zu Krankheiten erklärt, die sich zum Glück mit Medikamenten behandeln ließen. Amina musste beim Anschauen des Programms mehrmals laut lachen. Besonders das Medikament gegen die Gewichtsobsession erregte ihre Heiterkeit. Niemals war in einem Video die Rede davon, dass man den Beipacktext beachten oder seinen Apotheker fragen sollte. "Fragen Sie nie einen Arzt oder Apotheker" lautete der humorige Spruch, den ihr Papa immer verlauten ließ, wenn sie sich wieder einmal von selbst von einer Erkältung oder Regelschmerzen erholt hatte.

Schmunzelnd hatte Amina das Fernsehgerät abgeschaltet. Danach hatte sie diese erste Nacht ruhig und tief geschlafen und war am nächsten Tag guter Laune zum „Food court" marschiert, wo sie einen Kaffee und zwei Doughnuts frühstückte. Dr. Atwood hatte sie schon während des Frühstücks anvisiert und gefragt, ob sie schon auf Kanal 92 gewesen wäre und ob sie nach der Mahlzeit mit Amina über ihren pharmakologischen Plan sprechen könne. Ein Gespräch dieser Art wäre für alle Quarantänekandidatinnen Pflicht. Amina wollte diese Pflicht schnell hinter sich bringen und willigte ein. Das Gespräch mit Dr. Attwood hatte eine volle Stunde gedauert. Amina hatte sich während der ganzen Zeit standhaft geweigert, das Tablettenetui, das Dr. Attwood ihr gleich am Anfang zum Geschenk gemacht hatte, zu füllen. Keine Schlaftablette, keine Pain- oder Angst-Killer auch keine Tabletten zur Beseitigung lächerlicher physischer Gebrechen, nicht einmal Vitamine, wollte sie kaufen. Als letztes Geschütz brachte Dr. Attwood das Thema Liebeskummer aufs Tapet. Sie reagierte sofort auf die fast unmerkbare Reaktion Aminas dabei und schaffte es schließlich, ihr ein Fläschchen „Stardust" als Gegenmittel dafür zu verkaufen. Ach ja, und das Shampoo gegen Läuse war auch Pflicht. Amina hat es noch nicht verwendet.

Das Mittel gegen Liebeskummer hatte sie ausgepackt. Es war ein weißes Pulver und sollte am besten intranasal eingenommen werden. Der Beipacktext informierte über die aufheiternde Wirkung und die anhaltende Euphorie, die sich von der normalen Euphorie des gesunden Menschen in nichts unterscheide, es fehle das Alterationsgefühl, das die Aufheiterung durch Alkohol begleitet, und so fort. Man fühle sich selbstsicherer, lebenstüchtiger und arbeitsfähiger. Das Mittel steigere die geistigen Kräfte. Man hätte bald Mühe zu glauben, dass man überhaupt ein Mittel zu sich genommen habe. Darunter noch: „made in USA" und ein Scancode. Das war alles. Das Video aus dem Scancode rief sie über das hauseigene Internet ab. Es pries die Wirkung des Mittels bei getrübter Stimmung und zeigte, wie man es einnahm. Amina war sich bald im Klaren darüber, dass Dr. Attwood ihr Kokain verkauft hatte. Diese Droge war früher nicht nur in den USA illegal gewesen. Durch fleissiges Lobbying hatte man aber schließlich der großen Nachfrage nachgegeben und der pharmazeutischen Industrie die Produktion und Vermarktung dieser Droge überlassen.

Im Unterricht hatte Amina letztes Jahr mit ihren Schülerinnen einen Videoclip zum Thema Drogen hergestellt. Dieser Clip war sogar in der täglichen Sendung „Wir bringen`s zusammen" um 20:15 gelaufen. Wie alle diese schulgemachten Videos hatte auch dieses eine komische Seite, verfehlte aber den Lerneffekt nicht, der nur durch emotionale Beteiligung der Lernwilligen stattfinden kann. Auch ihr Kollege Ben, der diese Klasse in Naturwissenschaften unterrichtet hatte, hatte sich an der Bearbeitung dieses Themas beteiligt. Dabei hatte auch sie sehr viel gelernt. Viele Aspekte waren damals im Unterricht zu diesem umfassenden Thema aufgekommen. Man hatte über den Opiumkrieg mit China, den Opiumanbau zu Anfang des 21. Jahrhunderts in Afghanistan gesprochen, über die Wirtschaft und Geographie der Erzeugerländer aber auch über die sozialen Verhältnisse der Verbraucher. Die meisten der Schülerinnen hatten sich zu Hause die alte Netflixserie „Narcos" reingezogen. Kolumbien stand damals lange im Fokus ihres Unterrichts. Am Beispiel dieses heute wirtschaftlich sehr erfolgreichen Landes hatte Amina im Unterricht die sozialen und wirtschaftlichen Folgen des damals verbotenen Handels mit Kokain erarbeitet. Auch die USA waren als Endverbraucher im Visier der Schüler gewesen. Eine Gruppe hatte einen kleinen 5-minütigen spannenden Krimi produziert: Drogen wurden in die USA geschmuggelt, dort wurden sie verkauft, ein großer Teil des Erlöses wurde zum legalen Kauf von Waffen in den USA verwendet. Erst auf der Rückfahrt nach Mexiko wurde das Dealerauto von der Drogenpolizei noch auf US-Boden angehalten. Die Polizei konfiszierte einen Großteil des Geldes, ließ die Dealer aber laufen, um beim nächsten Mal wieder dabei zu sein, wenn es ans Abkassieren ging. Die Schüler hatten den Punkt gut herausgearbeitet. Beim Drogenhandel Ende des 20. Jahrhunderts war es darum gegangen, die Großhändler möglichst erst nach dem Absetzen der Waren und dem Einkauf der Waffen zu erwischen, um möglichst viele an der Wertschöpfungskette zu beteiligen, die dieses Business bot. Die US-Polizei durfte nämlich einen Teil des in den angehaltenen Fahrzeugen gefundenen Geldes behalten. Die Drogen hätten sie verbrennen müssen. Die Schülerinnen hatten das Video mit vielen technischen Tricks zu einem oft geklickten Hit gemacht.

Als Amina in den folgenden Tagen Dr. Attwood auf dem Gelände des Quarantänecenters getroffen hatte, sprach sie die Ärztin auf das Stardust genannte Mittel an. Dr. Attwood bestätigte Amina, dass es sich dabei um eine Substanz handelte, die früher unter dem Namen Kokain bekannt war. Es werde nun unter sicheren Bedingungen in den USA hergestellt und vertrieben und stelle keine Gefahr für die Allgemeinheit mehr dar, da nun fast alle Autos schon mit Autopilot betrieben werden könnten. Sie würde sie gerne später noch über die wohltuende Wirkung des Mittels informieren, müsse aber jetzt weiter, da sie schließlich vom Medikamentenverkauf lebe und ihre Arbeitszeit optimal nützen wolle. Später erfuhr Amina von Greg, dem Familienvater ihrer Gastfamilie, dass in den USA schon seit 2019 keine Regulationen mehr für den Konsumentenschutz bestehen. Amerika sei nunmehr das einzige free country auf diesem Planeten, wo sich die Wirtschaft ungehindert von nutzlosen Beschränkungen entwickeln könne. Der vernünftige Menschenverstand der amerikanischen Bürger regle das erfolgreiche und weitgehend friedliche Zusammenleben in den USA, dem greatest country on earth. Widerspruch zwecklos, das war Amina damals sofort klar.

Amina war aufgrund ihres Geburtsortes von den US-Behörden als „Muslimgirl" eingestuft worden. Im Quarantänecenter hatte sie sich daran gewöhnt, dass die Leute sie aufgrund ihres Aussehens entweder für eine Mexikanerin oder eine Muslimin hielten. Es amüsierte sie immer, wenn sie Spanisch angesprochen oder eben Muslimgirl gerufen wurde. In Quarantine City war es ihr passiert, dass nicht nur sie sich angesprochen fühlte, als jemand hinter ihr „Hey, Muslimgirl" rief. Ein afrikanisches Mädchen reagierte gleichzeitig mit ihr auf diesen Anruf. Beide sahen sich freundlich an, dann wandten sie sich dem Anrufer zu. „Wer von euch beiden hat diesen Schal verloren?" Der Schal gehörte dem anderen Mädchen, das Amina fragte: "Du bist also auch ein Muslimgirl?" „Nicht wirklich", hatte Amina geantwortet.

Irene, wie das Mädchen hieß, war aus Nigeria und Christin, wie sie bis jetzt geglaubt hatte. Sie hatten miteinander gelacht und den Nachmittag gemeinsam im Foodcourt bei Kaffee und Doughnuts geplaudert. Irene war auf dem Weg nach Jacksonville in Florida, wo sie eine Großtante besuchen wollte, die schon ihr ganzes Leben in den Staaten verbracht hatte. Die meisten ihrer Verwandten lebten jetzt in Lagos. Zweimal im Jahr besuchte ein Verwandter die Tante, die sich weigerte nach Lagos zu übersiedeln. Irene war nun zum ersten Mal in den Staaten. Sie war schon sehr gespannt, obwohl ihr die Kusins, die schon hier gewesen waren, das Leben in Jacksonville als ziemlich eintönig beschrieben hatten. „Du wirst es dort kein Jahr aushalten", hatten sie gemeint. Keine guten Partys, keine gute Musik, schlechtes Essen, nicht einmal spannendes Fernsehen würde sie erwarten. „Und jede Menge Rassismus!" lachte Irene. „Hier bin ich das Muslimgirl, obwohl ich jeden Sonntag zur Kirche gehe und die Bibel lese." Amina lachte mit. „Ich auch, obwohl ich oft mit meinem Papa in die ökumenische Kirche gehe". „Ich auch in diese", meinte Irene.

Amina freute sich, sie hatten etwas gemeinsam. 2020 hatte Papst Franziskus ein Konzil einberufen. Als Ergebnis wurde die römisch-katholische Kirche in ökumenische Kirche umbenannt. Alle der katholischen Kirche eigenen Immobilien wurden für alle Religions-oder Kulturgruppen geöffnet und Organisationen, die Mitglieder der ökumenischen Kirche sein wollten, durften sich einschreiben und genossen somit alle Privilegien, die früher die römisch-katholische Kirche genossen hatte und hatten Anteil an ihrem Aktien- und Immobilienvermögen. So war es im Konkordat mit der Europäischen Union ausgemacht.

Das frühere Glaubensbekenntnis hatte Papst Franziskus auf einen Satz aus der Bibel komprimiert: „Alles, was ihr also von anderen erwartet, das tut auch ihnen! Darin besteht das Gesetz und die Propheten" (Mat.7,12). Jede Gemeinschaft, religiös oder säkular, die mit dieser Regel leben will, kann seither Einrichtungen der ökumenischen Kirche für Versammlungen benützen oder an der gemeinsamen Verwaltung der Gesamtkirche mitarbeiten. Das Schlusswort des Papstes „Auf dass alle eins seien" wird in Einzelteilen noch heute oft auf Facebook geteilt. Der Papst bekannte darin, persönlich durch Jesus zu Gott gefunden zu haben, er habe aber schon viele Geschichten von Menschen gehört, denen sich Gott durch andere Brüder und Schwestern oder durch Naturereignisse offenbart habe. Seine Kirche werde Gott nicht mehr vorschreiben, auf welche Weise er sich zu offenbaren habe. Abgesehen davon, dass das 2. Gebot, das in der Bibel, die er lese, laute: „Du sollst dir von Gott kein Bildnis machen". Das gelte auch für

Gedankenkonstruktionen, die sich der menschliche Geist gerne von Gott mache. Bei dieser Rede standen der Dalai Lama, ein muslimischer Imam, der orthodoxe Papst aus Alexandria, eine Rabbinerin, eine Vorsteherin einer christlichen Freikirche und mehrere eher unbekannte spirituelle Leader hinter ihm, die am Ende der Rede jede auf seine Weise die goldene Regel in einem Satz deuteten. Auch diese Parade der Geistlichen vor dem einen Mikrofon kursierte immer wieder in den Medien, wenn eine Regierung Gesetze erließ, oder Verbrechen geschehen waren, die dem Geist dieser Regel widersprachen. Der Papst war zwar von manchen konservativen römisch-katholischen Gruppen angegriffen worden, hatte aber bis zum Ende seines Lebens versucht, den Kontakt zu diesen Gruppen nicht zu verlieren. Es war ihm nicht gelungen, alle Menschen von ihrer Ideologie zu befreien, sodass sie sich der Quelle des Lebens und der Liebe öffnen konnten. Durch den natürlichen Abgang dieser Hardliner finden sich heute aber immer mehr Glaubensgruppen und Organisationen in der Plattform der ökumenischen Kirche zusammen. Der Papst hatte 2022 den Friedensnobelpreis bekommen. Passagen aus seiner Rede vor dem Nobel Komitee in Oslo werden auch heute noch immer wieder gern bei verschiedensten Gelegenheiten zitiert.

Irene hatte gerade Matura gemacht. Sie war die älteste von 3 Geschwistern und hatte ebenfalls viel Verwandtschaft. Die Familienmitglieder, die ihre Tante schon in Jacksonville besucht hatten, waren nach dem USA Aufenthalt alle froh gewesen, wieder zurück in Lagos zu sein. „Versuche, halbwegs gesund zu essen!" und „reiß dich zusammen und lass` dich nicht gehen", hatten sie ihr geraten, „sonst kommst du als eine in Stretchkleidung gefüllte Speckwurst zurück!" Amina konnte sehen, dass Irene versucht hatte, dem etwas heruntergekommenen Eindruck, den das Quarantänecenter machte, etwas entgegenzusetzen. Irene hatte sich für das Quarantänecenter schöngemacht! Das war Amina gleich aufgefallen. Ihr bunter Turban auf dem Kopf und das dazu passende, oben enganliegende und ab der Taille etwas ausgestellte knielange Kleid mit einem wunderhübschen Herzausschnitt, der erst an den Oberarmen in das Rückenteil verlief, sah wirklich wunderhübsch aus. Ihre Augen und Lippen waren nur leicht geschminkt und ihre dunkle Haut war ebenmäßig vom Kopf bis zu den Füßen, die in sonnengelben Flats steckten. Amina hatte ihr gegenübersitzend gleich das Bedürfnis verspürt, sich die herabhängenden schwarzen Haare auf ihrem Kopf zu einem Dutt zusammenzudrehen und sich etwas eleganter hinzusetzen. Sie hatte sich an ihre pädagogische Ausbildung erinnert, in der den zukünftigen Lehrerinnen und Lehrern geraten worden war, sich jeden Tag ihren Auftritt zu erarbeiten. Man fühle sich selbstsicherer und wäre glücklicher, wenn man etwas Zeit in seine Erscheinung investiere. Im Laufe ihres Aufenthalts wurde es ihr immer mehr klar, was die Ausbildner am Pädagogischen Institut gemeint hatten. Als sie nun Irene so gegenübersaß, hatte es ihr leidgetan, dass sie sich in der Früh nicht hergerichtet hatte. Sie war nur in ihre Jeans geschlüpft und hatte ein T-Shirt angezogen.

Irene musste ebenfalls 2 Wochen im Quarantänecenter verbringen, ihre Zeit war aber schon fast herum gewesen, als Amina kam. Gleichwohl hatten sie Irenes restliche 3 Tage gemeinsam in Quarantine City verbracht. Gemeinsam waren sie bei „Keybolt Stevens" gewesen, dem Waffenstore des Centers. Sie hatten schon gehört, dass in den USA eine Waffe ein unverzichtbares Accessoire wäre. Amina und Irene nahmen die verschiedenen Modelle in die Hand, eine Verkäuferin hatte ihnen erklärt, wie man die einzelnen Waffentypen seiner Persönlichkeit anpassen und den Namen in Gold eingravieren oder als Relief auf der Waffe anbringen konnte, in welchen Farben und mit welcher Munition die einzelnen Typen erhältlich waren, welche Waffe wofür geeignet wäre, welches Etui mit Gürtel für welche Gelegenheit passte und so weiter. Ob sie jemandem eine Waffe als Gastgeschenk mitbringen wollten, fragte sie die Angestellte, zu Bachelorparties wäre ein bestimmtes Modell ganz besonders beliebt. Es gäbe auch chemische Munition dafür, die dem Opfer durch eine kleine Spritze entweder einen Liebestrank, ein Beruhigungsmittel oder Stardust verabreicht. Im Drugstore hätte man noch mehr Auswahl diesbezüglich. Amina und Irene richteten die Waffen glucksend aufeinander. Pch, pch, simulierten sie das Totschießen, bis Irene übermütig die vermutlich ungeladene Waffe auf die Verkäuferin gerichtet hatte „pch,pch" hatte sie gekichert. Da war es mit dem Spaß vorbei. „Ich rate einem schwarzen Mädchen nicht, sich eine Waffe zuzulegen", hatte die Verkäuferin streng gesagt. „Ein unschuldiger Bürger könnte sich von dir provoziert fühlen, so wie ich mich jetzt, und auf dich schießen. Glück hast du dann, wenn die Munition nicht tödlich ist". „Und dir, kleine Mexikanerin, empfehle ich es ebenfalls nicht", hatte sie zu Amina gewandt gesagt und ihr die Demonstrationswaffe aus der Hand genommen, worauf die beiden das Geschäft verlassen hatten. Amina war kurz unangenehm berührt gewesen, bis Irene draußen kichernd zu ihr sagte: „Wenn die wüsste, dass wir Muslimgirls sind". Beide hatten gleich wieder laut gelacht.

Weder Irene noch Amina hatten vorgehabt, sich zu bewaffnen. Bei ihnen zu Hause war es Zivilisten verboten, eine Waffe zu tragen. So wie sonst überall auf der Welt auch, lag das Gewaltmonopol in ihren Heimatländern beim Staat.

Nach ihrem Besuch bei Keybolt Steven waren Amina und Irene noch gemeinsam Abendessen gegangen, beziehungsweise hatten sich etwas besorgt, was als Nahrungsmittel durchgehen konnte. Beide hätten Lust auf gesundes, selbstgekochtes Essen gehabt, wie sie es von zu Hause oder der Schulküche gewohnt waren. Sie mussten sich aber mit einer Automatenpizza begnügen, deren Belag man allerdings durch Knopfdruck aussuchen konnte und die warm aus der Maschine kam. Sie sah leider in Wirklichkeit nicht so appetitlich aus, wie die Pizza, die über dem Bildschirm des Bestellgerätes von ihrer Schnitte als Hologramm hergestellt worden war.

An diesem Abend hatten sie über die Liebe gesprochen. Irene war in einen Jungen aus Kenia verliebt, der in Lagos bei der ostafrikanischen Handelsvertretung arbeitete. Er war ein ernster, freundlicher Mann. Irene liebte sein beherrschtes Auftreten, das ihm bei den gemeinsamen nigerianischen Freunden den Spitznamen „Sir" eingetragen hatte. Die nigerianischen Jungen wären alle laut und frech und für Irenes Geschmack viel zu forsch. Sie machte sich große Sorgen, dass ihre Liebe die einjährige Trennung nicht überstehen würde. „Mach dir keine Sorgen" hatte Amina zu ihr gesagt, „wenn er der richtige ist, wird er auch nach einem Jahr noch zu dir stehen". „Du kennst die nigerianischen Frauen nicht", hatte Irene geantwortet. Amina erzählte von ihrer Beziehung zu Sascha. Wie sie sich kennengelernt hatten, wie sie oft bei seinem Vater, der jetzt in Belgrad lebte, gewesen waren. Dass seine alleinerziehende Mutter die letzten Jahre gemeinsam mit ihnen Weihnachten bei ihren Eltern verbracht hatte, von der Schwangerschaft, aus der nichts geworden war, von den gemeinsamen Wanderungen von Hütte zu Hütte mit Freunden, von ihren Wochenenden in Graz, wo sie auch Maina aus Kenia und Frank aus Nigeria kennengelernt hätten, von ihrer gemeinsamen Wohnung in Wien, aus der Amina nun ausgezogen war. „Mein Gott, das klingt ja, als wärt ihr Jahre verheiratet gewesen!", hatte Irene nach der Aufzählung all dieser Erinnerungen gesagt.

Amina war froh gewesen, über Sascha erzählen zu können, gleichzeitig war ihr das Herz an diesem Abend sehr schwer gewesen. „Ja, ich liebe ihn, glaube ich, noch immer", brach es aus Amina, den Kopf auf die Hände gestützt, hervor. „Warum hat er denn Schluss gemacht?" hatte Irene gefragt. Amina wusste das auch nicht so genau. „Er wollte einmal allein leben, ohne weiblichen Einfluss", hatte er gemeint. „Dafür hätte er sich aber nicht von dir trennen müssen, jetzt, wo du ohnehin ein Jahr in den USA verbringst", bemerkte Irene. Das war natürlich richtig, aber Amina hätte sich ohne das Auseinandergehen dieser Beziehung nicht zu einem Sabbatjahr entschlossen. „Hm, so wie sich das anhört, glaube ich, das kommt wieder auf die Reihe mit euch beiden", hatte Irene, sich in ihrem Sessel zurücklehnend, abschließend gemeint.

„Wenn nicht, kann ich es ja mal mit Stardust versuchen", lachte Amina. „Was, du hast das Zeug gekauft?" Die beiden waren schon wieder am Lachen. „Ich fühlte mich einfach verpflichtet Dr. Attwood nach dem langen Verkaufsgespräch etwas abzunehmen. Mit dem Verkauf des verpflichtenden Läuseshampoos hat sie sich einfach nicht zufriedengegeben", hatte Amina erzählt. Irene selbst war auf eine Haarwuchstablette hereingefallen, nach deren Einnahme das Haar angeblich nicht kraus, sondern wellig aus dem Kopf wächst. „Wir Afrikanerinnen gefallen uns ziemlich gut, aber wir beneiden die Frauen anderer Rassen um ihre Haare", hatte sie erzählt. „Ein Turban, so wie du ihn trägst, ist bei uns jetzt auch modern", meinte Amina. "Ja, der löst jedes Haarproblem", Irene darauf. „Man braucht dafür aber ein schönes Gesicht", meinte Amina „und es sieht nur gut aus, wenn du wie eine Königin gehst", sagte Irene und richtete sich in ihrem Stuhl auf, mit der Hand an ihren Turban fassend, als wollte sie sich eine Krone zurechtrücken.

Die beiden hatten beschlossen, auch den nächsten Tag wieder miteinander zu verbringen. Amina hatte sich diesmal auch ihren Auftritt erarbeitet, wie es ihr im pädagogischen Institut geraten worden war. Sie entschied sich für die weiche, rote Bluse mit Blumendruck, deren lange Ärmel am unteren Hand Rist mit einem eleganten Volant endeten und die, in der Taille gesmokt, bis an die obere Hüfte reichte. Sie ließ die oberen beiden Knöpfe der Bluse offen, sodass der Kragen lässig herabfiel. Da sie nicht so viele Hosen mitgenommen hatte, trug sie wieder ihre hellen Jeans. Sie schlüpfte in ihre bequemen Plateaustöckelschuhe, aus deren braunem Kunstledergitter ihre sorgfältig bemalten Zehennägel hervorschauten. Abwechselnd auf einem Fuß balancierend zog sie die Lederriemen der Schuhe hinten über ihre Fersen. Sie schminkte sich und steckte den zur Bluse passenden Lippenstift in ihre Handtasche, um ihn nach dem Essen parat zu haben.

Mit der Rolltreppe herunterkommend schritt sie Lässig elegant auf Irene zu. „Guten Morgen, Miss Quarantine City", hatte Irene ihr lachend entgegengerufen und alle der anwesenden Gäste im Foodcourt hatten ihre Blicke auf die beiden gerichtet. Auch Irene hatte, ebenso wie am Vortag, das Beste aus sich herausgeholt. Sie trug diesmal einen hellblauen Turban mit dunkelblauem geometrischen Muster und eine enganliegende kurzärmelige Bluse aus demselben Stoff, die ab der Taille in einem Volant auslief, das vorne nur bis knapp über den Bauch und hinten bis fast über den Po reichte. Dazu trug sie eine hellblaue Hose. Ihre Füße waren mit braunen peeptoe Flats bekleidet. Sie umarmten sich, kauften sich ihre täglichen Doughnuts, Amina mit Kaffee, Irene mit schwarzem Tee mit Milch, und erzählten sich über die Programme, die sie gestern vor dem Einschlafen im Fernsehen gesehen hatten.

Amina war aufgefallen, dass fast jeder 2. Kanal von einem Prediger bespielt wurde und Irene hatte sich auf eine Telenovela eingelassen. „Ich kannte diese Serie schon", erzählte sie Amina. "Sie lief vor Jahren auch bei uns im Fernsehen. Unglaublich, dass diese Aschenputtelgeschichten immer noch ziehen. Ich habe gestern nicht abgedreht, bis die Episode zu Ende war. Ich hatte eine Periode, als Teenagerin, da war ich nach diesen Serien süchtig", kommentierte sie. Amina hatte sich als Jugendliche nicht viel Zeit zum Fernsehen genommen. Ihre Sucht waren eher die Computerspiele gewesen, die sie zu Hause auf dem Laptop mit anderen Gamern nach der Schule spielte.

Nach dem Frühstück waren sie zusammen in das große CDP Drugstore gegangen. Am Vorabend hatte Amina „CDP" gegoogelt. „Chemical Drugs Pharmacy" war die landesweit größte Kette, die eine riesige Palette verschiedenster pharmazeutischer Produkte verkaufte. Die Umsatz- und Gewinnzahlen hatte Amina vergessen, viel mehr Information gab es im Internet nicht, jeder weitere Klick hatte sie in den virtuellen Store gebracht, wo ihr verschiedenste Sonderangebote und weiterer Werbekram entgegengeblitzt waren.

Am Eingang des Shops hatten sie sich jede ein Einkaufswägelchen geholt. An diesen war vorne ein senkrechtes Fach angebracht, in das man die Handtasche stecken konnte. Rechts oben gab es ein Tablett für das Mobiltelefon und daneben waren stufenförmig drei Reihen Tabletts angebracht, in die Fächer in verschiedenen Größen eingelassen waren, sodass man nicht den Überblick über seinen Einkauf verlor, den man dort ablegen konnte. Ein viertes, mit Schaumstoff gepolstertes Tablett, konnte man herausziehen. Eine kleine Stütze klappte sich dabei bis zum Boden heraus und man konnte das Wägelchen zum Sitzen benutzen. Amina und Irene waren beim Eintritt in einen bunten Lichtkegel getaucht worden, als sie ihre Wägelchen durch die Lichtschranke schoben, die alles scannte, was man in das Geschäft hineinbrachte, damit man sich nach dem Einkauf aus dem Verkaufsraum begeben konnte, ohne Alarm auszulösen. Gleich beim Eingang gab es zwei bunte Regale, in dem alle Vitamine und Mineralstoffe von A-Z aufgebaut waren. Bei jedem Buchstaben gab es auf Augenhöhe einen Bildschirm, auf dem ein Video lief, das den Nutzen und den

25

Anwendungsbereich jedes Vitamins veranschaulichte. Alle Präparate waren sehr elegant verpackt und einige wiesen Dispenser auf, die die beiden jetzt für Tabletten so noch nicht gesehen hatten. Man sah auf den Bildschirmen Paare in eleganten Restaurants, die sich die Tabletten gegenseitig verliebt in den Mund schoben, oder auch Hundebesitzer, die dem auf die Tablette gierig zulaufenden Hund die offene Hand mit der bunten Pille entgegenstreckten. Immer wieder hatte die eine die andere aufgefordert, sich doch bitte das Video anzusehen, das sie gerade sah, weil ein besonders witziger oder auch einfach neuer Werbegag aufkam, den keine der beiden bis jetzt so gesehen hatte. Sie amüsierten sich am Ende der Vitaminabteilung besonders über den Film: „Zink, das Multitalent". Eine Mutter hatte ihr Kind „Zink" getauft, damit es im Leben auch so vielseitig Gutes bringe, wie ebendieses Spurenelement. „Wir sind doch alle Spurenelemente Gottes! Lasst uns die Welt positiv beeinflussen, nehmen wir uns ein Beispiel an Zink!" „Hahaha", beide hatten ziemlich unverschämt laut gelacht. „Freut mich, dass ihr euch amüsiert", war die Reaktion einer Verkäuferin, deren Gesichtsausdruck allerdings im Gegensatz zu dem stand, was sie gerade gesagt hatte. „Sorry" hatten beide wie aus einem Mund reagiert, die Schultern hochgezogen und sich die Hand vor den Mund gehalten. Die Aufmerksamkeit der Verkäuferin war zum Glück sofort darauf von einer Kundin in Anspruch genommen worden, die sich nach BEDs erkundigt hatte. „Wir führen keine BEDs" hatte die Verkäuferin der Kundin geantwortet. „Hätten sie überhaupt ein Rezept dafür?" „Nein", sie habe gehört, dass man in den USA alle Medikamente am freien Markt kaufen könne. Da hätte man sie falsch informiert, BEDs gäbe es nur auf Rezept und unter ständiger Aufsicht eines Arztes oder einer Pharmakologin. Die Kundin, eine ältere 50erin hatte sich enttäuscht umgedreht und wollte das Geschäft verlassen, worauf sich die Verkäuferin an ihren wahrscheinlich geleisteten Berufseid: „lasse nie jemanden gehen, ohne ihr nicht wenigstens 10 Dollar abgenommen zu haben", erinnert haben musste und sie freundlich tröstete. "Was haben sie denn? Vielleicht lässt sich ihr Problem auch mit traditionellen Mitteln behandeln". „Ich werde alt", hatte die Dame nur gemeint. „Na da können wir gleich mit mehreren Produkten helfen!" Die Kundin hatte sich von der Verkäuferin in eine andere Abteilung abschleppen lassen und Amina war mit ihrer Freundin zu den Aufputschmitteln gegangen, wo Irene kichernd zu ihr gesagt hatte: „Wenn man Betten kaufen will, geht man bei uns zu IKEA". „Sie meinte Biologically eingeneered drugs", informierte Amina. Bei uns verwendet man die bei Krebs. Für mehrere andere Krankheiten waren BEDs auch in Europa schon zugelassen worden. An ihrer Weiterentwicklung wurde gearbeitet.

26

Die beiden hatten sich noch mehrere Werbefilme angesehen und sich dabei öfter auf die Sitze ihrer Wägelchen gesetzt, bis sie hungrig geworden waren und etwas essen wollten. "Ich fühle mich schon richtig krank", hatte Irene nach einiger Zeit gesagt. „Ich bin auch nicht mehr sicher, ob Lachen die beste Medizin ist", hatte Amina amüsiert zurückgegeben. „Lass uns was Gesundes essen gehen!" „Ja, genau, Tabletten in Pizzaform!"

Als sie das Geschäft verlassen wollten, schlug der Alarm an. Die beiden waren stehengeblieben, bis eine Verkäuferin kam. „Wir haben nichts gestohlen"! „Schon gut, kann auch sein, dass ihr einfach nichts gekauft habt, kommt mal her!" Es war ein Kreuzverhör gefolgt, das die beiden hungrigen Mädchen ziemlich genervt hatte. Was sie in Amerika machen wollten, ob sie nicht CDP Mitglied werden wollten, sie sollten doch der Gastfamilie etwas aus dem Shop als Geschenk mitbringen usw. Erst als Irene und Amina versprochen hatten, nach dem Essen wiederzukommen, durften sie das Geschäft ohne etwas konsumiert zu haben, verlassen. Sie hatten sich beim Weggehen noch eine Visitenkarte mit einer Webadresse in die Hand drücken lassen. „Hier erfahrt ihr, wann in eurer Nähe eine CDP Verkaufsparty stattfindet. Diese Veranstaltungen sind abends. Man kann unsere Produkte dort vor dem Kaufen oder Bestellen ausprobieren. Unsere Doktoren sind dort zu Informationszwecken während des ganzen Abends ansprechbar. Sie sind Profis und mussten alle versprechen für ausgelassene Partystimmung zu sorgen." Die Verkäuferin zwinkerte ihnen mit einem Auge zu, danach waren die Mädchen frei, sich etwas Essbares zu besorgen.

Nach dem Abendessen kehrten die beiden nicht mehr in das CDP Drugstore zurück. Sie wünschten sich eine gute Nacht und gingen schlafen.

Die Amerikareise hatte Amina bei ihrer Schulbehörde als Weiterbildung eingereicht. Man zahlte ihr Gehalt das gesamte Schuljahr hindurch weiter. Deshalb war sie auch verpflichtet, nach dem Aufenthalt eine kleine Arbeit über das in den USA Erfahrene und daraus Gelernte zu verfassen und eventuell Vorträge für die Kolleginnen am pädagogischen Institut zu erarbeiten.

Sie hatte sich dafür in einem Buchladen in Quarantine City ein kleines Büchlein gekauft, in dem sie ihre Eindrücke über das Schulleben in den USA festhalten wollte. Interessante Bücher hatte es in diesem Laden nicht zu kaufen gegeben. Das Angebot bestand hauptsächlich aus Zeitschriften, Bastelsets, Spruchkarten, Verpackungsmaterial und ähnlichem Krimskrams. Als Amina nach dem Buch „2043, Geld und Weiße Lügen" gefragt hatte, hatte man ihr gesagt, es wäre vergriffen. Dieses Buch war ihr empfohlen worden, weil das Thema „Schule in den USA" darin angeblich kritisch beleuchtet wurde. Sie hatte keine Zeit mehr gehabt, es sich in Österreich noch zu besorgen und hatte sich sehr gewundert, dass dieser spekulative Zukunftsroman im September 2042 vergriffen war, wo doch das Jahr 2043 vor der Tür stand und das Buch somit sicher schon wieder ein Verkaufsschlager hätte sein können. Damals, als das Buch herauskam, war es in Europa über Nacht zum Bestseller geworden. In den USA wollte die Regierung das Buch nach seinem dort anfänglich ebenfalls sehr großen Erfolg verbieten, man hatte die Entscheidung, es zu verkaufen dann aber doch den einzelnen Großhandelsketten überlassen. Es werde sich herausstellen, welche Buchhändler patriotisch seien und welche der nach Lügen süchtigen Bevölkerung weiteres Gift verabreichen wollten, hatte es damals geheißen. Die Autorin des Buches war eine Frau. Vielleicht gab es im Herbst 2042 das Buch auch aus diesem Grund hier nicht, dachte sich Amina jetzt, nachdem sie schon ein paar Monate das Land hatte kennenlernen können.

Das Büchlein, das sie sich gekauft hatte, war zum Protokollieren nicht unbedingt notwendig, weil es sich Amina schon seit der Studienzeit angewöhnt hatte, mit ihrem Handy mündliche Gedankenprotokolle aufzunehmen und Videos und Fotos zu machen oder im Netz zu markieren. Trotzdem machte ihr das Blättern und das Protokollieren in einem Buch noch immer Freude. Sie hatte schon 2 Liebesbriefe an Sascha dort hineingeschrieben und Irene hatte ihr auf die erste Seite eine afrikanische Spruchweisheit geschrieben: „Ein Reisender soll Augen und Ohren aufreißen, nicht das Maul".

Es war schön gewesen, mit Irene all diese Stores, besonders aber die Kleiderläden und Schuhgeschäfte, für die Amina eine besondere Schwäche hatte, zu durchkämmen. Beide interessierten sich auch für Schmuck, Handtaschen, Homeaccessoires und Elektrogeschäfte. Nachdem Irene abgereist war, war Amina die restliche Zeit ihres Aufenthaltes in Quarantine City sehr lang geworden.

Schon ohne Irenes Begleitung hatte Amina gegen Ende der zweiten Woche die Bank der Quarantäneanlage betreten. Sie wollte auf einem der Automaten Geld abheben, da man ihr gesagt hatte, dass in den USA noch viele Geschäfte mit Bargeld abgewickelt würden. In Österreich zahlte man alles mit Karte. Bargeld war abgeschafft worden. Straßenmusikant war ein vom Tourismusverband bezahlter Beruf. Die wenigen Bettler saßen mit Schildern, die ihre Telefonnummer angaben, auf dem Boden. Man konnte ihnen nur telefonisch Geld überweisen. „Wer weiß, wo ich den nächsten Automaten finden werde", hatte sie sich in Quarantine City gesagt. Als sie das Geld aus dem Fach geholt hatte, war ein freundlicher älterer Herr von hinten an sie herangetreten. "Hättest du Zeit für ein kurzes Informationsgespräch bezüglich unserer exklusiven Finanzprodukte"? hatte er sich freundlich an sie gewandt. Amina hatte tatsächlich Lust gehabt, sich ihm gegenüber in einer der am Fenster gelegenen schönen Fauteuils des Bankraumes niederzulassen. Er saß, ein Bein über das andere geschlagen, die Hände zu einer Raute gefaltet, die Arme auf die Lehnen gestützt da und hatte Amina aufgefordert, ihm ein bisschen über ihre Lebensumstände zu erzählen, damit er ungefähr wisse, wo sie auf finanziellem Gebiet ihre Situation optimieren könne. Nachdem Amina ein bisschen von ihrem Beruf, ihrer Familie und dem bevorstehenden Studienaufenthalt erzählt hatte, hatte er leicht den Kopf gesenkt und mit einer Handbewegung den zwischen ihnen stehenden Kaffeetisch erleuchtet. „Am besten sprechen wir zu Beginn erst einmal über Versicherungen", hatte er gemeint. Bei seinen Ausführungen über die verschiedenen Risiken, die das Leben so biete, hatte Amina schon abgeschaltet. Sie hatte apathisch die Säulendiagramme beobachtet, die aus dem Tisch herauswuchsen und sich geduldig angehört, wie man sein Geld am besten in Versicherungen investierte. Nachdem er bemerkt hatte, dass Amina sich für dieses Thema nicht erwärmen ließ, hatte er gemeint, für eine furchtlose, aufgeschlossene Investorin, wie er in Amina vor sich habe, wären ohnehin andere Anlageformen viel geeigneter. Nachdem er ihr einen Vortrag über erfolgreiches Spekulieren mit Kryptowährungen gehalten hatte, begann er ihr von einem Gewinnmodell zu erzählen, bei dem man eine kleine Summe einzahlte und durch Anwerben anderer Investoren in der Auszahlungshierarchie stiege, bis man Gewinne von 120% und mehr erreicht hätte. Wenn man sich mit weniger Prozentanteilen zufriedengäbe, würde das Anwerben weiterer Investoren eine Firma übernehmen, in die man wiederum separat investieren könne. Da war Amina aufgewacht und hatte ihm erklärt, dass diese Investitionsform bei ihr zu Hause Pyramidenspiel oder Madoffaktie genannt werde und schlichtweg Betrug sei, für den man ins Gefängnis käme. „Bei uns sind Leute damit schon sehr reich geworden" hatte der Investmentberater entgegnet. „Wer arbeitet, hat keine Zeit zum Geld verdienen", meinte er noch zynisch und lächelte sie mitleidig an. „Und alle 10 Jahre bricht das Casino, das Ihr Börse nennt, zusammen und die Steuerzahler müssen dem System unter die Arme greifen, wie das dann so schön heißt. Bei uns sorgt die Regierung der europäischen Union für eine Regulierung des Finanzmarktes zum Wohl aller

Bürger", hatte Amina aufgebracht erwidert, war aufgestanden und grußlos weggegangen.

KAPITEL 3

DIE FAMILIE IST DIE HEIMAT DES HERZENS (Giuseppe Mazzini)

Zu Hause, das war für Amina dieses Jahr Sallys und Angelas Heim. Als sie nach den 2 Wochen Quarantänecenter endlich wieder freie Luft gespürt hatte, war Amina nicht in Eile gewesen, sich eine Transportmöglichkeit nach Glendale in Montgomery County zu suchen. Sie hatte sich mit ihrem Gepäck an die Transportsammelstelle gestellt und ein paar Minuten einfach nur die noch warme Septembersonne genossen. Leider war es allerdings gar nicht so gewesen, dass sich Amina während ihres Aufenthaltes in Quarantine City zu keinerlei Käufen hatte hinreißen lassen. Schuhe, eine neue Handtasche, zwei Parfums und ein Lippenstiftset für die Frauen der Gastfamilie und noch einiges mehr hatte sie veranlasst, sich auch noch eine zweite Reisetasche zu besorgen. Wenigstens war sie aufgrund ihres braven Konsumierens nicht von einer Lichtschranke am Verlassen der vetting facility gehindert worden. Man hatte sie während ihres Aufenthaltes dort im Allgemeinen in Ruhe gelassen und keinen Polygraph Test gemacht, um herauszufinden, ob sie Terroristin wäre, aber die Tatsache, dass es kein internationales Internet gegeben und sie oft die Langeweile mit lokalem Fernsehen totgeschlagen hatte, führte dazu, dass sie meinte, schon zu wissen, worum es hier ging: „Konsumiere, damit du dich wohl fühlst und das corporate America mit dir zufrieden ist". Das war freilich nur ein Aspekt dieser für sie neuen Welt gewesen, mit der sie in den ersten 14 Tagen auf US-Boden Bekanntschaft gemacht hatte.

An der Haltestelle stehend, hatte sie den Anblick der Landschaft genossen, die sich über der Straße ausbreitete und tiefe Dankbarkeit für das Leben in sich gespürt. Danach hatte sie sich mit einer App ein Taxi gesucht, das sie zu ihrem Ziel bringen würde. Das Taxi war ein Minivan, in dem schon zwei Fahrgäste die Rücksitze belegten. Ein Sitz vorne war ebenfalls schon besetzt, aber der zweite Sitz war noch frei. Amina hatte ihre Adresse ins Navigationssystem eingegeben und dann mit den drei weiteren Fahrgästen ein bisschen Smalltalk gemacht. Das Taxi fuhr durch die weite, offene Landschaft, die sie von ihrem Hotelzimmer aus hatte sehen können. Nach ungefähr zwei Stunden Fahrt waren die beiden Fahrgäste auf den Rücksitzen ausgestiegen, nach einer weiteren Stunde auch der Fahrgast neben ihr. In dem ruhigen Auto sitzend hatte sie die weitere Fahrt genossen. Als sie dann das Ortsschild „Glendale" und darunter „a community that trumps", gesehen hatte, war sie ein bisschen aufgeregt gewesen. Der i Punkt des Wortes community war wohl schon als das Schwarze einer Zielscheibe verwendet worden, in das man nicht immer getroffen hatte. Jemand musste auch versucht haben, ein Smiley in die Ortstafel zu schießen. Die rostigen Löcher der Augen und der Zähne mit den nach unten führenden Rostschlieren hatten etwas Unheimliches an sich gehabt.

Als das Taxi dann vor einem typisch amerikanischen, etwas ungepflegten Einfamilienhaus gehalten hatte, wusste sie, dass sie da war. Brenda, ihre Gastmutter, hatte den Wagen bemerkt und war herausgekommen, um Amina zu begrüßen. Sie war eine freundliche Frau in den 50ern, ziemlich beleibt und etwas ungepflegt. Ihr dürfte der Unterschied ihres Erscheinungsbildes zu dem Aminas gleich bewusstgeworden sein, denn sie begrüßte Amina, die sich seit mehreren Tagen wieder einmal ihren Auftritt erarbeitet hatte, mit einem herzlichen „Hello, my queen, welcome to our home". Sie hatte Amina ihr Zimmer gezeigt, ein nettes Dachzimmer, ein bisschen schmuddelig zwar, aber mit einem kleinen Fenster mit Blick auf das Nachbarhaus gegenüber. Beim Abendessen hatte Amina dann die weiteren Familienmitglieder kennengelernt. Die beiden Mädchen Sally und Angela, deren jüngeren Bruder Mike und den Vater der Kinder, Greg. Man hatte über die Schule gesprochen, in der Amina das Schuljahr über mitarbeiten würde und Informationen über die Familie ausgetauscht. „Wenn ich nicht wüsste, dass du aus Australien bist, hätte ich gesagt, du bist Mexikanerin, hatte der Vater gesagt. Amina hatte erklärt, dass sie aus Österreich sei, nicht aus Australien. „Ah, Austria, Germany", war Gregs Reaktion. Amina hatte nicht weiter erklärt, auch deshalb, weil Brenda sich daran erinnert hatte, gelesen zu haben, dass Amina in Afghanistan geboren war. „Du bist also ein Muslimgirl", hatte Greg gemeint. „Aber das habe ich dir doch schon gesagt", Brenda darauf. „Hier lesen wir jeden Tag die Bibel", hatte Greg festgestellt.

Aminas Mutter war Muslimin, ihr Vater war Christ. Zu diesem wahren Menschen sagte Amina immer noch gerne Papa, obwohl die meisten ihrer Schulkameradinnen sogar ihre leiblichen Väter meist beim Vornamen riefen. Christian, ihr Papa, hatte Aminas Eltern als Flüchtlinge in seinem Haus aufgenommen. Als ihr Vater dann abgeschoben wurde, weil man beschlossen hatte, aus Afghanistan nur noch Frauen und Kinder als Flüchtlinge in Österreich aufzunehmen, war Christian mit vielen Menschen auf dem Flughafen gewesen und hatte gegen die Abschiebung protestiert. Er hatte sich sogar eine Flugkarte für den Abschiebungsflug gekauft und sich mit einer Handschelle an das Fahrwerk des Flugzeugs gekettet. Der Flug hatte sich verspätet, die Polizei war verständigt worden, um Christian gewaltsam zu entfernen, aber bevor es soweit kam, war ihr Vater unter Begleitung der Exekutive aus dem Flugzeug gestiegen und hatte zu Christian gesagt, er solle auf seine Frau und Amina aufpassen, bis er zurückkäme. Er war dann wenige

Tage später in Afghanistan von Terroristen überfallen und getötet worden. Amina hatte von ihrer Mutter keine Einzelheiten über die näheren Umstände seines Todes erfahren. Ihre Großmutter, die Mutter ihres Vaters war schon gestorben, als sie auf die Welt kam und die restlichen Familienmitglieder ihres Vaters lebten damals schon im Iran.

Christian und ihre Mama hatten drei Jahre später geheiratet. Christian war damals fast 50 und hatte schon 2 Kinder aus erster Ehe: die Zwillinge Daniel und Valerie, die am 20.02.2002 geboren waren und sich über ihre Sozialversicherungsnummer freuten, seit Amina denken konnte. Christian hatte nach ihrer Geburt bei der Sozialversicherung angerufen, um zu fragen, ob die Zählnummer für seine Zwillinge auf 2002 beziehungsweise 2200 eingerichtet werden könnte. Das Amt machte ihm die Freude und so war Daniels Versicherungsnummer 200202022002 und Valeries Nummer 220002022002. Beide, Daniel und Valerie hatten im Jahr 2018, als Amina als 2jährige nach Österreich gekommen war, ein Austauschjahr in den USA verbracht und Amina vor ihrer Abreise gute Ratschläge gegeben. Damals gab es noch keine verpflichtenden Quarantäneaufenthalte und die USA hatten bis dahin als Vorbild für das Zusammenleben von Menschen verschiedenster Herkunft gegolten. Wenn man von einem Einwanderungsland sprach, meinte man damals die USA. Daniel und Valerie waren noch Teenager gewesen und hatten während ihres Austauschjahrs in den USA kaum Kontakte außerhalb ihrer Schule und der Gastfamilie gehabt, weshalb sie schon ganz besonders auf die Geschichten gespannt waren, die Amina bei ihrer Rückkehr erzählen würde.

Heute gingen Schülerinnen, die sich für einen Sprachaufenthalt interessierten, eher nach Australien, Kenia, Indien oder auch nach Großbritannien, wo die Schule für Schüler aus der europäischen Union gratis war. Das UK hatte sich zu einem Motor der europäischen Einigung entwickelt, nachdem eine neue Pro Europa Partei die Neuwahlen, die nach dem sogenannten Brexit notwendig geworden waren, gewonnen hatte. Sie hatte ihre Landsleute beschworen, die Zusammenarbeit mit den Europäern vor die Zusammenarbeit mit den republikanischen Amerikanern zu stellen und erinnerte sie daran, dass die Regierung das Land als Folge der „special relationship", die es jahrelang mit den Amerikanern gehabt hatte, 2003 in den Krieg gegen den Irak geführt hatte. Seit mehreren Jahren war nun auch Großbritannien auf einem Kurs, der die Lösung sozialer Fragen als die Grundlage jeden Fortschritts der menschlichen Spezies begriff.

Nachdem sich Amina mit ihrer Geschichte bei der Gastfamilie vorgestellt hatte, betonte Greg noch einmal, wie sehr er sich darauf freue, Amina mit der Bibel bekannt zu machen. „Mir ist die Bibel keineswegs unbekannt", meinte Amina. Zum Glück hatte Angela das Wort „Bibel" als ihr Stichwort aufgefasst. „Ich gehe im Oktober zum Bibelstudium aufs Bredford College. Ich will nämlich Rechtsanwältin werden. Einige Bundesstaaten in den USA hatten die Bibel als Gesetzbuch zugelassen. Amina würde im Laufe ihres Aufenthalts mehrmals mit ihr vollkommen neuen Rechtsauslegungsmöglichkeiten bekannt werden. Sally, die ein Jahr älter war als Angela, hatte nach der High school in einem fast food Restaurant gearbeitet, wollte aber ebenfalls ab Oktober ihre Ausbildung zur Ärztin machen. „Du wirst die beiden nicht oft zu sehen bekommen. Sie kommen für Thanksgiving und zu Weihnachten", hatte Greg gesagt. Amina hatte die beiden dann aber fast jedes Wochenende gesehen, da Bredford nur 25km weit entfernt war.

Auch Sallys Ausbildung zur Ärztin fand dort statt. Amina hatte erfahren, dass Mc Pill einige Universitäten gekauft hatte, die das Unternehmen nun nach marktwirtschaftlichen Kriterien führte. Es gab nur noch Studienfächer, die wirtschaftlich rentabel waren. Eines dieser Studienfächer war Medizin, das mit Pharmakologie in einem Studiengang unterrichtet wurde. Die Erlangung des Doktortitels ließ sich Mc Pill von den Anwärtern, die praktisch nur einen Medikamentenverkaufskurs absolvierten, teuer bezahlen. Um die Diagnostik an Patienten kümmerten sich hier, ebenso wie in Österreich, Maschinen. Die Patientinnen steckten in einer Kabine im Wartezimmer die Hand in ein Gerät, das dem Arzt den Blutdruck und die Blutwerte anzeigte, und sprachen die Symptome der Beschwerden auf ein Band. Die Ärztin stellte, nachdem man in das Behandlungszimmer gerufen worden war, noch einige zusätzliche Fragen, sodass das Programm möglichst zielgenau die Therapie anzeigen konnte. In Österreich zahlten diese Maschinen Steuern; in den USA hatte Mc Pill ihren Einsatz übernommen. Es versteht sich, dass diese deshalb für die Therapie aller Krankheiten Mc Pill Produkte vorschlugen. Die Ärzte mussten den Patientinnen nur noch das Medikament verkaufen und wenn möglich noch zusätzliche Mc Pill Produkte. Ärztin war in den USA ein freier Beruf, die wenigsten Ärzte schlugen sich dort mit Versicherungen herum. Ihr Geschäftserfolg hing vom Verkaufsgeschick ab. Dr. Attwood in Quarantine City war sicher auch eine solche Ärztin gewesen, hatte Amina gedacht, als sie das erfuhr.

Sally und Angela waren zwei umgängliche junge Frauen, die noch nicht viel von der Welt gesehen hatten. Ihr Leben spielte sich in und um Glendale und seit ein paar Wochen auch um Bredford ab. Die Routine des wöchentlichen Kirchenbesuchs am Sonntag machte Amina gerne mit. Sie lernte bei dieser Gelegenheit die Nachbarn dieser Gegend kennen.

Die Predigten des Pastors interessierten Amina besonders. Er verstand es, Jesus das Wort im Munde umzudrehen, wie Amina meinte. Einer seiner Lieblingssprüche schien zu sein: „wer nicht arbeitet, soll auch nicht essen (Thess.3:10) ". Auch mit dem Zitat „hilf dir selbst, dann hilft dir Gott", das zwar nicht in der Bibel steht, rechtfertigte er den Entzug jeder staatlichen oder auch persönlichen Unterstützung für die ärmere Bevölkerung und den Reichtum der herrschenden Plutokraten, die ja, wie er immer seufzend beteuerte, so viel arbeiteten und so viel Verantwortung für das wirtschaftliche Wohlergehen jedes Einzelnen übernahmen.

Dabei wurde in den USA das große Geld schon seit Jahrzehnten nicht mehr mit Arbeit gemacht und erfolgreiche Individuen oder Firmen entzogen sich ihrer Steuerverantwortung, indem sie für sie diesbezüglich vorteilhafte Gesetze erließen. Das Problem für die Wirtschaft war auch längst nicht mehr der Mangel an Konsumgütern für die Armen, sondern eher der Mangel an Absatzmöglichkeiten, weil die Bevölkerung aufgrund von Abwanderung schrumpfte und vom Staat keine Arbeitsplätze geschaffen wurden. So wurden Almosen, falls überhaupt, nur noch in Form von Naturalien abgegeben und die Kirchgänger fühlten sich gut, wenn sie beispielsweise ihre alten Medikamente, Vitaminpillen, Aufputschmittel und andere Drogen, die sie selbst nicht mehr brauchten, weil es schon Neueres gab, den Armen spendeten.

Manchmal luden sie auch eine in ihren Augen arme Gemeinde zum Keksteig Essen ein. Unverkochter Keksteig in Eistüten gefüllt oder mit Milch zu einem dicken Shake vermixt mit Schokoladenstreusel oder bunten Zuckerlinsen darauf, wurde manchmal nach der Kirche serviert, wenn die Gemeindemitglieder noch beisammenstanden. Meist gab es aber aus Backmischungen zubereitete Kuchen und Sodas. Wenn anschließend Tortenschlachten oder Wettfressen auf dem Programm standen, ging Amina immer nach Hause. Diese Art der Unterhaltung war sie nicht gewohnt und erschien ihr pervers. Greg nahm ihr das übel, weil er als Manager des lokalen Mallmarts die Nahrungsmittel zur Verfügung stellte, die bei diesen Spielen zum Einsatz kamen und er dadurch eine hervorragende Rolle einnahm. Am Schluss eines solchen Events wurde er auf die Bühne gerufen und Hand in Hand mit seinen Familienmitgliedern verbeugte er sich dann, den Dank erwidernd, der ihm vom Pastor gespendet wurde. Amina war nur einmal bei

35

einer solchen Lebensmittelschlacht dabei gewesen. Sie hatte sich zwar nicht aktiv daran beteiligt, Sally hatte ihr aber am Schluss ihre mit Marmelade, Sahne und anderen Lebensmittelresten verklebte Hand gereicht und sie auf die Bühne gezogen.

Amina selbst glaubte nicht an irgendeinen bestimmten Gott. Sie erkannte allerdings ein Bedürfnis nach Spiritualität in sich, das sie gern durch Beschäftigung mit Philosophie und Religion befriedigte. Dass sie hier als Muslimin oder Mexikanerin in eine Schublade gesteckt wurde, amüsierte sie mehr als dass es sie störte. Was Muslime genau glaubten, wusste Amina genauso wenig wie die Leute in Glendale, weil Amina in Österreich sozialisiert worden war. Sie war mehr mit der Spiritualität ihres ökumenischen Papas vertraut und mit den Gemeinsamkeiten, die diese mit der Spiritualität ihrer muslimischen Mama hatte. Ihr etwas harmoniesüchtiger Papa sagte auch immer wieder „es gibt sowieso keine 2 Menschen auf diesem Planeten, die genau das gleiche glauben", wenn er Diskussionen über Religion vermeiden wollte. In der österreichischen Schule wurde den allgemeinen, dem Leben innewohnenden Werten sehr viel Bedeutung beigemessen. Dazu gehörten Respekt, Toleranz, Mitgefühl, Fairness, Gemeinschaft ...: Der Wertekatalog blieb Gegenstand von Diskussionen, damit diese Werte nicht zur Präambellyrik verkamen, sondern in den Schulen gelebt wurden.

Nach der Kirche unterhielt sich Amina gern mit den Leuten. Die meisten in Glendale gehörten zum Mittelstand. Das heißt, sie hatten alles, wovon die Konzerne glaubten, dass man es zum Leben brauchte: Kleidung, Nahrungsmittel, Medikamente, Waffen, Baumaterialien, Heimdekor, auch Autos und elektronische Geräte. Steuern mussten die Konzerne kaum zahlen, das hatten sie schon vor Jahren erreicht. Dafür kümmerten sie sich um die Leute, die wiederum den Konzernen ihre Loyalität bezeugten.

Arbeit gab es in Glendale nicht viel. Die meisten Arbeitsplätze gab es im Handel oder im Service in den Fast Food Restaurants. Weil es in den USA immer als Schande gegolten hatte, staatliche Unterstützung zu beziehen, hatten die Konzerne die Tätigkeit des Konsumierens zu einer beruflichen erhoben. Sie gaben den Leuten Geld oder Geldgutscheine, damit sie in ihren Geschäften einkauften und baten die Kunden um Rückmeldung über ihre Produkte. Dieses Feedback hätten die Konzerne zwar auch gratis bekommen können, aber dadurch, dass sie kaum Steuern zahlten, hatte der Staat kein Kapital um Arbeitsplätze in Schulen, Spitälern oder im öffentlichen Dienst zu schaffen. Auch Investitionen in der Infrastruktur wurden vom privaten Sektor getätigt – oder eben nicht.

Um die Konsumkette aufrechtzuerhalten und den Menschen Geld in die Hand zu spielen, erhöhte die Industrie das Prestige der Konsumenten. „Ein Konsument ist ein moderner Soldat, der sein Kapital für die Macht und Ehre seines Landes einsetzt". Wann immer ein Unglück passierte, erscholl in den Medien der Aufruf „Hilf deiner Stadt und geh shoppen"! Diese Strategie hatte ein Präsident am Anfang des Jahrtausends erfunden und war im Laufe der Zeit von den Konzernen zur Perfektion weiterentwickelt worden. Jetzt musste gar nichts mehr Großes passieren um den Aufruf auszulösen, das Land durch Konsumieren zu retten. Wenn die USA wieder im Ranking der Wirtschaftsmächte eine Stufe abgefallen waren, ertönte der Aufruf: „Konsumenten, kämpft weiter! Letztes Jahr haben wir Kolumbien geschlagen, lasst uns dieses Jahr Mexiko übertreffen!" Dann folgte eine Ankündigung, wieviel Geld den Konsumenten für diese Aufgabe zur Verfügung gestellt wurde: „Qualifiziere dich als Berufskonsument bei ...." Dann folgten die Namen der Firmen, zu denen sich die einzelnen Kirchgänger in Glendale bekannten. Kleinere Rivalitäten unter den Gemeindemitgliedern waren hauptsächlich der Loyalität verschiedenen Konzernen gegenüber zuzuschreiben. „Ja klar, dass du eine bessere Kanone hast als ich, du bist ja auch ein Stevie", musste sich Greg öfters anhören, dessen Familie eingetragene Berufskonsumenten bei Keybolt Steven waren. Sein Zusatzjob bei Mallmart bescherte ihm viele Neider und um seine Freundschaft den „Pillis" gegenüber zu beweisen, zu denen die Familien seiner Schwestern gehörten, besuchte er manchmal mit seinen Töchtern eine Drogenparty und kaufte Vitamintabletten, Schlankheitspillen und Aufputschmittel oder was ihm die anwesenden Doktoren dort aufschwatzten. Er brauchte kein Stardust, um sich gut zu fühlen, das wusste er schon und deshalb sparte er sich die Ausgabe für diesen doch etwas teureren Luxus.

Die Armen in Glendale, das waren Leute, die nicht als weiß angesehen wurden und sich deshalb noch nicht als eingetragene Berufskonsumenten hatten qualifizieren können. Sie bauten Gemüse an, führten Second-Hand Shops oder sammelten Abfallwertstoffe, um ihren Lebensunterhalt zu bestreiten. Auch bei der Vergabe von anderen Arbeitsplätzen in Glendale behandelte man sie nicht gleichwertig, da man befürchtete, ein Beruf, der nicht von Weißen ausgeübt werde, verliere an Prestige. Falls Latinos, Schwarze oder Frauen Arbeit hatten, wurden sie jedenfalls schlechter bezahlt als weiße Männer. Nur vor den Präsidentschafts- und Kongress- wahlen gab es eine gewisse Gleichberechtigung für diejenigen in Glendale, die wahlberechtigt waren. Die wahlwerbenden Firmen verteilten ihre Gutscheine und Gratisprodukte auch an Nicht-Berufskonsumenten.

Überhaupt schien es Amina, dass die Glendaler von den Firmen hauptsächlich für den Wahltag am Leben erhalten wurden, denn in den vielen Tausenden Regionen wie Glendale wurde die Wahl entschieden.

So etwas wie ein gemeinsames Erbe gab es hier nicht. Amina erinnerte sich an ihre Schulzeit, als sie im Frühling mit der Schule in einem öffentlichen Park Blumen gepflanzt oder Unkraut zwischen den Pflastersteinen gejätet hatte, damit kein Glyphosat gespritzt werden musste. Bei diesen Gelegenheiten hatten der Lehrer und die Gärtnerin des Parks zu ihnen über die Verantwortung jedes Einzelnen für das gemeinsame österreichische Erbe gesprochen und das Privileg, dieses Erbe zu pflegen und zu genießen. Sie erinnerte sich an ihre Geburtstage, als sie mit ihrer Familie „Millionärin" spielte. Dafür gingen sie zum Beispiel in ein Museum und ihr Papa fragte sie über ihre Gemälde, welche Geschichten sie erzählten, welches sie am liebsten mochte und wieviel es wert wäre. Danach fuhren sie mit ihrer „Yacht" auf der alten Donau. Amina durfte das Elektroboot lenken. Ihre Mama hatte Fotos von Amina gemacht: auf dem Bug des Boots sitzend, im Hintergrund die Skyline von Wien oder die schöne Natur auf der anderen Seite. Einmal waren sie in die Nationalbank gegangen. Amina hielt einen echten Goldbarren in der Hand. Er war ihr schwer geworden, bis ihre Mama das Foto endlich zu ihrer Zufriedenheit geschossen hatte.

Später hatte sie selbst mit ihrer Klasse Mauern mit einem Hochdruckreiniger abgespritzt, Hecken zu Skulpturen geschnitten, den alten St. Marxer Friedhof hergerichtet, am Frühjahrsputz der Magistratsabteilung 48 teilgenommen und vieles mehr. Diese Aktivitäten stifteten Gemeinschaft und führten dazu, dass sich die Bevölkerung mit der großen gemeinsamen Sache ihres Staates identifizierte. In Österreich leiteten die großen Firmen und reichere Privatpersonen ihr Prestige und letztlich auch ihren Gewinn vom Nutzen ab, den sie der Bevölkerung brachten und von der Steuerverantwortung, die sie übernahmen, Hier in Glendale schien sich jeder besonders „smart" zu fühlen, wenn er möglichst erfolgreich für sich selbst und vielleicht noch die eigene Familie Warengutscheine oder Geld scheffelte und sich die neuesten Statussymbole im Bereich Hobbys leisten konnte. Dabei war meistens von den neuesten Ausrüstungsgegenständen für Waffenexkursionen die Rede.

Was Amina sehr störte, war die Tatsache, dass es in Glendale kein internationales Internet gab. Sie konnte mit ihrer SIM Karte zwar internationale Anrufe tätigen und empfangen, aber auf Suchbegriffe bekam sie nur Inhalte aus dem regionalen Bundesstaat-Internet präsentiert. Das internationale Internet kostete 100 Dollar pro Stunde und diesen Luxus leistete sich Amina nur sehr selten.

Sally und Angela hingegen bot das lokale Internet genug Möglichkeit für Unterhaltung. Jedes Wochenende spielten sie stundenlang „Internet Dating". Sie setzten sich mit einem Laptop zusammen auf die Couch und suchten sich auf einer der zahlreichen Dating Websites gemeinsam ein Opfer, das sie, wenn es einmal angebissen hatte, auf ziemlich gemeine Art und Weise niedermachten. Die Profile der jungen Männer, die sie auf ihre Shortlist setzten, entsprachen einem Muster, dessen sie sich nicht bewusst zu sein schienen. Es waren meistens Latinos oder andere Männer mit Migrationshintergrund, die ihnen zur Unterhaltung dienten. Diesen fühlten sie sich überlegen, mit ihnen durfte man ungestraft spielen, so schien es den beiden. Ihre wirklichen zukünftigen Männer hofften sie wahrscheinlich in der Kirche oder beim Bibelstudium zu treffen.

„Schau, der da, Ricky, studiert auch Medizin, frag ihn mal ob er gern ins Kino geht". Mit dieser unverfänglichen Frage begannen sie ihre Kommunikation. Wenn einer das Gespräch annahm, achteten sie darauf, dass ihre dicken Unterkörper nicht von der Kamera ihres Laptops erfasst wurden und setzten einen ziemlich hochnäsigen Gesichtsausdruck auf, dann begrüßten sie das aus ihrem Gerät aufsteigende Hologramm mit einem „Hi Movie lover, wie geht's dir? Wir hoffen es stört dich nicht, dass wir uns beide für dich interessieren. Welche Filme magst du denn so"? Egal welchen Film ein Kandidat mochte, es kam immer ein „oh, leider die falsche Antwort" als Reaktion, begleitet von einem künstlich traurigen Gesichtsausdruck, den sich die beiden Mädchen auf ihre Ellenbogen gestützt, die Hände mit verschränkten Fingern gefaltet, gegenseitig zuwarfen. „Probieren wir es mit einem anderen Thema: welche Schauspielerinnen gefallen dir?" Die beiden Mädchen hatten an jeder Schauspielerin, die ihr Gegenüber gewählt hatte, etwas auszusetzen. Egal welches Gesprächsthema, die Ansichten der beiden Mädchen stimmten nie mit denen ihres Dating Partners überein. Bei jedem Gesprächsbeitrag, den eine der beiden lieferte, sahen sie sich gegenseitig an, wie um sich der Zustimmung der Schwester zu vergewissern, und widersprachen dabei dem jungen Mann oder machten ihm Vorwürfe, wie man nur so oberflächlich, unpatriotisch oder atheistisch sein könne. Meistens beendeten die beiden das Gespräch nach einigen Minuten, indem sie ihr Opfer noch mit einer letzten höflich vorgebrachten abfälligen Bemerkung über seine Person, seine Ansichten oder seinen Geschmack verabschiedeten. Einmal hatte einer es gewagt zu sagen, dass die beiden für seinen Geschmack ohnehin zu fett seien. Da hatten Angela und Sally den

Computer sofort zugeklappt und sich darüber empört, wie man sich gutgenährten Menschen gegenüber so diskriminierend verhalten konnte. „Wenn ich erst einmal Anwältin bin, zeige ich dieses Dreckstück wegen Diskriminierung aufgrund äußerer Merkmale an!" hatte Angela geschimpft.

Bei diesem Spiel war es meistens Sonntagnachmittag und deshalb saß Amina fast immer mit einer Tasse Kaffee bei den Mädchen im Wohnzimmer und bereitete ihren Unterricht für die kommende Woche vor. Manchmal schon hatte sie den Beiden dieses Spiel mit den jungen Männern ausreden wollen: "Das sind einsame Männer, die jemanden suchen, der mit ihnen das Leben teilen möchte und ihr macht euch einen Spaß daraus, diese zu foppen", hatte sie zu ihnen gesagt. „Ach was", meinten die beiden, „die wollen ja nur das Eine und von uns kriegen sie das nicht".

Damals, als dieser junge Latino den Schwestern eine Abfuhr erteilt hatte, war Amina innerlich sehr befriedigt gewesen. Sie selbst machte die Körperfülle der beiden immer ein wenig aggressiv. Die Jeansröcke, die ihnen vorne bis fast zu den Knien reichten, aber hinten, aufgrund der riesigen Popos schon knapp über dem Hintern abschlossen, die weiten T-Shirts, die über die fülligen Brüste hingen, die vom Gewicht ausgelatschten Schuhe der beiden, all das trug besonders am Anfang nicht dazu bei, dass sie sich den beiden jungen Frauen herzlich zugetan fühlte. Sally und Angela waren aber keineswegs die einzigen in Glendale, die übergewichtig waren und so hatte sich Amina an den Anblick gewöhnt. Sie hatten mollige, hübsche Gesichter und schönes, langes Haar, Sally blondes und gewelltes, Angela brünettes, glattes. Es war ja auch nicht unbedingt die Schuld der beiden, dass sie sich nicht gesund ernährten und kaum Bewegung machten. In ganz Glendale gab es weder ein Restaurant mit gesundem Essen, noch gab es einen Supermarkt, der unverarbeitetes Gemüse führte. Alles war mindestens abgepackt, meist aber schon in irgendeinem Maisstärke- oder zuckerhaltigem Gericht verarbeitet. Brenda kochte höchstens Kartoffel oder Reis. Alles andere kam aus der Packung. In der Schule gab es nur Essen aus Automaten, obwohl die Kinder, genau wie in Österreich, alle von 8 bis 15:30 Uhr in der Schule waren. Oft schon hatte Amina sich nach ihrem Schulalltag in Österreich gesehnt:

Gleich nach dem Studium hatte sie zu unterrichten angefangen. Die Arbeit mit den Kindern in der Mittelschule, die unter ihrer Betreuung zu Jugendlichen reiften, hatte ihr große Freude bereitet. Der Rhythmus des Schullebens hatte ihr gut getan. Jeder Schultag begann in Österreich mit Sport. Die Lehrerinnen und Oberstufenschüler begleiteten jeweils eine Gruppe von Schülerinnen jeden Tag eine Stunde lang beim Ausführen einer sportlichen Tätigkeit. Tanzen liebte Amina besonders. Das Tanzstudio, in dem sich täglich mehrere Schulgruppen zum Tanzen trafen, war nicht weit von der Schule. Danach ging es mit fröhlichem Geplauder zum Schulgebäude, wo nach den 2 Minuten Dankbarkeit, 3 bis 4 Stunden akademischer Unterricht abgehalten wurde. Ihr Fach „Sozialwissenschaften" beinhaltete Geographie, Geschichte, Sozial- und Wirtschaftskunde. Am Anfang des Schuljahres machte Amina Vorschläge zu Themen aus ihrem Gebiet, die die Kinder und Jugendlichen und natürlich auch sie selbst interessieren könnten. Durch Forschen im Internet wurden über einige Wochen hinweg möglichst Aspekt reiche Informationen zu den einzelnen Themen gesammelt. Die Schülerinnen produzierten dann in Gruppen eine Präsentation zu dem Thema, die entweder als Video ans öffentliche Fernsehen ging oder in der Klasse vorgetragen wurde. Auch Nachbarn besuchten diese Präsentationen gern. Besonders Rentnerinnen, die bei dieser Gelegenheit oft sogar persönliche Erfahrungen aus der Vergangenheit mit den Schülern teilten.

Greg kam jeden Abend von seiner Arbeit als Filialleiter des lokalen Mallmarts zurück. Er war stolz auf seine Familie und seine Arbeit und erzählte beim Abendessen nach dem Tischgebet Anekdoten aus der Firma: Wie er sich vom Arbeiterstrich vier Schwarze geholt hatte, um den Laden aufzuwischen und den Container mit einer Ladung Kondensmilch zu entladen. Er war stolz darauf, der Firma Geld gespart zu haben, indem er nach verrichteter Arbeit den Arbeitern den versprochenen Lohn vorenthielt und nach Verhandlungen nur 75% der abgemachten Summe bezahlt hatte. Das fand er „smart". Für solche Aktionen würde er vielleicht bald eine Lohnerhöhung bekommen, meinte er. „Pass auf, dass sie sich nicht rächen und dich niederschießen", hatte Amina gemeint. Es gab hier viele Tote durch Schießereien. „Nein, das trauen sie sich nicht", gab Greg zurück. Erstens würde ich ihnen dann nie wieder Arbeit geben und sie könnten somit nichts verdienen und zweitens werden an Schwarze selten Schusswaffen verkauft. Trotz der Empörung, die in Amina hochstieg, musste sie über die falsche Logik in Gregs Antwort, die er nicht zu bemerkt haben schien, lachen: „Haha, wenn du tot bist, zahlt ihnen vielleicht dein Nachfolger den versprochenen Lohn zu 100%". „Halt den Mund mexikanisches Muslimgirl, diese vorlaute Art passt nicht zu deiner Rasse"! hatte Greg darauf zu ihr gesagt. Amina hatte dann tatsächlich den Mund gehalten, aber nicht aus Feigheit, wie Greg sicher gedacht hatte, sondern aus Klugheit. So konnte sich die Familie friedlich vor dem Fernseher versammeln.

Im Fernsehen gab es in den täglichen Nachrichten vor den Sportberichten eine Reportage über „Black crime". Der Moderator dieses Beitrags (ein

41

Weißer) brachte immer fürs Fernsehen dramatisierte Geschichten von Schießereien in von überwiegend Afroamerikanern bewohnten Gegenden. Grund für die gewaltsamen Auseinandersetzungen war meistens Eifersucht oder Rache. Oft waren diese Geschichten nicht einmal neu, sondern wurden als Wiederholung gebracht. Am Schluss wurde immer eine Art Kassenbon, überschrieben mit: „final body count" eingeblendet: 12 Tote, davon 7 schwarz, 3 Mexikaner und 2 weiß. „Wieder 10 weniger", sagte Greg dann immer.

Manchmal hatten Weiße den Streit begonnen, das gab der Moderator offen zu, aber für diese fand er immer eine Rechtfertigung, warum sie sich hatten wehren müssen. Meist hatten die Afroamerikaner „auf eine Zurechtweisung überreagiert" oder „nicht einsehen wollen, dass es Zeit war, die andere Backe hinzuhalten". In dieser Fernsehsendung fiel öfters der Bibelspruch „Wer zum Schwert greift, wird durch das Schwert umkommen", Dieser Spruch bezog sich aber anscheinend nur auf Afroamerikaner oder Latinos, die laut der Logik des Moderators immer selbst an ihrem Tod schuld waren. Wenn wirklich einmal ein Schwarzer ohne einen, dem Präsentator ersichtlichen Grund von einem Weißen erschossen worden war, war der Weiße mindestens ein Halbmexikaner oder das arme Opfer hatte Krebs und hätte ohnehin nicht mehr lange zu Leben gehabt, wie der Moderator mit freiem Auge feststellen konnte.

Verbrechen oder Vergehen von Weißen fielen unter „normal crime". Es wurde mit Wirtschaftsnachrichten oder im Kontrast zu Verbrechen, die im Ausland begangen worden waren, vermischt gebracht.

Ein Fall von normal crime wurde immer wieder im Fernsehen behandelt: Ein Vater hatte aus Versehen seinen Sohn erschossen, der in der Nacht die Dachrinne hinuntergeklettert war, um heimlich auf eine Party zu gehen. Der Vater hatte geglaubt, es handelte sich um einen Einbrecher und erschoss den Jungen „auf der Flucht", wie er meinte, als dieser durch den Garten auf die Straße lief. Der Moderator drückte sein Entsetzen über die Verwechslung aus und auch sein Beileid an die Familie. Besonders den Vater, den seine Frau, die Mutter des Kindes, aus Verzweiflung über den Tod ihres Sohnes geschlagen hatte, bemitleidete er sehr. Alle paar Wochen gab es Neuigkeiten zu diesem Fall. Man machte der Mutter Vorwürfe, weil sie sich nach diesem Unglück von ihrem Mann hatte scheiden lassen. (Das war das normale Verbrechen). Sie sollte ihm doch in dieser schweren Zeit beistehen, meinte der Moderator.

Man sprach darüber, ob man für solche Fälle nicht vielleicht besser Munition verwenden sollte, die nicht tödlich wäre. Die Meinung der Diskussionsrunde ging dann eher in die Richtung, dass die Abschreckung für Einbrecher auf jeden Fall aufrechterhalten werden müsse. Niemals aber sprach man davon, dass es ohne Waffen wesentlich weniger Tote und Verletzte geben würde. Wagte es doch einmal jemand, in diese Richtung zu argumentieren, kam man ihm sofort damit, dass man ja aufgrund von Verkehrsunfällen auch nicht aufs Autofahren verzichte.

Es hatte in den USA im letzten Jahr ungefähr 70 000 nicht tödlich endende Unfälle mit Waffen und 30 000 Todesfälle aufgrund von Verletzungen durch Feuerwaffen gegeben. Um an diese Informationen zu kommen, hatte Amina 100 Dollar für das einstündige Einloggen im internationalen Internet bezahlt. Sie hatte sich Sorgen gemacht, dass die Wahrscheinlichkeit durch eine Kugel zu sterben bei der Dichte der Waffen pro Einwohner hier in Glendale so hoch wäre, dass sie vielleicht ihren Aufenthalt abbrechen würde. Die Wahrscheinlichkeit, durch eine Schusswaffe verletzt zu werden oder gar zu Tode zu kommen war tatsächlich ziemlich hoch. Als Sie Greg mit diesen Fakten konfrontierte, meinte er: „Mehr als die Hälfte davon sind Selbstmorde". „Frauen verwenden oft Schlaftabletten zum Selbstmord", sagte er dann noch, „die sind zu feig um sich zu erschießen! Wenn du dich nicht erschießt und dafür sorgst, dass du an keiner Überdosis stirbst, hast du hier immer noch gute Überlebenschancen, du kleine pazifistische Feministin".

Amina musste auf diese wahrscheinlich als Beleidigung gemeinte Anrede hin lachen. Greg schien ihr nicht gefährlich. Waffen waren für ihn so etwas wie ein Spielzeug oder ein Sportgerät. Allerdings waren die 70 000 Verletzten und 30 000 Toten des letzten Jahres auch von irgendjemandem angeschossen oder erschossen worden, der harmlos wirkte, vermutete Amina, denn die offensichtlich Bösen saßen sicher schon in den gut besetzten, privat geführten Gefängnissen ein, für die sich das an der Börse notierte Unternehmen PP (Prison Perfect) ein Monopol gesichert hatte.

Politische Inlandsreportagen handelten meist von Streitereien der verschiedenen Konzerne um Geld. Manchmal gab es auch Intrigen um Macht oder Frauen. Zurzeit führte der Chef einer landesweiten Immobilienfirma einen Wahlkampf um das Amt des Gouverneurs in Louisiana. Er war ein Quereinsteiger, Billionär, schon 70 Jahre alt und hatte 5 Kinder mit 3 verschiedenen Frauen, von denen 2 Migrantinnen waren. Jedes Mal, wenn dieser im Fernsehen auftrat, regte sich Greg fürchterlich auf: „Dieser Mann hat Millionen angehäuft, indem er Baumaterialien billig importierte und seine Auftragnehmer regelmäßig um ein Drittel der ausgemachten Summe betrogen hat! Wie wäre es sonst möglich, dass ein Afroamerikaner Billionär ist! Dieser Kerl besitzt die Frechheit uns seine Steuererklärung vorzuenthalten, macht mit Frauen rum und schämt sich nicht, ein politisches Amt anzustreben!"

„Reg dich ab", versuchte ihn Brenda jedes Mal zu beruhigen, „er ist ja Billionär, da wird er schon was von Wirtschaft verstehen und überhaupt, was geht uns der Gouverneur von Louisiana an? Willst du etwa, dass die Kandidatin der gegnerischen Partei gewinnt"? „Ha", regte er sich gleich wieder auf, „diese Sozialromantikerin wird es niemals in ein politisches Amt schaffen! „Krankenversicherung für alle"! Wie soll das gehen? Welche Firma soll dafür bezahlen? Mir genügt meine Operationsversicherung fürs Krankenhaus und wenn es mir wo weh tut, nehme ich das selbst in die Hand, schaue im Internet nach, was hilft, gehe dann ins CDP Store und kaufe mir die Medizin. Ich muss meistens nicht mal Dr. White fragen. Und den illegalen Einwanderern, die abgeschoben werden, will sie erlauben, ihren Besitz noch zu verkaufen, bevor sie das Land verlassen, und ihnen die Beiträge, die sie in die Sozialversicherung eingezahlt haben, ausbezahlen." Es fiel Greg einfach schwer, sich in die Situation eines anderen zu versetzen. Alles bezog er auf sich selbst, weshalb Amina mit ihm nicht gern diskutierte.

Sport war ein neutrales Thema, das nicht nur Greg sehr interessierte. In den USA waren die Trainer von Sportmannschaften die bestbezahlten Angestellten. Neben Football, Baseball, Soccer und Basketball war auch „Weaponskills", also Fertigkeiten im Umgang mit Waffen, eine beliebte Sportart. Es gab einen Decathlon auf diesem Gebiet: Dazu gehörte schießen auf ein unbewegliches Ziel, schießen auf ein bewegliches Ziel, eine Granate so werfen, dass sie genau dort einen Krater bildete, wo ein Kreis im Boden das Ziel markierte, Granatenweitwurf, mit einem laufenden Maschinengewehr möglichst viele Einschusslöcher in einer sich bewegenden Attrappe hinterlassen, mit einer Bazooka eine Hütte mit einem einzigen Schuss flach machen, aus einem Panzerfahrzeug ohne Computersteuerung ein Ziel in 3 km Entfernung treffen, Mit einer Panzerkanone ein altes Auto möglichst weit wegschießen, (der am weitesten entfernt gefundene Wrackteil zählte), eine Drohne mit Abwehrsystem aus der Luft schießen und manuell mit einer ferngesteuerten Drohne ein durch ein GPS vorgegebenes Ziel treffen. Diese Sportarten übte Greg fast alle auch aktiv aus. In manchen hatte er Mike, aber auch die Mädchen schon unterwiesen und darum scharten sich spätestens bei den Sportnachrichten alle Familienmitglieder, auch die, die vielleicht bis zu diesem Zeitpunkt noch etwas anderes getan hatten, um den Fernseher.

Am Abend von Sallys 22. Geburtstag saß die Familie wieder einmal bei Automatenpizza zum Abendessen beisammen. Auch White Taco war eingeladen. Amina hatte eine Sachertorte gemacht, die sie mit Schlagsahne dekoriert hatte. Brenda hatte Amina verraten, dass ihr und Gregs Geschenk für Angela eine neue Mortesecura 10 sein würde. „Was ist das"? hatte Amina gefragt. Brenda hatte sie aufgeklärt, dass es sich dabei um das neueste Modell einer beliebten Schusswaffe handelte und Amina gebeten, ihre Torte in diesem Sinne zu dekorieren. Also hatte Amina die steif geschlagene Sahne mit einer Spritztülle in Form einer Pistole auf die mit Schokoladeglasur überzogene Torte gezeichnet und in den Colt die Nummer 22 hineingeschrieben. Die restliche Sahne hatte sie konservativ als Blümchen am äußeren Kreisrand der Torte aufgespritzt. Etwas Besseres war ihr nicht eingefallen. Als Sally durch die Tür hereingeführt wurde, während ihre Familie für sie Happy Birthday sang, sah sie die Torte, klatschte freudig in die Hände und schrie: "Ah, ist es wirklich das, was ich vermute? Ich bin so aufgeregt"! Dann stürzte sie sich gleich auf das Paket, in dem sie das Hauptgeschenk vermutete. Sie riss das Papier herunter und suchte die Öffnung der ziemlich großen Schatulle, die wie ein Geigenkasten aussah. Unter Freudentränen und Begeisterungsrufen: „Oh wie schön, das habe ich mir soooo gewünscht", öffnete sie das Geschenk und baute die Waffe zusammen. Angela hatte ihr Munition geschenkt. Auch chemische Munition, mit der sie auf White Taco schießen konnte, um ihn besonders feurig zu machen. „Ich brauche das nicht", hatte Diego (so hieß er wirklich) lachend gemeint. "Ich bin heiß genug"! Dabei lehnte er sich in seinem Stuhl zurück, verschränkte die Arme herausfordernd vor der Brust und schaute lustig provokant in die Runde. Greg gefiel das gar nicht: „Halte deine Triebe im Zaum"! sagte er zu ihm. „Ich sage ja nur…" gab Diego versöhnlich zurück.

Amina hatte Sally eine schöne Bluse geschenkt. Sie war aus weichem Blumenstoff in Blautönen, unter der Brust gesmockt fiel sie wie ein kurzes Kleid bis über die Hüften. Sally freute sich über dieses Geschenk sehr und auf die Frage ihrer Mutter, was sie mit ihrer alten Mortesecura 8 machen würde, antwortete sie: „Ich will, dass Amina sie bekommt." „Oh, warum nicht ich"? hatte Diego mit gespielter Enttäuschung gefragt. „Oder ich?" mischte sich Brenda ein. „Ich habe nur einen kleinen Revolver"; „den du von ganzem Herzen liebst und nie für was Besseres eintauschen wolltest", fiel ihr Greg ins Wort. „Gib sie Amina, damit sie sie während ihres Aufenthaltes bei uns hier verwenden kann. White Taco bekommt sie jedenfalls nicht".

„Wer zum Schwert greift, wird durch das Schwert umkommen", zitierte Diego die Bibel. "Was jetzt: bist du ein Pazifist oder willst du mir drohen"? Fragte Greg mit einem ziemlich aggressiven Unterton. „Nein, ich wollte dir nur beweisen, dass ich ebenfalls die Bibel zitieren kann, wenn ich es für angebracht halte", antwortete Diego darauf. Sally, die neben ihm saß, gab ihm daraufhin einen dicken Kuss auf die Wange. „Also, Moment mal", schaltete sich Greg wieder ein. „Den Spruch hast du vom Fernsehen und die Bibel zu zitieren und sie richtig zu interpretieren sind zwei verschiedene Paar Schuhe. Du sprichst diesen Satz einfach so daher ohne ihn zu verstehen. Man kann sehr wohl zum Schwert greifen, ohne durch das Schwert umzukommen. Man kann auch schlimmer sterben als durch das Schwert. Man kann zum Beispiel durch eine Giftspritze oder am elektrischen Stuhl sterben, wenn man ein Verbrecher ist". „Oder fälschlich zum Tode verurteilt wurde", warf Amina ein. „Halt den Mund, besonders wenn es um die Bibel geht, davon verstehst du rein gar nichts"! Schrie Greg sie an. „Dieser Spruch und der andere vom „die Backe Hinhalten" wird immer von feigen Pazifisten dann verwendet, wenn sie nicht den Mut haben, für ihre Überzeugungen einzutreten oder ihre Familie zu schützen".

„Beruhige dich", versuchte Brenda ihn zu bremsen. „Wir haben diese Predigt gerade letzten Sonntag gehört, wir feiern jetzt den Geburtstag deiner Tochter, wenn ich dich erinnern darf." „Außerdem geht es hier doch gar nicht um Schwerter", meldete sich Mike zu Wort. „Es geht um die Mortesecura 10 und von der ist in der Bibel soviel ich weiß gar nicht die Rede". Alle lachten und Greg bestand nicht mehr auf Zustimmung, sondern pflichtete seinem Sohn bei. „Außerdem leben wir Christen das Leben in Fülle und haben einfach Spaß daran auf Waffenexkursionen zu gehen" fuhr Greg fort. „Nächsten Sonntag gehen wir nach der Kirche schießen! Amina und White Taco, ihr seid eingeladen. Was meinst du Mike, nehmen wir sie mit"? „Na klar"! bejahte der Junge freudig.

Mike wurde männlich erzogen. Er ließ sich bei Tisch wie selbstverständlich bedienen und räumte auch seinen Teller nie weg. Wenigstens bewegte er sich mehr als die Mädchen, da er täglich mit den Mallmarttruppen trainierte. Oft bestand das Training zwar nur in Schießübungen, aber meistens stand auch Laufen oder Parcour auf dem Programm. Nicht, dass sich die Mädchen besonders im Haushalt engagiert hätten. Sie mussten manchmal den Staubsaugerroboter einschalten, aufladen oder programmieren oder die Wäsche falten und es ärgerte Amina immer ein bisschen, wenn sie zu ihr sagten: „ach könntest du das bitte machen, ich muss jetzt...." darauf folgte eine belanglose Ausrede, wie „schnell einen Bibelvers nachschlagen" oder

„mir ein passendes Medikament im Internet suchen". Amina erledigte diese Aufgaben dann trotzdem mit innerem Gleichmut. Nur beim Falten der riesigen zeltartigen Wäschestücke bekam sie manchmal ein bisschen Aggressionen. Auch wenn Amina sich einen Kaffe herrichtete und fragte: "Wollt ihr auch einen"? störte es sie, wenn eine oder beide sagten: "Ja, ich nehme einen", ohne „bitte" zu sagen. Ganz besonders störte es sie, wenn eine der beiden aus Versehen etwa ein Joghurt fallen ließ oder ein Getränk verschüttete. Dann stellten sie sich mit etwas gespreizten Beinen auf die Zehenspitzten, winkelten die Arme an und kreischten hysterisch „iiiii". Dabei warfen sie Amina einen hilfesuchenden Blick zu, die dann meistens auch mit einem Stück Küchenrolle kam, um aufzuwischen.

Amina meinte zu spüren, von den Mädchen mit Marifer, der Frau, die einmal die Woche zum Boden- und Bäderputzen kam, gesellschaftlich auf eine Stufe gestellt zu werden. Dabei ärgerte sich Amina auch über sich selbst, da sie merkte, dass sie trotz ihrer positiven Einstellung zum Ideal einer klassenlosen Gesellschaft als diplomierte Lehrerin angesehen werden wollte.

Kapitel 4

Die Schule als Motor für soziale Integration und gesellschaftlichen Fortschritt (Titel von Aminas Diplomarbeit)

Nun wurde es bald Weihnachten und Amina hatte schon seit September versucht, die Schule Glendales, der sie zugeteilt war, ein wenig nach den Vorstellungen, die sie von zu Hause mitbrachte, umzugestalten. Wütend warf sie die Verpackung ihres Müsliriegels in den Mülleimer des Pausenhofes. Sie hatte es noch nicht geschafft bei den Kollegen und Kolleginnen Anerkennung zu finden, geschweige denn sich mit einem oder einer von ihnen zu befreunden.

Letzte Woche hatte man sie aufgefordert, ihren Platz als Lehrerin für Sozialwissenschaften in der Sekundarschule für eine Lehrassistenz in der Grundschule auszutauschen. Die pazifistischen Inhalte ihres Unterrichts waren dem Kollegen, der amerikanische Geschichte unterrichtete, nicht genehm gewesen. Über ihre didaktischen Fähigkeiten verlor man hier kein Wort, denn es gab praktisch keine Diskussion über Lehrmethoden oder andere pädagogische Fragen.

Lehrerin war in den USA ein Beruf ohne jedes Prestige. Es gab im Land keine öffentlichen Schulen, obwohl fast alle Schulen das Wort „public" im Namen führten. Vor 20 Jahren hatte die Regierung beschlossen, keine Schulen mehr zu unterhalten, sondern den Familien für jedes Kind Gutscheine zu geben, die für den Unterricht in Privatschulen eingelöst werden konnten. Anfangs führte das zu einem Boom der Privatschulen, der aber bald abebbte, als die Inflation nach der großen Krise diese Gutscheine immer wertloser gemacht hatte. Viele Schulen sperrten ersatzlos zu und die Gemeinden unterhielten Schulen auf freiwilliger Basis, in denen auch Freiwillige als Lehrerinnen unterrichteten. Diese Lehrer bekamen einen Lohn, der von den freiwilligen Spenden der Eltern und einem Zuschuss der großen Firmen zum Erziehungsbudget abhängig war. Diesen Zuschuss konnten die Unternehmen von der Körperschaftssteuer absetzen. Als sich die Firmen beklagten, dass sie schon große finanzielle Lasten mit der Erhaltung des Heeres (ihrer Sicherheitsfirmen) zu tragen hätten, durften sie einen Teil der Unterstützung für die Schulen auch in Naturalien abdecken. In jeder Schule gab es nun Automaten, wo man Schreibutensilien, Bücher, Getränke, Nahrungsmittel, Tabletten, Socken, usw. zu einem reduzierten Preis kaufen konnte. Die

Kinder bekamen Schuluniformen mit dem Logo der Spenderfirma und die Taxiappfirma stellte einen autonom fahrenden Schulbus zur Verfügung.

Die Schule in Glendale war in jeder Hinsicht eine Katastrophe. Schon das Gebäude sah nicht sehr einladend aus. Es war seit einer Ewigkeit nicht renoviert worden und man merkte, dass sich weder die Schulgemeinschaft noch irgendeine Behörde für den Zustand der Immobilie interessierte. Amina hatte Versuche gemacht, die Kolleginnen zu überzeugen, die Klassenzimmer auszumalen, oder wenigstens die Einschusslöcher zuzugipsen aber alle ihre Vorschläge, die Schulgemeinschaft in die Renovierung einzubeziehen, wurden abgetan: Die Kinder könnten sich an den Dämpfen der Farbe vergiften, die Farbe könnte die Haare verkleben, die Renovierungsfirma könnte beleidigt sein, wenn man selbst Hand anlege, es wäre aber kein Geld vorhanden, die Firma zu bezahlen, man könne nicht schon wieder die Konzerne zur Kasse bitten, sie hätten gerade erst die Lehrergehälter bezuschusst und so weiter.

Außerdem wurde Amina als Fremdkörper wahrgenommen: Eine Mexikanerin oder Muslimin, die hier Vorschläge machte, war suspekt. Obwohl sie sogar nach einem Bibelspruch gesucht hatte, der ihre Vorhaben unterstützte: „Es kommt der Tag, an dem man deine Mauern wiederaufbaut. (Micha,7:11)" Da hatten sie sie wohlwollend ausgelacht. „Haha, da sind doch keine Schulmauern gemeint, bei diesem Spruch geht es um Mauern zur Verteidigung vor Feinden, wie zum Beispiel die große Mauer zu Mexiko". Sie nahmen es Amina nicht übel, dass sie die Bibel zitierte, im Gegenteil, sie lobten sie sogar meist dafür, aber jedes Mal kritisierten sie ihre Auslegung. „Gut, du, als Mexikanerin, (du, als Muslimin) kannst ja nicht wissen, dass…" Die Auslegung der Bibel, wie die Leute in Glendale sie übten, schien Amina allerdings keineswegs kongruent mit dem Geiste des Evangeliums, den ihr Papa immer aufrief, wenn es um ethische Fragen ging.

Das Thema von Aminas Diplomarbeit hatte „Die Schule als Motor für soziale Integration und gesellschaftlichen Fortschritt" gelautet. Sie sprach darin über die friedlich revolutionären Folgen der Einführung der allgemeinen Schulpflicht in Österreich im Jahre 1774 und wie seither die Schule stets das Fundament der sozialen Entwicklung des Landes gebildet hatte. Am Beispiel der Zusammenlegung von Hauptschule und Gymnasium ungefähr zu der Zeit als sie geboren wurde, zeigte sie auf, wie wichtig es war, dass alle Bevölkerungsschichten und in Österreich lebenden Ethnien zusammen eine ihrem Wohnort nahe gelegene Schule besuchten. Viele positive Erlebnisse aus Aminas Schulzeit, über die sie damals nicht groß nachgedacht hatte, waren Folgen einer umfassenden sozialen und digitalen Schulreform gewesen, die Anfang der 20er Jahre stattgefunden hatte.

Die Sozialstunden zum Beispiel, in der Amina als Mittelschülerin manchmal mit einigen Kameraden zu alten Leuten nach Hause zum Karten Spielen gegangen war, die Bauernhofwoche, wo sie gemeinsam Gemüse gepflanzt hatten. (Sie war damals ein bisschen in den coolen Lehrer verliebt gewesen, der ein Schuljahr lang jede Woche eine andere Gruppe auf dem Bauernhof in allen akademischen Fächern unterrichtet hatte und dort mit seiner Frau und seinen kleinen Kindern ein Jahr lang lebte). Auch die tägliche Sportstunde war damals eingeführt worden. Die verschiedenen sportlichen Aktivitäten, mit denen seit damals täglich der Schultag beginnt, stehen auch heute noch den Anrainern offen. Viele Hausärzte verschreiben ihren Patienten die Teilnahme daran. „Das tut der allgemeinen Gesundheit gut und hilft auch gegen Einsamkeit und Depression", erinnerte sich Amina, in Gedanken ihre Diplomarbeit zitierend. „Außerdem lernen sich dadurch die Bewohner einer Nachbarschaft kennen, was wiederum die zwar schon vorher nicht sehr hohe Kriminalitätsrate fast auf den Nullpunkt senkte"

Die Schule in Glendale hatte vom Kindergarten bis zur 12. Schulstufe ungefähr 250 Schülerinnen. Wie viele genau, konnte man nicht sagen, da die Kinder den Unterricht nicht regelmäßig besuchten. Bei der kleinsten Kleinigkeit, die einem Kind nicht gefiel, sagte es sofort: „Wenn ich das machen muss, lasse ich mich ab morgen zu Hause unterrichten". Auch manche Eltern drohten ständig damit, ihr Kind künftig zu Hause zu unterrichten, damit es nichts Falsches mehr lerne. Falsch war alles, was mit Evolution, Geschichte oder Philosophie zu tun hatte. Aminas Fach "Sozialwissenschaften" war besonders anfällig für Falsches und Friedenserziehung, eines der Unterrichtsprinzipien bei ihr zu Hause wurde belächelt, wenn nicht offen kritisiert.

„Wir erziehen Helden", hatte Sam ihr gesagt, als man sie aus dem Sozialwissenschaftsunterricht geholt hatte. Er wollte ihr zeigen, wie man amerikanische Geschichte richtig unterrichtete.

Amina ging lustlos durch den Pausenhof auf das Gebäude zu, in dem ihr Sam nun zeigen würde, wie man richtig unterrichtete. Trotz ihrer schlechten Laune war sie trotzdem ein wenig neugierig auf Sams Unterricht. Sie war von zu Hause gewöhnt daran, bei Kolleginnen zu hospitieren. Das war in Österreich Pflicht. Jeder Kollege musste jedes Jahr einmal bei einer Unterrichtsstunde jeder Kollegin hospitieren und Tipps sowie Feedback geben. Für gute Tipps und konstruktives Feedback bekam man Punkte, die man brauchte, um sich eine Gehaltserhöhung zu erarbeiten.

Amina konnte sich nicht vorstellen, dass Sam auf Feedback von ihr wertlegte. Sie hatte kein gutes Verhältnis zu ihm. Die beiden waren schon oft aneinandergeraten. Er war zusammen mit einem anderen Kollegen, der Sport unterrichtete, der einzige männliche Lehrer, denn Lehrerin war in den USA ein Beruf für „Loser", wie Greg ihr mit seinen Worten: „politisch unkorrekt", wie er stolz bemerkte, bald einmal gesagt hatte, weshalb sich hier nur wenige Männer als Lehrer verdient machten.

Fast zeitgleich mit Sam betrat Amina das Klassenzimmer. Sie begrüßte ihn mit einem lauen „Hi". Sam stellte sich hinter sie, legte beide Hände auf ihre Schultern und sagte zu den versammelten Teenagern: „Unsere kleine Mexikanerin hier will in meinem Unterricht lernen, wie unser tolles Land zur ewigen Supermacht geworden ist. Macht ihr bitte dort hinten einen Platz frei."

Amina setzte sich zu den Schülerinnen und während zwei Schüler auf Sams Aufforderung hin den Hologrammplayer vorbereiteten und die Bildschirmebene herausklappten, führte Sam sein Programm ein. „Heute werdet ihr von einem amerikanischen Helden lernen, der in Afghanistan kämpfte und 255 kills auf seinem Konto hatte verbuchen können. Viel mehr will ich euch noch nicht verraten. Wir sehen uns jetzt den Film „American Sniper" an, der über diese historische Persönlichkeit erzählt."

Dann rückte er sein Pult ein wenig nach hinten, setzte sich mit Sicht auf den Bildschirm, holte seinen Revolver aus der Halterung, legte ihn und danach seine Beine aufs Pult, schnupfte eine Ladung Stardust und freute sich darauf, den Schülerinnen und Amina seine Vorstellungen von Heldentum zu vermitteln.

Immer noch schafften es Filme, die Aufmerksamkeit von Schülern zu erregen und 20 13jährige sahen mehr als 2 Stunden lang aufmerksam diesen Kriegsfilm an. Danach entließ Sam gutgelaunt seine Schülerinnen in die Pause. Zu Amina sagte er: „Du bereitest mir für die nächste Stunde einige Fragen für die Nachbesprechung des Films vor".

Amina hatte sich mit ihren Schülerinnen zu Hause fast ein halbes Jahr lang mit der Frage: "Was haben die Kriege, die Österreich in den letzten 200 Jahren geführt hat, dem Land gebracht"? Die Antwort war verheerend für die Sache des Krieges ausgefallen und sie hatten sich danach noch einen

Monat mit Bertha von Suttner und Alfred Nobel beschäftigt. „Die Waffen nieder" war das gesamt Resümee gewesen, dass sie damals mit ihrer Klasse der Schule und den vielen Nachbarn (meist ältere frühere Kriegsflüchtlinge oder andere Österreicher im Pensionsalter) in einer multimedialen Show präsentiert hatten. Würden die Leute hier jemals zu diesem Schluss kommen? Mussten wirklich immer eigene Vorfahren in einem Krieg gestorben sein, damit man zur Pazifistin werden konnte?

Sam hatte wohl erwartet, dass er Amina mit einem Kriegsfilm zur Kriegsheldenverehrung bekehren könnte. Trotzdem war sie froh, dass sie mit der Nachbesprechung des Filmes beauftragt worden war. In einem Rollenspiel wollten sicher alle der Sniper sein, der im wirklichen Leben 255 kills auf seinem Konto hatte verbuchen können, wie Sam vor dem Film stolz den Schülern, aber vor allem ihr, verkündet hatte. In einem Rollenspiel, in dem auch die Nebenfiguren zu Wort kommen sollten, würde sich aber vielleicht trotzdem in den Schülerinnen etwas bewegen.

So bereitete sie zu Hause Zettel mit den verschiedensten Rollen im Film vor. In der nächsten Unterrichtsstunde forderte sie die Schüler auf, je einen Zettel mit dem Namen einer Filmfigur zu ziehen. Die Kinder sollten sich in die Rolle ihrer Person hineinversetzen und einzeln vor der Klasse die Motivation ihres Handelns erklären und den Gefühlen, die sie in ihrer Rolle empfanden, Ausdruck verleihen.   Die anderen sollten von ihrem Platz aus mit dieser Person in einen Dialog treten.

Das klappte eigentlich ganz gut, bis der Sniper, den ein afroamerikanischer Junge gezogen hatte, dran war. Er ging nach vorne, stellte sich vor die Klasse hin und bevor er noch etwas gesagt hatte, streckte er den linken Arm nach vorne und mit der Rechten machte er eine Bewegung als würde er den Abzug einer Waffe bedienen. Dabei schloss er das rechte Auge und visierte mit dem anderen zuerst einige seiner Kameradinnen und dann auch Sam an. Pch, pch machte er, so wie Irene damals im Waffenshop. Sam erhob sich gleich von seinem Platz und putzte den Jungen herunter: "Ist das alles, was du als Held zu bieten hast"? „Nein, ich bin noch nicht bei 255", sagte der Kleine. Die Klasse lachte. Amina fand die Antwort eigentlich nicht schlecht. 255, das war auch ungefähr die Mitgliederzahl der Schulgemeinschaft und sie hob an, den Kindern diese Zahl auf diese Weise konkret darzustellen, als sie von Sam unterbrochen wurde und er sie fragte, was dieses Theater solle. „So unterrichten sie wahrscheinlich bei euch im Busch, wo es keine Waffen gibt, nur Faustkeile, falls überhaupt". Eine Welt, in der man auf Zusammenarbeit, Kommunikationsstärke und Organisationstalent setzte, war ihm völlig fremd.

Er hielt den Kindern dann noch einen Vortrag darüber, wie die USA den Irak befreit hätten. Dabei brachte er einige Fakten durcheinander. Irak und Iran waren für ihn Synonyme und Afghanistan eine Provinz im Irak, aber Amina mischte sich nicht ein.

Um sich mit ihr zu versöhnen und wahrscheinlich auch um sie zu bekehren, zeigte er in der nächsten Stunde den alten „Pazifistenfilm" Hicksaw Ridge, in dem ein Soldat, der aufgrund seines Glaubens keine Waffe anrühren wollte, die Hauptrolle spielte. Er hatte als Sanitäter mehrere Soldaten gerettet, aber die Sinnhaftigkeit des Krieges wurde auch in diesem Film nicht in Zweifel gezogen. Außerdem war der Streifen extrem brutal und Sam, der wie immer auf Stardust war, achtete darauf, dass sich niemand die Hände vor die Augen hielt, wenn Blut, Körperteile und Erde auf der Hologrammebene herumflogen. Zu manchen Kindern ging er sogar persönlich hin, hielt ihnen die Hände zurück, beugte sich von hinten über sie, grinste sie an und flüsterte: „Was, hast du Angst, Baby"? So ein gedopter Sadist wäre in Österreich als Lehrer sofort entlassen worden und in psychiatrische Behandlung gekommen, dachte Amina.

Der Unterricht bei den Kleinen in der Elementarstufe war etwas menschlicher. Die meisten Frauen, die dort arbeiteten, waren Mütter, die tageweise kamen, um mit den Kindern zu lesen, zu schreiben und die vier Grundrechnungsarten zu üben. Für diese Arbeit wurden sie stundenweise bezahlt. Da mehrere Mütter in einer Klasse waren und keine eine Ausbildung zur Lehrerin hatte, gab es oft Rivalitäten zwischen ihnen. Eine Rivalität zwischen weißen Müttern wurde aber oft geheilt, wenn sich eine Latina oder eine Afroamerikanerin engagieren wollte. Da arbeiteten die Weißen dann zusammen, um die anderen rauszuekeln. Das geschah auf subtile Weise. Selten setzten sie eine Afroamerikanerin oder eine Latina einfach vor die Tür. Die Weißen benahmen sich wie Chefinnen, die alles besser wussten. Sie kontrollierten, was eine Latina mit den Kindern las und schauten ihr über die Schulter, machten Vorschläge, wie sie selbst es machen würden oder whitesplainten, was eine Schwarze gerade eben ihren Schülerinnen erklärt hatte, bis es diesen Kolleginnen keinen Spaß mehr machte zu unterrichten. Da diese Frauen keine Ausbildung hatten, wussten manche nicht, wie man sich Gehör verschafft oder was in einem Kind, das sich zurückgesetzt fühlt, psychisch vorgeht, Manche Lehrerinnen benahmen sich grausam zu Kindern, die ihnen aus irgendeinem Grund unsympathisch waren. Trotzdem lernten alle Kinder, die regelmäßig zur Schule geschickt wurden, bis zum 10. Lebensjahr halbwegs Lesen und Schreiben. Das schien den Bürgern der Stadt völlig ausreichend und den Firmen, die die Regierung bildeten, sowieso.

Auch hatten die Lehrer der Glendale public school keinen Kurs in öffentlichem Auftreten erhalten. Amina war hier die einzige der Lehrerinnen, die sich täglich ihren Auftritt erarbeitete und damit Wertschätzung für ihr Publikum ausdrückte. Es hatten schon Kinder zu ihr gesagt: „du bist aber schön". Amina freute sich über das positive Echo der Kleinen auf ihre Bemühungen, erscheinungsmäßig das Beste aus sich herauszuholen, aber bei den Kolleginnen erregte ihr Erscheinungsbild eher Neid. Die meist übergewichtigen Mütter hatten auf die Kleidungstipps, die Amina ihnen gab, mit einem „wir wissen, was Latinas tun, um ihre Reize zur Geltung zu bringen", reagiert. Aminas Einwände, dass es bei Kleidung ganz allgemein um Kultur gehe, dass „sich schön machen" das Bedürfnis nach Lebensfreude befriedige und sie es einfach schlampig finde, wenn man sein Äußeres nicht pflege und den Kindern ein schlechtes Beispiel gebe, ließen sie nicht gelten.

Als die Pausenglocke läutete, ging Amina zu einem de Automaten, um sich etwas zu essen zu kaufen. In Glendale nannte man den Ort, wo die Automaten und zwei Bierbänke mit Tisch standen, „Cafeteria". Dort kaufte sich Amina täglich einen Müsliriegel und aß ihn allein, sich wehmütig an die Esskultur erinnernd, die sie in Österreich zurückgelassen hatte.

Dort waren oft schon Delegationen internationaler Kongresse oder sogar Staatsbesuche in eine Schulküche zum Mittagessen geführt worden, wo die Schüler lange Tafeln mit von ihnen selbst gemachtem Tischschmuck für die hohen Gäste vorbereitet hatten. Eine Gruppe von 20 Mittelschülern hatte wie jeden Tag ein gutes, gesundes 2-gängiges, wie immer aus Umweltschutzgründen, vegetarisches, Mittagessen vorbereitet, das die Gäste dann zusammen mit der Schulgemeinschaft einnahmen. Die Schulküche war nach ihrer Einführung ein großer Erfolg geworden und man hatte nach einem leichter aussprechbaren Namen für dieses Konzept gesucht, um es unter diesem neuen Namen auch in den übrigen Ländern der europäischen Union einzuführen. Man war auf Mensa gekommen, aber in Österreich hieß es noch immer „Schulküche".

Weihnachten stand nun bald vor der Tür und Amina erinnerte sich deshalb auch wehmütig an die großen Adventkonzerte, die in den österreichischen Landestheatern jedes Jahr an den vier Sonntagen vor Weihnachten von den Schulen dargeboten wurden. Diese Konzerte wurden auch vom öffentlichen Rundfunk übertragen und waren schon ein fixer Bestandteil der Vorweihnachtszeit.

Auch gab es in Österreich täglich eine 45-minütige Sendung im Hauptabendprogramm „Wir bringen's zusammen". Das Video zum Intro dieser Sendung, ein Reißverschluss aus Kindern gebildet, mit seiner Musik, hatte es tief in Aminas Gefühlswelt hineingeschafft. Diese Sendung bestand aus 8 5-minütigen Beiträgen, die aus allen Schulen Österreichs eingesendet wurden. Amina hatte als Schülerin auch manchmal an einem Beitrag mitgewirkt, der es in diese Sendung geschafft hatte. Besonders viele Likes bekamen sie, als sie mit ihren Klassenkameraden die Ballade „der Handschuh" zu einem kurzen Film umgeschrieben hatten. Ein Musikstück von einem Schulchor mit oder ohne Orchester beschloss diese Sendung, nach der Amina dann immer ins Bett gegangen war. Wie vermisste sie gerade zu dieser Zeit all diese schönen, Gemeinschaft stiftenden Aktivitäten an österreichischen Schulen!

Hier wurde selten Musik gemacht. Manchmal sang man einfache Lieder, aber das riesige Potential, das schon in Kindern dieses Alters auf dem Gebiet der Musik und der Kunst besteht, wurde nicht einmal angezapft, geschweige denn ausgeschöpft. Amina hatte in Glendale zwei Schulchöre gegründet, obwohl sie für den Musikunterricht nicht ausgebildet war. Zwei Mütter hatten ihr dann die Leitung abgenommen. Amina galt ja als Mexikanerin oder Muslimin und wurde als Teil der Schulgemeinschaft nur geduldet, weil sie über die Qualität der Schulen in den USA forschte und über ihre Erkenntnisse zu Hause berichten wollte. Sie war froh, dass sich die Frauen, die allerdings ebenfalls keine Ausbildung als Chorleiterinnen hatten, gern um die Chöre kümmerten, aber es tat ihr leid, dass es kein internationales Internet gab, sodass sie ihnen Aufnahmen von Auftritten ihrer Schulchöre zu Hause hätte zeigen können.

Die Schulglocke riss Amina aus ihren Tagträumen. Sie half ihrer Kollegin, ihre Kinder vom Pausenhof in die Klasse zu locken. Nach dem Unterricht nahm Amina den Schulbus nach Hause.

KAPITEL 5

DU SOLLST NICHT TÖTEN (5.Gebot)

Weihnachten hatte Amina mit ihrer Gastfamilie gefeiert. Sie hatte Brenda geholfen den Truthahn vorzubereiten, nachdem sie am Weihnachtsmorgen Geschenke ausgepackt hatten. Am nächsten Tag war Gregs Bruder Martin mit seiner Familie zum Mittagessen gekommen. Er hatte für sich und seinen Sohn Bill zu Weihnachten ein historisches Panzerfahrzeug besorgt und wollte mit Greg und seiner ganzen Familie auf eine Waffenexkursion gehen. „Super, äußerte sich Greg sofort begeistert, ich schulde den Meinen ohnehin einen gemeinsamen Waffengang im Freien". Martin hatte sich auch eine Abschussgenehmigung für ein Haus besorgt und so wurde die Exkursion für Sonntag, den 2. Januar nach der Kirche vereinbart.

Martin fuhr schon zur Kirche mit seinem historischen Panzerfahrzeug vor. Amina und die anderen sahen ihn von weitem kommen. „Hier kommt Onkel Martin"! schrie Mike ganz aufgeregt. Als das Fahrzeug näherkam, verstummten die aufgeregten Stimmen der Zuschauer. Amina fragte sich, ob sie sich vielleicht ebenso fühlten wie sie selbst, denn es war eigenartig von der Kanone am Dach des Fahrzeuges ins Visier genommen zu werden. Rund um den Sockel, auf dem die Kanone am Dach befestigt war, nahmen große linsenartige Augen die Umgebung auf und projizierten sie auf einen Bildschirm, der sich auf dem Rücken des Fahrersitzes befand, sodass Bill, der auf dem Sitz hinter Martin saß, alles, was die Kameras aufnahmen, analysieren konnte.

Die X-Ray Linse zeigte ihm zum Beispiel, wie die Menschen ohne Kleidung aussahen, wer eine Waffe trug oder „sich einen Sprengstoffgürtel umgeschnallt hatte", wie Martin erklärte. Diese Fahrzeuge waren nämlich im Irakkrieg und in Afghanistan verwendet worden, um Selbstmordanschläge zu verhindern. „Trugen unsere Soldaten auch Sprengstoffgürtel, um die Feinde in die Luft zu sprengen"? hatte Mike gefragt. „Nein, natürlich nicht", hatte Martin weiter erzählt. „Unsere Soldaten saßen in Washington und töteten die Feinde per Fernsteuerung mit Drohnen und manche saßen in solchen Panzerfahrzeugen um zielgenau die Feinde zu eliminieren. Manchmal steckten diese Fahrzeuge in Bagdad im Stau. Dann warfen unsere Soldaten Wasserflaschen auf die Autos, die im Weg standen, um sie zum Wegfahren zu bewegen. Manchmal wurden unsere Fahrzeuge auch von Flaschen angegriffen, weil die Leute es nicht mochten, dass unser Analyseexperte im Auto sie nackt auf dem Bildschirm hatte". Martin zeigte noch die Nachsichtlinse und die Weitsichteinstellung der Kameras und viele waffentechnische Details des Kanonenbündels am Dach. Der Pastor und besonders die männlichen Kirchenbesucher mussten sich vom Fahrzeug losreißen, um ihren Sonntagspflichten pünktlich nachzukommen.

Der Pastor nahm Martins Panzerfahrzeug zum Anlass, über das 5. Gebot „Du sollst nicht töten" zu sprechen. Er erklärte zuerst einmal, was das Gebot nicht meinte: Todesstrafe für Verbrecher: „auch wenn die Todesstrafe vielleicht keine Abschreckung für den Verbrecher ist, so wird wenigstens der Exekutierte kein Verbrechen mehr begehen", das Töten von Tieren: „Werdet ja nicht zu Vegetariern auf Grund dieses Gebotes! Seid froh, dass ihr über den Tieren steht! Jesus selbst hat zum Beispiel Fisch gegessen, wahrscheinlich gebraten". Zur Selbstverteidigung: "Wenn brave Bürger keine Waffen mehr haben dürfen, dann werden die Verbrecher die einzigen mit Waffen sein". Gerechte Kriege: „Es gibt schlimmeres als das Leben zu verlieren, zum Beispiel den Verlust der Freiheit". All diese Argumente brachte der Pastor vor und bezeichnete es als einen moralischen Kollaps, Verbrecher mit ihrem sozialen Hintergrund oder dem Mangel an Erziehung zu entschuldigen.

Er bedauerte es, dass in Amerika nur noch 10 von 1000 Mördern hingerichtet wurden. Berufskriminelle würden brave Bürger auslachen, die das Recht des Löwen zu essen, vor das Recht des Lammes stellten. Was war also Mord im Sinne des Pastors? „Selbstmord, Abtreibung und absichtliches Töten: Die Tatsache, dass in den USA täglich pro Stunde 2-3 Menschen getötet werden, besonders in den 5 größten Städten des Landes und die vielen Selbstmorde, weisen darauf hin, dass sich die Sintflut oder das Schicksal Sodom und Gomorrhas hier wiederholen könnte".

Dann erzählte er noch von König David, der auch ein Mörder war, weil er Uriah umbringen ließ und den Witz über eine Frau, die von einem tollwütigen Hund gebissen worden war. Der Doktor hatte ihr eine Spritze gegeben und gemeint, diese werde sie vielleicht heilen. Daraufhin holte sie ein Notizheft aus der Tasche und begann wie wild zu schreiben. Der Arzt meinte zu ihr, es wäre noch zu früh, ein Testament zu machen. Daraufhin die Frau: „Das ist nicht mein Testament. Das ist eine Liste mit Leuten, die ich beißen werde, wenn ich Tollwut bekomme". Diese Frau wäre ebenfalls eine Mörderin, so der Pastor, weil sie ihren Feinden den Tod wünschte. „In diesem Sinn sind wir alle Mörder, das ist die schlechte Nachricht, außer wir sind Mörder, denen vergeben wurde".

Der frühere Präsident, der im Wahlkampf behauptet habe, er könnte auf der 5th Avenue spazieren gehen und jemanden töten, ohne eine Stimme zu verlieren, wäre aber kein Mörder gewesen, denn diese Aussage wäre ja nicht von Hass gegen eine Person motiviert, sondern nur eine wahlkampftechnische Vermutung gewesen, um seine Beliebtheit zu untermauern. Hätte er jemanden erschossen, hätte dieser Eine dann zumindest nicht mehr für ihn wählen können und man darf vermuten, dass ein Politiker seine Wähler nicht erschießt.

Im Hintergrund sah man während der ganzen Zeit der Predigt eine schwarze Hologrammfaust, die ein Messer in der Hand hielt. Über die Faust, die sich drehte, war ein dickes X gemalt, um dem Gebot „du sollst nicht töten" auch optisch Nachdruck zu verleihen.

Von dem Spruch, den Amina zu dem Thema kannte: „was ihr dem geringsten meiner Brüder getan habt, das habt ihr mir getan", war jedenfalls nicht die Rede gewesen. Wenn sie zu Hause von Verbrechern hörten, sagte ihre Mama immer: „Ich danke Gott, dass ich nicht seine Mutter bin". Den Predigtabschnitt über die Vegetarier hatte Amina mit Interesse verfolgt. Sie selbst war zwar keine erklärte Vegetarierin, zu Hause aßen sie und ihre Familie jedoch nur selten Fleisch und die Schulküchen wurden in Österreich, hauptsächlich aus Gründen des Umweltschutzes, vegetarisch geführt. Als sie das einmal ihrer Gastfamilie erzählt hatte, hatte Greg den Vegetarianismus für unchristlich erklärt. Amina konnte sich damals nicht erklären, was daran unchristlich sein sollte, es fiel ihr aber auf, dass Vegetarianismus in Glendale immer als eine Art Ideologie angesehen wurde, sie sich gegen das Christentum richtete. „Echte Christen essen Fleisch", hatte auch diesmal der Pastor gesagt.

Amina und Diego, der die Familie an diesem Sonntag zum Gottesdienst begleitete, weil er auch zur Waffenexkursion eingeladen war, saßen in der Kirche nebeneinander. An seiner anderen Seite saß Sally. Amina hatte beobachtet, wie er ihr während der Predigt die Hand streichelte und sie liebevoll begrapschte. Sally hatte nicht versucht, Diegos Hand von ihren Körperteilen wegzuziehen und Amina musste an den Workshop: "Mein Körper und die Liebe" denken, der in Österreich immer in der 7.und 8. Schulstufe auf dem Programm stand. Diesen Kurs leiteten abwechselnd Wanderlehrerinnen und Wanderlehrer, die als Profis auf diesem Gebiet mit ihrem Kurs durch alle Schulen zogen. Einmal stand die Sicht des Mannes im Vordergrund, das andere Mal die Perspektive der Frau. Dieser Kurs war vom pädagogischen Institut in Zusammenarbeit mit den Natur- und

Humanwissenschaftlichen Abteilungen der Universitäten ausgearbeitet worden und hatte ein „partnerschaftliches, von Respekt bestimmtes Verhältnis der Geschlechter" zum Ziel, wie es im Schulunterrichtsgesetz lautete.

Die Ungeduld Gregs und Mikes über diese lange Predigt war Amina nicht verborgen geblieben. Die beiden saßen in der Reihe vor ihr, Mike hatte Greg immer am Ärmel gezogen und ihm einen verzweifelten Blick zugeworfen, den Greg mit einem Gesichtsausdruck beantwortete, der ausdrücken wollte: "Was soll ich machen? wir müssen Geduld haben." Als der Pastor der Familie dann eine schöne Waffenexkursion wünschte und die Gemeinde für einen schönen Sonntag und eine gutes Neues Jahr gebetet hatte, war der Gottesdienst zu Ende.

Nach der Kirche blieben sie diesmal nicht für Kuchen und Soda, sondern machten sich gleich auf den Weg zum Schießen. Greg und Mike fuhren mit Martin und Bill im Panzerwagen. Amina steuerte Gregs Pickup. Die anderen saßen mit ihren Waffen auf der Ladefläche des Autos. Sie alle trugen warme Camouflage Anoraks und dicke Camouflage Cargo Pants, denn es war kühl an diesem sonnigen Tag. Das Ziel war eine verlassene Stadt, ca. 25 km von Glendale entfernt, wo das Haus stand, für das Martin die Erlaubnis erhalten hatte, es flach zu machen.

Als sie in der Stadt ankamen, wurden sie von streunenden Hunden und Katzen begrüßt. Die Häuser waren alle heruntergekommen und offiziell nicht bewohnt. Viele waren schon von anderen flach gemacht worden. Durch das Ausgeben von Zerstörungsgenehmigungen für Waffensportler ersparten sich die Immobilienfirmen die Abrisskosten. Die Kosten für das Wegräumen des Schutts waren schon im Preis für die Abschussgenehmigung inbegriffen. Martin hatte einen gut bezahlten Job in der Werbebranche und darum war er einer der wenigen in Glendale, die sich dieses teure Hobby leisten konnten.

Durch die verlassenen Straßen fahrend sahen sie, dass im Vorgarten von 2 Häusern Wäsche zum Trocknen aufgehängt war. Martin kündigte eventuellen Bewohnern durch den im Wagen integrierten Lautsprecher ihr Kommen an: „An alle illegalen Bewohner der Stadt", brüllte er ins Mikrofon, „Wir werden unsere Erlaubnis, das Haus Nummer 16 in der 4th Avenue in Schutt und Asche zu legen, jetzt exekutieren! Ich fordere alle illegalen Bewohner auf, die Immobilien zu verlassen." Daraufhin feuerte er einen Schuss in die Luft ab. Man sah aus manchen Häusern Leute herauslaufen.

Manche führten Kinder an der Hand. Sie liefen auf einen Luftschutzkeller zu, den sie sich gebaut hatten. „Ja, ja, verschwindet", plärrte Martin ins Mikrofon, „aber auch das Loch, in das ihr euch verkriecht, ist nicht euer im Grundbuch eingetragenes Eigentum".

Vor dem Haus Nummer 16 blieben sie stehen und stiegen aus. Es schien leer zu sein. Wenigstens hing keine Wäsche im Vorgarten und die Fenster waren vernagelt. Martin schoss auf das Türschloss und trat die Haustüre ein. Amina betrat mit den anderen das Haus. Es gab dort jede Menge Gerümpel und staubiges Zeug. Brenda trat mit dem Fuß gegen einen Stapel Zeitungen. Mit dem Gewehrlauf stocherte sie in dem Stapel herum. Eine Ausgabe der Washington Post aus dem Jahr 2008 fiel herunter. Amina hob die Zeitung auf. Sie verkündete die Wahl Barack Obamas zum 44. Präsidenten der USA. Auch mehrere andere Zeitungen waren von diesem Tag. „Dieser Loser hat wahrscheinlich gedacht, dass er mit diesen Blättern Geld machen würde, wenn sie erst einmal Antiquitäten sind", meinte Greg. „Einen schwarzen Sozialarbeiter zum Präsidenten zu wählen! was ist denen damals eingefallen? Er war noch dazu der einzige Präsident, der nicht erwiesenermaßen auf US Boden geboren ist", gab Martin sein Wissen über Geschichte zum Besten. Sie fanden im Zeitungsstapel noch einige Zwangsvollstreckungsbescheide und Werbungen für Wohnmobile.

Nützliche Einrichtungsgegenstände gab es nicht mehr, die hatte sich wahrscheinlich schon jemand geholt, oder der Besitzer hatte sie mitgenommen. Die Einbauküche war aber noch vollständig an ihrem Platz und in den Kästen gab es noch einiges Wenige an Geschirr und Küchengeräten. „Irgendwie ist es doch ein eher trauriges historisches Ereignis, in einem Haus zu stehen, in dem vor ungefähr 30 Jahren Menschen gelebt haben, und es danach flach zu machen", dachte Amina.

„An die Arbeit!" riss Greg sie aus ihren Gedanken. Sie gingen zu den Wägen zurück und Martin verkündete die Strategie, die er sich für die Zerstörung zurechtgelegt hatte. „Zuerst darf jeder mit seinem eigenen Gerät auf ein selbstgewähltes Ziel auf der Fassade des Hauses schießen", sagte er, "erst danach kommt das Panzerfahrzeug mit seinen Kanonen zum Einsatz und ganz zum Schluss darf jeder eine Granate auf die Trümmer werfen. Also, jeder ist übertrieben, die Frauen und unser Servicepersonal Amina und White Taco habe ich bei der Munitionsbeschaffung nicht eingeplant und deshalb werden es nur 4 Granaten sein, die die restlichen Trümmer pulverisieren".

„Och", machten Angela und Sally „Frauen haben auch Spaß daran, Granaten zu werfen", sagte Brenda. Martin ignorierte den Einwand und feuerte den ersten Schuss. Er traf die Lampe über der Eingangstür. Kleine Plastik- und Glasteile spritzten durch die Luft. „Die hättest du ruhig mir lassen können", meinte Brenda. „Schieß doch auf die Klingel", schlug Martin ihr versöhnlich vor, „jetzt bist du dran". Brenda verfehlte die Klingel und so versuchten alle nacheinander, den kleinen Klingelknopf, oder wenigstens das Rechteck drumherum zu treffen. Greg ärgerte sich besonders, als er die Klingel ebenfalls verfehlte, das merkte man. Er versuchte die Schützen nach ihm abzulenken, damit sie die Klingel nicht trafen. Diego und Amina teilten sich an diesem Tag Sallys alte Mortesecura 8. „Willst du zuerst oder soll ich"? fragte Diego sie. „Amina zuerst", sagte Greg. Diego gab ihr die Waffe. "Hast du schon einmal eine Waffe in der Hand gehabt" fragte Greg sie.

Nein, Amina hatte noch nie eine Waffe in der Hand gehabt. Bis sie in die USA gekommen war, hatte sie noch nicht einmal eine in Wirklichkeit gesehen, dachte sie jetzt. Sie konnte sich jedenfalls nicht daran erinnern, in ihrem Leben etwas mit einer Waffe zu tun gehabt zu haben. Ihren Sozialdienst hatte sie in einem Kindergarten abgeleistet. Nachmittags um 3 war sie zum Dienst gekommen und hatte zusammen mit der Kindergärtnerin die Kinder auf dem Spielplatz beaufsichtigt. Sie war dann, nach Dienstschluss der Kindergärtner für die noch nicht abgeholten Kinder verantwortlich gewesen und hatte den Kindergarten mit seinem Passwort abgeschlossen. Österreich hatte sich vor 10 Jahren für abgerüstet erklärt und das Bundesheer in ein Friedensheer umgewandelt. Es war nun nach Costa Rica, das schon seit 90 Jahren kein Heer mehr hatte, das 2. Land, in dem nur noch die Polizei Waffen tragen durfte. Die Europäische Union hatte sich zuerst gegen den Plan Österreichs gewehrt, seine Neutralität nicht mehr mit der Waffe zu verteidigen, aber das Land konnte klarstellen, dass eine Verteidigung seines Territoriums mit Waffen nicht mehr zielführend war. Mit der Hälfte des früheren Verteidigungsbudgets hatte Österreich ein Zentrum zur Abwehr von Cyberkriminalität aufgerüstet und die andere Hälfte in die Erziehung gesteckt, um sozialen Fortschritt zu fördern. „Sozialer Fortschritt, ist der einzige Fortschritt, der zählt", hatte der Bundeskanzler damals verkündet.

Nun zeigte Greg ihr, wie sie die Waffe halten musste, um vom Rückstoß nicht überrascht zu werden und wie sie das Ziel anvisieren sollte. „So, jetzt los" Amina schoss und traf ins Schwarze. Sie war selbst überrascht. Der Schuss direkt auf die Klingel war reiner Zufall gewesen, aber Greg nahm sofort den Verdienst für sich in Anspruch. „Da sieht man, was ein guter Lehrer ausmacht", hatte er gleich gesagt. „Deine Nanny hat was drauf! Schieß nochmal", sagte Martin „Nein, wir kommen jetzt dran", protestierten die anderen. Nun war Diego an der Reihe. Amina hoffte, er würde ebenfalls treffen, so wie man für einen Landsmann hofft, dass er die sportliche Konkurrenz schlagen würde, aber Diego schoss leider daneben. Die Klingel war ohnehin zu Bruch gegangen und so begannen alle wie wild auf das Haus zu schießen. Sie stellten ihre Waffen auf Automatik und ballerten auf das Gebäude ein. Diego benutzte die Mortesecura 8 und Amina setzte sich in den Pickup, um den ohrenbetäubenden Lärm zu dämmen. Als die Magazine leer geschossen waren, holte Martin sie alle mit einer Handbewegung zum Panzerfahrzeug.

„Was jetzt kommt, wird euch sprachlos machen", kündigte er an. „Kommt alle zum Auto, ich programmiere jetzt den Strike". Er positionierte das Panzerfahrzeug auf der dem Haus gegenüberliegenden Straßenseite, dann stieg er aus, vertrieb Bill vom Rücksitz und richtete mit dem Computer die Kanone auf das Haus. Die männlichen Exkursionsteilnehmer standen um ihn herum und gaben ihm Tipps, wie er das Haus mit einem Schlag flach machen könnte. „Gibt es kein Programm, das, dir den optimalen Punkt zeigt"? fragte Greg. „Wahrscheinlich schon, aber ich kann das Programm auf diesem alten Computer nicht aufrufen und außerdem macht es mehr Spaß, den Punkt selbst zu finden", entgegnete Martin.

„Ziel genau auf die Mitte des Hauses!" meinte Mike. „Nein, du musst die Ecksäulen treffen" mischte sich Diego ein, „Aha, White Taco hat auf dem Bau gearbeitet", lachte Greg. Martin visierte eine Ecksäule an. „Nein, du musst das Fahrzeug links des Hauses positionieren, sodass du gleich zwei Säulen triffst. Falls du eine Diagonale findest, wäre es ideal", meinte Diego. Und so brachten sie das Auto in Position und stellten dann mit Hilfe des Computers die Kanone ein. „Kommt alle ins Auto, jetzt geht es gleich los". Alle 8 zwängten sich in das Panzerfahrzeug. Sally wollte sich auf Diegos Schoß setzen, aber Greg erlaubte das nicht, was Diego wahrscheinlich nichts ausmachte, da sie ihm die Sicht verstellt hätte. So saßen die Männer hinten, beim Computer und die Frauen vorne, geduckt um den Männern die Sicht nicht zu verstellen. „Achtung, Los!" schrie Martin. Das Auto bebte und im Kanonenlärm krachte das Gebäude zusammen. „Ja, super"! das Haus war mit einem Schlag flach gemacht worden. Sie stiegen aus dem Fahrzeug aus, gingen zu Martin, der am Computer saß und sahen sich am Bildschirm immer und immer wieder den Kanoneneinschlag an: manchmal auch in Zeitlupe, manchmal im Zeitraffer. Danach schossen sie mit ihren Gewehren, Martin auch mit der Kanone aus einem kleineren Kaliber, auf die 2 Säulen, die noch standen.

Danach bereitete sich jeder der männlichen Exkursionsteilnehmer auf das Zünden seiner Granate vor. „Du musst versuchen, die Granate in eine Öffnung zwischen den Trümmern zu werfen, damit der Zerstörungsgrad optimiert wird", erklärte Greg seinem Sohn. Die Frauen und Diego hatten sich schon ins Panzerfahrzeug gesetzt, als Mike seine Granate warf. Die Granate fiel in die Trümmer, wohin genau konnte man nicht sagen, da das Fahrzeug zu weit entfernt stand und die Männer weggelaufen waren, um nicht von Trümmern oder Granatsplittern getroffen zu werden. „Und, wie sieht es aus"? fragte Martin, als er die Tür zum Panzerfahrzeug aufmachte. Er wollte sich das Video von der Granatenexplosion ansehen, aber niemand hatte die Explosion aufgenommen. „Ihr seid rücksichtslos und unaufmerksam", regte er sich auf. „Könnt ihr euch nicht denken, dass Mike eine schöne Erinnerung an die erste von ihm verursachte Granatenexplosion mit nach Hause nehmen will"? „Ihr habt Glück, dass nicht ich diese Granate geworfen habe", meinte er, dann zeigte er ihnen, wie sie die verschiedenen Linsen einstellen mussten, um beim Aufnehmen der Explosion gute Bilder zu bekommen.

Er warf die nächste Granate und diesmal klappte es mit der Aufnahme. Man sah auf dem Video Trümmer durch die Gegend fliegen. Die Aufnahme war ohne Ton gemacht worden und Martin wählte spannungsgeladene Musik, um sie der Zeitlupenaufnahme zu unterlegen, die ihm besonders gefiel. Dann teilte er das Video in den sozialen Netzwerken mit seinen Freunden und wünschte in der Überschrift des Posts allen einen explosiven Jahresbeginn und schickte schöne Grüße von der Exkursion. Bill hatte seine Granate ebenfalls geworfen und genau wie Martin teilte auch er das Video, nachdem es ihm gelungen war, die Exkursionsteilnehmer mit Photoshop ins Video hinein zu projizieren. Die Gruppe winkte lächelnd vor dem Hintergrund seiner Explosion. Danach warf Greg seine Granate. Die Männer waren hinter das Panzerfahrzeug gelaufen, wie bei den vorhergehenden Explosionen. Die vier hielten sich die Ohren zu, aber diesmal rührte sich nichts.

Nach ein paar Minuten öffnete sich die Tür des Panzerfahrzeuges; „Na was ist jetzt? Geht einer die Granate holen oder was"? kam Angela fragend auf die Gruppe zu, die hinter dem Auto stand. Plötzlich krachte es ohrenbetäubend. Das Panzerfahrzeug wackelte und Angela und die Männer, die nicht mehr auf die Explosion vorbereitet waren, gingen durch die Druckwelle zu Boden. Angela weinte vor Schreck, aber die anderen lachten und schüttelten sich den Staub von den Kleidern. Sie waren allerdings alle fünf taub von dem unerwarteten Lärm, aber Martin meinte, das

Taubheitsgefühl würde sich bald legen. Er verteilte Kaugummis. „Ist gut für die Ohren" bemerkte er großtuerisch.

Greg und Bill wollten danach noch nach streunenden Hunden und Katzen suchen, um sie zu erschießen. Sie fanden aber keine mehr. Martin suchte mit der Weitsichtlinse nach Tieren, denn schließlich konnte die Kanone auch ein sich bewegendes Objekt auf 3 km Entfernung treffen. „Lasst uns mal sehen, was unsere Grannys bezüglich Waffentechnologie schon draufhatten", meinte er Kaugummi kauend, die Linse am Computer einstellend. Er schoss auf einen Hasen, sah das tote Tier sogar auf seinem Bildschirm, war dann aber zu faul, um die 3 km bis zur Beute zu gehen oder mit dem Panzerfahrzeug über die Wiese zu fahren.

Brenda und die Mädchen hatten schon eine große Picknickdecke auf dem Platz neben den staubenden Trümmern des Hauses ausgebreitet und das Essen ausgepackt. Müsliriegel, Joghurt, Sodas, Apfelmus, abgepackte Knäckebrot Schnitten mit Streichkäse, Schokoriegel und Doughnuts. Nichts fehlte, was man in den am besten sortierten Automaten bekommen konnte. Die Doughnuts gaben noch Anlass zu Humor: Als Mike nach einem Doughnut fragte, sagte Greg zu ihm: "Du bist doch kein Polizist, sondern ein Soldat", und aß ihm vor der Nase das letzte Doughnut weg. Mike lief zu seinem Vater und trommelte ihm auf den Rücken. „OK, der Soldat schlägt jetzt den Polizisten. Du kommst ins Gefängnis". Polizist war in den USA also auch kein Beruf mit Prestige, hatte sich Amina gedacht. Klar, wenn jeder eine Waffe tragen darf und die Exekution der Gesetze selbst in die Hand nimmt, sind die Aufgaben der Polizei beschränkt.

Nach dem Picknick brachen sie auf. Amina fuhr diesmal mit dem Pickup voraus und das Panzerfahrzeug folgte in einem kurzen Abstand. Martin lenkte und Greg spielte mit dem Computer, der die Linsen und die Kanone steuerte. Als sie schon eine Weile auf der Landstraße unterwegs waren, hörte Amina einen Schuss und daraufhin lautes Schreien. Sie fuhr an den Straßenrand und hielt das Auto an.

Alle schrien durcheinander als sie von der Ladefläche des Fahrzeugs herunterkletterten. Auch die Insassen des Panzerfahrzeugs waren ausgestiegen und liefen zum Pickup. Diego lag in Sallys Schoß auf der Ladefläche, rund um die beiden bildete sich eine Blutlache. „Ihr Idioten, was habt ihr getan"? schrie Sally die Männer unter Tränen an. „Da hast du doch ausnahmsweise einmal getroffen", sagte Martin zu Greg, der aufgeregt schimpfte: „Ich konnte doch nicht wissen, dass dieses Ding gleich losgeht.

Dieser Frechling hat mir die ganze Zeit die Mortesecura entgegengehalten und mich feindselig angeschaut", versuchte Greg sich zu verteidigen. „Der hat doch nur auf die Kamera geschaut, musst du dich immer gleich provoziert fühlen"? Schrie Brenda ihren Mann an.

Amina war auf die Ladefläche gesprungen, öffnete Diegos Anorak und suchte die Einschussöffnung. „Gebt mir was zum Verbinden und ruft einer schnell die Rettung"! „White Taco, bist du versichert?" fragte Greg Diego, nachdem er sich dem Pickup genähert hatte. Diego gab keine Antwort. Er war schon ohnmächtig oder tot. „Ich fahre den Wagen. Ihr helft Amina mit dem Verletzten", sagte Greg zu Angela und Brenda, die wieder auf die Ladefläche kletterten. Dann fuhr er ziemlich schnell zum nächsten Krankenhaus in Richtung Glendale. Amina bemühte sich, Diego mit ihrem langärmeligen T-Shirt, das sie sich ausgezogen hatte, einen Druckverband anzulegen. Sally hielt Diego fest und weinte laut. Angela und Brenda bemühten sich, Diego vom Fahrtwind abzuschirmen.

Als sie endlich beim Krankenhaus angekommen waren, stieg Greg aus dem Wagen und sagte zu den Frauen: "Bringt ihr ihn hinein, ich parke inzwischen den Wagen". Greg half ihnen noch, Diego auf eine Bahre zu legen, die Amina mit einer Krankenpflegerin gebracht hatte. Dann brachte sie Diego mit der Krankenpflegerin und den Frauen in die Notaufnahme.

„Schussverletzung"! schrie Brenda von weitem. Ein Mann hinter einem Schalter stand auf und die Menschen, die in der Notaufnahme warteten, drehten sich nach der Gruppe um. „Bitte ausfüllen", sagte er und reichte ihnen 2 Bögen Papier. „Es ist sehr eilig", drängte Brenda. „Ist der Patient versichert"? fragte der Rezeptionist. „Ich glaube ja", sagte Sally ungeduldig. „Glauben ist mir zu wenig. Entweder ihr gebt mir seine Versicherungsnummer oder eine Kreditkarte", brummte der Mann am Schalter, der sich wieder hingesetzt hatte. „Ich habe keine Kreditkarte dabei" erklärte Brenda. „Angela, lauf zu deinem Vater und bring seine", wies sie ihre Tochter an. Als Angela zurückkam, hatte sie den Autoschlüssel in der Hand. Greg hatte das Auto am Parkplatz stehen gelassen und war nach Hause gegangen. Amina holte ihre Kreditkarte heraus und gab sie zusammen mit den Bögen, die Sally so gut sie konnte ausgefüllt hatte, dem Rezeptionisten. Dann kamen zwei Pfleger und holten Diego ab. Sally, die Diego begleiten wollte, wurde an der Tür zum Behandlungszimmer abgewiesen. Die vier Frauen setzten sich ins Wartezimmer zu den anderen Patienten und ihren Familienmitgliedern. Sally und Amina weinten.

Um Mitternacht wurden sie vom Rezeptionisten nach Hause geschickt. Nur die noch unbehandelten Patienten durften bleiben. Die Frauen gingen zum Pickup und öffneten die Türe. Sie sprachen nicht miteinander, aber es war klar, dass keine auf der Ladefläche sitzen wollte. Brenda besetzte den Fahrrersitz. Greg hatte alle Waffen auf dem Beifahrersitz untergebracht, bevor er gegangen war. Beim Anblick der Waffen wurde Amina von einer unglaublichen Wut erfasst. Sie weinte laut, packte die Waffen und warf sie alle auf den Parkplatz. Dann setzte sie sich auf den Beifahrersitz. Sally setzte sich heulend zu ihr und Angela blieb die Ladefläche. Nachdem Angela durch ein Klopfen ans Rückfenster ein Zeichen gegeben hatte, fuhr Brenda los. Niemand sagte etwas, bis Brenda Sally fragte: "Hast du Diegos Eltern schon verständigt?" Sally heulte laut weiter, antwortete nicht, holte aber ihr Handy aus der Jackentasche. Es war schon weit nach Mitternacht und es dauerte etwas, bis Diegos Mutter abhob und Sally ihr heulend von dem Unglück berichten konnte. Sie gab den Namen des Spitals durch, in dem Diego lag, dann heulte sie weiter ins Telefon und legte auf. Zu Hause warf sich Amina heulend aufs Bett, zog sich dann doch die Kleider aus und versuchte zu schlafen.

An diesem Montag ging Amina nicht zur Schule. Sie ging die ganze Woche nicht zur Schule, aber sie stand um dieselbe Zeit auf wie sonst auch. Sie hatte kurz überlegt, ob sie vielleicht erst hinuntergehen sollte, nachdem Greg zur Arbeit gegangen war, aber dann dachte sie, er würde wohl an diesem Tag nicht zur Arbeit gehen, sondern ins Krankenhaus fahren, um ihre Kreditkarte auszulösen und seine einzusetzen bis Diegos Versicherung einsprang, falls er eine hatte. Sie hatte sich getäuscht. Und wie sie sich getäuscht hatte! Zuerst fragte er sie, ob sie sich erholt hätte und ob sie wüsste, wie es Diego gehe. Sie verneinte, er aß seelenruhig sein Frühstück. Dann nahm er seine Jacke und ging. Im Türrahmen stehend sagte er noch zu ihr: „Wischt bitte das Blut von der Ladefläche des Pickups und räumt die Waffen wieder in ihre Etuis". Nach diesen Worten war bei ihr wenigstens mit den Tränen Schluss. Sie war sprachlos. Sie fühlte gar nichts mehr. Sie holte sich ein Taxi und fuhr allein zum Spital.

Diesmal war die Rezeptionshalle des Krankenhauses ziemlich voll. Amina zog sich eine Wartenummer und setzte sich zu den Patienten oder Angehörigen, die ebenfalls darauf warteten, aufgerufen zu werden. Ein junger Bursche verteilte Flugzettel: „Nehmen sie sich einen Anwalt"! stand als Überschrift über dem Informationsblatt. Dann folgten verschiedene Fälle, bei denen man sich an eine Anwaltskanzlei wenden solle: „Verklagen Sie den Arzt, auch wenn er nichts falsch gemacht hat. Wir finden eine Form, wie sie einen Teil der Behandlungskosten zurückbekommen können!" Weil sie nichts Besseres zu tun hatte, sah sich Amina das Video an, das der Scancode für diese Aufforderung bereithielt. Im Video wurden verschiedene Fälle vorgestellt, die allesamt nicht wirklich etwas mit der Inkompetenz der Ärzte zu tun hatten, sondern die Praktiken vorstellte, mit denen die Rechtsanwaltskanzlei in diesen Fällen arbeitete. So sollte man zum Beispiel den Arzt verklagen, wenn er die lebenserhaltenden Geräte abstellte, auch wenn man ihn als Angehöriger ausdrücklich darum gebeten hätte. Schließlich hätte die Ärztin den hippokratischen Eid geleistet und müsse sich an das Gebot „Du sollst nicht töten" halten. Darauf folgten Angaben, wieviel die Kanzlei auf diese Weise schon für einzelne Klienten herausgeschlagen habe: 1000 Dollar für Frau Brown, 1250 Dollar für Frau Miller, und sogar 1500 Dollar für Herrn Smith. Nach jeder Dollarangabe, die wie ein sternförmiges Preisschild präsentiert wurde, hörte man ein lautes „Bum" Die letzte Zahl „1500" blinkte und wurde noch von einer kurzen Fanfare begleitet. Damit endete das Video. Man könne auch Pflegerinnen verklagen oder gleich das ganze Paket nehmen. Hygienische Zustände, das Essen im Spital, ein fehlendes Lächeln des Personals, alles das konnte Anlass für eine Klage sein, um die sich die Kanzlei gerne kümmere. „Fragen Sie ihre Versicherung, vielleicht arbeitet sie schon mit unserer Kanzlei zusammen!", lächelte eine professionell aussehende Anwältin, auf ihrer Schreibtischkante sitzend die potenziellen Klienten aus dem Bildschirm heraus an. Die Rückseite des Blattes enthielt Werbungen für Kranken- und Rechtsschutzversicherungen.

Amina hielt das Blatt in der Hand. Zum Glück hatte sie noch einen Sitzplatz bekommen. So konnte sie sich zurücklehnen und durchatmen. Es war Zeit für die täglichen 2 Minuten Dankbarkeit, die ihr seit ihrer Kindergartenzeit in Österreich zur Gewohnheit geworden waren. Sie dachte an ihre E-card, die man bei ihrer Ärztin in Wien nur vorzeigen musste, ohne jemals an Geld zu denken. Jeder Splitter und ja, wahrscheinlich auch jede Gewehrkugel, wurde dir dort ohne Ansehen der Person im Spital herausoperiert, wenn du diese Karte vorzeigtest, deine Sozialversicherungsnummer angeben konntest oder wenigstens deinen Namen und dein Geburtsdatum wusstest. Ohne Krankenversicherung zu sein, war eine Vorstellung, die für sie heute zum ersten Mal in ihren Gedanken aufkam, denn bis jetzt hatte sie nicht einmal richtig an die ganze Philosophie und Organisation gedacht, die hinter einer Erfindung wie der allgemeinen Krankenversicherung standen. (Dafür fühlte sie sich als Sozialwissenschaftslehrerin in diesem Moment schuldig). Ebenso wie jedes Kind in Österreich Recht auf staatlichen Unterricht hatte, hatte jede Staatsbürgerin Recht auf die Hilfe der staatlichen Gemeinschaft, wenn sie durch Krankheit oder Unfall zur Patientin wurde.

Als sie gerade großes Heimweh überkommen wollte, wurde ihre Nummer aufgerufen. Die Rezeptionistin sagte ihr, wo Diego zu finden wäre. Sie trat ins Krankenzimmer. Eine Frau, Diegos Mutter, wie Amina richtig vermutete, und ein Arzt waren bei ihm. Amina grüßte, stellte sich der Frau vor und drückte ihr Beileid für den Zustand ihres Sohnes aus. Dann gab sie dem Arzt die Hand. „Warst du beim Unfall dabei?" fragte die Mutter. Amina bejahte und erzählte den beiden, ohne weiter gefragt worden zu sein, den Unfallhergang aus ihrer Sicht. Dann erkundigte sie sich, ob Diego versichert wäre. Es wäre ihr recht, wenn seine Versicherung ihre Kreditkarte auslösen würde, die sie gestern für den Notfall zur Verfügung gestellt hätte. Diego wäre nicht versichert, sagte die Mutter und bat Amina, ihre Kreditkarte einstweilen nicht abzuziehen. Es werde sich hoffentlich eine Lösung finden, seine Behandlung hier zu bezahlen.

Da mischte sich der Arzt ein und zeigte auf das Flugblatt, das Amina immer noch in der Hand hielt. „Wende dich bitte an keinen Rechtsanwalt", sagte er „ich sage dir das nicht, weil ich nicht möchte, dass du mich verklagst, im Gegenteil, ich verdiene selbst auch an diesem Spiel. Aber es liegt mir am Herzen, dass du nicht weiter Geld verlierst", fuhr er fort. "Diego liegt jetzt im Koma. Ich kann nicht sagen, wann er wieder aufwacht und in welchem Zustand. Das hängt davon ab, wie weit sein Gehirn durch den Blutdruckabfall mit Sauerstoff unterversorgt war. Der Druckverband hat ihm vielleicht das Leben gerettet, vielleicht aber auch nicht. Ich will euch nicht zu große Hoffnungen machen". Amina fühlte, wie ein Adrenalinstoß durch ihren Körper flutete. Es war weniger die edle Sorge um Diegos Gesundheit, die diesen Schub verursacht hatte, sondern mehr die Sorge um ihr Geld, wie sie sich eingestehen musste. „Mit welchen Kosten muss man für seine Behandlung rechnen"? erkundigte sie sich und hoffte, ihre Stimme würde möglichst neutral klingen. „Hm", machte der Arzt, fasste sich ans Kinn und lehnte sich an die Kante des Tisches am Fenster. „Also, zuerst einmal ist es egal, ob du versichert bist oder nicht, denn die Versicherung würde in diesem Fall wahrscheinlich sowieso nicht zahlen". - „In den meisten anderen Fällen übrigens auch nicht", fügte er hinzu „Wenn du von einer Versicherung Geld willst, kaufe dir eine Versicherungsaktie, keine Polizze". Er machte eine Pause: „Wenn du keinen Anwalt hinzuziehst, kostet die Behandlung ein bisschen mehr, weil die entgangenen Einnahmen irgendwie abgedeckt werden müssen. Die Anwälte hier sind nämlich Teil des Systems und wollen auf alle Fälle ihren Anteil. Ohne Anwalt wird es aber doch etwas billiger werden und vor allem ersparst du dir eine Menge Termine und Papierkram".

„Verstehe ich richtig, dass eine tadellose Behandlung, die nicht von mir beklagt wird, teurer ist"? fragte Amina nach. „Die Behandlung ist immer die gleiche und hängt von der Tagesverfassung und der Kunstfertigkeit des Arztes ab. Natürlich auch von den Drogen, die er im Blut hat" lachte er. „Spaß beiseite; - Aber die Anwälte müssen auch von etwas leben. Wenn jeder nur effizient seine Arbeit machen würde, gäbe es bald überhaupt keine Arbeitsplätze mehr und das Geld würde nicht mehr zirkulieren. Zumindest nicht mehr durch die Hände der Anwälte". Amina wunderte sich, dass ihr der Arzt das alles erzählte. „Bist du Mexikanerin"? Fragte er sie. „Nein, ich bin Österreicherin", sagte sie, „aber meine Vorfahren waren Latinos", log sie, weil sie den Eindruck hatte, dass die Vertrautheit des Arztes auf der Tatsache beruhte, dass er („ebenfalls" dachte sie schon) Latino war.

„Woher bist du"? fragte sie ihn, bevor er noch etwas über Australien sagen konnte. „Ich bin hier geboren, aber meine Eltern sind aus Mexiko. Als Jugendlicher habe ich in einer Biofleischhauerei Hühner ausgelöst. Diese Tätigkeit hat mir Spaß gemacht und deshalb habe ich mich zum Chirurgen ausbilden lassen. Jetzt schneide ich Blinddärme heraus und entferne Munition aus Patienten. Gewehrkugeln sind mir ehrlich gesagt lieber als Granatsplitter und deshalb verrechne ich dir den Mindesttarif". Er sprach mit ihr, als ob es schon ausgemacht wäre, dass sie die Rechnung begleichen würde. „Also sag schon, wieviel ungefähr"? Sie glaubte durch maximale Jovialität den besten Deal herauszuholen, obwohl sie es Diegos Mutter gegenüber, die am Bett ihres Sohnes saß und ihm die Hand hielt, etwas respektlos fand. „Wie gesagt, es hängt leider nicht von mir ab. Neben den Kosten fürs Spitalbett gibt es noch die für die Anästhesistin, die Physiotherapeutin, das Pflegepersonal und die Medikamente, aber ich werde dich sofort anrufen, wenn er aufwacht, damit du ihn abholen kannst, bevor er einem Shrink in die Hände fällt".

In diesem Moment kamen Sally und Brenda ins Zimmer. Sally ging weinend zu Diegos Bett und nahm sein Gesicht in ihre Hände. Sie drehte sich zu Diegos Mutter um und sagte zu ihr. „Es tut mir so leid, dass das passiert ist. Wir hatten solchen Spaß gestern und dann dieses Unglück". Brenda nahm die Hand von Diegos Mutter und sagte: „Ich weiß, wie sie sich fühlen". Dann sah sie, noch immer die Hand der anderen Frau in ihren beiden Händen, auf Diego herab. Ausatmend schloss sie ihre Augen und verkündete: „Lasst uns für unseren lieben Freund Diego beten, dass er bald wieder gesund wird oder dass Gott ihn zu sich nehmen möge, wenn es sein Wille sein sollte".

„Hast du schon meine Kreditkarte ausgelöst"? Amina konnte sich nicht mehr beherrschen. Sie hatte jetzt überhaupt keine Lust mit dieser Frau zu beten. Brenda antwortete nicht. Sie stand noch mit geschlossenen Augen da. „Ich habe mit Greg über die Sache gesprochen", sagte sie schließlich, „er hat mir nicht erlaubt, unsere Kreditkarte einzusetzen. Er ist unser Familienoberhaupt und ich muss ihm gehorchen. Das habe ich ihm vor Gott bei unserer Hochzeit vor 25 Jahren versprochen". Leise sagte sie dann: „es tut mir leid". „Nur weil ein Apostel in der Bibel gepostet hat, dass die Männer das Haupt der Familie sind, handelst du so ungerecht? Denk endlich selber nach und tu das Richtige! Vielleicht ist das dann sogar christlich"! schrie Amina Brenda an. Der Arzt erhob sich von der Tischkante, ging zu Amina, sagte: „komm" und schob sie zur Tür hinaus.

„Ich weiß wirklich, wie du dich fühlst", versuchte er sie zu trösten. „Aber es hat keinen Sinn irgendeinen Widerstand zu leisten. Das Rechtssystem dieses Landes beruht auf dem Recht des Stärkeren und die Stärkere, das bist nicht du. In diesem Fall schon gar nicht, da du das einzige Druckmittel, das Geld, schon auf den Tisch gelegt hast". „Ich finde es persönlich sehr ehrenhaft von dir, dass du dafür gesorgt hast, dass Diego seine Behandlung bekommt und werde mich, so gut es geht um ihn kümmern, aber versprechen kann ich dir leider auch nichts". Sie tauschten ihre Kommunikationsdaten aus, dann ging Amina nach Hause.

Am nächsten Tag stellte sie Greg beim Frühstück zur Rede: „Ich möchte, dass du Diegos Behandlung bezahlst, schließlich hast du auf ihn geschossen". Bis Amina heruntergekommen war, hatte Greg sich mit Sally gestritten, weil sie diese Woche nicht nach Bredford ins College fahren wollte. Greg schaute Amina überrascht an. „Auf diese unverschämt vorgebrachte Forderung sollte ich gar nicht reagieren, aber du kannst sicher sein, dass ich diesem Perversling, der in der Kirche mit meiner Tochter rumgemacht hat, nicht seinen Komaschlaf bezahle". „Du bist so gemein, wie kannst du das gesehen haben"? schrie Sally ihn an. „Du hast doch hinten keine Augen." „Ha", ich habe es nicht gesehen, ich habe es nur vermutet, aber jetzt weiß ich es"! „Und du", er wandte sich an Amina, „hast die Miete für Jänner noch nicht bezahlt und wenn ich nicht unsere Waffen gefunden und liebenswürdigerweise am Parkplatz zusammengeklaubt hätte, würde ich sie dir in Rechnung stellen, da kannst du sicher sein"!

Amina sagte nichts, sie frühstückte fertig, dann ging sie nach oben, packte ihren Koffer zusammen, verabschiedete sich von Brenda und Sally und zog aus. Sie holte sich ein Taxi und mietete ein Zimmer in einem Motel in der Nähe der Schule.

Kapitel 6

Die Mutprobe (Eine Handlung, bei der eine bekannte Grenze bewusst überschritten wird)

Den Rest der Woche verbrachte Amina hauptsächlich bei Diego im Krankenhaus. Dort traf sie manchmal Sally, die es geschafft hatte, sich gegen ihren Vater durchzusetzen und nicht nach Bredford zu fahren. Diegos Mutter brachte manchmal Essen ins Krankenhaus. Sie redete nicht viel aber man merkte, dass sie ebenso eine Aversion gegen Sally hatte, wie Greg sie gegen ihren Sohn an den Tag gelegt hatte. Allerdings machte sie nicht den Eindruck als wollte sie die Freundin ihres Sohnes vergiften und so aß auch Sally gemeinsam mit Amina und Gordy, dem Chirurgen, das Essen, das Diegos Mutter jeden Tag ins Spital mitbrachte. Immer hoffte sie, ihr Sohn würde an diesem Tag die gute Suppe und die mit Fleisch, Grünzeug und Guacamole gefüllten Tacos essen können, aber Diego lag immer noch im Koma.

Gordy kam oft zu Amina und Diego ins Zimmer. Er hatte nicht sehr viel zu tun. „Die meisten Krankheiten, die eine Operation erfordern, werden heute von Computertechnikern analysiert, die dann Roboter programmieren um die Operationen auszuführen", erklärte er Amina. „Ich führe Standardoperationen in Notfällen aus, die weniger Zeit in Anspruch nehmen. Meine Tätigkeit erfordert handwerkliches Geschick". Er nahm seinen Beruf als Chirurg ernst und er machte ihm Spaß. Als Amina ihn fragte, ob er glaube, dass Hühnerauslösen und ein anatomischer Kurs genügten, um Chirurg zu werden, antwortete er ihr, dass es bei jedem Beruf auf die innere Einstellung zur Tätigkeit ankomme: „Ich habe einen Chirurgen kennengelernt, der zu den Assistenten und der Anästhesistin sagte: „legt mir das Schwein hier auf den Tisch", als er eine ältere, korpulente Dame operieren sollte". „Dieser Chirurg war alte Schule und hatte in Harvard studiert", fuhr Gordy fort. „Was nützt den Patienten ein Chefarzt, dessen Wände mit Diplomen tapeziert sind, wenn er in seinem Beruf keinen Sinn sieht. Ich sehe meine Patienten als Mitmenschen, als Brüder und Schwestern, und mache einen Job, von dem ich weiß, dass ich gut darin bin.

„Und ich bin begeisterte Lehrerin", Amina nun. „Wir Lehrer haben nicht nur die Aufgabe, Kulturtechniken wie Lesen, Schreiben, Rechnen und Wissen weiterzugeben, sondern organisieren in unseren Klassenzimmern und Schulgemeinschaften die Gesellschaft der Zukunft. Wir helfen den Kindern, ihre Persönlichkeit und ihre Talente zu entwickeln, damit sie diese dann zum Wohl der Gemeinschaft einsetzen können, was wiederum auch sie selbst glücklich machen wird", erklärte sie Gordy ihren Beruf. „Allerdings bin ich sehr froh um die gute Ausbildung, die ich genossen habe. Teambuilding, Change Management, Kommunikationsstärke, sind Beispiele für Kurse, die mir für meine berufliche Entwicklung enorm viel gebracht haben. Jeden Sommer muss ich, beziehungsweise darf ich, eine Woche zur Fortbildung auf einen Bauernhof fahren, wo es weitere Kurse für uns Lehrer gibt: Wie reagiere ich auf Provokationen? Wie gehe ich an einen Teenager heran, der ausrastet? Ohne alle diese Kurse wäre ich eine Lehrerin wie diese Mütter in Glendale. Und entschuldige bitte, wenn das Wort „Mutter" in diesem Zusammenhang negativ klingt, aber bei uns gibt es in den Kindergärten Elternfortbildungen, wo auch Mütter und Väter vieles lernen, was ihnen im Umgang mit ihren Kindern hilft, aber als Lehrerin vor 20 bis 25 Kindern oder Teenagern zu stehen, erfordert wesentlich mehr als den Drive Gutes zu tun und sich ehrenamtlich zu engagieren. Ich sehe, was die unbedachten Handlungen meines „Kollegen" Sam für Auswirkungen auf die Kinderseelen haben". „Klar," gab sie jetzt zu, „sind nicht alle Lehrer geeignet für ihren Beruf und manchen muss die Direktorin einen anderen Job vorschlagen, aber wir Lehrer werden nicht so schnell von Robotern ersetzt werden."

„Ja", meinte Gordy, „Ich wäre allerdings kein guter Allgemeinmediziner, denn den meisten Patienten, die zu mir ins Drugstore kämen, würde ich sagen: „iss gesund, bewege dich mehr und halte dich vom Drugstore fern". Welcher Patient will das schon hören? Ich würde sofort entlassen". Dann sprach er noch davon, dass die ausreichende und vielseitige Ernährung sowie die Kanalräumerinnen und Müllabfuhrmitarbeiter wesentlich mehr zur Erhöhung der Lebenserwartung beigetragen hätten, als alle Ärztinnen zusammen. „Die Waffenindustrie macht die Errungenschaften der Bauern, Müllmänner und Kanalräumer teilweise wieder zunichte", lachte er und zeigte auf Diego. Sofort entschuldigte er sich aber bei Amina für diesen geschmacklosen Witz. Sie lachte ein bisschen und gab ihm in der Sache vollkommen recht. „Siehst du, und wir Lehrerinnen in Österreich machen mit den Schülern täglich Sport und nehmen mit ihnen zu Mittag eine gesunde Mahlzeit ein. Das ist Entwicklung"! „Nur, wenn ihr so kocht, dass die Schüler zum Essen wiederkommen, meinte er".

Gordy war ein Lebenskünstler. Von ihm hätte Amina lernen können, das Leben ausschließlich als Witz zu betrachten. Schimpfte sie über Greg oder Sam, lachte er und sagte: "Hier ist jeder zu etwas gut, und sei es nur als abschreckendes Beispiel". Wenn sie forderte, die Waffen zu verbieten meinte er: "richtig, wenigstens zwischen 8 und 18 Uhr." Er hatte ihr empfohlen, das Leben von der heiteren Seite zu nehmen und gab ein gutes

Beispiel, indem er Ungerechtigkeiten nie persönlich nahm. „Klar," gab er allerdings zu „es ist nicht meine Kreditkarte, die hier auf dem Spiel steht". Es tat gut, ihn regelmäßig zu sehen. Wenn Sally kam, blieb sie noch ein bisschen mit ihr bei Diego, dann ging sie zurück ins Motel und ließ die beiden alleine.

Am nächsten Montag wusste Amina, was Diegos Krankenhausaufenthalt pro Woche kostete. Nämlich ungefähr ein Drittel ihres Monatslohns. Sie hatte im Internetbanking eine Sperre für die Karte eingerichtet, die sie jederzeit mit einem TAC exekutieren konnte. Das gab ihr das Gefühl, Kontrolle über ihre Ausgaben zu haben.

Sie ging nun wieder zur Schule, aber die Motivation, ihre Arbeit gut zu erledigen, war an einem Tiefpunkt angelangt. Die Bilderbücher, die für die Grundschule empfohlen waren, kotzten sie an: Männer kommen darin abends nach Hause und sagen zu ihren Frauen: „Du weißt, wenn ich nach Hause komme und das Abendessen nicht fertig ist, dann gehe ich durch die Decke. Ich sollte mit meiner Ehefrau strenger sein". Die Frau sagt dann: "Aber Liebling..." und sofort fällt ihr der Mann ins Wort: „Egal, was du sagst, Hauptsache du hast ein hübsches Gesicht und bist gut gebaut. Du weißt doch, dass ein Mann zu Hause Unterstützung braucht, um im Beruf erfolgreich zu sein und keine Frau, die herummeckert". Diese Worte waren „alte Weisheiten", die ein Präsident vor vielen Jahren wieder populär gemacht hatte, nachdem sie schon fast ausgestorben waren. Allerdings waren die Texte in den Schulbüchern wenigstens von den Schimpfwörtern und den sexuellen Anspielungen gereinigt, mit denen sie der Präsident damals vorgebracht hatte.

Sie hatte den Müttern, die sie nach dem Grund ihrer Abwesenheit gefragt hatten, die Geschichte von Diego erzählt und auch Sam hatte davon erfahren. Manchen Müttern hatte Greg leidgetan: „Wie muss er sich fühlen, der arme. Er wollte euch allen doch nur eine Freude machen". Im Mittelpunkt der Gespräche mit den Kolleginnen stand nie der Gesundheitszustand Diegos, sondern eher noch ihre Kreditkarte. "Was wirst du machen, wenn er mehrere Wochen im Koma liegen sollte"? „Kannst du dir das leisten"? „Hast du keinen Mann, der über den Einsatz der Kreditkarte bestimmt? Nein? keinen Vater"? Manche tuschelten über ihre Selbstständigkeit, das wusste sie und diese rief Neid oder gespieltes Mitleid hervor, wie Amina fühlte.

Sam vermutete, dass Greg den Mexikaner absichtlich angeschossen hätte. „Klar," erklärte er weltgewandt, „dieser Vater wollte seine Tochter vor einer ungewollten Schwangerschaft bewahren. Man weiß doch, wie die Mexikaner sind". Amina traute das Greg nicht zu, obwohl sie zugeben musste, dass Sam in ihr diesbezüglich Zweifel geweckt hatte. Es ärgerte sie auch, dass Sam sagte, er hätte ebenso gehandelt wie Greg und diesen „Vergewaltiger" mit allen Mitteln von seiner Tochter ferngehalten. Dabei äußerte sich Sam selbst herablassend über Frauen und begrapschte sie, wenn sie ihm gefielen, „um herauszufinden, ob sie an einer anregenden halben Stunde mit ihm interessiert seien", wie er selbst sagte. Man erzählte ihr, eine der Kolleginnen habe ein Kind abgetrieben, das sie nach einer Vergewaltigung durch Sam, der auf Stardust und anderen Drogen gewesen sein soll, empfangen hatte. Amina war eigentlich gegen Abtreibung, aber sie sagte nichts, als die Kolleginnen davon redeten, denn sie wollte nicht, dass gerade das Thema Abtreibung der einzige Faktor wäre, aus dem sich diese Frauen einen gemeinsamen Nenner mit ihr ausrechneten. Es störte sie sehr, dass nicht die Vergewaltigung als Verbrechen im Mittelpunkt der Erzählung stand. Außerdem war sie nicht sicher, ob sie ein Kind von Sam unter den kolportierten Umständen geboren hätte.

Dieser Sam wollte, dass sie nächste Woche mit ihm und zwei anderen Kolleginnen die Schüler auf eine Exkursion zu einem alten Schlachtfeld begleitete. Sie war zwar an der Exkursion selbst sehr interessiert, aber der Gedanke Sam den ganzen Tag zu sehen, hielt sie von einer sofortigen Zusage ab. „Zier dich nicht so", hatte er zu ihr gesagt, als sie ihre Teilnahme nicht sofort begeistert bestätigte, „ich hätte mir Dankbarkeit für meine Einladung erhofft", legte er nach, als sie ihm erklärt hatte, sie müsse Diego besuchen.

Schließlich hatte Amina eingewilligt und begleitete die Exkursion. Im Autobus sangen sie Lieder. Sam hatte sie gebeten, den Folksong von Davy Crockett mit den Kindern einzustudieren. Sie fuhren nämlich zu der alten mexikanischen Missionsstation, wo Davy Crockett im Kampf gestorben war. Nach dem Singen nahm Sam das Mikrofon und erzählte die Geschichte dieses Volkshelden. Dass er schon als 8-jähriger gelernt hätte, ein Gewehr zu bedienen, dass er zwar in jungen Jahren dabei gewesen wäre, als man die Indianer vernichtete, dass ihm das aber nicht gefallen hätte. Dann erzählte er noch ein paar Volkslegenden über diesen sagenumwobenen Abenteurer. „Er war gegen das „Indianer Eliminierungsgesetz" des Präsidenten. Später wurde er in den Kongress gewählt, aber die Politik gefiel ihm nicht und deshalb schloss er sich den texanischen Freiheitskämpfern an. Im Kampf um die Unabhängigkeit von Texas fiel er, als er in einer Schlacht um 4 Uhr früh von den Mexikanern aus dem Schlaf gerissen und ermordet wurde." Damit endete Sams Vortrag.

Amina musste zugeben, dass Sam zumindest über die amerikanische Version der Geschichte von Davy Crockett informiert war und deshalb begann sie ihre Ausführungen mit einem Dank an Sam, als er ihr das Mikrofon gab, nachdem er den Exkursionsteilnehmern angekündigt hatte, dass es ihn schon interessiere, was „unsere kleine Mexikanerin" zu der Sache zu sagen habe.

„Was ich jetzt erzählen werde, wird dich vielleicht auch interessieren, Sam," begann Amina ihren Vortrag. „Davy Crockett war auch der Name eines taktischen nuklearen rückstoßfreien Geschützes, das in den USA entwickelt wurde. Der deutsche Verteidigungsminister FJS wünschte sich diese kleine Nuklearwaffe für seine Armee im kalten Krieg, denn sie hatte die Schlagkraft von 40-50 Salven einer ganzen Division von Artillerie und würde somit enorm Geld und Material sparen. Seine Verbündeten, die USA gewährten ihm aber seinen Wunsch nicht, denn dadurch würde ja das übrige Militär überflüssig und das Gebiet rund um den Einsatz der Waffe wäre verstrahlt".

„Sehr interessant", meinte Sam dann auch gleich und Amina fuhr fort. „Die Geschichte, die Sam über den „texanischen Freiheitskampf" erzählt hat" - dabei simulierte sie mit ihren Fingern die Anführungszeichen bei „Freiheitskampf", wie es hier üblich war - „hat, so wie alles, 2 Seiten. Die Geschichte der Verlierer sieht anders aus: Texas war mexikanisches Gebiet und der mexikanische Staat gab weißen Siedlern Land und staatliche Unterstützung gegen das Versprechen, sich dem mexikanischen Staat gegenüber loyal zu verhalten. Manchen weißen Siedlern passte das aber nicht und sie erklärten Texas für unabhängig, um das Gebiet den Vereinigten Staaten anzuschließen. Davy Crockett hatte sich den Aufständischen angeschlossen und fiel im Kampf gegen die mexikanische Armee, die diese Schlacht bei der mexikanischen Missionsstation, die wir gleich besuchen werden, gewonnen hat".

„haha", Sam lachte laut. „Woher hast du denn diese Geschichte?" „Diese Information habe ich im internationalen Netz gefunden", antwortete Amina „die Stunde im Internet hat mich 100 Dollar gekostet". „Du bezahlst auch noch, um solche alternativen Fakten aufzuspüren"? „Ja, ich bin reich", erwiderte Amina keck, weil sie wusste, dass Reichtum hier allerhöchstes Prestige genoss und man als Millionär immer recht hatte, „leider nicht als Millionärin", dachte sie. Dann gab sie das Mikrofon an Sam und setzte sich, obwohl sie natürlich noch viel mehr hätte sagen können. Sie nahm sich vor, diese Geschichte zu Hause zum Gegenstand ihres Unterrichts zu machen und freute sich schon darauf, ihre geographischen, geschichtlichen und sozialen Aspekte mit den Schülerinnen herauszuarbeiten. Sie würde in der Schule natürlich keine solchen schwarz-weiß Darstellungen akzeptieren, wie Sam und sie selbst gerade vorgestellt hatten. Zu Hause kosteten umfangreiche Informationen auch nicht extra. Sie dachte wieder an ihre Kreditkarte. Hoffentlich wachte Diego bald aus dem Koma auf.

Die Führung in der Missionsstation bestätigte Sams Version der Geschichte, aber als Amina die Führerin nach dem Rundgang fragte, ob sie schon einmal die mexikanische Version des Unabhängigkeitskampfes gehört habe, bejahte diese freimütig und sagte, dass diese Geschichte aber niemanden interessiere. Die Menschen, die hierherkommen, identifizieren sich lieber mit den Siegern. Sie selbst sei mexikanischer Abstammung, wie die meisten hier in Texas, und sie sei stolz darauf, wenn die Menschen hier miteinander klarkommen. „Sicher," bestätigte Amina, „für ein friedliches Miteinander ist es wichtig, die Realität zu akzeptieren, aber auch die andere Seite wenigstens zu hören. Vor den Mexikanern lebten andere Völker hier, deren Rechte die nachfolgenden Mexikaner und danach die weißen Siedler mit Füßen traten". „Stimmt", sagte die Fremdenführerin.

Amina musste sich beeilen, den Anschluss an ihre Gruppe nicht zu verlieren. Sie holte die bei einem Schaukasten stehenden Schülerinnen ein. Die in einer Sandkiste aufgebauten Schlachtformationen zeigten die Überzahl der mexikanischen Soldaten, als sie den armen Davy Crockett ums Leben brachten. Das dachte sie nicht zynisch, denn Krieg war immer traurig.

Die Schulkinder liefen noch ein bisschen am Gelände herum und holten sich aus den Automaten Snacks für das Picknick, das sie für später in der Natur geplant hatten. Nachdem die Kolleginnen und Sam das Zeichen zum Aufbruch gegeben hatten, verließen sie die Stadt, in der die alte Missionsstation stand, um an einem Platz in freier Natur zu rasten.

Sam motivierte die Kinder, Holz für ein Feuer zu sammeln. Er hatte Spiritus gebracht, um die Grillkohle schneller zum Glühen zu bringen. Das Feuer war angenehm warm und die Kinder hielten Stöcke mit Marshmallows in die Glut, um sie geschmolzen zwischen zwei Keksstücken zu essen. Nach dem Essen stand Sam auf und klatschte in die Hände: „So, es wird jetzt Zeit, zu beweisen, dass ihr keine Feiglinge seid. Los, springt über das Feuer". Die Kinder sprangen über das Feuer. Für die meisten war das keine Herausforderung, aber manchen sah man an, dass sie sich ein bisschen fürchteten.

Als nächstes stellte er sich unter einen Felsvorsprung und forderte die Kinder auf, zu ihm herunterzuspringen. Amina und eine Mutter protestierten, denn Verletzungsgefahr bestand auf alle Fälle. Einige Kinder sprangen zu Sam hinunter, der ihnen unten wieder auf die Beine half. Ein Kind hatte sich beim Aufprall das Knie gegen die Nase gestoßen, die nun schmerzte und heftig blutete. Nach diesem blutigen Ausgang sprangen noch zwei Kinder freiwillig und zwei sprangen, nachdem Sam sie mit „sei kein Feigling" und „Na, mach schon" aufgefordert hatte.

Der Junge, der als nächster in der Reihe stand, sagte mit erstickter Stimme: „Ich will nicht springen". Da stürmte Sam den Abhang hinauf, packte das Kind am Arm und stieß es zur Überraschung aller den Felsen hinunter. Als daraufhin das nächste Kind in der Reihe zu weinen begann, zog Sam seine Pistole und schrie es an: "Wenn du nicht sofort springst, schieße ich dir eine Gummipatrone in den Hintern, dass du 3 Tage nicht mehr sitzen kannst!"

Endlich reagierte Amina, die bis jetzt nur dagestanden und zugesehen hatte, entriss Sam die Pistole und nützte das Überraschungsmoment um ihm noch einen Tritt in die Kniekehle zu versetzen, sodass er hinfiel. „Jetzt reicht´s aber wirklich", schrie sie ihn an „Solche wie dich kann man doch nicht als Lehrer auf Kinder loslassen!" „Gib mir sofort meine Pistole wieder"! bellte Sam, während er sich aufrappelte. Amina warf die Pistole in hohem Bogen in den Staudamm, an dessen Ufer sie picknickten. Sam sprang wutschnaubend auf Amina zu, verdrehte ihr den Arm, ging ein paar Schritte mit ihr und versuchte ihren Kopf in einen Ameisenhaufen zu stecken. Die umstehende Schulgemeinschaft stand starr vor Schreck. „Lass sie, Sam"! schrie eine der Lehrerinnen. Sam packte Aminas Kopf und steckte ihn in den Ameisenhaufen. Danach ließ er von ihr ab und bedeutete den anderen durch ein Handzeichen, dass es Zeit zum Aufbruch war.

Während sich die Kinder und ihre Begleitpersonen in den Bus setzten, steckte Amina am Ufer des Staudamms ihren Kopf unters Wasser. Danach schüttelte sie ihre Haare durch ihre gespreizten Beine, ging zu ihrer Handtasche und holte einen Kamm heraus, um sich die restlichen Ameisen wegzufrisieren. Ihr Kopf brannte wie Feuer, aber zum Glück hatte Sam sie von oben in den Ameisenhaufen gesteckt, sodass der Kopf nur bis zur Stirn juckte. Die Augen waren zum Glück unversehrt geblieben.

Sie sah den Bus abfahren. Sam dachte wohl, sie würde jetzt laufen und schreien um den Bus anzuhalten, aber sie blieb stehen, winkte nur und lachte. Sie war sich nicht sicher, ob die anderen sie winken gesehen hatten, aber sie war froh, dass der Bus nicht zurückkam. Dann setzte sie sich allein zur Glut des Feuers. Sie konnte sich das Glücksgefühl, das sie hier allein in freier Natur überkam, selbst nicht erklären. So musste sich Freiheit anfühlen, aber nicht nur Freiheit, auch Glück. Sie war nicht böse auf Sam, sie war ihm dankbar, dass er sie schmollend, wie ein kleiner Junge, dem man das Spielzeug weggenommen hatte, hier sitzen gelassen hatte und abgefahren war. Und hatte sie ihm nicht seine Pistole weggenommen und ins Wasser geworfen? Sie lachte. So musste sich ihre Mama gefühlt haben, wenn Aminas kleiner Bruder auf sie böse war und sich beleidigt in seinem Zimmer verschanzte, während ihre Mama die Gelegenheit nutzte um einen Tee zu trinken und im Internet zu surfen.

"Hoffentlich kommen sie nicht zurück", dachte sie, lehnte sich im Sitzen an einen Baum und genoss die warmen Strahlen der Nachmittagssonne. Nach einer Weile ließ ihr Glücksrausch nach und sie holte ihre Handtasche, um das Handy herauszuholen. Sie legte es in die Sonne, um die Batterie aufzuladen, dann überlegte sie, wie es weitergehen sollte.

Das Handy und ihre Kreditkarten hatte sie in der Tasche und zum Glück auch den Pass. Sie hatte es sicherer gefunden, ihn mit sich herumzutragen als ihn im Motel zu lassen. Sogar das Büchlein, das sie sich in Quarantine City gekauft hatte, hatte sie mit. Sie ließ nur ihren Koffer mit ein paar Kleidern und Schuhen zurück, falls sie sich entschloss, Glendale den Rücken zu kehren. Ihre Überlegungen schienen in diese Richtung zu gehen. An Sally würde sie heute oder morgen ein Whattsapp schicken mit der Nachricht, dass sie jetzt in einer anderen Schule arbeitete.

Falls sich die Kolleginnen aus der Schule für ihr Schicksal interessierten, sollten sie mit ihr Kontakt aufnehmen. Sie hatte die Daten mit einigen von ihnen ausgetauscht. Dann gab es noch Gordy und vor allem Diego. Sie nahm das Handy in die Hand. Sollte sie sich von der Bank einen TAC schicken lassen, um die Kreditkarte zu sperren? Würde sich Gordy darum kümmern, dass die lebenserhaltenden Maßnahmen ohne ihr finanzielles Zutun aufrecht erhalten blieben oder war er schon abgebrüht und hatte es schon oft erlebt, dass Leute ohne Versicherung oder Kreditkarte keine Behandlung bekamen? Sie konnte es nicht sagen, wollte Gordy aber auch nicht anrufen, um ihn zu fragen. „Ach was", dachte sie, „ich lasse es darauf ankommen und sperre die Karte. Jetzt sind andere an der Reihe, sich für Diegos Leben einzusetzen" Sie ließ sich einen TAC schicken. 37AQ war also die Nummer, an der möglicherweise ein Menschenleben hing. Sie wartete noch ein wenig, um sicherzugehen, nichts absichtlich Böses zu tun. Sie hatte zu lange gewartet, es erschien ein Fenster mit den Wahlmöglichkeiten: „Neuen TAC zusenden" oder „abbrechen" Sie wählte „abbrechen". Ihr neues Leben sollte nicht mit Diegos möglichem Tod beginnen. Eineinhalb Monatslöhne waren schon weg, aber sie hatte gespart und konnte es sich leisten, ihre Kreditkarte noch ein wenig für einen guten Zweck laufen zu lassen.

Kapitel 7

Where do I go from here? (Pocahontas 2, von Disney)

Amina nahm ihr Smartphone zur Hand und suchte sich eine Spazierroute zu einer größeren Straße. Sie beschloss Richtung Westen, auf die untergehende Sonne hin zu marschieren. Glendale lag Richtung Norden. Dorthin wollte sie nicht mehr zurück. Sie war immer noch voller Euphorie über ihre Freiheit und die Schönheit der Natur.

Während sie mit dem Zeigefinger den Bildschirm bewegte, um sich die möglichen Wege anzusehen, summte Sie eine Melodie, die sich in ihrem Kopf schön langsam zum Ohrwurm entwickelte. Es war das Lied „Colors of the wind" aus dem Film Pocahontas, den sie als kleines Mädchen oft gesehen hatte. In der Schule hatte eine Klassenkameradin dieses Lied als Solistin gesungen. Das Schulorchester hatte sie begleitet und es war einmal zusammen mit einem Video, das Mitschülerinnen über die schöne Natur Österreichs produziert hatten, als Gute Nacht Lied in der täglichen Sendung „Wir bringen´s zusammen" ausgestrahlt worden. Sie selbst hatte dieses Lied im Schulchor auf Englisch gesungen und kannte daher den Text. „...but I know, every rock and tree and creature, has a life, has a spirit, has a name", sang sie laut, und sprang entschlossen auf die Füße, hängte sich ihre Tasche um und machte sich auf den Weg.

"Come run the hidden pine trails of the forest, come taste the sunsweet berries of the earth, come, roll in all the riches all around you, and for once, never wonder what they´re worth" sang sie weiter und spielte im Gehen das Abpflücken der Beeren und drehte sich bei "roll in all the riches". "Dieses Lied ist wahre Kunst", dachte sie, nachdem sie es zigmal gesungen hatte. Sie suchte auf dem Handy nach anderen Liedern aus diesem Film. Dann sang sie „Just around the riverbend": „You can´t step in the same river twice, the water´s always changing, always flowing. But people, I guess, can´t live like that. We all must pay a price - to be safe, we lose our chance of ever knowing, what´s around the riverbend, waiting just around the riverbend ... for me, coming for me ...should I chose the smoothest course, steady as the beating drum ..." Diese Lieder passten genau zu ihrer Situation. Zwar gab es leider noch keine "sunsweet berries", aber sie hatte noch einen Müsliriegel, den sie auspackte und im Gehen aß.

Leider wurde es schön langsam dunkel und sie sang das Lied „Where do I go from here" mit wesentlich weniger Begeisterung als die Lieder vorher, obwohl der Text ihre Situation im Moment sogar noch viel besser traf als der der anderen Lieder: "The earth is cold, ... the bears all sleep to keep themselves alive. They do what they must do for now and trust in their plan ... So many voices ringing in my ear, which is the voice that I was meant to hear?..."Sie war schon lange gegangen, aber noch auf keine Straße getroffen. Das Handy zeigte ihre Position an. Ein Punkt mitten in freier Natur. Sie war noch weit von größeren Straßen und musste zusehen, dass sie wenigstens zu einer kleineren Straße fand, bevor es ganz dunkel wurde, damit sie weiterwandern konnte. Sie hatte aufgehört zu singen und auch das Handy abgedreht, um die Batterie nicht zu verbrauchen, die sich erst bei Tageslicht wieder aufladen würde.

Sie erinnerte sich, als sie mit ihrer Familie einmal bei einem Picknick im einem Park ihre Eltern gefragt hatte, wovor sie Angst hätten. Sie war noch klein und hatte gesagt, dass sie fürchtete, dass aus dem Teich ein Krokodil herauskommen würde. Ihre Mama und ihr Papa hatten gelacht und sie beruhigt. Ihre Mama hatte zugegeben, dass sie Angst hätte, dass ihren Kindern etwas passieren könnte und ihr Papa hatte gesagt, er hätte Angst, dass es bald auf die Picknickdecke und das Essen regnen würde. Tatsächlich hatte es wenig später zu regnen begonnen, und sie mussten zusammenpacken. Die Angst ihres Vaters, dass es regnen würde, war die einzige reale Angst gewesen, also nahm sie sich vor, sich ihre diffuse Angst vor der Dunkelheit auszureden.

Amina war nach einer weiteren Stunde Wanderweges auf eine einspurige Straße gekommen. Der Kompass zeigte ihr, dass sie nach Westen führte und sie beschloss, auf dieser Straße zu bleiben, bis diese irgendwann in eine größere münden würde. Es war schon finster und kühl geworden und das Glücksgefühl, das sie erst vor wenigen Stunden überkommen hatte, war längst einem Gefühl der Angst und der Einsamkeit gewichen. Sie hoffte einerseits niemandem und nichts zu begegnen, andererseits wäre dieser Weg in Begleitung nicht so angsteinflößend. „Sollte sie sich verstecken, wenn sie ein Auto vorbeikommen sah oder sollte sie auf sich aufmerksam machen"? Solcherart waren jetzt ihre Gedanken.

„Das Beste ist Vertrauen", sagte ihre Mama immer wieder. Sie selbst glaubte ja auch an das Gute im Menschen. Die aller-allerwenigsten Menschen waren Verbrecher und dass trotz der großen Dichte der Waffen pro Einwohner in den USA die Menschen sich nicht ohne Grund ununterbrochen niederschossen, sprach für die Natur des Menschen, redete sie sich ein. Selbst Sam brauchte seine Waffe hauptsächlich um seinem Ego Politur zu verleihen. Natürlich gab es „noch schlimmere Tode als durch das Schwert umzukommen", wie Greg gesagt hatte. Sie wollte sich aber in ihrer Situation nichts Schauriges vorstellen und versuchte auf andere Gedanken zu kommen.

Es war schon 9 Uhr abends und sie war hungrig. Sie hatte aber Angst stehenzubleiben und so trank sie im Gehen einen Schluck Wasser. Zu Essen hatte sie nichts mehr. Wie würde das weitergehen? Sie beschloss, einfach die Nacht durchzuwandern. Früher, als sie viel auf Bälle gegangen war, hatte sie auch oft die Nacht durchgemacht und war erst in den frühen Morgenstunden nach Hause gefahren. Einmal war sie sogar alleine durch die Nacht von Belgrad mit einem alten Auto nach Wien gefahren. Sie musste sich zusammenreißen um nicht einzuschlafen, aber sie hatte keinen Moment Angst gehabt, damals. Warum sollte sie jetzt Angst haben? „Als Autofahrerin kann dich eine Sekunde Schlaf das Leben kosten. Hier kann ich mich hinsetzen und schlafen und wahrscheinlich gibt es keine wilden Tiere, die mir nach dem Leben trachten", dachte sie. Sie ging weiter und hoffte, dass kein Auto kommen würde, denn sie konnte sich nicht vorstellen, was ehrliche Leute um diese Zeit auf dem Waldweg zu suchen hätten. Umgekehrt: war sie keine ehrliche Person, die um diese Zeit auf dem Waldweg unterwegs war? Ein eventueller Angreifer müsste auf jeden Fall damit rechnen, dass sie bewaffnet war. Sie lachte ein bisschen bei diesem Gedanken. Würde sie sich in diesem Moment mit einer Waffe sicherer fühlen? „Ja, ein bisschen schon", sagte sie sich, aber sie schwor sich, das niemals offen zuzugeben, damit Leute wie Greg oder Sam diese Ausnahmesituation nicht als Argument für die Aufrüstung in amerikanischen Dörfern missbrauchen konnten. Und wahrscheinlich würde sie ohnehin keine Waffe auf ihrem Weg brauchen.

Sie dachte an die Diskussionen, die die Schulleitung zu Hause mit manchen Eltern hatte, die Angst hatten, ihre Kinder allein zur Schule zu schicken. Manche Väter oder Mütter machten sogar in der ersten Klasse Volksschule beim Morgensport mit, damit ihr Kind nicht allein zum Park oder in die Turnhalle gehen musste. Das Kind mit dem Auto zu bringen war in Österreich verpönt. Man wollte die Selbstsicherheit der Kinder fördern, indem sie schon in jungen Jahren ihre Wege alleine mit öffentlichen Verkehrsmitteln zurücklegten. Manchmal passierten kleinere Unfälle im Verkehr oder ein Kind verirrte sich, aber Kidnapping, das Verbrechen, das viele Eltern am meisten fürchteten, war noch nie vorgekommen.

Sie selbst hatte sich einmal verirrt, als wegen einer Baustelle eine Straße geschlossen war. Sie hatte dann eine andere Straße genommen, und wusste nach einiger Zeit nicht mehr wo sie war. Sie war weinend weitergegangen, bis ein freundlicher Herr sie zur Polizei gebracht hatte. Dort bekam sie eine

Zimtschnecke und Kakao und die Polizistinnen lasen ihr Geschichten vor, bis ihr Papa sie abholte. Im Auto hatte sie wieder geweint, aber ihr Papa hatte gelacht und gesagt: „Wie gut, dass dir das passiert ist, daran wirst du dich dein Leben lang erinnern". Er hatte recht gehabt. Sie erinnerte sich an diesen Tag viel mehr als an andere Tage. „Ebenso wird es auch mit dieser Wanderung sein", dachte sie. „Wenn ich erst am Ziel bin, werde ich mich an dieses Abenteuer erinnern". Es tat ihr allerdings leid, dass sie alleine war. Sie stellte sich alle möglichen Freundinnen vor, mit denen sie diesen Weg gehen wollte oder auch nicht. Ella, ihre Kollegin in Österreich wäre ideal, Sasha, wäre natürlich noch schöner, Irene und Gordy: lustig, Angela und Sally wären auch nett. Sie würden wahrscheinlich alle 5 Minuten anhalten um zu beten; Sie sollte sich nicht darüber lustig machen. Außerdem war ihr selbst nach beten zumute.

Greg oder Sam wollte sie auf keinen Fall dabeihaben. Sie dachte wieder an die Schule. Amina selbst war als Kind mit ihren Freundinnen in der Früh zu verschiedenen Sportstätten gegangen und von dort zur Schule. Zum Schwimmen war Aminas Mutter ein Jahr lang einmal in der Woche mitgekommen. Ihre Mama hatte mit ihr gemeinsam Schwimmen gelernt. Eine Nachbarin hatte sie dazu animiert. Beim Schwimmen hatte ihre Mutter auch andere Eltern kennengelernt, die ihren Tag ebenfalls mit Sport begannen und eine Pensionistin getroffen, mit der sie sich angefreundet hatte und der sie jetzt einmal pro Woche beim Einkaufen half. Auch in der Mittelschule, wo Amina jetzt Lehrerin war, kamen viele ältere Leute, denen der Hausarzt „Schulsport" verschrieben hatte. Schulsport brachte diesen Leuten nicht nur körperliche Fitness, sondern half auch gegen Depressionen. Ein Fortbildungskurs auf dem Bauernhof im Sommer hatte sich dem Thema „Kommunikation mit schulfremden Personen" gewidmet. In diesem Kurs hatte sie einerseits gelernt, wie man mit Menschen kommuniziert, die am Schulleben teilhaben möchten und wie man Menschen zum lebenslangen Lernen im Kontext Schule bewegen kann.

Mit diesen angenehmen Gedanken hatte sie sich beruhigt und war weitere zwei Stunden gewandert. Nun sah sie in der Ferne hinter sich einen Lichtkegel näherkommen. Das musste ein Auto sein. Sie beschloss, trotz der Angst, die sie nun fühlte, sich der Fahrerin zu stellen und das Auto anzuhalten. Mit stark klopfendem Herzen stellte sie sich an den Wegesrand und wartete. Der Lieferwagen kam näher und Amina konnte sehen, dass kein Fahrer am Steuer saß. Es war ein selbstfahrendes Elektroauto und deshalb sehr leise, aber es war auf diesem einspurigen Waldweg so schnell unterwegs, dass Amina nicht wagte, sich vor den Wagen zu stellen, um ihn anzuhalten.

Auch wenn sie das Auto anhalten hätte können, wäre es ihr nicht möglich gewesen, die Türen zu öffnen. Sie weinte ein bisschen. Teils aus Enttäuschung darüber, dass sie nicht in einem warmen Auto saß und somit wieder Teil der ihr vertrauten Zivilisation war, teils aus Erleichterung darüber, dass wieder einmal kein Mörder unterwegs war, der ausgerechnet hier nach ihr suchte, um grundlos mit ihrem Leben Schluss zu machen. Wahrscheinlich wollte der Besitzer des Wagens die Maut umgehen und schickte deshalb sein Auto des Nachts durch den Wald. Das gab es in Österreich auch, war aber verboten, da auch Elektroautos, die ja keine Steuern mehr für das Benzin zahlten, ihren Beitrag für die Erhaltung der Verkehrswege leisten mussten.

Obwohl sie das Auto nicht anhalten hatte können, war sie beruhigt, denn irgendwo würde diese Straße hinführen und so wanderte sie weiter. Sie dachte darüber nach, was wohl passieren würde, wenn sich 2 fahrerlose Autos auf dieser einspurigen Waldstraße begegnen würden und philosophierte über das Wort „begegnen". Sie war schon vielen Menschen und Situationen begegnet. „Begegnungen zwingen zur Flexibilität", dachte sie. Dabei kam ihr wieder Irene in den Sinn. Wahrscheinlich schlief sie gerade friedlich im Haus der Tante. Umgekehrt würde Irene wahrscheinlich das gleiche von ihr denken und wie sehr würde sie sich täuschen! Irene war noch jung und trotzdem konnte man mit ihr schon über alles sprechen. Sie kam aus einer weniger behüteten Welt als Angela und Sally, die von jeder Realität ferngehalten wurden, die nicht mit der Bibel erklärt werden konnte oder für die ihre Mentoren keine favorable Interpretation finden wollten.

Hatte nicht Irene gemeint, die Geschichte mit Sascha und ihr würde wieder ins Reine kommen? Amina vermisste Sascha. Sie hatte sich vorgenommen, sich während ihres Amerikaaufenthaltes nicht bei ihm zu melden, aber nun dachte sie daran, ihn anzurufen. Immerhin war es in Österreich schon 7 Uhr morgens. Sie wollte ihr Handy aus der Tasche holen, da sah sie nicht weit vor sich eine breite Asphaltstraße. Sie ging etwas schneller und als sie zur Straße kam, holte sie das Handy heraus, um zu sehen, wo sie sich befand. Die Straße führte nach Westen. Das war immer noch ihre Richtung. Sie setzte sich am Straßenrand auf den Boden und lehnte sich erschöpft an einen Baum. So schlief sie ein.

Kapitel 8

Ein Traum, den du alleine träumst ist nur ein Traum, ein Traum, den wir gemeinsam träumen, ist Wirklichkeit (John Lennon)

Die Vögel weckten sie zur Zeit der Morgendämmerung. Sie hatte ungefähr 3 Stunden geschlafen. Es war noch nicht hell aber auch nicht ganz dunkel und Amina beschloss, am Straßenrand weiterzugehen. Sie würde versuchen, jedes Auto anzuhalten und ihrem Schicksal das Fahrziel zu überlassen. Jedenfalls wollte sie in eine größere Stadt. Sie war noch nicht weit gegangen, als sie die Scheinwerfer eines Autos hinter sich näherkommen sah. Vom Straßenrand aus winkte sie dem Wagen, als er vorbeifuhr. Das Auto war schnell unterwegs und daher hatte Amina nicht gleich bemerkt, dass es langsamer wurde und abbremste.

Es stand schon weit vor ihr am Straßenrand, als sie endlich reagierte und loslief. Bei dem Fahrzeug musste es sich schon um ein uraltes Modell handeln, denn auf der Stoßstange konnte Amina einen „Obama" Aufkleber erkennen. Außerdem wurde es noch von einem Menschen gelenkt und war nicht programmiert, so wie der Lieferwagen, dem sie im Wald begegnet war. Die Beifahrertür stand schon offen als sie beim Fahrzeug ankam. „Wo soll`s hingehen, junge Dame"? fragte der freundliche Mann am Steuer. "Nach Westen in die nächste größere Stadt". Sie saß schon im Auto, als sie diese Antwort gegeben hatte und der Fahrer hatte das Auto schon auf die Straße gelenkt.

„Was machst du um diese Tageszeit so weit entfernt von jeder Siedlung auf dieser Landstraße"? erkundigte er sich. Amina erzählte die Geschichte mit Sam und der Schulklasse und wie sie die Nacht durch den Wald gewandert war und dass sie beschlossen hatte nicht nach Glendale zurückzukehren. Sie erzählte, dass sie als Lehrerin ein Auslandsjahr in den USA verbrachte und sich nun darauf freue, eine andere Schule kennenzulernen. „Übrigens, ich heiße Amina", stellte sie sich mit ihrem Namen vor. „Und ich bin Doc und auch Lehrer", sagte der Fahrer. „Echt"? reagierte Amina etwas überrascht. „Ja, wirklich, es gibt zwar in den USA wenige männliche Lehrer und noch weniger schwarze männliche Lehrer und trotzdem bin ich einer davon". „Verkaufst du nicht Drogen im CDP store, wenn du Doktor bist?" „Haha", lachte Doc, „du bist also nicht ganz neu hier bei uns. Nein, Doctor ist mein

Vorname. Kennst du nicht den Witz von der Mutter, die ihrem Sohn das Studium ersparen wollte und deshalb „Doctor" als Vorname in seiner Geburtsurkunde eintragen ließ? Der Protagonist dieses Witzes bin ich". Doc griff sich mit der rechten Hand auf die Brust und verbeugte sich zu Amina hin, wie um sich offiziell vorzustellen.

Sie lachten beide. „Bist du Mexikanerin?", fragte Doc weiter. „Nein, ich bin aus Österreich, aber ich bin in Afghanistan geboren, darum verwechseln mich hier alle mit einer Latina. Es ist mir schon passiert, dass mir eine wirkliche Latina nicht glaubte, dass ich kein Spanisch spreche. Sie wurde böse und dachte, ich wollte beweisen, dass ich schon sehr weiß bin und mich deshalb nicht mit ihr in „unserer" Muttersprache unterhalte. Bei dem Wort „unserer" deutete sie wieder die Gänsefüßchen mit den Fingern an. „Was unterrichtest du"? fragte sie Doc „amerikanische Geschichte", antwortete dieser. „Nein, wirklich", reagierte Amina erschrocken. „Naturwissenschaften", lachte Doc. „Ich wollte dich nur ein bisschen aufziehen. Du hattest mir doch von diesem Sam und seinem tollen Geschichteunterricht erzählt". Amina war erleichtert. „Ich habe nie an Sam gedacht, als du mir sagtest, dass du Lehrer wärst" lachte Amina. „Ehrlich gesagt, wenn du mich hättest raten lassen, welchen Beruf du ausübst, wäre ich sehr schnell auf Lehrer gekommen. Du bist freundlich, sozial – schließlich hast du angehalten, um mich mitzunehmen – und weißt, wie man auf Menschen zugeht, sodass man sofort ihr Vertrauen in die Menschheit erweckt". „Außerdem fahre ich ein altes Auto", setzte Doc fort „mit einem Obama Sticker auf der Stoßstange", ergänzte Amina. „Also bei uns sind fast keine Männer Lehrer, und dieser Wagen ist der Grund, warum ich hier, hunderte Kilometer von zu Hause entfernt, auf dieser Landstraße nach Hause fahre. Ich habe ihn von einem Großonkel geerbt, der vor kurzem gestorben ist und bin vorgestern hierhergeflogen, um zum Begräbnis zu kommen und mir den Wagen zu holen. Heute bin ich sehr früh losgefahren, um auf dem Weg nur einmal übernachten zu müssen", erklärte Doc seine Fahrt zu so früher Morgenstunde auf dieser Straße.

„Weißt du überhaupt, wer Obama war"? Fragte er sie. „Ja, er war Sozialarbeiter und ist dann Präsident der USA geworden. Obama hatte Qualitäten, die eine Lehrerin mitbringen sollte", sagte sie nachdenklich. Die Gesellschaft zum Wohl aller zusammenzuführen - dazu gehören mehrere mentale Einstellungen und psychische Voraussetzungen, die man sowohl als Lehrerkandidat, als auch als Politikerin vorweisen sollte, dachte sie. „Bei uns lernt man auf der pädagogischen Akademie in vielen Kursen eine Menge, was Leadership und Teambuilding und andere wichtige Themen betrifft. Bei uns gibt es jetzt genauso viele Lehrer wie Lehrerinnen, seit dieser Beruf enorm an Prestige gewonnen hat. Als ich Kind war, wurde ich noch mehrheitlich von Frauen unterrichtet, aber viele meiner Kollegen jetzt, sind Männer, die die gläserne Tür zu diesem Beruf aufgestoßen haben."

Doc hatte aufmerksam zugehört: „Bei uns sind Obama und der Präsident nach ihm so ziemlich die letzten Präsidenten, die man noch mit Namen kennt. Ich könnte dir nicht sagen, wer jetzt die Föderation anführt. Lass mich nachdenken", sagte er. "A.J. Wolf", erinnerte sie ihn. „Stimmt, der von der Wall Street ", kommentierte er. „Bei uns an der Westküste interessiert sich schon lange niemand mehr dafür, wer die Union leitet. Wenn wir zur Wahl gehen, ist die Wahl aufgrund des Wahlmännersystems schon längst durch die anderen Bundesstaaten entschieden und deshalb ist die Wahlbeteiligung bei den Präsidentschaftswahlen bei uns im Westen noch niedriger als im Bundesdurchschnitt. Uns interessieren die Gouverneurswahlen mehr, denn da gibt es meist Kandidaten, die wir kennen. Bei uns im Westen der USA sind es hauptsächlich verschiedene Internetfirmen, die die Organisation unserer Gesellschaft übernommen haben und die Kandidaten für ein politisches Amt stellen. Allerdings haben wir Bürger bei allen Wahlen Interesse daran, dass die verschiedenen großen Firmen nicht zu viel in den Wahlkampf stecken, denn dieses Geld steht dann unseren Gemeinden nicht mehr zur Verfügung. Du hast ja sicher schon bemerkt, dass bei uns die Firmen die Staatsfinanzierung übernommen haben. Dafür müssen sie praktisch keine Steuern mehr zahlen. Ich werde zum Beispiel von der Internetfirma Mediafriends bezahlt, die auch meine Kirche und viele andere gemeinschaftsfördernde Vereine finanziell unterstützt. Eine Millionenstadt, wie die, in der ich lebe, wird hauptsächlich von zwei großen Firmen verwaltet, die auch noch andere Gebiete regieren".

Es interessierte Amina sehr, all diese Informationen, die sie als Sozialwissenschaftlerin aus den Büchern kannte, in der Realität kennenzulernen und sie war dankbar für dieses anregende Gespräch. "Euer System habe ich schon in Glendale kennengelernt", erzählte sie Doc. „Dort waren es hauptsächlich Keybolt Steven und Mc Pill, die die Lehrer und die Kirchengemeinden unterstützten". „Ja, in den Landgemeinden der Ostküste und des mittleren Westens sind es meist traditionelle Firmen, die die Bevölkerung unterstützen. Die Unterstützung richtet sich dort stark nach dem Wählerpublikum, da es die Leute in den ländlichen Gemeinden sind, die die Bundeswahlen entscheiden. Wichtig ist eigentlich nur, dass kein Sozialarbeiter mehr US-Präsident wird, denn dann müssten Steuern gezahlt werden, und eine Regierung des Volkes, das, wenn wir uns ehrlich sind, keine

Ahnung davon hat, wie man wirtschaftlich vorteilhafte Entscheidungen trifft, würde das eingenommene Geld verjubeln," fuhr er fort „Es stimmt zwar, dass die Finanzinstitute, deren Geschäfte aufgrund mangelnder Regulierungen oft aus dem Ruder laufen, uns regelmäßig dazu zwingen, ihnen Geld zu überweisen, wenn eines ihrer Unternehmen wieder einmal „too big to fail" ist. Dann bekomme ich ein halbes Jahr lang nur den halben Lohn von meiner Firma bezahlt, aber bald läuft wieder alles wie vorher. Ich verzichte gerne, denn schließlich steckt mein Pensionsfond in irgendwelchen Aktien, die meine Firma für mich gekauft hat. Ich bin froh, wenn Spezialisten für mich wirtschaftliche Entscheidungen übernehmen, denn mir sind diese Zusammenhänge zu kompliziert".

Amina lobte Doc dafür, dass er ihr in einfachen klaren Worten die große Politik aus seiner Sicht so übersichtlich dargestellt hatte: „Man merkt, dass du ein guter Lehrer bist", hatte sie ihm abschließend gesagt. Doc gefiel ihr ausgesprochen gut. Er war fröhlich, positiv, selbstsicher und sah gut aus. Sie hatte das Gefühl ihm auch zu gefallen und deshalb wollte sie nicht zu viel sprechen. Ihre Mama meinte immer, das hätten Männer nicht so gern und Amina ärgerte sich ein bisschen über sich selbst, dass sie den Mund halten wollte, um Doc zu gefallen. Nach einer kurzen Pause ging dann aber doch wieder ihre Natur mit ihr durch und sie sagte zu ihm: „Ich bin so dankbar, dass du mich mitnimmst". "Keine Ursache", meinte Doc. „Ich freue mich, mit dir zu plaudern. Erzähle mir ein bisschen, wie die Dinge bei euch in Australien stehen". Amina lachte: „Willst du das wirklich wissen"? „Ja klar", gab Doc zurück, „besonders jetzt, wo du so geheimnisvoll klingst".

„Ich warne dich", Amina darauf: „du weißt doch, dass Lehrerinnen nicht aufhören zu reden, bevor 50 Minuten vorbei sind". „Das ist ein alter Witz", sagte Doc, „von früher, als noch Frontalunterricht gemacht wurde. Außerdem haben wir jede Menge Zeit. Außer du willst im nächsten Kaff aussteigen. „Nein, nein", wehrte Amina ab. „Ich erzähle sehr gern von Österreich". „Also", begann sie „Österreich ist Mitglied der europäischen Union. Es gibt innerhalb dieser Union verschiedene Staaten, die ihre eigenen Regierungen haben, aber alle Regierungen haben sich darauf geeinigt, dass große Firmen 30% Körperschaftssteuern auf den Gewinn zahlen müssen, den sie in den einzelnen Ländern erwirtschaften. Sie können also ihre Gewinne nicht mehr kleinrechnen und in irgendwelche Briefkastenfirmen auf Karibikinseln verlegen. Ganz allgemein ist die Verantwortung Steuern zu zahlen, bei uns mit sehr viel Prestige belegt worden, sodass man heute von reichen Menschen oder großen Firmen nicht mehr abschätzig spricht: Bei euch in den USA war es ja nie verpönt, reich zu sein, im Gegenteil, man zeigt bei euch gerne, was man hat, aber bei uns in Österreich hatte Reichtum immer etwas Anrüchiges. Deshalb führte man vor einigen Jahren die Transparenz ein. Das bedeutet, man kann von jeder Arbeitnehmerin und von jedem Unternehmer und jeder Firma im Internet nachschauen, wie viele Steuern jede das vergangene Jahr zahlten. Auf diese Weise verhalf man dem Reichtum auf einem Umweg zu Prestige, und auch arme Migranten, die in Österreich arbeiten, können zeigen, was sie an Steuern und Versicherungsbeiträgen abführen. Diese Steuern verwendet die Regierung dazu, Arbeitsplätze zu schaffen, Pensionen und Gehälter zu zahlen, Kunst und Kultur zu fördern, Umwelt und Ökologieprojekte umzusetzen, das Gesundheitssystem am Laufen zu halten und vor allem unser Bildungssystem weiterzuentwickeln, damit es dem Zusammenleben der Menschen in unserem Staat dient. Unsere Firma heißt sozusagen „Österreich" und die Minister sind unsere Aufsichtsratschefs, die diese Firma leiten. Sie sind dem vom Volk gewählten Parlament Rechenschaft schuldig. Es stimmt, dass man sich als Staatsbürgerin bei uns mit komplizierten Themen beschäftigen muss, und dass man nicht immer die richtigen Entscheidungen trifft, aber wir glauben nicht, dass Lobbyisten bessere Entscheidungen treffen würden als Minister. Außerdem stecken wir uns als Gesellschaft nicht nur wirtschaftliche Ziele. Wir wollen auch, dass das Geld, das in unserem Land generiert wird, möglichst gerecht verteilt wird und Zufriedenheit und Dankbarkeit die Früchte unseres Bemühens um eine bessere Welt sind".

Doc sah sie an: „Gib zu, du hast während meines Vortrags an etwas ganz Anderes gedacht", sagte sie scherzend zu ihm. „Nein, sagte er, „ich habe dir zugehört, allerdings glaube ich dir nicht, dass das Leben dort bei euch für den Einzelnen einfacher ist als hier". „Naja, wenn ich an das Gesundheitssystem denke, bin ich schon froh, dass ich in Österreich versorgt werde, wenn ich Versorgung brauche", seufzte sie und erzählte Doc die Geschichte von ihrer Kreditkarte, an der Diegos Leben vermutlich immer noch hing. Diese Geschichte machte Doc wieder wach: „Also wirklich, wie kommst du dazu, den Schaden, den dieser Greg verursacht hat, zu bezahlen"? Das ist typisch für Stevies, dass sie die Konsequenzen, die ihr Gerät anrichtet, kalt lassen. Ihrer Firma geht es nur um Profit. Eine Versicherungsfirma hat sich sogar mit Keybolt Steven zusammengetan, um die Konsequenzen von Waffenunfällen abzudecken, aber Keybolt Steven hat die Aktien dieser Firma gekauft und prozessiert nach jedem Unfall so lange mit den Inhabern der Polizzen, die Ansprüche aus dieser Versicherung geltend machen wollen, bis der Verunfallte sein Geld verprozessiert hat. Das Gericht verteilt die Prozesskosten dann auf die Anwälte von Keybolt Steven und die Anwälte der gegnerischen Partei, die sich das Geld, das der Verunfallte oder im Todesfall dessen Verwandte in den Prozess gesteckt haben, teilen. Wenn dann der Ruf der Versicherung ruiniert ist, weil sie nie Geld ausgezahlt hat, wird eine neue Versicherung gegründet, die dann mit viel Werbung ihre Polizzen an neue Opfer verkauft". Doc war nun in Fahrt gekommen und schimpfte über die Versicherungen. „Das ist der freie Markt. Das kommt davon, wenn es keine Regulierungen gibt", meinte Amina resigniert. „Und wenn Verträge nicht eingehalten werden," fuhr Doc empört fort. Er erzählte ihr dann, dass das Vertrauen der Welt in die USA nachgelassen hätte, als die Regierung begann internationale Verträge einseitig zu kündigen. Er sprach über den Klimavertrag und ein Atomabkommen mit Iran. Sie pflichtete ihm noch müde bei, als er meinte, Vertrauen sei die wertvollste Währung überhaupt. „Das mit Diego und deiner Kreditkarte tut mir sehr leid", hörte sie Doc noch sagen und bald darauf war sie eingeschlafen.

Als sie wieder aufwachte, war es schon fast Mittag. Das Auto war auf dem Parkplatz einer Tankstelle geparkt. Doc war wahrscheinlich ins Geschäft gegangen, um sich etwas zu essen zu besorgen. Der Autoschlüssel steckte im Anlasser. Amina zog ihn heraus, stieg aus und sperrte das Auto ab.

Doc stand an einem der Automaten im Geschäft. Sonst war niemand zu sehen. „Hallo Doc"! meldete sich Amina. „Gut, dass du schon munter bist. Ich besorge uns gerade ein Frühstück", erwiderte Doc fröhlich. Amina nahm ihm einige Dinge ab, die er gekauft hatte. Dabei berührte sie seine Hand und stellte fest, dass diese Berührung eine etwas elektrisierende Wirkung hatte. Sie zog ihre Hand zurück und Doc ging mit den 2 Kaffeebechern, die ihm noch geblieben waren, zum Ausgang. Er drückte mit der Schulter die Ladentür auf und wartete, bis Amina mit ihren Tütem hinausgegangen war. Dann setzten sie sich draußen zu einem Picknicktisch mit zwei Bänken. Sie saßen sich gegenüber und da sie die Münder voll hatten, konnten sie nicht viel sprechen, sahen sich jedoch immer wieder in die Augen. Wenn Amina ihren Blick hob, nachdem sie einen Schluck Kaffee getrunken oder von ihrer Doughnut abgebissen hatte, schienen Docs Augen schon auf ihren Blick zu warten. Amina spürte, wie sie sich von Blick zu Blick immer ein wenig mehr in Doc verliebte. Sie war sich nicht sicher, ob Doc genauso fühlte wie sie, aber seine Blicke schienen ihre Gefühle zu erwidern. Nach einiger Zeit ließen sie jedoch davon ab, sich anzusehen und als sie dann beim Servietten Zusammenknüllen und Aufräumen wieder gleichzeitig ihren Blick hoben, lächelten sie sich an.

„Du scheinst gut geschlafen zu haben", sagte Doc zu ihr. „Ja, ich habe mich gut erholt. Möchtest du, dass ich ein Stück fahre"? fragte sie und war froh, dass ihr diese neutrale Frage eingefallen war. Er nickte: „Gut, dann schlafe ich eine Runde". Sie stiegen in den Wagen und Doc zeigte ihr den Weg zur großen Landstraße, denn die Tankstelle lag etwas abseits des Weges. Amina war froh, dass sie jetzt fahren konnte. Die Tätigkeit lenkte sie von der Unsicherheit und der Nervosität ab, die sie plötzlich durch Docs Anwesenheit verspürte. Sie wusste nicht mehr recht, worüber sie mit ihm sprechen sollte. Doc schien es genauso zu gehen, denn er checkte jetzt sein Telefon und verschickte einige Nachrichten. Danach stellte er die Rückenlehne flach, sagte ihr, wie froh er sei, sie getroffen zu haben, bedankte sich bei ihr fürs Fahren und schloss die Augen.

Die Straße war keine große Herausforderung für Autofahrerinnen und das war gut so, da Amina keinen eigenen PKW besaß und nur selten selbst fuhr. Auf dieser Strecke kamen ihr wenige Fahrzeuge entgegen, manchmal war ein Lieferwagen oder Lastwagen zu überholen. Amina richtete ihren Blick immer wieder auf Doc, der neben ihr schlief. Das heißt, sie war sich nicht ganz sicher, ob er wirklich schlief. Die Chemie in ihrem Körper hatte ihren emotionellen Status wieder auf „Euphorie" eingestellt. Sie dachte daran, dass sie vor erst 24 Stunden mit der Schulklasse aus Glendale die alte mexikanische Missionsstation besucht hatte und nun saß sie in einem Auto mit einem Mann, den sie außerordentlich attraktiv fand. Sie war froh, dass man diesen Wagen nicht als Automatik schalten konnte, denn die Versuchung, ihn anzugreifen, wäre zu groß gewesen. Sie hätte eventuell mit einer Hand sein Gesicht streicheln können, aber das wagte sie natürlich nicht. Außerdem sollte doch besser alles langsam gehen, dachte sie, das wäre doch viel schöner.

Amina hatte schon mit Doc besprochen, dass sie ihn bis Sunvalley, wo er lebte, begleiten würde. Sie würden irgendwo unterwegs übernachten und am nächsten Tag in seine große Stadt kommen - mit allem, was eine große Stadt mit vielen netten Menschen zu bieten hatte. Sie würde in seiner Schule hospitieren. Weiter wagte sie nicht zu denken, denn sie konnte sich nicht vorstellen, als Lehrerin für eine Firma zu arbeiten. Sie hatten noch gar nicht darüber gesprochen, wo er sie in der Stadt absetzen würde und ob er eine Freundin hatte oder mit einer Familie lebte.

Er war sicher älter als sie, dachte sie nun, als sie ihn wieder ansah. Sie hätte jetzt jedenfalls mehrere Gesprächsthemen für die Zeit nach seinem Erwachen. Sicher war er nicht alleine, überlegte sie, denn ein so gutaussehender Mann mit dieser tollen Ausstrahlung hatte sich in einer Schule mit weiblichen Lehrerinnen in der Überzahl sicher schon eine Partnerin gefunden. Das machte sie kurz traurig. „Vielleicht will es das Schicksal ja, dass seine Freundin ebenfalls etwas Auszeit wollte", überlegte sie gerade, als sein Telefon summte, das er in die Aufbewahrungsbox zwischen den Sitzen gelegt hatte. „Willow" zeigte das Display seines Smartphones an. Doc schien zu schlafen, denn obwohl er das Telefon auf lautlos gestellt hatte, wurde das Summen nicht ganz vom Motorengeräusch des Fahrzeugs übertönt. Vielleicht schlief er aber nicht und wollte den Anruf nur nicht entgegennehmen, dachte sie jetzt. Willow war aber jedenfalls ein weiblicher Name, da war sie sich sicher, und deshalb fühlte sie, wie ihr die Enttäuschung ein bisschen die Kehle zudrückte.

Sie hatten sich immerhin fast einen ganzen Vormittag lang gut miteinander unterhalten und noch nicht einmal von wirklich wichtigen persönlichen Dingen gesprochen. Ihm schien das Plaudern auch gefallen zu haben, jedenfalls schien er nicht die Sorte von Mann zu sein, die mit einer Frau nur sprechen, um irgendwann bald Sex mit ihr zu haben. Sie war jedenfalls nicht die Frau, die mit einem Mann nur Sex hatte, damit er ihr anschließend zuhörte. Sich miteinander Unterhalten war für sie - und anscheinen auch für ihn - ein Vergnügen für sich. Trotzdem tat dieses „Willow" am Display verdammt weh. Zum Glück hatte diese Willow nicht noch einmal angerufen, sondern nur eine Nachricht geschickt: „Ruf mich an, wenn du kannst", verziert mit mehreren Emojiküssen. All das hatte Amina vom Fahrersitz aus sehen können. Sie hatte nicht viel Zeit ein schlechtes Gewissen darüber zu entwickeln, dass sie ihre Augen auf das Display seines Handys gerichtet hatte, denn Doc richtete sich nun auf, verschränkte seine Hände, hob die Arme auf Brusthöhe und bewegte seinen Oberkörper zu beiden Seiten, um sich ein bisschen fit zu machen. „Na, geht`s dir gut"? fragte er sie. „Danke für´s Fahren", bei diesen Worten streichelte er freundschaftlich ihren oberen Rücken. Diese Berührung ging ihr durch Mark und Bein, aber es fiel ihr zum Glück trotzdem nicht schwer, ihm zu sagen, dass ihr das Fahren durch die Landschaft großes Vergnügen bereitet habe und dass sein Telefon geläutet hätte.

„Das ist meine Frau", sagte er, als er sein Smartphone checkte und sich daranmachte, sie anzurufen. Er erzählte Willow, dass er mit Amina unterwegs war und erkundigte sich nach dem Befinden von allerlei Leuten. „Seine Kinder wahrscheinlich", dachte Amina. Er fragte seine Frau, ob er Amina morgen mitbringen könne, wenn er nach Hause käme. Dann sagte er „love you" und legte auf.

93

„Das war Willow, meine Frau", sagte er nochmal: „Du kannst erstmal bei uns bleiben, wenn du möchtest", setzte er fort. Amina bedankte sich vielmals und trotz eines unbestimmten Eifersuchtsgefühls kam es ihr aus dem Herzen, ihm zu sagen, wie glücklich sie sich darüber fühlte, ihm begegnet zu sein und wie überhaupt immer alles in ihrem Leben sich bis jetzt zum Guten gewendet habe. Auch Doc drückte ihr seine Freude darüber aus, ihr begegnet zu sein. Er erzählte ihr über seine Familie. Seine Kinder Tamo und Sina waren 5 und 3 Jahre alt. Tamo war behindert. Er hatte bei der Geburt zu wenig Sauerstoff abbekommen. Willow arbeitete halbtags für eine Softwarefirma und erwartete ihr 3. Kind. Es würde ein Junge werden. Außerdem war die Familie noch Mitglied einer Kirchengemeinde. All das würde Amina kennenlernen. Sie hatten schon besprochen, dass Amina Doc in seine Schule begleiten würde, um ihre Studien über Schulen in den USA weiterzuführen.

Nach einigen Stunden Fahrt machten sie wieder Pause. Der Ort, durch den sie zur Tankstelle fuhren, erinnerte Amina ein bisschen an Glendale. „Diese Orte wirken alle wie ein abgebrochenes Sozialexperiment: Als hätte man hier vor Jahren Menschen angesiedelt, um zu beobachten, wie sie miteinander auskämen. Das Beobachten hat man aufgegeben. Manche Versuchsteilnehmer haben bemerkt, dass kein Beobachter und kein Fernsehteam mehr vorbeikam und hatten den Ort verlassen. Zurückgeblieben sind nur noch diejenigen Einwohner, die noch nicht mitbekommen haben, dass der Versuch abgebrochen worden war, ohne dass man es ihnen mitgeteilt hatte". So beschrieb Amina Doc ihren Eindruck von dem Ort, an dem sie nun Pause machten.

„Strukturschwache Region" ist stark untertrieben, dachte Amina. Sie wusste nicht einmal, wie man diesen in Österreich gebräuchlichen Ausdruck ins Englische übersetzen sollte. In österreichischen Landgemeinden gab es überall Schilder, die auf Projekte hinwiesen, die die Europäische Union unterstützt hatte. Der Staat hatte im Rahmen dieser Projekte auch alte Bauernhöfe gekauft, die jetzt als Schulen Verwendung fanden. Jede Mittelschulklasse aus der Stadt verbringt eine Woche pro Schuljahr auf einem dieser Bauernhöfe. Dort arbeitet ein Lehrer, der diese Klasse täglich in allen Fächern unterrichtet. Diese Lehrerin kann jede Woche das gleiche Programm machen, da die Kinder immer wechseln. Nach einer Stunde Morgensport, den 2 Minuten Dankbarkeit und 3 Stunden akademischen Unterricht arbeiten die Kinder am Bauernhof und machen Kulturprogramm mit der Bevölkerung der Ortschaft.

Letztes Jahr hatte Amina, als sie mit ihrer Klasse auf den Bauernhof gefahren war, in einem Strickcafé, das sie am Nachmittag mit den Schülern besucht hatte, eine Afghanin getroffen, die so wie sie als Flüchtlingskind nach Österreich gekommen war. Diese hatte ihr erzählt, dass es in ihrem Ort mehrere Afghanen und auch Syrer gäbe, die hier eingewandert waren. Der Ort habe viele kulturelle Vereine und die Tatsache, dass jede Woche eine andere Schulklasse hierherkommt, gäbe dem Ort Impulse für neue Projekte. Sie selbst leite das Strickcafé, das ebenfalls ein von der EU unterstütztes Projekt war. Ihr Mann kümmerte sich um die Schafe, die er mit den Schülern täglich betreute. Amina und ihre Klasse hatten damals das Glück gehabt, dass genau in dieser Woche die Schafe geschert werden mussten und die Kinder dabei mithelfen konnten. Das war sehr anstrengend gewesen, aber megalustig. Ein Schüler hatte die Klasse dabei gefilmt und die lustigsten Szenen mit der Hilfe einer Mitschülerin zusammengeschnitten und mit Text und Musik unterlegt. Dieses Video hatten sie ans Fernsehen geschickt. Amina würde es nicht sehen, falls es dieses Jahr in der täglichen Schulsendung ausgestrahlt würde. Im Strickcafé gab es ein einfaches Spinnrad und die Kinder lernten, wie Wolle hergestellt wurde. Stricken lernten sie dort aber mit industriell gefertigter Wolle. Die Kosten für die Materialien waren schon im Beitrag inbegriffen, den die Schülerinnen für die Bauernhofwoche zahlen mussten. Die Afghanin (Amina hatte ihren Namen vergessen) hatte ihr erzählt, dass sie vorhabe, ihr Geschäft zu einer kleineren Strickwarenindustrie zu erweitern. Sie wollte einen 3D Drucker anschaffen, in den man das geschorene Fell der Schafe zusammen mit Farbe und einem Antikratzmittel füllen konnte. Die Schülerinnen sollten dann lernen, diese Maschine zu programmieren und könnten sich einen Pullover drucken, wenn sie wollten. Die Technologie gab es schon und der Verband der Strickcafébesitzerinnen hatte schon bei der Europäischen Union um Unterstützung für dieses Projekt angesucht.

Natürlich kochte auch am Bauernhof immer eine Gruppe Schüler für die ganze Klasse. Amina hatte dafür extra Rezepte ausgesucht, die die Zutaten berücksichtigten, die am Bauernhof vorhanden waren. Die Bauernhofwoche ist für Lehrerinnen und Schüler immer ein sehr intensives Erlebnis. Die Bevölkerung rund um den Bauernhof ist schon auf ein Leben mit den Schülerinnen eingestellt und kennt Spiele und andere Aktivitäten für den Abend.

Im Sommer sind immer Lehrer zur Fortbildung auf diesen Bauernhöfen. Die ernten dann das Gemüse, das die Schülerinnen im Spätsommer gepflanzt haben und schicken ihren Schulklassen Bilder per Whattsapp. Amina hatte sich vorgestellt ihr Baby zur Fortbildung mitzubringen, denn im Sommer betreuen Oberstufenschüler die Kinder. Das kostet nicht viel und ist wie ein Aktivurlaub für Lehrerfamilien. Sascha hätte sogar an einigen interessanten Kursen teilnehmen können, die im Sommer für die Lehrerinnen organisiert wurden. Ein Kurs zum Thema „Kommunikationsstärke" oder „Organisationstalent" ist für alle Berufsgruppen interessant.

All diese Erinnerungen hatten sie auch in Glendale schon oft mit Wehmut erfüllt. Sie hatte dort aber nicht 1 Mal von all diesen Entwicklungen im Schulsystem ihres Landes erzählt, denn mit Warengutscheinen von Drugstores und Waffenläden lassen sich solche Projekte natürlich nicht verwirklichen. Dazu braucht es Steuerzahler, denen abends im Fernsehen immer wieder gezeigt wird, auf welch sinnvolle Weise ihr Geld zum Zweck des sozialen Fortschritts eingesetzt wird. In den Sommerferien kommen in der Sendung „Wir bringen´s zusammen" die Steuerzahler zu Wort und berichten in Talkshows von ihren wirtschaftlichen Aktivitäten und Berufen. Diese Sendung ist schon zur Lieblingssendung für Maturantinnen im Land geworden, da dort immer wieder freie Ausbildungs- und Arbeitsplätze vorgestellt werden. Vielleicht würde sie Doc und seinen Kolleginnen eines Tages von all diesen Dingen erzählen.

All diese Gedanken gingen ihr beim Autofahren durch den Kopf, bis Doc sie anwies, bei der nächsten Ausfahrt abzufahren. Bald schon saßen sie wieder, diesmal in der späten Nachmittagssonne, an einem Picknicktisch und kauten Automatenpizza. Doc sah sie an. "Ziemlich romantisch hier, oder"? Amina wurde rot und senkte den Blick. „Ja, wirklich", sagte sie und das war nicht gelogen, denn die richtige Gesellschaft kann jeden Ort der Welt in ein Paradies verwandeln. Sie hätte gern viel mehr gesagt, doch Doc war verheiratet und hatte eine Familie, die auf ihn zählte. Sie sahen sich wieder etwas mehr als freundschaftlich an. Doc genoss ihre Gesellschaft anscheinend genauso wie sie seine, obwohl sie natürlich nicht mehr sicher sein konnte, ob sie für Doc so aufregend war, wie er für sie. Sie schwor sich, keinen move zu machen, der das „Genießen der Gesellschaft des Anderen" überschritt. Hoffentlich dachte Doc gleich wie sie, denn andernfalls könnte sie für nichts garantieren.

„Wir fahren jetzt noch 3 Stunden und suchen uns dann in einer größeren Stadt ein Motel zum Übernachten", brachte Doc das Thema wieder auf praktische Überlegungen. „Dann haben wir etwas mehr als die Hälfte des Weges hinter uns und können morgen etwas länger schlafen". „Soll ich weiterfahren, oder willst du wieder"? fragte sie. Doc wollte selbst wieder das

Steuer übernehmen, was ihr sehr recht war. Nach kurzer Fahrt kamen sie an einem Schild vorbei, das ihnen die Gültigkeit einer anderen Zeitzone ankündigte. Raum und Zeit repräsentierten in den USA jedenfalls andere Dimensionen als in Österreich, dachte sie. Allerdings hatte man in Glendale nicht viel von dieser Relativität mitbekommen.

Sie drückte ein bisschen an den Radioknöpfen. Alle Sender brachten entweder Prediger oder Country- und Latinomusik. „Wenn du etwas hörst, das dir gefällt, sag es mir, dann lassen wir den Sender eingestellt", sagte sie zu Doc, der aber vorschlug, das Radio abzudrehen. „Falls wir ein Programm finden, das uns gefällt, könnten wir es höchstens eine Stunde hören. Danach würden wir das Signal nicht mehr empfangen", meinte er. „Schade", dachte Amina. Durch ihre Verliebtheit war sie befangen und wäre über leichte Unterhaltung sehr froh gewesen. So saßen sie den Rest der Zeit schweigend beieinander und lobten nur ab und zu die schöne Landschaft und den Sonnenuntergang. „Gottes Erde ist überall schön", sagte Doc. „Wir Menschen müssen nur lernen als Brüder und Schwestern zusammenzuleben". „Richtig", bestätigte Amina und dann rief sie Gordy an, um sich nach Diego zu erkundigen.

Sie sprach lange mit Gordy und lachte viel ins Telefon. Sie freute sich, dass sie so vertraut mit dem Chirurgen war, denn auf diese Weise sah Doc, dass er nicht der einzige Mann war, zu dem sie hier in den USA eine freundschaftliche Beziehung hatte. Nach dem Gespräch mit Gordy erzählte sie Doc, dass Diego leider noch nicht aus dem Koma erwacht war, obwohl Gordy mit dem Telefon, das er auf Lautsprecher gestellt hatte, an Diegos Bett gegangen war und Amina auf Befehl des Arztes 3 Mal laut sagen musste: "Diego, wach endlich auf, sonst treibst du mich in den Bankrott!" Er hatte gemeint, dass solche Dinge manchmal helfen würden. Sally hatte Diego die 2 letzten Tage brav besucht und Gordy drohte Amina damit, diese zu seiner Lieblingsbesucherin zu erklären, falls sie nicht mehr auftauchte. „Gordy, ich komme nicht wieder", sagte Amina mit gespieltem Ernst. „Hast du´s kapiert? Es ist vorbei mit uns. Meine Kreditkarte ist alles, was mich noch an Glendale bindet". „Ja, ja", hatte Gordy gemeint. „Frauen sind herzlos. Das Geld ist meistens der Hauptgrund, der sie an einen Mann bindet". „Ich werde deinen Humor vermissen, Gordy", hatte sie ins Telefon geseufzt und versprochen, am nächsten Tag wieder anzurufen.

„Wie lange wird es deine Kreditkarte schaffen, bis ihr der Saft ausgeht"? fragte Doc. „Eine Woche Krankenhaus macht zwei Drittel meines Monatslohns aus", informierte Amina. „Das ist ja schlimm, jetzt, wo du nicht arbeitest", äußerte sich Doc mitfühlend. Amina erzählte ihm nicht, dass sie ihren Gehalt während des Jahres weiter ausbezahlt bekam und sie fühlte sich deshalb ein wenig schlecht, denn es war nicht ganz ehrlich, Doc diese Information vorzuenthalten und ihren Heldinnenstatus damit zu erhöhen. „Sprechen wir von etwas anderem", schlug sie vor und dann suchte Amina auf dem Handy nach Motels in der Nähe des Zentrums der Stadt, zu der sie bald kommen würden. Sie entschieden sich für eine Art Jugendherberge, die sie ansteuern würden, um dort zu übernachten.

Es war schon dämmrig geworden. Wieder dachte Amina daran, dass sie 24 Stunden vorher und 1000 Km entfernt auf ihrem Weg nach Westen in einem Wald gesungen hatte. Diesmal sprach sie diesen Gedanken laut aus und Doc begann darüber zu philosophieren, ob es wohl ein Zufall war, der sie zusammengebracht hatte, oder Gottes Wille. „Ich glaube, „Zufall" und „Gottes Wille" sind identisch", meinte Amina kryptisch und führte ihren Gedanken nicht näher aus.

„Wir müssen hier abfahren", erinnerte sie Doc, der sich nach dem ewigen geradeaus Fahren erst wieder an Anweisungen gewöhnen musste. Dann stellte sie die Stimme des Navis ein. Sie fuhren durch eine Stadt, die „funktionierte", wie sie es Doc gegenüber ausdrückte. Sie kommentierte aber nicht, dass das alles war, was man auf den ersten Blick von dieser Stadt sagen konnte. Sie sah nur Häuser und andere funktionelle Gebäude, aber nichts wirklich Schönes, wie einen Park, ein tolles Hotel oder architektonisch gut designte Gebäude. Sie musste sich abgewöhnen, immer nur ihre Heimat im goldenen Licht erstrahlen zu lassen und die von Menschen zivilisierten Orte der USA zu kritisieren. Was hatte ihr Irene in ihr Buch geschrieben: „Ein Reisender soll Augen und Ohren aufreißen, nicht das Maul". Trotzdem dachte sie wehmütig an ihre schöne Stadt zu Hause. Amina und Doc checkten in der Jugendherberge ein. Sie standen nebeneinander in einer kurzen Schlange, die sich an der Rezeption gebildet hatte. Doc stand sehr nah neben ihr. Amina konnte die elektrischen Impulse, die vom Ärmel seines Jacketts zum Ärmel ihrer Jacke hin und her zuckten, als Hitze bis in ihre rechte Gesichtshälfte wahrnehmen. Sie erwartete, dass sich diese knisternde Nähe beim nächsten Schritt nach vorne, der notwendig werden würde, sobald der nächste Gast abgefertigt war, auflösen würde, und atmete aus, als sie diesen Schritt machte. Doc schien diese elektrischen Impulse aufrecht erhalten zu wollen, denn er vergrößerte den Abstand zu ihr um keinen Millimeter, als sie 2 Meter weiter vorne wieder zum Stillstand kamen. Sie sprachen nichts miteinander. „Wir haben keine Doppelzimmer hier", sagte die Rezeptionistin, als sie gemeinsam an ihr Pult traten. „Ist OK", erklärte Doc.

„Wir nehmen je ein Bett". Sie bekamen Bettwäsche und Handtücher und einen Plan, um ihr Bett in einem der Männer- bzw. Frauenschlafsäle zu finden. Doc hatte seine Kreditkarte gezogen und als Amina ihre herausholte, um zu bezahlen meinte Doc: „ist schon erledigt". Sie bedankte sich und nahm sich fest vor, nächstes Mal das Essen für beide zu bezahlen. Da Amina sich noch eine Zahnbürste und andere Toilettsachen, sowie ein frisches T-Shirt und Unterhosen besorgen musste und beide noch eine Kleinigkeit essen wollten, verabredeten sie sich für nach dem Betten Machen in der Rezeption.

In einem mexikanischen Restaurant, das von der Jugendherberge aus fußläufig zu erreichen war, bestellten sie Tacos. „Das ist seit längerer, Zeit das erste Mal, dass ich frischen Salat und Gemüse esse", sagte Amina zu Doc. Er lachte. „Bei uns zu Hause gibt es fast jeden 2. Tag Tacos", sagte er. Den Rest der Woche essen wir asiatisch. Willows Vater ist Japaner, ihre Mutter Mexikanerin. Dieser Mix ist nicht nur in ihrer DNA festgeschrieben, sondern auch auf unserem Speisezettel". Es tat ein bisschen weh, dass er so freimütig von seiner Frau erzählte und sie war sich deshalb nicht mehr so sicher, ob er ebenfalls von diesem Liebesfieber befallen war, das sie selbst seit einigen Stunden im Griff hatte, aber sie war andererseits auch froh darüber, dass er offensichtlich nicht vorhatte, sich von einer Liebeskrankheit sein funktionierendes Familienleben ruinieren zu lassen. Natürlich, es gab heutzutage auch Männer und Frauen, die Sex ganz losgelöst von sozialen Konventionen praktizierten und deren Familienleben darunter nicht groß zu leiden schien. Amina hatte in österreichischen Talkshows Paare erlebt, die sich gegenseitig erzählten, wenn sie einen Crush auf eine Arbeitskollegin auslebten. Das störte die Paarbeziehung angeblich nicht. Manche Paare verabredeten, dass sie eine eventuelle außerpaarliche Beziehung vor dem anderen geheim halten wollten. Ein Mann behauptete aber, er bemerke immer, wenn seine Frau verliebt war. Sie sei dann immer so guter Laune. Für Amina waren derartige Realitäten graue Theorie. Sie glaubte nicht, dass Willow sehr erfreut wäre, wenn Amina ihre Gastfreundschaft auf einen temporären Platz im Ehebett hin ausweitete.

Nach dem Abendessen machten sie sich auf die Suche nach einem Drugstore. Sie spazierten nebeneinander durch die spärlich beleuchtete Straße. Gerne hätte sie dabei Docs Hand gehalten. Er hielt bei diesem Spaziergang einen kleinen Abstand zu ihr. Gerade so, dass sich ihre Kleidungsstücke nicht berühren würden und Amina hängte sich ihre Tasche auf die Doc zugewandte Schulter. Sie sprachen nichts miteinander. „Woran er wohl denkt", dachte Amina und überlegte, ob sie ihn danach fragen sollte. Diese Frage schien ihr dann aber doch zu intim.

Im Drugstore zeigte sie ihm das Video von Zink, über das sie in Quarantine City mit Irene so gelacht hatte. Doc fand es nicht so lustig wie sie und kaufte eine Packung Zink für seine Familie. Sie holte sich ihre Toilettartikel und was sie sonst noch brauchte. Danach machten sie sich auf den Rückweg zu ihrem Quartier. Sie wünschten sich in der Rezeptionshalle eine gute Nacht. Doc umarmte sie freundschaftlich. Sie genoss seinen Geruch und die Berührung. Dann trennten sie sich, um schlafen zu gehen.

Früh am nächsten Tag fuhren sie los. Amina war es gewohnt, bevor sie am Morgen aktiv wurde, ihr Frühstück einzunehmen und deshalb war sie ein bisschen schlecht gelaunt, als Doc vorschlug, ohne Frühstück loszufahren und sich unterwegs etwas zu essen zu holen.

Als Doc durch eine Drive in Bank fuhr, um Geld abzuheben und noch einige Überweisungen zu tätigen, erinnerte sich Amina an ihr Gespräch mit dem Bankangestellten in Quarantine City. Sie wusste ja schon, dass es Doc nichts ausmachte, ein paar Monate auf sein Gehalt zu verzichten, um das System wieder ins Gleichgewicht zu bringen. „Zahlen bei euch die Maschinen Steuern"? fragte sie ihn. „Nicht, dass ich wüsste", beantwortete Doc ihre Frage. „Bei uns zahlen Maschinen Steuern, weil sie einen Arbeitsplatz sparen, für den eine Angestellte Lohnsteuer zahlen müsste. Hätte dir zum Beispiel ein Bankangestellter das Geld übergeben und die Überweisungen für dich getätigt, müsste er Lohnsteuer abführen. Bei uns wäre die Maschine, die du gerade betätigt hast, steuerpflichtig", erklärte sie ihm. „Du scheinst ja mächtig stolz auf eure hohe Steuerquote zu sein", lachte er. „Stolz ist nicht das richtige Wort, aber ich finde es richtig und wirtschaftlich vernünftig, die Konzentration des Geldes in den Händen einiger weniger zu verhindern. Natürlich funktioniert dieses System für mich besonders gut, da mein Lehrerinnengehalt von diesen Steuern bezahlt wird, aber jedes Mal, wenn ich konsumiere, zahle ich Mehrwertsteuer und auf diese Art und Weise bleibt das Geld viel besser im Umlauf und wird dadurch „mehr wert", als wenn ich kein Geld hätte oder Firmen die Geldverteilung übernehmen. Die schauen doch eher auf ihren eigenen Gewinn als auf das Wohl aller, glaubst du nicht"?

„Also, ich besitze selbst Aktien der Firma „Mediafriends", erklärte Doc „dieselbe Firma zahlt mir auch meinen Lohn. Ich bin persönlich daran interessiert, dass es dieser Firma gutgeht, weshalb ich auch immer aktiv an ihren Werbekampagnen teilnehme. Zurzeit bewerbe ich das Produkt „Träum' was Schönes". Dabei handelt es sich um einen Chip, auf den du schöne Erinnerungen speicherst: Fotos oder Videos von deinem Handy. Vor dem Einschlafen klebst du dir diesen Chip an die Stirn; wenn dein Gehirn in die Traumphase kommt, nimmt dieser Chip die elektrischen Impulse wahr und anstatt von Träumen werden deine schönen Erinnerungen im Schlaf zu Traumbildern". „Sehr interessant", bemerkte Amina „kauft das jemand? Ich kann mir nicht recht vorstellen, dass jemand so einen Chip braucht". „Er hilft ganz gut bei Alpträumen und außerdem: Was braucht man schon", meinte Doc „Alles was wir brauchen, haben wir doch heutzutage". Das war richtig. Im Jahr 2043 musste niemand mehr verhungern, obwohl die Verteilung der Reichtümer dieses Planeten längst noch nicht gerecht geregelt war. „Vielleicht könnte man auf den Chip auch den Traum von einer besseren Welt speichern und die Menschen wünschen sich dann am Tag, diesen Traum in die Tat umzusetzen", meinte Amina. „Ja, gute Idee" Doc gab ihr ein Thumbs up, „siehst du jetzt auch ein, dass wir den Chip brauchen? Er kostet übrigens 200 Dollar, falls du ihn kaufen willst". „Lebe deinen Traum", sagte Amina. „Mit deinem Chip braucht man sich den Traum nicht einmal mehr selbst auszudenken". „Stimmt, aber man kann, wenn man will", verteidigte Doc sein Produkt.

„Sollten wir nicht eher darauf hinarbeiten, dass die Menschen die Realität, die sie umgibt, als schön erleben"? stellte Amina in den Raum. „Ich bin am glücklichsten, wenn das Leben mich lebt und nicht, wenn ich versuche das Leben zu leben". Erklärte sie Doc ihre Gedanken. „Hm", machte Doc nur. Sie wusste nicht, ob er verstanden hatte, was sie meinte, aber sie schwieg ebenfalls, denn gerade fühlte sie, wie das Leben sie lebte. In diesem Auto mit Doc, der ihr sosehr gefiel, die von der Morgensonne beschienene Landschaft vor sich und gerade fuhr Doc von der Autobahn ab und sie würde bald ein Frühstück genießen können. Könnte das Leben schöner sein? Sie schloss die Augen und schüttelte sich vor Glück. „Ist dir kalt"? fragte Doc. „Nein, ich bin glücklich und freue mich schon so sehr auf ein Frühstück", meinte sie lächelnd.

Kapitel 9

Gebt, und es wird euch gegeben werden (Lukas:38)

Wieder saß sie mit Doc auf einer Picknickbank bei einer Tankstelle in der Mitte von Nirgendwo. „Romantisch ist stark untertrieben", versuchte sie Doc ihren Glückszustand zu erklären. „Das Leben ist einfach wunderbar"! In diesem Moment versuchte sie gar nicht, ihre Verliebtheit zu Doc zu verstecken. Diese Verliebtheit war nur die Schnittmenge mehrerer Gefühle, die das Leben gerade in ihr erzeugte. Sie legte ihre Hand auf Docs Unterarm und drückte ihn. „Danke", sagte sie nur. Danach übernahm sie für mehrere Stunden das Steuer bis zur nächsten Picknickbank nach einer Tafel, die erneut die Gültigkeit einer anderen Zeitzone anzeigte. „Jetzt fehlt nicht mehr viel", meinte Doc. Diese Worte brachten sie wieder auf den Boden einer anderen Realität, nämlich der Tatsache, dass ihre Zweisamkeit nun wohl bald ein Ende finden würde.

Doc war aufgestanden und brachte die Abfälle seines Mittagessens zum Mülleimer. Sie sah ihn von hinten an. Er war groß, hatte eine sportliche Figur, ein ausgesprochen schönes Profil und schöne dunkle Hände, die aus seinem beigen Pullover hervortraten. Diese Hände auf dem Lenkrad hatte sie die letzten Stunden, als sie selbst gefahren war, vermisst. Ob er sie auch so beobachtete, während sie den Wagen lenkte, wie sie ihn, wenn er am Steuer saß? Das letzte Stück würde er fahren, das war klar, denn schließlich näherten sie sich seinem Territorium, in dem ihm niemand den Weg anzeigen musste. Als er vom Mülleimer zurückkam, setzte er sich wieder zu ihr auf die Parkbank. Diesmal drückte er ihren Unterarm und sagte: „Danke für´s Fahren, ab jetzt werde ich uns nach Hause bringen". Dabei sah er sie liebevoll an. Amina nickte und lächelte. Seinen Blick ertrug sie nur sehr kurz, aber sie stand nicht auf, bis seine Hand sich von ihrem Unterarm gelöst hatte.

Dreistöckige Autobahnen und verwirrende Schilder wiesen nach langer Fahrt auf dicht besiedeltes Gebiet hin. Überall sah sie Solarplatten, auf Gebäuden, auf freien Feldern, über den Autobahnwegweisern. Die meisten Autos fuhren hier elektrisch und darum hörten sie auch jetzt nicht viel mehr als das Geräusch des eigenen Motors. „Warum hast du dir dieses Auto eigentlich geholt"? fragte sie Doc. „Ich habe einen Garagenplatz bei meiner Wohnung, aber kein Auto. Wir wohnen ziemlich zentral und deshalb brauche ich keines. Bis jetzt habe ich mir immer eins ausgeliehen, wenn wir übers Wochenende mal weggefahren sind oder mein Schwiegervater hat uns seines geliehen, aber für die Kosten dieser Reise stelle ich mir gern dieses Auto in die Garage. Es ist doch wirklich noch ganz in Ordnung". „Ich habe zu Hause auch kein Privatfahrzeug antwortete Amina. Zum Glück hast du dir dieses Auto geholt". „Ja, zu unser beider Glück", ergänzte Doc mehrdeutig. „In Österreich hättest du Schwierigkeiten, Benzin zu bekommen", fiel ihr ein und vermied auf diese Weise das „Glück", über das er eben gesprochen hatte, ins Gespräch zu bringen. „In meiner Stadt muss man auch bei uns wissen, wo die Tankstellen sind, die noch Benzin führen. Die meisten haben nur mehr Stromsäulen, wo man das Auto anstecken kann, wenn man keinen offenen Parkplatz hat. Die meisten Autos laden sich nämlich über ihre im Dach integrierte Solaranlage auf", ergänzte Doc zum Thema. „Auch bei uns mussten die Tankstellen ihr Geschäft umstellen. Sie betreuen jetzt hauptsächlich selbstfahrende Autos und LKWs, die in der Nacht kommen, um Strom zu tanken oder zu parken. Manche betreiben Restaurants und Dayspas für Reisende, die die Nacht auf der Tankstelle verbringen, bis die Sonne wieder Energie zur Weiterfahrt liefert", informierte Amina „Bei euch in Australien scheint ja auch viel die Sonne, so wie bei uns", meinte Doc zu wissen. Abgelenkt von den vielen Eindrücken, die das letzte Stück der Autofahrt ihr vermittelte, war sie überraschte, als Doc das Fahrzeug in ein Gebäude lenkte. „Wir sind zu Hause," verkündete er.

Doc fuhr einige Runden auf einer Spirale in die Parkgarage hinunter und parkte den Wagen. Er holte seine Reisetasche mit dem Anzug fürs Begräbnis aus dem Kofferraum. Amina hatte ja kein Gepäck gebracht. Sie griff nur nach ihrer Jacke, die sie während der Fahrt ausgezogen und auf den Rücksitz gelegt hatte. Das wären nun wohl die letzten Minuten mit Doc alleine in einer schummrigen Tiefgarage, dachte sie. Doc schob sie mit seiner freien Hand in Richtung Lift. Sie musste sich zusammenreißen, nicht laut zu atmen, denn seine Berührung erregte sie. Im Lift standen sie wieder schweigend sehr dicht beieinander. Diesmal hatte sie keine Jacke an und spürte seine Wärme durch das Patentmuster seines Pullovers hindurch. Sie hatte den Eindruck, als wollte Doc noch etwas sagen, aber da war der Lift im 12. Stock zum Stillstand gekommen.

Doc ging bis zur Haustür voran und als er den Schlüssel ins Schloss gesteckt hatte, öffnete sich schon die Tür und seine kleine Tochter hängte sich ihm an den Hals. „Hi Daddy", begrüßte sie ihn, danach umarmte er Willow und ging zum Rollstuhl seines Sohnes. Er beugte sich hinunter und umarmte auch diesen liebevoll. „Willkommen Amina", hatte Willow sie nach einer herzlichen Umarmung begrüßt. „Ich zeige dir gleich das Bett, das ich dir hergerichtet habe. Ich hoffe es stört dich nicht, dass du bei Sina im Zimmer schläfst". Amina bedankte sich herzlich bei Willow, dann stellte sie ihre Handtasche auf das Bett, das Willow ihr hergerichtet hatte und ging sich die Hände waschen. Sina hatte sich gleich von Amina tragen lassen und die beiden saßen gemeinsam auf einem Stuhl, als Amina Willow fragte, ob sie ihr beim Kochen helfen könne. „Nein danke", antwortete Willow, „es ist so schön euch beide so freundschaftlich umarmt auf dem Stuhl sitzen zu sehen", sprach sie weiter und streichelte Sinas Wange, die ihren Kopf auf Aminas Schulter gelegt hatte. Doc hatte Tamo aus dem Rollstuhl geholt und ihn sich auf den Schoß gesetzt. Er hielt ihn fest umarmt und Willow streichelte auch Tamos Wange und beugte sich zu Doc hinunter, um ihn zu küssen. „Ich freue mich schon sehr auf das, was du gekocht hast", sagte Doc zu ihr. „Unterwegs gab es nur Essen aus Automaten". Als sie dann bei Tisch saßen, erzählte Amina über sich. Willow war eine sehr aufmerksame Zuhörerin und schien immer genau zu erfassen, wie Amina dachte. Ihr Vater war Musiker und sie hatte aus diesem Grund schon einmal einen Sommer in Wien verbracht, wo ihr Vater Geigenunterricht gegeben hatte. Doc fütterte Tamo, nachdem er Willows wunderbares Nudelgericht genossen hatte, Amina räumte die Küche auf und Willow brachte Sina ins Bett. Danach kümmerten sich Doc und Willow um Tamo und Amina setzte sich noch ein bisschen ins Wohnzimmer, wo Willow ihr den Fernseher aufgedreht hatte. Hier gab es hunderte Kanäle und Nachrichten aus aller Welt. Natürlich auch Shows, Werbesendungen und Prediger, und Amina hätte sich sicher ein Programm gefunden, wenn ihr nicht Willow ein Handtuch gebracht und sich noch ein bisschen zu ihr gesetzt hätte. Sie war äußerlich nicht besonders hübsch. Ihre schwarzen Haare waren zu einem Pferdeschwanz zusammengebunden. Ihr Gesicht war nicht geschminkt und ihre Kleidung funktionell. Trotzdem fühlte Amina ihr sagen zu müssen, wie schön sie sei. Willow lachte ein bisschen, als sie sich für das Kompliment bedankte, sie sagte ohne Hochmut: „das muss von innen kommen, denn äußerlich bin ich ziemlich 08/15". Dann drückte Amina ihre Bewunderung dafür aus, wie liebevoll Willow für ihre Familie sorgte. „Ja, immer einen Tag nach dem anderen", erklärte Willow ihr Geheimnis: „besonders, wenn es schwer ist, aber es ist jetzt schon lange nicht mehr schwer gewesen", sagte sie und lächelte dabei. „Wenn unser kleiner Sonnenschein erst da ist", sie deutete auf ihr Bäuchlein, "dann wird es wieder rund gehen". „Wenn ich sehe, wie vieler Menschen Glück schon jetzt von dir abhängt, bewundere ich dich dafür, wie leicht du deine Verantwortung trägst", meinte Amina. „Ob ich lebe oder nicht, ist nur für mich selbst von Bedeutung", redete sie weiter. „Und für deine Eltern und Schülerinnen - Doc hat mir auch von deiner Kreditkarte erzählt", sagte Willow ein wenig scherzend. Amina war in diesem Moment sehr froh, dass sie ihre Kreditkarte nach dem Streit mit Sam nicht gesperrt hatte. Sie war fast dankbar dafür, dass sie Diegos Behandlung zahlen durfte, denn was war das denn schon im Vergleich damit, ein behindertes Kind zu betreuen. „Du bist für mich die Heldin der modernen Zeit", stellte Amina fest. „Ach, ich bin keine Heldin", erfasste Willow sofort, was Amina gemeint hatte, „natürlich war es am Anfang sehr schwer zu akzeptieren, dass bei der Geburt etwas schiefgegangen ist, das weitreichende Konsequenzen hat für ein „normales" Leben (Willow deutete die Anführungszeichen mit ihren Fingern an), aber durch Tamo habe ich gelernt, mich auf die wenigen Quadratmeter zu konzentrieren, die mich umgeben, wo immer ich bin. Jetzt bin ich zum Beispiel mit dir und ich kann die guten Vibrationen förmlich spüren, die zwischen uns schwingen. Ebenso geht es mir mit Tamo. Ich kann diese Vibrationen spüren und ich bin sicher, dass auch er sie spüren kann. Was will man mehr"? Nach diesen Worten umarmte sie Amina und wünschte ihr eine gute Nacht.

Am nächsten Tag verabredete Amina mit Willow und Doc, dass sie am Vormittag in die Stadt gehen werde, um sich einiges an Kleidung zu besorgen. Nach dem Mittagessen wollte sie aber zurück sein, um auf Tamo und Sina aufzupassen, damit Doc und Willow den Nachmittag und Abend für sich hätten.

Schon als Amina mit dem Lift ins Erdgeschoss fuhr und in einigen Stöcken immer wieder verschiedenste Leute zugestiegen waren, überkam sie ein Gefühl der Euphorie so wie sie es in dem Wald gespürt hatte, während das Tageslicht noch die Landschaft beleuchtete. Sie überlegte, ob sie eher ein Naturmensch wäre oder ob ihr urbane Umgebung mehr liege und kam zu dem Schluss, dass sich ihr Streben nach Liebe, Freude und Zufriedenheit doch wohl eher im Zwischenmenschlichen erfülle, aber dass auch Naturerlebnisse manchmal diese Erfüllung brächten. Sie dachte an Willows Quadratmeter rund um sich selbst und nahm sich vor, diesen mehr Aufmerksamkeit zu schenken.

Amina war bester Laune. Das Lächeln, durch das sich ihr Gemütszustand auf ihrem Gesicht spiegelte, wurde von einigen Passanten erwidert, als sie die von der Sonne beschienene Straße hinunterging. Hier gab es Läden, in denen man sich Kleidung mit 3D Druckern machen lassen konnte. Das war allerdings etwas teurer, als etwas schon Gedrucktes gleich mitzunehmen und deshalb kaufte sich Amina einen Pullover, eine Bluse und eine Hose, die sie im Geschäft anprobierte und dann mitnahm. Beim Bezahlen fiel ihr auf, dass man erstens mit Karte oder Telefon zahlte, nicht wie in Glendale, wo fürs Einkaufen meist noch Bargeld nötig war, und dass lokale Steuern auf den

Preis aufgeschlagen wurden. Diese Erfahrung hatte sie zwar auch schon in Quarantine City gemacht, war aber noch nicht tief in ihr Bewusstsein gedrungen, da in Österreich alle Waren inklusive Steuern ausgepreist waren und in Glendale keine Steuern auf Waren eingehoben wurden. Sie hatte sich diesmal nach den Preisschildern gerichtet und erschrak ein bisschen, als der Einkauf ungefähr 5% teurer war als sie sich vorgestellt hatte.

Die Geschäfte dieser Stadt waren zwar auch Ketten, aber nicht nach dem alten Franchisesystem. Hier hatten sich einzelne Geschäftsinhaberinnen zusammengeschlossen, um durch Kooperation effektiver zu produzieren und zu werben. „Flexibles Zusammenarbeiten zeichnet eine erfolgreiche menschliche Gesellschaft aus", das war das Credo, an dem ihre Sozialwissenschaftsprofessorin alle geschichtlichen und kontemporären Ereignisse gemessen hatte, erinnerte sich Amina. In Österreich gab es ebenfalls viele Geschäfte, die auf diese Art organisiert waren und sich dadurch Franchiseabgaben sparten. So bekamen zwar die Konsumentinnen nicht mehr in allen Geschäften der Kette genau das gleiche, weil die Besitzer auch andere Dinge, die nicht in Massen produziert wurden, verkaufen konnten, aber das Geschäft orientierte sich mehr am Kunden. Es gab in Österreich auch meistens einen Scancode am Produkt, der die Person bei der Arbeit zeigte, die das Produkt genäht oder produziert hatte. Für Produkte, die man sich ausdrucken konnte, zeigte das Video die Designerin, die ihr Produkt natürlich anpries, die aber auch meist von der Quelle erzählte, die sie inspirierte. Amina sah diese Videos besonders gerne, wenn sie sich dazu entschlossen hatte, ein Kleidungsstück ausdrucken zu lassen, denn meist enthielt es Informationen über historische Persönlichkeiten oder Hintergründe, die Amina dann im Unterricht an ihre Schüler weitergab, wenn sie ihr ein Kompliment zu ihrem Kleid gemacht hatten.

Das Geschäft, in dem sich Amina ihre Kleidungsstücke gekauft hatte, stellte diese Informationen nicht zur Verfügung. Es war auch in Österreich nicht leicht gewesen, all diese Vorschriften, die Konsumenteninformation betreffend, durchzusetzen, aber die Konsumentinnen wollten nach einiger Zeit nicht mehr darauf verzichten und die Beziehung, die dadurch in der Gesellschaft zu den Konsumgütern entstand, hatte eine sehr positive Auswirkung auf den Umweltschutz. Afrika und andere früher ärmere Gebiete, die vor kurzem noch Altkleider aus Europa tonnenweise durch Wiederverkauf recycelt hatten, produzierten nun aus Altkleidern Rohstoffe, mit denen man die Druckermaschinen für neue Kleidung wieder befüllen konnte. Auf dem Paket mit dem Druckermaterial war in Österreich ebenfalls ein Scancode angebracht, der über die Produktion des Rohstoffes Auskunft gab. Nicht nur in Bezug auf Konsumentenschutz waren die USA ein ziemlich rückständiges Land, dachte Amina und erinnerte sich wieder an Diego und ihre Kreditkarte.

Sie setzte sich in ein nettes mexikanisches Kaffeehaus mit Tischen auf der Straße und bestellte sich Tacos und einen Fruchtsaft. Der Kellner sprach sie auf Spanisch an. Er konnte es fast nicht glauben, dass sie kein Spanisch verstand. Als sie ihm sagte, sie sei aus Österreich, glaubte er ihr aber gleich und meinte, sie sehe eher wie eine Mexikanerin oder Inderin aus, nicht wie eine Australierin. „Wie stellst du dir denn eine Australierin vor?" fragte Amina ihn scherzend. „Eher blond, wie eine Gringa" antwortete er. Sie lachten beide. Amina wusste, dass weder in Australien noch in den USA die Mehrheit wie blonde Gringas aussahen, aber sie sagte nichts, denn dieser Kellner war ein freundlicher alter Herr, der sich die USA und Australien noch vor allem von Weißen besiedelt vorstellte, obwohl die ihn umgebende Realität längst eine andere war. Australierinnen wären wahrscheinlich am ehesten wie Willow, dachte sie bei sich, mit einem stark asiatischen Einschlag. Der amerikanische Kontinent war vor 16 000 Jahren über die Beringstraße von Asien aus besiedelt worden, weshalb sie selbst mit den Menschen, die von diesen Völkern abstammten, sehr viel DNA teilte und oft für eine Mexikanerin oder, wie jetzt, für eine Inderin gehalten wurde.

Nach dem Essen freute sie sich schon darauf, den Nachmittag mit Tamo und Sina zu verbringen. Sina öffnete ihr die Tür als sie klingelte und umarmte sie gleich. Dann ging Amina mit Sina auf dem Arm zu Tamo und streichelte ihn. „Ich bin wieder da", sagte sie laut, denn weder Doc noch Willow waren im Wohnzimmer. Als sie aus ihrem Schlafzimmer kamen, konnte Amina sehen, dass sich die beiden hergerichtet hatten, um auszugehen. „Sehr gut seht ihr aus", bemerkte Amina und Sina befreite sich aus ihrem Arm, um zu ihrem Vater zu laufen und sich von ihm tragen zu lassen. „Ja, wir wollen heute schöne Erinnerungen sammeln", erklärte Willow vergnügt. Doc zeigte ihr, wie sie Tamo am besten half, die Toilette zu benutzen und Willow öffnete den Kühlschrank und machte Vorschläge, was Amina zum Abendessen vorbereiten könnte. „Genießt den Nachmittag und den Abend", verabschiedete sich Amina und machte die Haustür hinter den beiden zu, nachdem Sina auf ihrem Arm sich nochmal zu Willow und Doc gebeugt hatte, um sie zu küssen und zu umarmen. Als Sina ihren Vater an sich zog, war sie Doc wieder ziemlich nahe gekommen und fühlte, dass ihr diese Nähe immer noch Herzklopfen verursachte.

Der Nachmittag mit den Kindern verging schnell. Sie spielte mit Sina Playmobil und setzte sich dabei Tamo eine zeitlang auf den Schoß. Ihm schien die Nähe zu ihr zu gefallen. Sie saßen an das Sofa gelehnt am Boden. Er schmiegte seinen Kopf an ihre Brust und immer, wenn sich Sina vor sie hinkniete, um beide zu umarmen, lachte er entzückt. Danach bereitete sie mit Sina ein Abendessen vor und ließ während des Kochens auch Tamo immer wieder kosten, fragte ihn ob´s schmeckt. Er gab keine Antwort, sie sagte dann zu Sina trotzdem immer, dass es ihm schmeckte. Sie brachte nach dem Aufräumen beide Kinder zu Bett und las ihnen noch eine gute Nacht Geschichte vor. Als beide im Bett lagen, setzte sie sich ins Wohnzimmer.

Eine Schulfreundin hatte ihren Sozialdienst bei einer Familie abgeleistet, die ein behindertes Kind betreute. Amina hatte sich manchmal mit dieser Freundin getroffen, wenn sie das Kind im Rollstuhl spazieren führte. Sie war auch manchmal nachmittags in den Kindergarten gekommen, wo Amina ihren Sozialdienst ableistete. Amina war immer froh gewesen, dass ihr der Kindergarten als Dienstort zugeteilt wurde, aber auch diese Freundin war damals sehr zufrieden mit ihrem Job. Besonders das freundschaftliche Verhältnis, das sie zur Mutter des Kindes entwickelt hatte, erfüllte sie mit großer Zufriedenheit. Daran dachte Amina nun, bevor sie den Fernseher aufdrehte.

Als Doc und Willow zurückkamen, lag Amina bei laufendem Fernseher schlafend auf der Couch. Es war eine schlechte Gewohnheit von ihr, bei laufendem Fernseher einzuschlafen. Zu Hause hatten sie immer ihre Mitbewohnerin oder Sascha aufgeweckt. Diesmal war es Willow, die sie sanft schüttelte und ins Bett schickte.

Der nächste Tag war ein Sonntag. Willow und Doc frühstückten mit den Kindern schon im Wohnzimmer, als Amina noch etwas verschlafen hereinkam. Sina sprang von ihrem Stuhl herunter „Amina"! rief sie und umarmte Amina fest, die sich heruntergebeugt hatte, um Sina in die Arme zu nehmen. „Sina konnte es gar nicht erwarten, bis du aufwachst", sagte Willow zu ihr. „Ich werde noch eifersüchtig werden auf dich", fügte sie scherzend hinzu. Willow stellte Amina eine Schüssel mit Müsli hin, und richtete ihr einen Kaffee her, weil Sina darauf bestand, während des Frühstücks auf Aminas Schoß zu sitzen. „Ich liebe Kinder", seufzte Amina, die plötzlich daran dachte, dass sie vielleicht jetzt selbst so eine Tochter wie Sina haben würde, wenn es damals mit der Schwangerschaft geklappt hätte. „Es war ein wirklich schöner Nachmittag mit Tamo und Sina". Sie streichelte Tamos Wange, dessen Rollstuhl zwischen ihr und Willow stand. Doc saß Tamo gegenüber und kurz berührten sich Aminas und Docs Knie. Sie zog ihr Knie erschrocken zurück und ärgerte sich, dass ihr die Berührung die Röte ins Gesicht getrieben hatte. Sie versteckte ihr Gesicht hinter Sinas Kopf und drückte ihre Knie etwas mehr zusammen, was ein bisschen anstrengend war, da sich Sina auf ihrem Schoß lebhaft bewegte. „Möchtest du uns heute zur Kirche begleiten"? fragte Willow. „ja, ja, rief Sina, „Amina muss mitgehen. Sie kommt mit mir zur Sonntagsschule", Amina konnte nicht sofort antworten, da sie noch am Müsli kaute. Doc hatte sich vorgebeugt, um scherzhaft Sinas Nasenspitze zu berühren. „Amina entscheidet, ob sie mitkommt und neben wem sie in der Kirche sitzt", sagte er mit einem Augenzwinkern. Dabei berührte er wieder Aminas Knie, die prompt errötete. Sie täuschte vor, sich verschluckt zu haben und drehte ihren Körper mit dem Knie etwas zur Seite um zu husten. „Danke vielmals für die Einladung. Ich komme sehr gern mit euch zu Kirche", sagte sie dann. „Ich würde mich auch sehr freuen, wenn du mir die Sonntagsschule zeigst", fuhr sie, an Sina gewandt, fort. „Amina muss aber bei den Großen sitzen", meinte Doc scherzend zu seiner Tochter.

Doc hatte Willow das Auto schon am Vortag gezeigt, aber Sina sah es zum ersten Mal, als sie an diesem Sonntag zur Kirche fuhren. Es war ziemlich mühsam Tamos Rollstuhl darin unterzubringen, obwohl der Kofferraum sehr groß war, und Doc und Willow bereuten es ein bisschen, den Weg zur Kirche nicht zu Fuß angetreten zu haben, wie sonst auch immer, aber Sinas Freude über dieses große, alte Auto machte die Mühe wieder wett. Sie sprang auf den Sitzen herum und wollte sich nicht anschnallen. Willow wollte das Auto fahren, obwohl sie wenig Übung darin hatte, ein Auto fast ohne technische Navigationshilfen zu steuern. Sie schaffte es aber, nachdem sie das Auto mit Mühe aus der Garage herausgesteuert hatte, den wirklich sehr kurzen Weg bis zur Kirche ohne Panne zu lenken.

„Sunvalley Megachurch" zeigte ein großes Schild über der Einfahrt ihr Ziel an. Der riesige Parkplatz vor der Kirche war schon ziemlich voll und Willow hatte nur noch einen Platz weit entfernt vom Gebäude gefunden, das die Form eines riesigen runden Zeltes aus Beton aufwies. Oben schmückte eine Reihe bunter Glasfenster die Fassade, unten hatten Graffittikünstler die Mauer gestaltet. Manche Bilder waren unschön übermalt. Auch zu Hause in Österreich hatte Amina immer wieder die Erfahrung gemacht, dass Wände, die von Schülerinnen gestaltet wurden, oft nur eine kurze Lebensdauer hatten. Kunst war eben nicht unbedingt etwas Dauerhaftes, sondern eher eine Lebenshaltung, in der die Kreativität der Menschen ihren Ausdruck fand. „Die Störung des kreativen Produkts eines Mitmenschen sollte nicht nur als destruktiver Prozess verstanden werden", hatten ihr die Kunstlehrerinnen erklärt. Diese setzten sich mit ihren Schülern auch mit der Zerstörung von Kunstwerken auseinander. „Schaffen und Zerstören" war auch ein Thema im Ethikunterricht gewesen, über das Amina mit ihren Klassenkameradinnen nachgedacht hatte. Ihr gefiel auch der schöne Spruch Marie von Ebner Eschenbachs: "Die Skizze sagt uns mehr als das fertige Kunstwerk, denn sie zwingt uns zur Mitarbeit". Graffittis ließen einen Betrachter nicht kalt, dachte Amina.

Doc und Willow begrüßten schon auf dem Weg vom Auto zur Kirche viele Leute und stellten Amina vor. Sina, die Amina an der Hand führte, drängte immer, wenn sie stehenblieben, um Hände zu schütteln, zum Weitergehen. Schließlich betraten sie das Gebäude und als sie zum Raum kamen, in dem die Sonntagsschule für Sinas Altersstufe abgehalten wurde, ließ Sina Aminas Hand los, um ihre Gruppenleiterin zu begrüßen. Sie winkte zu Amina hin. Willow übergab Tamo im Rollstuhl an eine weitere junge Frau. „Das ist Maria. Sie und ihre Gruppe helfen mir auch unter der Woche mit Tamo, wenn ich arbeiten muss. Ich wüsste nicht, was ich ohne diese Freundinnen täte", stellte Willow ihr die Frau vor und umarmte sie herzlich. Danach ging Amina mit Doc und Willow in den Hauptraum der Kirche, an dessen Eingang Begrüßer ihnen ein Programmblatt zum Ablauf des Gottesdienstes mit dem Thema „gebt und es wird euch gegeben werden" in die Hand drückten. „Sehr professionell", dachte Amina, denn sie selbst begrüßte ihre Schüler auch gerne an der Tür zum Klassenzimmer persönlich. Nicht alle Schülerinnen waren daran interessiert, ihr die Hand zu schütteln, aber fast immer kam es vor dem Unterricht zum Austausch mit dem einen oder anderen Schüler. Manchmal ging von so einem kurzen persönlichen Gespräch auch ein Impuls für eine später stattfindende Unterrichtsstunde aus.

Der Gottesdienstraum glich einem Kino für tausende von Menschen. Amina setzte sich in eine der vorderen Reihen, die Willow ihr angedeutet hatte. Doc ging nach oben auf die Bühne, wo einige Musikinstrumente und Mikrofone standen. Er überquerte den Bühnenraum und verschwand „in der Sakristei". Mit diesem Wort würde Aminas Papa den Platz bezeichnen. Bei diesem Gedanken huschte ein Lächeln über Aminas Gesicht - auch deswegen, weil auf dem riesigen Screen hinter der Bühne gerade eine Werbung gezeigt wurde, die „Cappuccino für die Seele" verkündete. Es handelte sich dabei um die Ankündigung einer Bibelrunde, der man beitreten konnte. Schöne Musik erfüllte den Raum. Amina hätte sich nicht gewundert, wenn jetzt jemand gekommen wäre, der ihr Popcorn verkaufte. Tatsächlich kam auch eine junge Frau vorbei, die ihr eine Wasserflasche anbot. Amina lehnte ab, aber Willow kaufte eine und bezahlte mit dem Telefon.

Das Publikum in dieser Kirche war tatsächlich bunt. Noch konnte man an verschiedenen Menschen ihre Rasse oder ihren kulturellen Hintergrund erkennen. Latinas sahen tatsächlich aus wie sie selbst, aber sie bewegten sich anders und hatten sich ihren Auftritt jedenfalls erarbeitet, dachte sie. Die meisten kamen mit Stöckelschuhen und standen immer wieder aus ihren Sitzen auf, um jemanden zu begrüßen oder noch etwas zu erledigen. Einige Afrikanerinnen waren im Stil Irenes gekleidet, andere trugen ein Hütchen im Südstaatenstil und hübsche Kleider. Viele Frauen hatten sich wie Willow hergerichtet, die eine Hose trug und dazu ein fliederfarbenes Twinset, das ihr sehr gut stand. Die Männer trugen zwar nicht alle einen Anzug, aber fast jeder hatte eine Krawatte umgebunden. Amina hatte zum Glück die neue Bluse angezogen, die sie sich am Vortag gekauft hatte und auch die Hose, die sie trug war neu, denn dieser Gottesdienst würde ein Fest, hatte sie jetzt den Eindruck, zu dem man als geladener Gast lieber das Beste aus sich machte. „Ich komme gern hierher", erklärte Willow. Dies ist die Gemeinde aus der Doc hervorgegangen ist, meine Eltern sind wegen meiner Mutter katholisch", erklärte Willow. „Manchmal begleiten wir die beiden, wenn sie ein besonderes Fest feiern, wie neulich, als sie ihre goldene Hochzeit feierten, aber diese Gemeinde hier bestimmt unser Sozialleben. Nach Tamos Geburt haben mir diese Menschen Mut zugesprochen und bis heute unterstützen sie mich aktiv mit Tamos Erziehung. Diese Gemeinde wird von Mediafriends finanziert, der Firma für die wir arbeiten: Doc als Lehrer und ich als Webdesignerin". „Hier fühlt man sich sofort wohl", meinte Amina „alle Menschen scheinen Lebensfreude zu versprühen. Irgendwie bin ich schon voller Erwartung auf das, was ich hier erleben werde". „Ja", bestätigte Willow mit einem Schmunzeln, „eine Gemeinschaft, die nach der Wahrheit sucht, ist lebendig". Willow drückte Doc, der eben aus der Sakristei gekommen war, den Klappstuhl hinunter, den sie für ihn neben sich frei gehalten hatte. Der Raum war schon fast ganz voll und auch die Balkonplätze waren schon alle besetzt, als die Bandmitglieder und ein Chor auf die Bühne traten und ein Musikstück anstimmten. Applaus ertönte und manche waren aufgestanden, hatten die Arme ausgebreitet, und begannen den Text, der auf dem Bildschirm erschien, mitzusingen. Amina ließ sich von der Stimmung treiben und sang mit, das Lied wurde 2 Mal ganz durchgesungen. Danach stimmte die Band ein etwas schwungvolleres Lied an. Amina klatschte und tanzte mit der Menge. Als die Melodie und der Rhythmus ruhiger wurden, setzten sich manche Leute hin, und eine Stimme sprach ein Gebet ins Mikrofon.

Die Frauenstimme lobte Gott für seine Großzügigkeit und dankte ihm. Amina fühlte sich an die täglichen 2 Minuten Dankbarkeit erinnert, mit denen zu Hause immer der Unterricht begann. Sie selbst sagte während dieser 2 Minuten nie etwas, sondern überließ den Schülerinnen, wie sie sich auf Dankbarkeit einstellten. Manche Kollegen trugen ein Gedicht vor oder einen Kalenderblattgedanken, um einen Impuls für die restlichen Minuten an die

Kinder weiterzugeben. Hier dankte die Frauenstimme Gott für alles, was ihr selbst im Moment auch am Herzen lag: der schöne Tag, die nette Gesellschaft, das Leben. Nach einer kurzen Pause stellte der Bandleader den Pastor vor, der die weitere Gottesdienstleitung und die Predigt übernehmen würde.

Ein Mann kam winkend auf die Bühne gelaufen, die Band spielte einen Tusch, das Publikum applaudierte. „Der Herr sei mit euch" rief er ins Mikrofon, das er irgendwo am Körper trug, während er mit seinen Händen über dem Kopf den Leuten zuwinkte. „Amen" kam es aus der Menge. „Dank sei Gott", „Dank sei Gott" erscholl aus der Menge das Echo auf den Dank des Pastors. „Riskiert was und gebt mir alles"! Die Menge lachte, denn der Pastor war bei diesen Worten in die Knie gegangen und hatte die angewinkelten Arme mit seinen geballten Fäusten von oben nach unten geführt, als wollte er die Menge herausfordern. „Gebt und es wird euch gegeben werden", stellte er das Thema seiner Predigt vor. „Im Gegensatz zu sonst immer fällt heute die kleine Show mit Rollenspiel am Anfang meiner Predigt aus, dafür werde ich am Schluss der Predigt diese Worte Jesu experimentell beweisen". „Lacht nicht", sagte er zu den Leuten, die über seine überbordende Selbstsicherheit etwas belustigt reagierten. „Gebt und es wird euch gegeben werden. Ein volles, gedrücktes, gerütteltes und überfließendes Maß wird euch in den Schoß gelegt". Diese Worte schienen auf dem Screen hinter ihm auf. „Lukas 6,38" stand noch dabei. Danach brachte der Prediger verschiedene Stufen des Gebens ins Gespräch. „Stufe 0 ist das Geben aus schlechtem Gewissen. Davon hat niemand etwas, behauptete der Pastor. Einen fröhlichen Geber liebt Gott, sagt Paulus". „Fahren wir fort mit Stufe 1: Geben aus Eigeninteresse" Die Stufen erschienen mit ihren Eckpunkten jedes Mal in einer Slide am Bildschirm. „Auf dieser Stufe operieren viele von uns und das Leben unserer Gemeinde und der Großteil der Wirtschaft unserer Stadt beruht auf diesem Prinzip. Mark bezahlt die meisten von uns. Und was kriegt Mark dafür"? fragte der Pastor, der sich seine rhetorische Frage auch gleich selbst beantwortete: „Lebenssinn und eine blühende Wirtschaft. Wenn er die Milliarden, die er verdient, nicht unters Volk brächte, sondern in einer Briefkastenfirma auf den Cayman Islands bunkerte, hätte er gar nichts davon. Er könnte nicht einmal dort in seinem Geld schwimmen, wie es Dagobert Duck gerne macht, denn Geld kann man heutzutage nicht mehr in ein Pool füllen. Geld sind nur Nullen und Einsen, bzw. Quantenteilchen von einer Maschine auf den Bildschirm gezaubert. Marc weiß das, obwohl er noch keine meiner Predigten gehört hat, aber Jesu Worte sind eben meist Naturgesetze und keine Ermahnungen". Amina gefiel diese Predigt. Leider kannte sie diesen Mark nicht, er schien eine Art Firmenheiliger mit viel Geld zu sein. Einige Kinder von Willows und Docs Freunden waren ihr als Mark vorgestellt worden und so fragte sie Willow, die neben ihr saß, während die Leute wieder einmal über ein Bonmot des Pastors lachten, nach Mark. „Mark Salztal ist der Chef von Mediafriends", informierte Willow. „Gefällt dir seine Predigt"? fragte sie noch. „Bin total begeistert", sagte Amina nur, um die Worte des Pastors nicht zu verpassen. „Es handelt sich bei diesen Worten Jesu nicht um unbedeutendes christliches Geschwätz. Empirische Forschungen haben ergeben, dass Leute, die geben. zufriedener, ausgeglichener und glücklicher leben". Amina atmete tief. Sie war jetzt wieder einmal sehr froh, dass sie ihre Kreditkarte nicht gesperrt hatte. Trotzdem vermisste sie noch das Glücksgefühl über ihre, wie sie glaubte, sehr großzügige Gabe.

„Die 2. Ebene ist das Geben aus Dankbarkeit. Auf dieser Stufe fühlen wir uns weder gezwungen zu geben, noch treibt uns Eigeninteresse oder Vernunft. Wir möchten unserer Dankbarkeit für das Leben, die Freunde, die Schöpfung durch Geben Ausdruck verleihen". „Die 3. Stufe ist das Geben, um die Chance wahrzunehmen, dem Geld die Macht zu nehmen, die es über uns besitzen könnte, wenn wir es horten". Die 4. Stufe wäre das Geben aus Leidenschaft, über das auch Mark einmal in einem Interview gesprochen habe und die höchste Stufe das Geben aus Liebe. Der Pastor erzählte dabei die Geschichte der Hure, die Jesu Füße mit einem sehr teuren Öl salbte, worüber sich schon damals die Leute aufgeregt hätten, aber sie gab aus Liebe. Sie wollte alles geben.

Diesen letzten Satz hatte der Pastor sehr theatralisch ausgesprochen und die Gemeinde klatschte lange. Auch Amina hatte die Predigt sehr gefallen. Sie würde ihrem Papa von diesem Gottesdienst erzählen, denn ihm gefiel es, wenn Menschen im Geist des Evangeliums lebten. Wahrscheinlich würde er ihr auch mit der Kreditkarte helfen. Sie würde nach der Kirche Gordy anrufen, um sich nach Diego zu erkundigen. Am Vortag war sie gar nicht dazu gekommen.

Das Klatschen ebbte langsam ab und der Pastor hob eine Hand, um der Gemeinde zu bedeuten, dass er noch etwas zu sagen hätte: „Für heute fehlt nur noch der experimentelle Beweis für das, worüber ich heute gepredigt habe. Doc hat mir von einer seiner Kolleginnen erzählt, einer Lehrerin bei einer australischen Firma. Doc, bring uns deine Kollegin doch bitte mal her". Doc reichte mit seiner Hand über Willows Schoß zu Amina und nahm ihre Hand. Er nickte ihr auffordernd zu. Sie spürte wie sie rot wurde, stand aber auf und ging an Docs Hand auf die Bühne. Die Leute klatschten erwartungsvoll und der Pastor reichte Doc ein Mikrofon, worauf dieser

Diegos Geschichte erzählte. Er sprach dabei allerdings nur von einem Unfall und davon, dass Diegos Verwandte kein Geld hätten und dass deshalb Amina ihre Kreditkarte eingesetzt habe. Amina zahlte nun schon seit 3 Wochen Diegos Behandlung, von der man nicht wisse, wie lange das noch gehen würde, da Diego im Koma läge. Von Greg und dessen unmöglichem Benehmen schwieg er. Dann erzählte Doc, dass er Amina im Auto mitgenommen und Gott sie beide auf diese Weise zusammengeführt hätte. Die Menge applaudierte.

Dann übernahm wieder der Pastor das Wort: „Also, liebe Brüder und Schwestern: wollen wir Amina beweisen, dass ihr gegeben wird, weil sie gegeben hat?" „Amen" sagten einige Leute aus dem Publikum laut. „Ich höre nichts. Ist das alles, was ihr dazu zu sagen habt"? Fragte der Pastor „Amen", schrien jetzt mehr Leute. „Nochmal"! Der Pastor stampfte mit einem Fuß den Takt auf den Boden und klatschte dazu in die Hände. „Amen, Amen, Amen, Amen … schrien jetzt alle laut und Amina und Doc schrien und klatschten mit. Während die Menge noch Amen schrie, näherte der Pastor sich ihr und bat sie, ihr Telefon mit dem Projektor zu verbinden, sodass ihre Kreditkarte vor aller Augen abgemeldet werden könnte. Danach sollte sie Gordy und Diego durch einen Videocall in die Gemeinde holen.

Das Display ihres Handys erschien am großen Bildschirm und der Pastor erklärte, dass Amina nun ihre Kreditkarte abmelden, und die Nummer einer Kreditkarte, die Mark für solche Zwecke zur Verfügung gestellt hatte, anmelden werde. Es war ruhig im Saal. Die Menge wartete mit Amina auf den TAC, der mit einer akustischen Ankündigung schon bald am Bildschirm erschien. Sie setzte die Nummer ein. Die Menschen klatschten und Amina dankte in den Applaus hinein. Der Pastor legte ihr seinen Arm um die Schultern und beruhigte die Menge mit einer Handbewegung. Man hörte das Surren eines Elektromotors, die 3D Ebene wurde heruntergeklappt. „Nun wird Amina versuchen, sich mit dem Arzt, der Diego betreut, in Verbindung zu setzen, sodass wir ein persönliches Verhältnis zu unserem Schützling aufbauen können", kündigte der Pastor an. Amina wählte Gordys Nummer, der auch sogleich abhob. Man sah nicht viel. Gordy hatte den Apparat trotz des Videocalls an sein Ohr gehalten. „Gordy", sagte Amina „Stell dir vor, ich bin hier in der Kirche mit vielen 1000 Menschen, die Diegos Behandlung zahlen werden. Du bist live auf Sendung. Könntest du uns bitte Diego vorstellen. Wir möchten ihn grüßen und sehen, wie es ihm geht". „Ich bin gerade dabei, die letzten Stiche einer Operation durchzuführen", erklärte Gordy. Er nahm die Wunde des Patienten, den er gerade behandelte, mit seiner Telefonkamera ins Visier. Man sah kurz, wie seine Hand, die in einem blutigen Latexhandschuh steckte, die schon fast ganz zugenähte Wunde festhielt. Dann sah man Gordy bei der Arbeit. „Ich habe mir das Telefon hier in ein Gefäß auf meinen Bestecktisch gestellt, damit du mich sehen kannst. Was hast du gesagt? Du hast jemanden gefunden, der Diegos Behandlung bezahlt". Ja Gordy, schau doch! Alle diese Leute helfen mir". Sie hielt ihre Kamera auf die Menge, aus der einige Leute winkten und „Hallo Gordy" riefen. Nun reagierte der Chirurg. Man sah, wie er sich die Handschuhe abzog und den Mundschutz entfernte.

Dann war sein Gesicht in Großaufnahme zu sehen. „Wow, wo bist du"? fragte Gordy und Amina erzählte ihm von ihren Erlebnissen in der Sunvalley Megachurch und bat ihn, Diego vorzustellen. „Jetzt habe ich doch wirklich Lampenfieber", sagte Gordy und stellte die Kamera so, dass man die Gänge des Spitals, die er nun entlangeilte, auf der Hologrammebene sehen konnte. „Gleich sind wir bei unserem Freund". Gordy öffnete Diegos Zimmertür. Diegos Mutter saß am Bett ihres Sohnes. „Leider ist er immer noch nicht aus dem Koma erwacht". Man sah nun Diego im Bett liegen. Die Infusionsflasche und der Herzfrequenzaufzeichner zu seiner Linken. Gordy hatte nun begriffen, dass er etwas zur Show beitragen sollte und erklärte der Menge, wo die Kugel eingetreten war, in welchem Zustand er Diego übernommen hatte, wie seine Blutdruckwerte waren, und welche Aussichten auf Besserung es gäbe. Als er sagte, dass Diegos Enzephalogramm immer Reaktionen gezeigt hätte, wenn Diego Aminas Stimme gehört hatte, unterbrach ihn Amina. Sie fürchtete, dass Gordy die Menge mit einer erfundenen Herz-Schmerz Geschichte unterhalten würde. „Kommt Sally ihn bald besuchen"? fragte Amina. „Sally kommt jeden Tag. Im Moment ist sie wahrscheinlich gerade in der Kirche, um für Diego zu beten". Gordy wusste offensichtlich, was man einer Kirchengemeinde erzählte, obwohl in Glendale aufgrund der Zeitverschiebung der Gottesdienst sicher schon vorbei war. Zum Glück hatte er nichts von Greg erzählt. Solch negative Wahrheiten passten nicht zur Situation.

„Vielleicht solltet ihr alle zusammen für Diego beten und ihm etwas vorsingen. Ich übergebe inzwischen meinen anderen Patienten den Kolleginnen im Aufwachraum". Offensichtlich hatte er sein Telefon Diegos Mutter übergeben, deren Gesicht nun in Großaufnahme zu sehen war. „Danke Amina", sagte sie nur, dann sah man Diego im Bett liegen. Der Pastor betete für Diego, während eine Gitarre leise Musik dazu spielte. Die Band und der Chor formierten sich unter der Leinwand und als der Pastor seine letzten Gebetsworte gesprochen hatte, gab er das Zeichen zum vollen Einsatz der Band. Amina kannte das Lied, das sie jetzt spielten: „Endless night" aus dem Musical „Lion King". Es war wunderbar arrangiert und gespielt. Die Solostimme war besonders beeindruckend. Amina sah zu Willow, um mit ihr die Begeisterung über diese Darbietung zu teilen. Willow flüsterte ihr ins Ohr, dass der Solist ein professioneller Opernsänger sei und am Sonntag als Mitglied der Kirche immer einen Beitrag leiste. „I`m trying to hold on, just waiting to hear your voice, one word, just a word will do, to end this nightmare".

Die Spannung vor dem großen Finale des Liedes war greifbar zu spüren, als die Band und der Chor nun einsetzten: "I know that the clouds must clear and that the sun will rise, I know, I know, that the sun will rise". Bei diesen Worten öffnete Diego seine Augen und hob eine Hand. Nicht alle hatten es gleich gesehen, da das Finale des Liedes die meisten noch in ihrem Bann hielt. Aber immer mehr Leute erhoben sich und deuteten auf das Hologrammbild. Diegos Mutter war aufgestanden und verstellte die Sicht auf Diego, aber in diesem Moment meldete sich Gordy wieder zurück, der die Regie über die Bilder seines Telefons übernahm. Diegos Mutter stellte sich nun auf die andere Seite des Bettes und hielt die Hand ihres Sohnes. Gordy schrie begeistert: „Was habt ihr gemacht? Diego ist aufgewacht". Man sah Diegos Gesicht nun in Großaufnahme. Was Gordy zu ihm sagte, konnte man allerdings fast nicht hören, da die Menge laut und aufgeregt durcheinanderredete. Die Bandmitglieder hatten nun aufgehört zu spielen und waren an den Rand der Bühne getreten, um sich das Hologrammbild über ihnen anzusehen. Dabei verstellten sie den Leuten die Sicht. Der Pastor übernahm wieder die Regie: die Bandmitglieder sprangen von der Bühne, um schneller auf ihre Plätze zu kommen.

„Gordy, kannst du uns erzählen, was da oben bei euch los ist"? Fragte er den Arzt. „Es sieht hier nach einem Wunder aus", begann Gordy seine Reportage. „Ihr habt Diego im Koma gesehen, habt gehört, in welchem Zustand ich ihn hier übernommen habe. Er ist aus dem Koma erwacht, während ihr gebetet und gesungen habt". „Diego, wie geht es dir"? Er stellte nun den Patienten ins Bild, der nicht recht zu wissen schien, was er antworten sollte. Diego versuchte sich aufzurichten, schaffte es aber nicht recht. „Deine Muskeln sind noch sehr schwach. Sie haben sich zurückgebildet, weil du 3 Wochen im Koma gelegen bist", erklärte der Arzt dem Patienten seine Situation. „Was ist das letzte, an das du dich erinnern kannst"? „Das letzte an das ich mich erinnern kann ist dieses Scheiß Panzerfahrzeug mit seinen Scheiß Linsen und dieser Scheiß Gewehrlauf den dieser Scheiß Greg auf mich gerichtet hat". Gordy rettete die Situation indem er laut lachte und Diego sein Telefon zeigte. „Du bist in einer Kirche, behalte das Fluchen über deine Alpträume, die du aus dem Krieg mitgebracht hast, für dich. Diese Leute hier haben dich durch ihre Gebete aus dem Koma erweckt und übernehmen die Kosten für deine Behandlung." Man sah nun Diegos Gesicht und die Menge begrüßte ihn mit Zurufen und Winken. „Danke", sagte Diego, dann sah man, wie seine Mutter sich über ihn beugte und ihn küsste. „Ihr habt meinen Sohn gerettet", sagte sie danach mit Tränen in den Augen. „Wir können feststellen, dass Diego zwar etwas wirr und unzusammenhängend berichtet, dass er aber sicher wieder zu Kräften kommen und ein ganz normales Leben führen wird", setzte Gordy die Reportage fort. „Kannst du uns noch etwas über eure Heimatstadt erzählen"? fragte der Pastor. „Unsere Gemeinde hat ungefähr 30 000 Einwohner. Wir hier in Glendale sind hauptsächlich Angestellte von Mc Pill und Keybolt Steven. Ich arbeite für LOICO, eine der größten Versicherungsgesellschaften. Wir sind zu 100% Christen und Patrioten". „Danke, Gordy", unterbrach ihn der Pastor. „Du bist ein guter Mensch, wir werden uns nachher noch wegen der Vermarktungsrechte über dieses Wunder mit dir in Verbindung setzen". „Klar", sagte Gordy „ich bin einverstanden, dass mein Gesicht in den Medien erscheint. Das Wunder, das heute geschehen ist, sollte unbedingt verbreitet werden". „Gott segne dich und deine Arbeit und auch dich Diego und deine Familie, soll Gott weiterhin reichlich segnen", verabschiedete sich der Pastor. Die Menge winkte und grüßte, dann klappte sich die Hologrammebene ein und Amina drehte ihr Telefon ab.

Der Pastor schlotterte mit den Knien und Armen, um zu zeigen, wie ihn das Wunder bewegt hatte. Dann dankte er Gott im Namen aller. Die Band spielte zum Ausgang ein Segenslied. Amina konnte sich kaum aus ihrem Stuhl erheben, so beeindruckt war sie vom Gottesdienst und der Tatsache, dass Diego aus dem Koma erwacht und ihre Kreditkarte ausgelöst war.

Doc hatte seine Kinder schon von der Sonntagsschule abgeholt als Willow sie zum nach Hause gehen aufforderte. „Ich bin wirklich sprachlos", drückte sie ihren Zustand den beiden gegenüber aus. „Das war heute schon etwas sehr Besonderes. Wir kommen jeden Sonntag hierher, aber nicht immer ist es so bewegend", drückte Willow Amina gegenüber aus. „Danke, dass du das mit der Kreditkarte arrangiert hast", sagte Amina zu Doc. „Gemeinsam kann man solche Kosten viel leichter tragen. Die Versicherungen sollten ihre Pflichten den Versicherten gegenüber wahrnehmen und nicht immer nur auf die Aktionäre Rücksicht nehmen", meinte dieser.

Auf dem Weg zum Auto wurde Amina noch mehreren Freunden der Familie vorgestellt. Die meisten gratulierten ihr zu ihrer guten Tat und Amina bedankte sich für die Übernahme der Kosten für Diegos Behandlung. Der

Gottesdienst hatte über 2 Stunden gedauert, aber die Zeit war für Amina wie im Flug vergangen. „Die Predigt hat mir sehr gefallen", sagte sie zu Doc und Willow, als sie ins Auto einstiegen. „Ein sehr interessanter Ansatz das „Gebt und es wird euch gegeben werden" experimentell zu beweisen und mit wirtschaftlichen Prinzipien in Verbindung zu bringen. Ich überlege, daraus eine wirtschaftskundliche Unterrichtsstunde für meine Klasse zu entwickeln". „Das ist eine sehr gute Idee", meinte Willow," schick uns diese Vorbereitungen, dann erzählen wir in der Kirche darüber". Wie anders war doch dieser Gottesdienst abgelaufen als der in Glendale, wo der Pastor ewig über „Wer nicht arbeitet soll auch nicht essen" gepredigt hatte. Eine große Gemeinde wie die Sunvalley Megachurch war auch der Beweis dafür, dass die Leute in der Stadt nicht verdorben waren, wie der Pastor in Glendale immer behauptet hatte. Für ihn hatte es in den Städten, wo ungläubige Mexikaner und Schwarze lebten, nur Mord und Totschlag gegeben. Die einzige Schießerei, die Amina erlebt hatte, hatte auf der Waffenexkursion mit Greg und den Seinen stattgefunden. Amina hing noch ihren Gedanken nach, als Doc bei einem asiatischen Restaurant anhielt. Im Restaurant warteten schon Willows Eltern und Sina ließ Aminas Hand los und lief, um ihre Großeltern zu begrüßen.

„Ich danke euch von Herzen, dass ihr dafür gesorgt habt, dass Diegos Behandlung bezahlt wird", sagte Amina zu Willow und Doc, nachdem sie sich Willows Eltern vorgestellt und sich alle an den Tisch gesetzt hatten. „Ich fühle mich so erleichtert und glücklich und werde den heutigen Tag mein ganzes Leben lang dankbar in Erinnerung behalten". „Für uns war es schön, die Gelegenheit bekommen zu haben, Diego und dir zu helfen", meinte Willow freundlich „Helfen macht glücklich"! ergänzte Willows Mutter.

Der Nachmittag mit Willows Eltern war wieder eine schöne Begegnung. Die beiden älteren Leute hatten eine Menge zu erzählen und natürlich war das Wunder des Vormittags Hauptthema der Konversation. Nach einem ausgedehnten Spaziergang durch einen der Parks und nachdem sie zu Hause geholfen hatte Sina und Tamo zu Bett zu bringen, besprach sie mit Doc den Ablauf des nächsten Tages. Sie würde ihn zur Schule begleiten und in seinem Unterricht hospitieren, um ihre Studien in den USA fortzuführen.

Kapitel 10

Auch eine Fülle von Büchern ersetzt den Lehrer nicht (aus China)

Doc und Amina nahmen den Bus zur Schule. Die Stadt lebte an diesem Montagvormittag, wie Amina es schon seit längerem nicht mehr gefühlt hatte. In einer Kleinstadt wie Glendale lief alles langsamer aber auch mürrischer ab, schien es ihr. Sie stellte fest, dass sie urbane Umgebung vorzog. Obwohl sie kein persönliches Verhältnis zu den Menschen im Bus hatte, fühlte sie sich doch mit ihnen verbunden. „Schön ist es in deiner Stadt", sagte sie zu Doc. „Freut mich, dass es dir gefällt". Er sah von den Tests auf, die er im Bus verbesserte, und lächelte sie an. Die Gefühle, die Docs Ausstrahlung bei ihr erzeugte, waren ein wesentlicher Faktor dafür, dass es ihr hier so gut gefiel. Wahrscheinlich würde sie seinen Unterricht toll finden, dachte sie. Sie müsste aufpassen, bei ihren Beobachtungen Objektivität zu wahren, um einen guten Bericht abzuliefern.

Aber war nicht Liebe oder, neutraler gedacht, Empathie eine wichtige Voraussetzung, um jeder menschlichen Tätigkeit Sinn zu verleihen? Begeisterung für eine Sache sollte doch der Ursprung jeder Handlung sein. Sie beschloss, die Energie, die in ihrer Verliebtheit zu Doc steckte, in ihre Begeisterung für die Sache der Schule zu stecken. Aber schon als sie vor Doc am Ausgang des Busses stand und seine Hand fühlen konnte, die er, ebenso wie sie um eine Stange gelegt hatte, um sich festzuhalten, war sie nicht mehr so sicher, ob ihr das so einfach gelingen würde. Vom Bus aus sah sie schon das große, moderne Gebäude auf dem mit großen Buchstaben „Sunvalley Junior High School" geschrieben stand. Darunter in kleineren Lettern: „Eine Institution von Mediafriends" und das Logo der Firma.

Der Bus hielt direkt vor der Schule. Dennoch hatten Doc und Amina aufgrund der Größe des Schulgeländes einen nicht allzu kurzen Weg bis zum Eingang zurückzulegen. „Wir unterrichten hier ungefähr 2500 Schüler", erklärte er ihr. Doc grüßte immer wieder die eine oder andere Kollegin oder Schülerin und auch Amina grüßte. Sie blieben aber nicht stehen, sodass Doc sie persönlich hätte vorstellen können. Am Eingang mussten sie durch eine Sicherheitsschleuse. „In unserem Schulgebäude sind Waffen verboten", erklärte er ihr. Erst im Lehrerzimmer stellte er sie einigen Kollegen vor. Es schien ihr, dass Doc mit den meisten gut auskam. Nachdem die Schulglocke geläutet hatte, begleitete sie Doc zum Klassenzimmer einer 8. Schulstufe. Er war Klassenlehrer dieser Schülerinnen und unterrichtete sie in Naturwissenschaften. Doc ging an sein Pult und zog für Amina einen Sessel aus der Bankreihe vor ihm. Viele begrüßten Doc mit einem freundlichen „Good morning Mister Jackson". Denjenigen, die an sein Pult kamen, stellte er Amina vor.

Der Unterricht begann wie jeden Morgen mit dem Gruß der Fahne. Aus dem Lautsprecher erklang die Stimme eines Kindes, das den täglich gleichen Spruch zum Fahnengruß hersagte: „I pledge allegiance to flag oft he United States and to the Republic for which it stands. One Nation under God, indivisible with liberty and justice for all". Auch in Glendale hatte der Unterricht mit diesem Spruch begonnen. Es hatte Zeiten in der Geschichte der USA gegeben, da der Unterricht nicht täglich mit diesem Spruch begann. Man hatte argumentiert, dass für religiöse Menschen die Verehrung des Staates an Idolatrie grenzte und nicht Religiösen hatte der Ausdruck „under God" nicht gefallen. Afroamerikaner und Latinos fanden nicht, dass es „liberty and justice" für alle gab. Als Amina nach der Unterrichtsstunde Doc erzählte, dass in Österreich der Unterricht nach dem Sport immer mit 2 Minuten Dankbarkeit für alle begann, gefiel ihm diese Idee zwar, er meinte aber, dass der Fahnengruß in den USA Pflicht sei. Er konnte ihr allerdings nicht sagen, ob dieser Fahnengruß das Zusammengehörigkeitsgefühl stärkte. Er vermutete, die meisten Lehrerinnen und Schüler würden den Spruch einfach so hersagen, weil sie daran gewohnt seien.

„Die 2 Minuten Dankbarkeit in den Schulen haben unserem Land sehr viel gebracht", erzählte Amina ihm. "Wir streben danach, dass sich die Menschen dessen bewusst werden, was sie alles haben: Freunde, Eltern, Nahrung, Frieden, Gesundheit - natürlich auch persönliche Erfolge und so weiter. Seit der Einführung dieses Rituals der 2 Minuten Dankbarkeit, hat sich das Glücksbewusstsein in unserer Gesellschaft messbar erhöht", erklärte sie Doc. Es stimmte, dass die Bevölkerung in Österreich vorher eher unzufrieden gewesen war, einfach deshalb, weil „Jammern" ein Volkscharakteristikum war, nicht weil in Österreich irgendetwas schlechter gewesen wäre als anderswo. Es war einfach nicht modern gewesen, beispielsweise in einen Lift einzusteigen, die Leute freundlich anzusehen und sich positiv über die Arbeit, das Wetter oder irgendeine Neuigkeit aus der Zeitung zu äußern.

„Wenn du zufrieden bist, werden die anderen neidisch": das war die Befürchtung, die eine ältere Kollegin vor ihrer Pensionierung dem Kollegium auf den Weg mitgegeben hatte. Diese Kollegin hatte sich standhaft geweigert, den Unterricht mit 2 Minuten Dankbarkeit zu beginnen, weswegen man sie nie gleich nach dem Sport einsetzte, worüber sie sich natürlich ebenfalls lautstark beschwert hatte. In Österreich gab es jetzt nur noch wenige Lehrer, die man behalten musste, obwohl sie positive Lehrziele boykottierten oder für ihren Beruf nicht geeignet waren. Die meisten Lehrerinnen waren nach der Reform der pädagogischen Institute und einer umfassenden Schulreform, die die Schule zur wichtigsten Institution des Staates gemacht hatte, eingestellt worden.

Natürlich gab es auch heute noch Philosophen, die positives Denken und „allgemeine Dankbarkeit" als Volksverdummung abtaten. Das waren aber meist alte Männer, denen man im Gegensatz zu früher nicht mehr alles glaubte. Diese hatten in ihrer Jugend gelernt, dass nur ein kritischer Mensch als Intellektueller galt und konnten die schlechte Gewohnheit, über alles Neue oder Unbekannte zu schimpfen, nicht ablegen. Ein Kollege, der sich als junger Erwachsener zum Mann umoperieren hatte lassen, weil er als Jugendlicher bemerkt hatte, dass er sich im Körper einer Frau nicht wohl fühlte, hatte ihr erzählt, dass die größte Veränderung für ihn gewesen sei, dass ihn Männer, aber auch Frauen nicht mehr beim Sprechen unterbrachen und ihn ausreden ließen, nachdem er ein Mann geworden war. Dieser Kollege unterrichtete Deutsch und hatte für den Unterricht einen großartigen Kurs über Kommunikation zusammengestellt, der in den pädagogischen Instituten für den Deutschunterricht empfohlen wurde. Erfolgreiche Kommunikation wurde darin auch an der positiven Wirkung auf das Gefühlsleben des Empfängers einer Botschaft gemessen. Klar, dass der Kommunikationsstil alter, „kritischer" Männer in diesem Kontext nicht als erfolgreich bewertet wurde.

Doc war als Lehrer sicher kein alter, kritischer Mann, obwohl er diesen großartigen Kurs auf der pädagogischen Hochschule nie besucht hatte. Er hatte einfach eine gute Ausstrahlung, die nicht nur auf Amina anregend wirkte, wie sie während des Unterrichts merkte. Manche Schülerinnen wurden rot, wenn er sie ansprach. Amina ärgerte sich über sich selbst, dass sie wie ein kleines Schulmädchen diesen Lehrer anhimmelte, aber sein Charme war einfach umwerfend. Selbstsicher machte er kleine Scherze und ermunterte die Schüler zur Mitarbeit. Über jeden Beitrag äußerte er sich ehrlich begeistert, wenn er selbst eine Frage nicht beantworten konnte, suchten er und die Schülerinnen zusammen nach Antworten im Internet.

Amina machte sich Notizen. Sie würde ihn besonders für die Aufmerksamkeit loben, die er seinen Schülern entgegenbrachte. Die „gelebte Wertschätzung" war eine Haltung, die in der Pädagogischen Akademie an einer der obersten Stellen für gute Schülerführung stand. Es gefiel ihr auch, dass Doc Disziplin einforderte. Wenn die Schülerinnen etwas im Internet suchten, achtete er darauf, dass sich auch wirklich alle mit der Materie beschäftigten, die im Moment wichtig war. Er machte sich auch Notizen, wenn jemand einen besonders relevanten Beitrag zum Unterricht lieferte.

Disziplin war seit jeher das wichtigste Instrument für den Erfolg. Amina hatte sogar einmal daran gedacht, mit ihren Schülern die Disziplin wichtiger Persönlichkeiten der Geschichte zu untersuchen oder die Rolle, die die Disziplin in verschiedenen Gesellschaften spielte. Sie hatte am pädagogischen Institut eine Professorin gehabt, die ein Workshop zu diesem Thema veranstaltet hatte. Es wurde dabei untersucht, ob der Disziplin oder der Intelligenz der Vorrang für ein gelungenes, erfolgreiches Leben einzuräumen wäre. Es hatte sich herausgestellt, dass der Faktor „Disziplin" wesentlich wichtiger für jeden Erfolg war als der Faktor „Intelligenz". Eine andere Gruppe des Workshops hatte sich mit dem Unterschied zwischen „Disziplin" und „Gehorsam" beschäftigt. Gehorsam war als eine Haltung, die fremdbestimmt entsteht, identifiziert worden, während Disziplin durch Selbstbestimmung erreicht wird. Auch philosophische Aspekte von Disziplin waren im Workshop angesprochen worden. Sie erinnerte sich noch an Kants Aussage, dass Disziplin zu größerer Freiheit verhelfe.

Der wichtigste Teil des Workshops widmete sich aber der Unterrichtspraxis. Schon der regelmäßige Aufbau des wöchentlichen Stundenplans für die Schüler führte zu einem gewissen rituellen Ablauf des Schultages. Nach dem Sport und den 2 Minuten Dankbarkeit folgten 3 bis 4 Stunden akademischer Unterricht. Danach ging es zum gemeinsamen Mittagessen, das eine Schülerinnengruppe schon vorbereitet hatte. Der Nachmittag war bis halb 4 von Kunst, Musik oder Sozialstunden bestimmt. In der Mittelschule wurde in den Sozialstunden hauptsächlich miteinander oder mit älteren Leuten gespielt.

In der Oberstufe konnte man sich als Schüler schon für sehr herausfordernde Tätigkeiten anmelden. Amina hatte sich im Gymnasium für Freiwilligendienst auf der Palliativstation des AKH gemeldet. Menschen, die keine Aussicht mehr auf Genesung hatten, führten mit ihr damals Gespräche, die sie nie vergessen würde. Als sie einmal einen alten Mann fragte, was er als den größten Fortschritt in seinem Leben ansah, erzählte dieser ihr vom Krieg, den er in Syrien erlebt hatte. Er meinte, das Prinzip „wir bringen uns gegenseitig nicht um", habe sich schon soweit durchgesetzt, dass bei bewaffneten Konflikten meistens die UNO mit ihren Truppen dafür sorgte, dass alle Waffen aus dem Konfliktgebiet abgezogen wurden. Den Rückgang bewaffneter Konflikte bezeichnete er somit als den größten Fortschritt, obwohl er als Kind ohne Computer und ohne elektronische Massenmedien aufgewachsen war und der technische Fortschritt, den er erlebt hatte, beachtlich war. Amina hatte ihren Mitschülerinnen in der nächsten Sozialstunde von diesem Gespräch erzählt.

Der Schultag endete in Österreich um 15:30. Die letzte Unterrichtsstunde davor war der Eigenarbeit gewidmet. Dafür gab es keine Hausübungen mehr. Man hatte festgestellt, dass Hausübungen das Verhältnis der Schüler zur Schule verschlechterten, oft verschlechterte sich durch die Hausaufgaben auch das Verhältnis der Eltern zu ihren Kindern und das Verhältnis der Eltern zu den Lehrerinnen. Während der Stunde Eigenarbeit war es besonders wichtig, dass der Lehrer die Schülerinnen zur Disziplin erzog.

Doc entsprach dem Bild eines guten Lehrers. Das konnte Amina schon nach 20 Minuten Unterrichtsbeobachtung sagen. „Von den Lehrerinnen hängt der Unterrichtserfolg ab", das sagten die meisten Studien, die man im Lauf der Zeit zum Thema Schule gemacht hatte. „Ein guter Lehrer hat seine Klasse im Griff und jede einzelne Schülerin im Blick". Doc erfüllte auch diesen Tatbestand. Allerdings hatte er den Schülern am Anfang der Stunde nicht ganz klar erklärt, was er von ihnen wollte und deshalb gab es ein wenig Unruhe, als die Schülerinnen im Internet Informationen zum Thema „Luft" suchten. Er trug erst im Nachhinein einzelnen Gruppen auf, wonach sie genau suchen sollten. Allerdings hatte das Undefinierte lustige Ergebnisse hervorgebracht. Es gab alle möglichen Interneteinträge zu diesem Thema und Doc hatte es verstanden, die naturwissenschaftlich relevanten Beiträge der Schüler zu filtern und zum weiteren Gegenstand der Unterrichtsstunde zu machen. „Eine gute Lehrerin sieht den Unterricht mit den Augen ihrer Schüler", erinnerte sich Amina. Doc folgte dieser Maxime vielleicht unbewusst. Amina notierte sich das als weiteren Pluspunkt.

Während Amina Doc im Unterricht beobachtete, fiel ihr auf, dass er gerne der Star war. Er schaffte es, dass nicht nur die Mädchen für ihn schwärmten, auch den Jungen gefiel seine coole Art und die Selbstsicherheit, mit der er ihnen Naturwissenschaften nahebrachte. Sie würden sich wahrscheinlich motiviert fühlen, ihm im positiven Sinn, nachzueifern. Amina selbst war in ihn verknallt, das musste sie sich eingestehen und das lag an seiner Persönlichkeit. Er verfügte über einen stark ausgeprägten sozialen Instinkt, spürte anscheinend jede Stimmungsschwankung und jede noch so leise Abkühlung im Verhalten einer Schülerin. Die Aufmerksamkeit, die ihm andere entgegenbrachten, ließ ihn strahlen. Zwischen ihm und den Schülern fand eine subtile Interaktion statt. Die Bestätigung, die er erfuhr, gab ihm ein gutes Gefühl und er reagierte, indem er das Positive, das er in den Schülerinnen fand, zu imitieren versuchte. Dafür überschütteten ihn die

Schüler wiederum mit Aufmerksamkeit. Alle empfanden seine Nähe mindestens als anregend, dachte sie. Sie würde ihm diese Beobachtungen als seine Stärken präsentieren und freute sich schon, von ihm als Reaktion darauf wiederum Aufmerksamkeit zu bekommen.

Jedenfalls mochte Doc seine Schüler und im Laufe der Jahre hatte er Fachkompetenz erworben. Sie würde ihn noch mit Methoden bekanntmachen, die die Teamarbeit unter den Schülerinnen förderten und ihm sagen, wie wichtig sie die Zusammenarbeit der Lehrer untereinander fand. Er hatte sich auch in ihren Gesprächen noch nie über die heutige Jugend beschwert. Schlechte Lehrer tendierten dazu, die Haltung der Schüler oder deren Elternhaus für fehlende Lernfortschritte verantwortlich zu machen. Im Pädagogischen Institut hatte man ihnen zu einem sofortigen Jobwechsel geraten, wenn man sich als Lehrerin über die Schüler beschwerte. „Eine Ärztin kann sich nicht über die Patienten beschweren und ein Beamter im Finanzamt nicht über die Steuerzahlerinnen", hatten ihre Ausbildner eine Parallele zu anderen Berufen gezogen. „Sich über die Kinder zu beschweren ist unprofessionell", hatte sie auch den Müttern in Glendale gesagt, denen sie mit dieser Aussage wahrscheinlich auf die Nerven gegangen war.

Als die Pausenglocke das Ende des Unterrichts ankündigte, verabschiedete Doc sich von seinen Schülerinnen. Zwei Mädchen traten an ihn heran und erkundigten sich nach Amina. Doc hatte sie am Beginn der Stunde nicht vorgestellt. „Sie kontrolliert, ob ich ein braver Lehrer bin", erklärte er den beiden mit einem Augenzwinkern. Dann legte er Amina freundschaftlich seine Hand auf die Schulter und die beiden gingen ins Konferenzzimmer.

Doc fühlte sich im Unterricht auf natürliche Weise überlegen. Als seine Schwäche könnte sie kurze Beobachtungen aus dem Lehrerzimmer anführen. Es war ihr gleich aufgefallen, dass er auch dort gerne immer ein bisschen Starrummel um sich hatte, und er die Kolleginnen ausstechen wollte. Er war einer der wenigen Männer des Kollegiums aber nicht alle interessierten sich für den „Hahn im Korb". Man konnte an seinem Ton anderen gegenüber erkennen, wen er als in und wen er als out betrachtete. Er wollte den anderen immer um eine Nasenlänge voraus sein aber erwartete von der Konkurrenz, dass sie sich immer wieder auf den Wettbewerb mit ihm einließ. Amina würde ihm das wahrscheinlich nicht sagen, denn es war eine Schwäche von Stars seines Typs, Kritik konstruktiv zu verarbeiten und ihrem eigenen Ego würde es schaden, von ihm nicht geliebt zu werden. Außerdem sollte man sich bei einem Hospitationsprotokoll mehr auf die Stärken konzentrieren, sagte sie sich, aber eigentlich war es feig, ihm nicht zuzutrauen, dass er aus seinen Fehlern lernen könnte, wenn sie ihm auf konstruktive Weise bewusst gemacht würden.

Doc holte ihr einen Sessel und sie setzten sich beide an seinen Arbeitsplatz, wo sie ihm ihre Beobachtungen mitteilte. Immer mehr Kolleginnen gesellten sich zu den beiden und Doc erklärte den Lehrerinnen, dass Amina eine Evaluation seiner Arbeit vorgenommen habe, wie es in Australien üblich war. Amina erklärte, dass die Gespräche über diese Evaluationen eigentlich unter 4 Augen stattfanden, aber Doc verkündete selbstsicher, dass er keine Angst vor konstruktiver Kritik habe. So erklärte Amina die Kriterien, die nach österreichischer Meinung eine gute Lehrerin machen und betonte, dass Doc die wichtigsten Kriterien alle erfülle und erzählte wie anregend sie seinen Unterricht empfunden habe. Zum Abschluss sagte sie ihm, was sie aus seinem Unterricht gelernt hatte. Docs Kolleginnen fanden ihre Ausführungen sehr interessant und einige von ihnen wollten auch von ihr evaluiert werden. Doc schlug vor, sie solle doch für alle einen Vortrag über den Lehrberuf in Australien und über die Schule dort im Allgemeinen halten. Ein Termin dafür wurde schon für in 2 Tagen festgelegt und Amina bedankte sich für das Vertrauen, das man ihr entgegenbrachte.

Den nächsten Tag verbrachte sie zu Hause mit ihren Vorbereitungen. Willow brachte Tamo zu Mila, einer Frau aus der Kirchengemeinde, die sich untertags einige Stunden um Tamo kümmerte. Mila würde Tamo am Nachmittag zurückbringen und Amina sollte sich dann um ihn kümmern, sodass Willow sich einen schönen Nachmittag mit einer Freundin machen könnte, die sie schon lange nicht mehr gesehen hatte. Amina war froh, nützlich sein zu können, denn der Großzügigkeit ihrer Gastgeber wenigstens ein bisschen zu entsprechen, war ihr ein Bedürfnis.

Amina hatte sich gut auf ihren Vortrag vorbereitet. Sie wusste, dass es in den USA eine Todsünde war, die Leute zu langweilen. Egal ob in Kirche oder Schule, eine Präsentation in den USA musste vor allem unterhalten. Der Inhalt kam erst an 2. Stelle. Das war der Eindruck, den sie schon im Quarantänecenter gewonnen hatte. Amina hatte versucht, alles zu bedenken, was sie über Kommunikation gelernt hatte und war trotzdem aufgeregt, da sie wusste, dass erfolgreiches Kommunizieren von unüberschaubar vielen Faktoren abhängt. Einige Voraussetzungen für das Gelingen ihres Vortrages waren jedenfalls gegeben. Sie mochte ihr Publikum und das Thema, über das sie sprechen durfte, war ihr eine Herzensangelegenheit. Außerdem ging es ja nur darum, ihre Kolleginnen hier über das Schulleben bei ihr zu Hause zu informieren und nicht darum, Kontroversielles weiterzugeben.

125

Ihre erste Folie begann mit einem Zitat des deutschen Pädagogen Friedrich Fröbel, der schon im 19. Jhdt. festgestellt hatte: „Schule und Leben müssen eins sein. Kommt, lasst uns mit unseren Kindern leben!" Dieser Satz fasste für sie die Philosophie des österreichischen Schulsystems am besten zusammen. Man hatte in der Präambel des Schulunterrichtsgesetzes das Goethezitat vom Streben nach dem Wahren, Guten und Schönen mit einem weiteren Goethezitat ergänzt. Jedes Mitglied einer Schulgemeinschaft sollte von sich selbst sagen können: „Hier bin ich Mensch, hier darf ich sein". Amina hatte auf der 2. Folie einige Grundwerte des Lebens aufgezählt und sie mit dem Schulleben in Verbindung gebracht. Vertrauen, Respekt, Toleranz und Empathie waren die dem Leben innewohnenden Werte, die in der Schule gelebt werden sollten. Sie hatte etwas Probleme gehabt den Begriff: gelebte Wertschätzung ins Englische zu übersetzen. Die 3. Folie wies auf die Lehrinhalte hin, mit denen man diese „Lernen ist Leben"-Haltung erzielen wollte. Es ging in diesem Abschnitt um Das Fördern von Organisationstalent, Kommunikationsstärke und Teamgeist und die Methoden, die für die österreichischen Schulen erarbeitet worden waren, um diese Lehrziele durchzusetzen. Sie wollte auch noch über die Schulküche sprechen und die große Bedeutung, die im österreichischen System die soziale, psychische und physische Gesundheit der Kinder spielte: die tägliche Sportstunde und die gesunde Mahlzeit, die täglich von den Kindern zubereitet wurde, wollte sie als Beispiele mit Fotos und kurzen Videos zeigen. Natürlich sollten auch die 2 Minuten tägliche Dankbarkeit als Alternative für den „pledge of allegiance" vorgestellt werden.

Aktiver Umweltschutz und Liebe zur Natur waren in den österreichischen Schulen ebenfalls wichtige Unterrichtsprinzipien, denen in den USA noch nicht so viel Bedeutung zugemessen wurde, soweit sie feststellen konnte. Natürlich musste sie aufpassen, all diese Dinge nicht zu Oberlehrerinnenhaft vorzutragen, denn welcher Lehrer hörte schon gerne, dass die Entwicklung im eigenen Bildungssystem der progressiven Agenda, die Österreich verfolgte, hinterherhinkte. Sie nahm sich vor, darauf hinzuweisen, dass auch das österreichische Schulsystem sich immer wieder den Umständen anpassen musste und dass natürlich auch dort das Konferenzzimmer nicht eine Art Himmel war, in dem jede Lehrerin schon den Heiligenstatus erreicht hatte. Sie würde die Folie über die Rolle der Lehrer mit dem Foto ihres Kollegiums im Konferenzzimmer unter dem Banner mit dem Spruch „Wir sprechen miteinander, nicht übereinander" einleiten. Es war in Österreich wichtig, voneinander zu lernen und miteinander zu arbeiten. Fortbildung war keine Pflicht, sondern eine Haltung, die jede Lehrerin lebte, denn lebenslanges Lernen wurde nicht nur in der Schule gelebt, auch Politiker sprachen immer mehr davon, was sie aus der Geschichte oder eigenen Fehlern gelernt hatten.

In Österreich bekam jede Schülerin zu ihrem 10. Geburtstag einen Laptop vom Staat. Damit wurde der Wissenserwerb unterstützt. Amina wollte einige Methoden zum Wissenserwerb im Teamwork darstellen und Beispiele für Themen bringen, mit denen sie sich schon in ihrem Unterricht beschäftigt hatte. Sie suchte sich auf dem Schulkanal Fotos und Videos von Präsentationen, die interessante Veranstaltungen für die Nachbarschaft gewesen waren. Die Schule in Österreich war ein integrativer Bestandteil des sozialen Lebens. Jede sollte sich nicht nur als Schüler oder Lehrerin einer Schulgemeinschaft zugehörig fühlen, die Schule war die wichtigste staatliche Institution, in der alle Menschen zusammenkamen.

Die große Bedeutung von Kunst und Musik in Österreichs Schulen leitete sie mit Fotos und einigen Hörbeispielen ein. Viele Kongresse, Firmenfeiern und öffentliche Veranstaltungen wurden von Schülergruppen musikalisch begleitet, Kunstausstellungen wurden von Schulen organisiert. All die Begeisterung, die sie für ihren Beruf mitbrachte und für die „Firma" für die sie arbeitete, wollte sie an das Kollegium der Sunvalley school weitergeben. In Sunvalley organisierte man in der Schule auch großartige Theater- und Musikaufführungen mit Tanz und die Schule lag in diesem dicht bevölkerten Teil der USA längst nicht so im Argen, wie Amina es in Glendale gesehen hatte. Hier in Sunvalley bemühten sich nicht nur Anrainer um einen Platz in dieser gut geführten Schule. Dennoch war Schule hier noch nicht etwas, das sich organisch ins öffentliche Leben integriert hätte. Schule war hier eine Sache der Lehrerinnen und der Kinder, eventuell noch der Eltern, aber nicht der gesamten Gesellschaft.

Es hatte an der Türe geläutet und Mila war mit Tamo zurückgekommen. Amina erhob sich von ihrer Arbeit und öffnete die Haustür. „Möchtest du noch auf eine Tasse Tee oder Kaffee bleiben"? fragte sie die Pflegerin, die Tamo ins Wohnzimmer schob. „Nein danke", antwortete Mila freundlich „ich muss nach Hause zu meinen eigenen Kindern". Amina wusste, dass Mila und ihr Mann beide mehrere Jobs machten, damit es zum Leben in der Stadt reichte. Das hatte ihr Willow erzählt, als Amina ihr ihre Bewunderung dafür ausgedrückt hatte, wie sie mit Tamos Behinderung klarkam. Willow hatte davon gesprochen, wie sehr Erwartungen ans Leben die Einstellung beeinflussen und dass man einfach versuchen müsse, zufrieden und dankbar zu sein für das was man hat. „Hört sich da nicht jeder Fortschritt auf, wenn wir alle nur zufrieden sind und uns nicht um Verbesserung unserer Lage bemühen", wollte Amina damals von Willow wissen. Nein, hatte Willow gemeint, sie selbst fühle sich jeden Tag herausgefordert, ihre Lage zu verbessern, aber das Leben, das einem geschenkt wurde, anzunehmen, sei die erste Haltung aus der Konstruktives wachsen könne. Der Widerstand, den man oft der Realität entgegensetze, verbrauche viel Energie, die einem zum glücklich sein fehle. Man solle sich darauf konzentrieren, dem „Flow" im Leben zu folgen.

Amina widmete sich den Rest des Tages Tamo und wunderte sich, wie ruhig sie dabei wurde. Das Zusammensein mit einem Menschen, der keine anspruchsvolle Unterhaltung einforderte, war sehr angenehm. Tamo gefiel es in Aminas Schoß zu liegen. Sie streichelte seine Hände und sein Gesicht. Dann machte sie Musik. Sie konnte an Tamos Reaktionen feststellen, welche Art von Musik ihm gefiel. Als sie durstig war, stand sie auf und bereitete für sich selbst und für ihn Limonade mit Pfefferminzblättern vor. Sie liebte dieses Getränk, war aber meist zu faul, es vorzubereiten.

Die Anwesenheit Tamos veranlasste sie, ihre ganze Aufmerksamkeit auf die Vorbereitung der Limonade zu lenken und so bereitete sie gleich einen Krug voll für die ganze Familie vor. Nachdem sie ihm seinen Trinkbecher abgenommen hatte, spielte sie Lieder, deren Text sie kannte, um mitzusingen. Tamo schien ihr Singen zu gefallen. Sie lächelte ihn beim Singen an und er hielt ihre Hände fest. Amina hatte nicht gleich bemerkt, dass Doc nach Hause gekommen war. Erst als er im Zimmer stand, bemerkte sie ihn. Sofort hörte sie auf, lauthals zu singen, aber die Musik spielte immer noch auf etwas erhöhter Lautstärke weiter. Amina stellte die Musik leiser und begrüßte Doc. „Bitte sing doch weiter", forderte er sie auf, während er an die beiden herantrat und Tamo, dessen Kopf auf Aminas Schoß lag, begrüßte. Er beugte sich über seinen Sohn und Amina konnte wieder das Parfüm riechen, das ihr auf der langen Autofahrt schon so sehr gefallen hatte. Er hob Tamo auf und tanzte einige Schritte mit ihm zu Aminas Musik. Dann setzte er ihn aufs Sofa und ging ins Badezimmer.

Amina hörte, wie er die Wäsche aus der Waschmaschine in den Trockner füllte und die Maschine aufdrehte. „Willow hat mich gebeten, die Wäsche im Wohnzimmer aufzuhängen", sagte sie zu Doc, als er wieder aus dem Badezimmer zurückkam. Doc lachte: „Willow und ich, wir streiten uns eigentlich nie, aber über 2 Themen sind wir verschiedener Meinung. Die Behandlung der Wäsche nach dem Waschen ist eines davon. Willow hängt sie immer auf und ich stecke sie immer in den Trockner. Sie behauptet, die Wäsche rieche besser, wenn sie in der Sonne trocknet, ich finde, sie lässt sich viel leichter falten, wenn sie aus dem Trockner heraus ist und man muss sie nicht bügeln. Willow bügelt gern. Sie bügelt sogar die Unterhosen, ich hasse bügeln und mir gefällt es nicht, wenn sie beim Fernsehen bügelt; ich möchte lieber, dass sie beim Fernsehen neben mir auf dem Sofa liegt". „So ist das eben", fuhr er fort, „aber diese kleinen Differenzen sind ja kein Scheidungsgrund. Diesmal habe ich gewonnen und die Wäsche liegt im Trockner. Das nächste Mal gewinnt vielleicht wieder sie und der Trockenständer steht hier mitten im Wohnzimmer und nimmt den schönsten Fensterplatz ein". Amina schmunzelte, weil er sich offensichtlich über seinen Sieg freute und die Arme mit geballten Fäusten nach oben gestreckt hatte, wie ein Sieger.

Dann setzte er sich neben Tamo aufs Sofa und fragte sie nach ihrem Vortrag. Sie wollte gerne wissen, welches das 2. Thema ihrer ehelichen Auseinandersetzungen wäre, aber sie wagte nicht, neugierig danach zu fragen. „Ich bin gut vorangekommen", beantwortete sie Docs Frage. „Tamo war die meiste Zeit mit Mila unterwegs und ich konnte in Ruhe arbeiten. Sie erzählte ihm ein wenig über die Inhalte, die sie vortragen würde. Doc saß neben Tamo auf dem Sofa und hatte seinen Arm auf der Lehne des Möbels ausgestreckt, sodass seine Hand fast Aminas Nacken berührte. Er hörte ihr auch nicht aufmerksam zu und sie redete nur, damit keine Stille entstand und auch ein wenig, damit die Situation gleich bliebe, denn sie wollte weder, dass Doc seinen Arm zurückzog, noch wollte sie aufstehen, um diese intime Dreisamkeit zu stören.

Doc beugte sich vor und griff nach ihrem Handy, aus dem die Musik kam. „Darf ich"? fragte er. Er reichte ihr das Handy und sie gab ihren Passcode ein. Als er das Gerät wieder aus ihrer Hand in Empfang nahm, berührten sich ihre Hände kurz. Er hatte ihre Playlist mit romantischer Musik ausgesucht und legte das Telefon mit den Worten: "Etwas zum Relaxen" wieder auf den Tisch. Diese Playlist hatte Sascha für sie zusammengestellt. Sascha war ganz anders als Doc. Ihre Beziehung mit ihm hatte eine dynamische, wirkliche Gegenseitigkeit zur Grundlage gehabt. Sascha konnte sie bestärken und unterstützen, er ließ sich aber auch gerne unterstützen. Sie hatte immer das Gefühl gehabt, dass er sie brauchte. Er wusste, was es bedeutet, sich unsicher zu fühlen und genau deshalb verstand er es, Geborgenheit zu vermitteln. Sascha schien immer gegen Angst und Unsicherheit zu kämpfen und hatte dabei keine Angst, dass andere diesen Kampf als Schwäche begreifen könnten. Das Menschliche an diesem Kampf stand für ihn im Vordergrund. Sascha hatte etwas unübersehbar kindlich Anziehendes, das Amina angesprochen hatte.

Doc kannte keine Unsicherheit. Er wusste um seine Wirkung und lächelte sie etwas frech an. Seinen ausgestreckten Arm hatte er wieder auf die Lehne des

Sofas gelegt und so saß er, leicht gegen Tamo gelehnt, das Gesicht ihr zugewandt, relaxed da. Sie wollte nicht ganz so entspannt sitzen, denn wenn sie ihren Kopf gegen die Lehne gelehnt hätte, wäre er auf Docs Hand zu liegen gekommen. Diese Hand konnte sie fast spüren, ohne dass sie sie berührte. Doc genoss das Knistern in der Atmosphäre offensichtlich, während die Spannung für Amina schon fast ein bisschen zu viel war. „Soll ich dir ein Glas Limonade bringen, ich habe Limonade mit Pfefferminzblättern gemacht", fiel ihr plötzlich ein. Doc sah ihr unverschämt in die Augen und sie spürte, wie sie rot wurde. „Ja, gerne, sagte er nach nicht ganz so kurzem Überlegen. Sie war ohnehin schon aufgestanden und nickte ihm im Stehen aufmunternd zu. Sogar ein kokettes Lächeln war ihr geglückt. Der etwas größere Abstand hatte ihr wieder mehr Sicherheit gegeben. Sie ging zur Küche und schenkte die Limonade ein. „Willst du etwas mehr Zucker"? fragte sie. „Nein danke", antwortete er. „So wie du es magst, wird es auch für mich recht sein".

Gerade, als sie Doc das Limonadenglas in die Hand gegeben hatte, stürmte Sina zur Türe herein und wollte Doc umarmen, der noch immer auf dem Sofa saß. Sie umfasste seine Beine und Doc hob das Limonadenglas in die Höhe, um nichts zu verschütten. Mit der anderen Hand hob er sich Sina auf den Schoß. Ich will auch trinken, sagte sie und Doc reichte ihr das Glas, ohne es selbst loszulassen. „Ihr habt es ja gemütlich hier", sagte Willow, die hinter Sina die Wohnung betreten hatte. Sie ging zum Sofa, gab Doc einen Kuss und setzte sich neben Tamo auf den Platz, an dem Amina vorher gesessen hatte. Dann umarmte sie Tamo. Amina brachte Willow ein Glas mit Limonade und füllte Tamos Becher und Docs Glas auf. „Darf ich ein Familienfoto von meiner amerikanischen Lieblingsfamilie machen"? Ohne die Erlaubnis abzuwarten, machte sie gleich mehrere Fotos mit ihrem Handy und schickte sie an Docs und Willows Geräte. Die beiden freuten sich sehr über die schönen Bilder und schickten sie an ihre Eltern weiter. Auch Amina schickte eines der Fotos an ihre Familie zu Hause mit dem Text: „My Sunvalley Angels". Das Ehepaar erzählte sich kurz die Ereignisse des Tages und auch Amina wurde von Willow nach ihrem Tagesverlauf gefragt. Danach bereiteten Willow und Doc gemeinsam das Abendessen vor und Amina spielte mit Tamo und Sina.

Nach dem Abendessen läutete der Wäschetrockner. Tamo fuhr durch das Geräusch erschreckt zusammen. „Die Maschine ruft ihren Diener", sagte Willow lachend zu Doc, der auch gleich aufstand und die Wäsche aus dem Trockner holte. „Darf ich die Wäsche zum Ausrauchen auf dein Bett legen"? fragte er Amina. „Leg sie doch auf unser Bett und komm wieder Essen", meinte Willow. „Ich weiß, dass du mir aufgetragen hast, die Wäsche aufzuhängen, aber Doc ist mir zuvorgekommen und hat sie in den Trockner gesteckt", entschuldigte sich Amina bei Willow. „Ist schon O.K., ist doch ganz egal, wie die Wäsche trocknet", sagte Willow und half Tamo wieder beim Essen.

Es gab im Lauf ihres 4-wöchigen Aufenthaltes bei Willow und Doc noch viele solcher harmonischen Abende, an denen Amina mit den Beiden und ihren Kindern gemütlich beim Abendessen saß und ein friedliches Familienleben und daran anschließend schöne Gespräche, meist mit Willow, genoss. Durch Doc lernte sie spannende Serien kennen, die meist in Mexiko produziert wurden und Willow konnte aufgrund ihrer mexikanischen Mutter Insiderinformationen zu kulturellen Besonderheiten dieser Shows geben.

Es war noch einige Male zu elektrisierenden Nahkontakten mit Doc gekommen. Diese hatten sich meist in der Öffentlichkeit zugetragen. Doc schien es egal zu sein, ob seine Kolleginnen oder Schüler merkten, dass sie rot wurde, wenn er sie schmachtend ansah oder ein lustiges „ich liebe dich" als Dank für irgendeine Lappalie hervorstieß. Er hatte sogar einmal mit seinem Handrücken ihre Wange gestreichelt, als sie rot war. Er wurde nie rot und wenn, dann hätte man es unter seiner dunklen Haut nicht erkennen können, vermutete sie. Einmal war sie zu spät zu einem Vortrag in die Aula gekommen und hatte keinen Sitzplatz mehr gefunden. Doc, der am Rand saß, bedeutete ihr, sich auf seinen Schoß zu setzen. Sie deutete mit dem Zeigefinger „du Schlimmer, du" und setzte sich zu einigen Schülerinnen auf den Boden. Vor dem Einschlafen stellte sie sich Liebesszenen mit Doc vor und doch wusste sie, dass ihr Platz im Leben nie und nimmer an Docs Seite wäre. Willow war der großartigste Mensch, den sie bis jetzt in ihrem Leben kennengelernt hatte. Obwohl sie mehr als 20 Jahre jünger war als ihr Papa, den sie bis jetzt immer für den weisesten gehalten hatte, hatte Willow schon mehrere tiefe Einsichten mit Amina geteilt, die, wie Willow es ausgedrückt hatte, „Früchte des Leidens" waren. Gleich nachdem sie diesen Ausdruck gebracht hatte, hatte sie aber betont, dass sie nicht leide und dass man Leiden vermeiden solle. Willow war ungewöhnlich reif und ausgeglichen. Sie hatte viele Ideale, lebte jedoch im Frieden mit der Realität. Sie sah es als Aufgabe, menschlich zu werden, nicht vollkommen, und gerade das verlieh ihr etwas Engelhaftes. Sie war klarsichtig und korrigierte sich selbst humorvoll, wenn sie den Fehler machte, logisch zu denken. „Logisches Denken löst keine wirklichen Probleme", meinte sie. „das überlasse ich den Robotern". „Die wirklichen Probleme eines Menschen und der Menschheit lassen sich nur durch Liebe lösen". Wenn sie wirklich einmal entrüstet war, sagte sie: "Mein Ego verlangt nach Rache". Auf geheimnisvolle Weise flößte sie Respekt ein. In ihrer Anwesenheit verzichtete Doc auf seine Spielchen mit

Amina. Willow und Doc passten gut zusammen. Sie unterstützten sich gegenseitig. Willow war trotz ihres intelligenten Humors eine eher ernste Person, Doc wirkte ausgleichend, indem er ihr die spielerische Seite des Lebens nahebrachte. Er war stolz darauf, mit einer guten Frau verheiratet zu sein und sie genoss seine Beliebtheit in der Öffentlichkeit. Amina freute sich, den beiden öfter einen gemeinsamen Ausgabend bieten zu können. Sie hatte Spaß daran, sich mit Sina und Tamo zu beschäftigen.

Gemeinsam hatten sie mit ihrer Familie zu Hause geskypt und regelmäßig mit Gordy und Diego gesprochen. Diego ging es immer besser. Greg hatte Sally allerdings verboten, Diego zu besuchen. Amina hatte sich auch mit Angela und Sally in Verbindung gesetzt und ihnen von ihren Abenteuern berichtet. Sie wollte die beiden überreden, Lehrerinnen zu werden, aber für beide kam dieser Beruf nicht in Frage. Sie wollten Ärztin und Rechtsanwältin werden und einen respektablen Mann aus ihrer Gemeinde heiraten, wenn ihnen nicht bald ein reicher Firmensohn über den Weg liefe.

Aminas Vortrag in der Schule war ein großer Erfolg gewesen. Doc und seine Kolleginnen gratulierten ihr und bestätigten, dass sie daraus für ihr Leben etwas mitgenommen hätten. Sie hatte sich viele Notizen gemacht über das, was sie in der Sunvalley Schule beobachtet hatte. Die Schule war ein Biotop verschiedenster Lehrerpersönlichkeiten. Manche hatten eine Ausbildung für ihren Beruf genossen, andere fühlten sich einfach berufen, die Jugend zu erziehen, aber durch die bessere Bezahlung und den Konsens, dass Schule eine wichtige Errungenschaft der Zivilisation sei, gab es dort keine Psychopathen wie in Glendale, die sich den Nihilismus und die Depressionen durch den Umgang mit Kindern vertreiben wollten. Genau wie in Österreich gab es einen Schulvorstand, der über die Lehrer wachte und ungeeigneten Kandidatinnen eine alternative Karriere vorschlug. Dennoch war man sich hier nicht der großen Bedeutung des Lehrberufs für die positive Entwicklung der Gesellschaft bewusst. Da überall in den USA Geld immer noch mehr Prestige genoss als die dem Leben innewohnenden Werte wie zum Beispiel Menschenfreundlichkeit und Teamfähigkeit zu leben, wurden Lehrer hier weniger geachtet als beispielsweise Anwältinnen, Ärzte oder Lobbyistinnen. Politiker, die die Interessen der staatlichen Gemeinschaft vertraten, gab es hier ja nicht mehr, da man den großen Firmen alle Staatsgeschäfte anvertraut hatte. Die Schnittmenge der finanziellen Firmeninteressen mit den finanziellen Interessen der Bevölkerung war das, was man hier unter Politik verstand. Zum Glück sahen es die Firmen als in ihrem Interesse an, wenn die Bevölkerung Lesen und Schreiben lernte und fähig war, sich über Konsumgüter und Dienstleistungen zu informieren und durch Bildung an der

Entwicklung der Wirtschaft zu arbeiten. Für die Entwicklung der Gemeinschaft durch persönliches Wachstum und die Suche nach Glück interessierten sich hier nur die Kirchen. Der Staat im amerikanischen Sinne war für wirtschaftliches Wachstum verantwortlich.

Freilich war die Vormachtstellung der USA auf wirtschaftlichem Gebiet im Laufe der letzten beiden Jahrzehnte verloren gegangen, obwohl dort dem Thema Wirtschaft immer der Vorrang eingeräumt worden war. Aber nachdem die USA internationale vertragliche Vereinbarungen im vermeintlichen Eigeninteresse mit Füßen getreten hatte, war das Vertrauen verlorengegangen, das man seit dem 2. Weltkrieg in die Wirtschaft der USA gesetzt hatte, und Vertrauen ist ja bekanntlich die wichtigste Währung. Außerdem hatten sich andere Gesellschaften ebenfalls wirtschaftlich entwickelt und verfolgten ihre eigenen Interessen und das oft mit mehr Erfolg, da man zu beiderseitigem Vorteil auf Kooperation setzte.

Österreich hatte zum Beispiel viele Verbindungen zu den früheren jugoslawischen Staaten, da vor der Jahrtausendwende mehrere Flüchtlinge aus diesen Gebieten eingewandert waren, die von Österreich aus nach dem Krieg zum wirtschaftlichen Aufschwung ihres Herkunftslandes beitrugen. Dasselbe konnte man von Deutschland und der Türkei sagen. Frankreich hatte gute Verbindungen zu den Nordafrikanischen Staaten. Mehrere europäische Länder hatten sich in der Zusammenarbeit mit Ostafrikanischen Staaten von Äthiopien bis Tansania hin engagiert. Der technische Fortschritt hatte durch die verbesserten Medien der Kommunikation und die ökologische Energiegewinnung die soziale Entwicklung unterstützt. Die hohe Produktivität, die die Technik gebracht hatte, wurde in Europa und großen Teilen Afrikas in die soziale Entwicklung gesteckt. Viele soziale Ehrenämter waren im Lauf der Zeit zu Berufen geworden, deren anständige Bezahlung die Wirtschaft ankurbelte. All diese Überlegungen hatte sich Amina entweder als Tonprotokolle oder in ihrem Büchlein notiert, um daraus einen sozialwissenschaftlichen Vortrag für ihre Kolleginnen zu gestalten.

Die große Stadt beeindruckte sie ebenfalls sehr. Sie hatte zwar nur einmal den Stadtteil Sunvalley verlassen, konnte dabei aber feststellen, dass die anderen Stadtteile ähnlich funktionierten. Nur die Firmenlogos auf den Schulen und Kirchen waren andere. Das billigste Fast Food waren Pizzas und Burgers, aber anders als in Glendale gab es hier sehr viel gesundes asiatisches und mexikanisches Essen. Die Restaurants waren streetfoodartig organisiert, aber überall gab es aufgrund des vielen Sonnenscheins Tische in einem hellen Raum und auf der Straße.

Amina setzte sich oft in eines der sympathischen Restaurants, die ihr Doc und seine Kolleginnen nach der Arbeit gezeigt hatten. Sie ging nicht jeden Tag zur Schule und hatte sich nicht ins Unterrichtsgeschehen eingemischt. Sie hospitierte und gab den Kollegen in Suvalley Feedback. Freilich bestätigte Doc ihren Verdacht, dass sich nur die guten Kolleginnen eine Evaluation von ihr wünschten.

Als sie eines Vormittags in einem dieser Restaurants mit einer vor ihr ausgebreiteten Zeitschrift am Tisch saß, wandte sich ihr Tischnachbar an sie: „Für ihn arbeite ich". Dabei zeigte er auf ein Bild Herzogs in der Zeitschrift. Amina sah genauer hin. Es handelte sich tatsächlich um den Herzog, den Amina mit Sally und Angela in Washington bei der Parade gesehen hatte. „Wirklich"? gab Amina erstaunt zurück. „Ja, ich bin einer seiner Bodyguards", fuhr er fort und lobte die Großzügigkeit und Freundlichkeit seines Chefs. Amina erzählte ihm von ihrer „Begegnung" mit Herzog und davon, was Sally und Angela über ihn gesagt hatten. „Ich weiß, seine Mutter kümmert sich um sein Image als Herzensbrecher. Herzog lebt aber sehr privat und hat zwei kleine Töchter, mit denen er sehr liebevoll umgeht.

Der Bodyguard stellte sich Amina vor: „Ich bin Alex". Er reichte ihr die Hand und sie sagte ihm ebenfalls ihren Namen. „Woher kommst du? Ich kann einen leichten Akzent in deinem Englisch erkennen". Führte er das Gespräch weiter. „Österreich", sagte sie nur. „Und was führt dich über den Pazifik? fragte er neugierig. Amina erzählte ihm, dass sie Sozialwissenschaftslehrerin wäre und dass sie ein Jahr in den USA verbrachte, um das US-amerikanische Schulwesen zu studieren. „Lehrerin bist du also", hatte Alex interessiert aufgenommen. „Du wirst es nicht glauben, aber Herzog sucht eine Privatlehrerin für seine Töchter". Er gab ihr seine Visitenkarte. „Ruf mich an, wenn du an der Stelle interessiert bist. Ich bin sicher, die Gage ist besser als die dort in Australien in einer öffentlichen Schule". Amina steckte die Visitenkarte ein. „Danke für das sofortige Vertrauen, das du mir entgegenbringst", sagte sie. „Einige Details würden mich aber schon noch interessieren bevor ich hier an diesem Tisch ein Arbeitsangebot annehme".

Alex machte einen vertrauenswürdigen Eindruck. Er hatte schwarze, zurückgegelte Haare und dunkelbraune Augen. Er saß breitbeinig auf seinem Stuhl und hielt seine Sodaflasche mit beiden Händen fest. Eine moderne Sonnenbrille steckte in seinem Hemdausschnitt. Als seine Nummer aufgerufen wurde, holte er sich seine Bestellung ab. Galant bot er ihr eines seiner Tacos an. „Probier bitte" forderte er sie auf. „Hier machen sie die besten Tacos. Fast so gut wie die meiner Großmutter in Mexico". Amina hatte schon gegessen, aber sie wollte Alex nicht vertreiben, denn wenn sein

Angebot seriös war, könnte sie einige Monate hindurch vielleicht sogar Geld verdienen. „Warum haben die Mädchen denn keinen Hauslehrer, wenn die Stelle so gut bezahlt ist, wie du sagst"? Fragte sie ihn. „Der, den sie hatten, hat den Löffel abgegeben", gab Alex derb zur Antwort. „Der Job ist also nicht ganz ungefährlich, oder wie"? „Keine Sorge, es lag nicht am Job, dass er gestorben ist", beruhigte Alex sie. „Er war schon ein älterer Herr und hatte einen Herzinfarkt. So genau weiß ich es auch nicht. Eines Tages nach dem Essen hat er sich hingelegt und ist nicht mehr aufgestanden". Alex erzählte ihr, sie würde ein eigenes Zimmer haben und mit Billionären essen. „Da kannst du dann mit Herzog ein Selfie machen und es deinen Freundinnen schicken", meinte er lachend. „Du hast mich so weit: Ich überleg`s mir", gab Amina fröhlich zurück. Alex wollte sie noch auf mehr Tacos einladen, aber Amina war schon satt. Sie packte ihre Zeitschrift ein. Beim Verlassen des Restaurants winkte sie Alex zum Abschied zu. Er nickte freundlich zurück.

Kapitel 11

Alter ist irrelevant, es sei denn, du bist eine Flasche Wein (Joan Collins)

Amina wollte auf jeden Fall mit Willow und Doc über dieses Angebot sprechen. Es würde ihr das Herz brechen, die Familie zu verlassen, aber sie konnte nicht ewig in Sunvalley bleiben. Sie war etwas aufgeregt, als sie durch die Wohnungstüre kam und Sina in ihre Arme sprang. „Hallo, ihr Lieben"! grüßte sie und machte sich daran, beim Tisch decken zu helfen. Sina wollte sich nicht abstellen lassen und so deckte sie den Tisch mit einer Hand, Sina auf dem anderen Arm tragend. Amina wollte nicht über das Jobangebot sprechen, während die Kinder noch am Tisch saßen, daher brachte sie das Thema auf, als Doc die Serie einschalten wollte, von der sie in der letzten Woche schon einige Episoden gesehen hatten. „Du willst uns also verlassen", sagte Doc und sie meinte ihm ansehen zu können, dass ihn das wirklich traf. Willow ging zu ihr und umarmte sie. Dann setzten Willow und sie sich auf das Sofa. Für Doc blieb das Fauteuil. „Erzähl´ uns doch bitte Genaueres", rettete Willow die Situation. Amina berichtete von ihrer Begegnung mit Alex und von Herzog, der für seine Kinder eine Hauslehrerin suchte. Davon, dass ihr eventueller Vorgänger „den Löffel abgegeben hatte", erzählte sie nichts.

Doc war dagegen, das Angebot anzunehmen. Willow war dafür. „Natürlich sind wir traurig, wenn du uns verlässt, aber wir sehen ein, dass du hier möglichst viel Neues erfahren willst. Diese Mädchen zu unterrichten liegt in deinem Betätigungsfeld. Sie gehen zwar nicht zur Schule, aber du könntest gerade an ihnen studieren, welchen Einfluss das soziale Umfeld Schule auf Kinder hat". Willow hatte das ausgedrückt, was Amina auch gedacht hatte. Ihre Reaktion auf Aminas Ankündigung war rational. Doc reagierte hingegen sehr emotional: „Du kannst doch nicht einfach blind diesem Wachhundtypen vertrauen. Wer weiß, wo der dich hinbringt. Die Umgebung, in der dieser Herzog lebt, ist nichts für anständige Bürger. Diesen Mc Pill Leuten kann man nicht vertrauen. Das hast du schon in Glendale erlebt". Doc hatte jedoch nicht nur Aminas Wohlergehen im Sinn. Er hatte sich schon daran gewöhnt, von Amina geliebt zu werden und war nicht bereit, auf dieses gute Gefühl zu verzichten: „Fehlt dir hier irgendetwas"? fragte er sie „oder stellst du dein Schicksal in Frage? Schließlich habe ich dich auf der Straße aufgelesen und ich finde, wir hier gehören zusammen". „Ja, eure Wege haben sich gekreuzt und ich bin sicher, dass Amina die Freundschaft mit uns genauso als ein Geschenk des Himmels empfindet, wie wir die Freundschaft zu ihr, aber nun kreuzte eben dieser Alex ihren Weg und ich fände es nicht richtig, wenn wir ihr Misstrauen einredeten, nur weil wir diesen Alex nicht kennen. Schließlich ist Amina auch zu dir ins Auto gestiegen, ohne dich zu kennen". „Das war doch ganz was anderes", verteidigte Doc seinen Standpunkt. „Damals ging es für sie darum, in der Wüste zu verdursten, oder sich mir anzuvertrauen. Jetzt hat sie die Wahl zwischen uns und den Mc Pills und wir haben uns doch schon als vertrauenswürdig erwiesen, meint ihr nicht"? Doc weinte fast und Amina wollte zu ihm hingehen, ihn umarmen und ihm sagen, dass sie ihn nie verlassen wollte, aber zum Glück übernahm Willow die Situation.

Sie ging zu ihrem Mann, setzte sich auf seinen Schoß und sagte ihm. „Du bist der beste, ich bin so froh, dich getroffen zu haben". Willows körperliche Nähe beruhigte Doc ein wenig und Amina drückte ihm gegenüber ebenfalls aus, wie dankbar sie sei, Doc getroffen zu haben: „Du weißt doch, wie sehr ich euch liebe. Nie in meinem Leben werde ich diese lange Autofahrt mit dir vergessen. Du und deine Familie ihr seid für mich das allerschönste, was Amerika für mich je zu bieten haben wird. Die Aufnahme in eure Familie und das Teilnehmen an eurem Sozialleben ist ein Geschenk, das in allen meinen Berichten über diese Studienreise das absolute Highlight ausmachen werden. Hier mit euch habe ich Erkenntnisse gewonnen, die mein Leben berührt haben". Willow saß noch immer auf Docs Schoß. Amina nahm ihre Hand. Willow drückte Amina an sich und auch Doc zog Amina, die auf dem Sofa saß, näher an die beiden heran. Der „group hug" fiel etwas ungeschickt aus, aber alle schienen die Nähe der anderen zu genießen. Als sie sich wieder aufrichteten, hatten alle 3 Tränen in den Augen. „Es wird sich wie immer alles gut ergeben", sagte Willow dann.

Mit dieser optimistischen Bemerkung hatte sie die Melancholie, die sich breitmachen wollte, vertrieben. „Abschied ist immer schwer", fügte sie dann noch hinzu, als ob es schon ausgemacht wäre, dass Amina die Familie verlassen würde. Keine der 3 hatte noch Lust, sich die Fernsehserie anzusehen. Sie umarmten sich nochmals stehend, dann machten sie sich zum Schlafen fertig. Amina las im Bett auf dem Smartphone das Gedicht „Stufen" von Hesse, das ihr ihre Kollegin Ella beim Abschied am Schulschluss mitgegeben hatte: „Es muss das Herz bei jedem Lebensrufe, bereit zum Abschied sein und Neubeginne", hieß es darin so schön, „Und jedem Anfang wohnt ein Zauber inne, der uns beschützt, und der uns hilft, zu leben". Sie las das Gedicht mehrmals, es beruhigte sie, obwohl ihr dabei die Tränen übers Gesicht liefen. Sie wollte laut schluchzen, aber Sina schlief neben ihr und Amina wollte sie nicht wecken. „Wohlan denn Herz, nimm Abschied und gesunde".

Am nächsten Tag begleitete sie Doc wieder zur Schule. Er sah, dass sie geweint hatte und auch seine Augen waren etwas rot. Sie war immer noch verliebt in ihn, aber der freudige Schmerz, den ihr seine Anwesenheit immer bereitet hatte, hatte sich verändert. Doc flirtete an diesem Tag nicht mit ihr, gab ihr aber Zeichen, dass er nicht böse war, dass sie ihn bald verlassen würde. Im Lehrerzimmer kündigte er an, dass Amina ein Lehrangebot bei Mc Pill bekommen habe. „Zahlen die mehr als Mediafriends"? erkundigte sich eine Kollegin. Amina war froh, dass sich die Konversation auf solch praktische Überlegungen beschränkte, denn ihr emotionales Kostüm war an diesem Tag sehr dünn.

Am Nachmittag rief sie Alex an, um ihm zu sagen, dass sie das Angebot, als Hauslehrerin bei seinem Chef zu arbeiten, annehmen würde, falls es noch stand. Sie könne sich aber für höchstens 2 bis 3 Monate verpflichten, denn ihr Aufenthalt in den USA wäre nur temporär. „Alles klar", meinte Alex. Er wollte sie am nächsten Tag abholen.

Von Doc verabschiedete sich Amina bevor er zur Arbeit ging. Sie umarmten sich lange und intensiv. Amina spürte den Druck seiner Arme um ihren Körper noch lange, nachdem er gegangen war. Sie brachte Sina in den Kindergarten und schenkte ihr einen kleinen Stoffelefanten. Auch Tamo hielt sie lange in ihrem Schoß umarmt, bis er von Mila abgeholt wurde. Als Alex kam, war nur noch Willow im Haus. Beide sahen zufällig auf die Straße hinunter als Alex in einem großen schwarzen SUV mit verdunkelten Scheiben vorfuhr. In dem dunklen, kurzärmeligen enganliegenden T-Shirt sah er sehr sportlich aus. Die dunkle Hose und die Schnürstiefel waren wahrscheinlich ebenfalls Teil seiner Uniform. Willow und Amina drehten sich beide etwas eingeschüchtert vom Fenster weg. „Wird schon gutgehen", meinte Willow und umarmte Amina. „Du weißt, ja, dass du jederzeit zu uns zurückkommen kannst". „Danke für alles", mehr konnte Amina nicht sagen, als sie die Umarmung löste. Ihr standen die Tränen in den Augen. Alex läutete schon an der Wohnungstür. Er grüßte höflich und nahm Amina die Reisetasche ab. „Ist das alles, was wir mitnehmen müssen"? fragte er. Amina bejahte und drehte sich nochmals zu Willow um, um sie zu umarmen. „Mach`s gut", rief ihr Willow noch nach. Amina winkte vor dem Einsteigen in den SUV noch einmal zum Fenster hinauf. Sie war sicher, dass Willow sie sehen würde.

Alex hielt ihr die hintere Wagentür auf und wartete, dass sie einstieg. „Darf ich nicht vorne sitzen"? fragte Amina, nachdem sie gesehen hatte, dass niemand sonst im Auto war. „Aber sicher"! Alex öffnete die Beifahrertür und nachdem er sie geschlossen hatte, ging er zum Fahrersitz und startete den Motor. Das Auto war modern und man konnte durch die getönten Scheiben am Dach den Himmel sehen. Amina wollte die Fenster öffnen. „Die Fenster lassen sich in diesem Wagen nicht so ohne weiteres öffnen", erklärte Alex, als er sah, dass Amina den Schalter suchte. „Hier kann man aber die Klimaanlage einstellen", zeigte er ihr das Display, das die Bedienung des Autos regelte. „Ist es weit bis zu unserem Ziel"? fragte Amina. „Ungefähr 2 Stunden, wegen des Verkehrs", gab Alex zurück. Einerseits war sie froh, dass das Ziel nicht in von Sunvalley, Willow und Doc unerreichbarer Ferne lag, andererseits hätte sie vielleicht die Möglichkeit gehabt, mit Alex auf einer längeren Autofahrt Freundschaft zu schließen.

Er gefiel ihr, aber Alex hatte längst nicht die selbstsichere Art, die ihr an Doc so gefallen hatte. Er hatte etwas Kindliches an sich, dachte sie und war froh darüber, denn so hatte sie wenigstens keine Angst vor ihm, wenn sie sich schon durch das gepanzerte Auto eingeschüchtert fühlte. „Erzähl mir ein bisschen etwas über mein neues Leben", forderte Amina ihn auf. Er zeigte auf den Button in seinem Ohr und sagte dann: „es wird dir in Santa Margarita gefallen. Unsere Bosse sind echt nett, das Essen ist gut und die Bezahlung alle 2 Wochen ist auf jeden Fall einen engagierten Einsatz wert". „Freut mich, das zu hören", reagierte Amina. Sie hätte gerne noch mehr gefragt, aber Alex hatte ihr deutlich seinen Button im Ohr gezeigt. Das sollte wohl heißen, dass sie nicht wirklich allein waren. Hoffentlich handelte es sich nur um eine Sicherheitsmaßnahme und nicht um totale Kontrolle. „Du bist also aus Australien"? fragte Alex. „Ja", antwortete sie nur. Sie wollte die Zuhörer in Alexes Ohr im Dunkeln lassen. Wenn jemand Genaueres über sie wissen wollte, konnte man ja fragen. „Hast du ein Arbeitsvisum"? „Nein", antwortete sie erschrocken. „Nur ein Studentenvisum". „Ist schon gut", meinte Alex, „ich habe auch keins. Die Chefin hält nichts von staatlicher Einmischung. Sie engagiert Leute, die ihr gefallen, ohne sich um deren Migrationsstatus zu kümmern. Dafür entlässt sie ihre Mitarbeiter auch ohne Erklärung, wenn sie ihr nicht gefallen. „Kranken- oder Unfallversicherung gibt es bei euch keine", erkundigte sich Amina. „Nein, aber die Chefin zahlt, falls nötig, eine Erstbehandlung. Wenn ich wirklich was Ernstes hätte, würde ich ohnehin nach Mexico ins Spital gehen, wo ich versichert bin und meine Familie lebt". „Schmerztabletten, Vitamine, Stardust und Sonstiges stehen im ganzen Haus zur freien Entnahme bereit", setzte er fort. „Schließlich ist unsere Arbeitgeberin die Chefin des größten Drogenkonzerns des Landes".

Sie fuhren Richtung Südosten durch die Stadt. Beim Verlassen des Stadtgebietes erinnerte sich Amina an die Fahrt mit Doc vor etwas mehr als einem Monat. Sie sah wieder die gleiche Landschaft, bedeckt mit Solarplatten und vielen nicht besonders schönen Gebäuden dazwischen. Als sie sich Santa Margarita näherten, bekam die Natur wieder mehr Raum. Stolze Kakteen und staubige Büsche standen in diesem trockenen Gebiet, auf das die Sonne fast jeden Tag herabschien. Aus der Ferne sah man einen steinernen Torbogen, der allein in der Landschaft zu stehen schien. Beim Näherkommen, sah Amina, dass er links und rechts aus 2 Wachhäuschen bestand. Der Bogen, der die beiden kleinen Gebäude verband, trug die Inschrift „Santa Margarita" mit dem Logo von Mc Pill, das Amina schon aus Glendale kannte. Ein hoher Zaun, der oben mit Stacheldraht abschloss und teilweise von Bugambilien überwuchert war, dehnte sich nach beiden Seiten ins Unendliche aus, wie es Amina schien. Alex hielt vor dem geschlossenen Tor. Zwei bewaffnete Wachleute, die die gleiche Uniform trugen wie Alex, kamen ans Fahrzeug. Alex ließ die Fenster zu beiden Seiten des Wagens herunter und der Wachmann, der zu Aminas Fenster hereinsah, begrüßte sie militärisch. Sie nickte mit dem Kopf und lächelte etwas nervös. Alex begrüßte seine Kollegen kameradschaftlich. Das automatische Tor öffnete sich und Alex fuhr in den Compound, der aus mehreren Gebäuden bestand.

Wie in einem geplanten Dorf standen mehrere Einfamilienhäuser in halbmondförmigen Reihen um ein großes Gebäude herum, das man als Schloss im Stil einer Hacienda hätte bezeichnen können. Der Stil, in dem die Anlage errichtet war, passte zu der Umgebung. Die Fassaden der Häuser waren in verschiedenen Farben gestrichen. Bugambilien in allen Farben und heimische Wüstenpflanzen wuchsen vor den Häusern. Amina sah einen Gärtner, der an einem der Beete arbeitete. In die Dächer der Häuser, die mit gewellten Tonziegeln gedeckt waren, waren Sonnenkollektoren eingelassen. Ein riesiger Wassertank stach in der Ferne vom Horizont ab. Dieser markierte wohl auch die Grenze der Anlage. Die Straßen zwischen den Gebäuden waren mit schönen Natursteinen gepflastert. Es war eine Musterstadt, wie man sie sich in der Renaissance vorgestellt hatte, nur in einem anderen Stil, dachte Amina. Alex lenkte den Wagen von rechts auf die Zufahrtsstraße des „Schlosses" und blieb unter dem Vordach des Hauptgebäudes stehen. Er war aus dem Wagen gesprungen und Amina wollte ebenfalls aussteigen, ihre Türe ließ sich jedoch nicht öffnen. Alex öffnete ihr die Wagentür von außen. „Hier trennen sich unsere Wege", sagte er ihr, „ich arbeite vorne in der Security, falls du mich mal besuchen willst". Er übergab ihre Reisetasche einem alten Herrn, die sie in Empfang nahm und ihr bedeutete, durch die große, offene Flügeltür das Gebäude zu betreten. Amina drehte sich nach Alex um, der schon wieder im Auto saß. Sie winkte ihm kurz zum Abschied. Er lenkte den Wagen über die linke Rampe vom Gebäude weg und konnte sie wahrscheinlich nicht sehen.

Das Innere des Gebäudes war sehr geschmackvoll im eingerichtet. Der Eingangstür, durch die sie hereingekommen war, gegenüber gelegen, führte eine Glastüre, die vermutlich wegen der angenehmen Temperatur draußen, offenstand, in einen Hof, der von Gebäuden umgeben war. Die Architektur erinnerte Amina an alte Klöster, die sie in Österreich besucht hatte. „Ich zeige dir dann mal dein Zimmer", sagte der Butler, der sich ihr als Oscar vorgestellt hatte, und ging ihr voran in den linken Flügel des Gebäudes. Bald öffnete er eine der Türen. „Bitte sehr", Er bedeutete ihr, einzutreten. Ihr Zimmer war eher eine sehr schöne Wohnung, die sich über 2 Ebenen erstreckte. Unten gab es ein Wohnzimmer mit einem schönen Teppich auf dunklem Parkettboden und einem gemütlichen Sofa mit 2 Fauteuils und einem großen Fernseher. Neben dem Eingang wartete ein Buchregal darauf eingeräumt zu werden, ein hübscher Sekretär mit einem schönen Sessel davor und eine Kochnische mit bunten Kacheln und einem quadratischen Esstisch aus Holz gehörten ebenfalls zur Einrichtung der unteren Ebene. 3 Fenster mit schönen Vorhängen, die an einer Stange von der Mitte herabhingen und neben den Fensterbrettern zusammengefasst waren, öffneten die Aussicht in den schönen Hof, der mit Pflanzen bewachsen und mit Bänken ausgestattet war. „Mach es dir gemütlich", sagte Oskar zu ihr. „Ich hole dich in einer Stunde zum Mittagessen ab". Amina bedankte sich, dann ging sie nach oben, um das Schlafzimmer auszukundschaften.

Die Stiege führte gleich links neben der Eingangstür in den oberen Stock. Das Schlafzimmer hatte keine eigene Türe und war nur durch ein Geländer vom unteren Stock getrennt. Als sie oben ankam, fiel ihr Blick rechts auf ein großes, gemütliches Bett mit einer bunten Bettdecke und Polstern mit Mustern im präkolumbianischen Stil. Zwei Nachtkästchen, eine Sitzbank ohne Lehne vor dem Bett und eine Topfpflanze waren sonst die einzigen Einrichtungsgegenstände. Die 2 Schlafzimmerfenster waren parallel über den Wohnzimmerfenstern angeordnet. Eine Tür führte in einen großen, begehbaren Schrank und eine zweite in ein Badezimmer mit Fenster zum Hof. Von dieser Ebene aus führte eine diskrete Tapetentür neben dem Bett durch eine Tür in den oberen Gang. Es waren sicher 80-90 Quadratmeter, die ihr hier zur Verfügung standen und sie war glücklich, in einer so ansprechenden Umgebung wohnen zu dürfen. Während der Anfahrt hatte sie sich ein wenig eingesperrt und kontrolliert gefühlt. Dieses Gefühl war zwar noch nicht ganz verschwunden, aber diese schöne Wohnung war auf jeden Fall ein Erlebnis. Hier würde sie es sicher 2 Monate aushalten, selbst wenn sie die Wohnanlage vielleicht nicht verlassen konnte. Sie suchte auf ihrem Handy nach einer Internetverbindung. Nicht einmal ein Passwort war nötig, um sich einzuloggen. Allerdings war der Netzservice nicht international, wie sie sogleich enttäuscht feststellte. Das Angebot erinnerte sie sehr an Quarantine City.

Die wenigen Kleidungsstücke, die sie mitgebracht hatte und ihre Reisetasche wirkten in dem begehbaren Schrank etwas verloren. Sie wusch sich in ihrem Badezimmer die Hände und legte sich dann aufs Bett. Ihr Blick fiel auf eine Milchglas Fläche, die zwischen den Türen des Bades und des begehbaren Kleiderschrankes eingebaut war. Sie betätigte die Fernbedienung, die sie im Nachttisch gefunden hatte und die Projektionsfläche klappte sich heraus. Direkt von ihrem Bett aus, konnte sie an der gegenüberliegenden Wand visuelle Medien in 3D konsumieren. Sie verband ihr Handy durch Bluetooth und sah sich einige Fotos an, die sie gemacht hatte. Willow und Doc mit Sina und Tamo sahen von der riesigen Projektionsfläche auf sie herab, Fotos von Docs und Willows Eltern, Kirchenbesucher aus Sunvalley, die Schulkinder, einsame Tankstellen vom Trip mit Doc, der Ausflug mit Sams Klasse, das Haus, das Greg und Martin flach gemacht hatten, Angela und Sally, sogar Herzog bei der Feier in Washington waren zu sehen. Dazwischen immer wieder ihre Familie und Freunde aus Österreich, die ihr ab und zu Bilder geschickt hatten. Die vielen schönen Erinnerungen machten sie ein wenig sentimental. Als sie dann durch die Kanäle surfen wollte, klopfte es unten an der Tür.

Oskar holte sie zum Essen ab. „Gefällt es dir hier"? fragte er sie. „Wirklich sehr gut", antwortete sie und er gab ein freundliches small Talk „freut mich" zurück. Amina folgte Oskar durch die große Eingangshalle in den rechten Flügel des Hauses, gleich durch die erste Tür in einen Speisesaal, in dem an einem großen Tisch für nur 6 Personen gedeckt war. Oskar wies sie an, sich zu setzen. Er selbst setzte sich ebenfalls an den Tisch. Vor ihnen standen Suppenteller mit gebratenen Tortillastreifen, Chips, Avocados, Käse und frischem Koriander halb aufgefüllt. Ein Hausmädchen brachte eine große Suppenschüssel herein und stellte sie auf eine Wärmeplatte am Tisch. Amina grüßte sie und Oskar bedankte sich. Dann servierte er Amina und sich selbst heiße Suppe. „Tortillasuppe", kommentierte er. „Möchtest du die Suppe mit etwas Chipotle würzen"? Er reichte ihr die rote Sauce, die in einem kleinen Schüsselchen vor ihm stand. „Danke", Amina winkte ab. Oskar würzte seine Suppe mit dem Chipotle, dann wünschte er ihr guten Appetit. Die beiden begannen zu essen. Die Suppe schmeckte vorzüglich. Amina hatte schon lange nicht mehr eine so sorgfältig gekochte Suppe gegessen. Auch der zweite Gang, den das Hausmädchen brachte, ohne die Suppenschüssel vorher abzuservieren, begeisterte Amina. „Gefüllte Poblano-Chiles mit einer Nuss-Rahmsauce garniert mit Granatäpfeln und Reis", beschrieb Oskar ihr die Speise. "Hier werde ich verwöhnt", sagte Amina zu Oskar. „Schmeckt es dir, ja"? fragte er sie. Ohne eine Antwort abzuwarten lobte er die Köchin, Leticia, die seine Chefin aus einem Hauben Restaurant über der Grenze in Mexico abgeworben hatte. Die Nachspeise, „Flan mit Karamellsauce", wie Oscar wieder kommentierte, schmeckte ebenfalls sehr gut, allerdings war Amina als Österreicherin auf dem Gebiet der Desserts sehr verwöhnt und die Nachspeisen, die sie von zu Hause kannte, konnten es mit diesem Flan allemal aufnehmen. „Mit einem Schuss Rum könnte dieser Flan noch besser schmecken". Natürlich würde sie diesen Gedanken nicht mit Oskar teilen.

Auf dem Gang wurden Stimmen hörbar. „Du wirst jetzt deine Chefs und deine Schützlinge kennenlernen", bereitete Oscar sie vor. 2 ungefähr 7 oder 8-jährige Mädchen kamen ins Speisezimmer gelaufen. Amina sah von ihrem Teller auf und lächelte den beiden zu. Als sie Herzog und eine Frau hereinkommen sah, erhob sie sich. Die Mädchen hatten sich schon zu ihr gestellt und sie gefragt: "Du bist Amina, stimmt´s". Sie antwortete nicht, da sie beschäftigt war, Herzog und der Frau die Hand zu geben und sich ihnen vorzustellen. Oscar hatte den Tisch verlassen und sie wollte ebenfalls gehen, aber Yvonne, wie sich die Frau vorgestellt hatte, bedeutete ihr, sich wieder hinzusetzen. Leticia war hereingekommen und hatte Oscars Teller abgeräumt und Amina eine Tasse Kaffee mit ein paar Keksen hingestellt.

Die beiden Mädchen, Lisa und Evy, die links und rechts von ihr Platz genommen hatten, wetteiferten um ihre Aufmerksamkeit. „Spielst du danach mit uns? Bist du verheiratet oder hast du einen Freund? Dürfen wir bei dir während des Unterrichts aufs Klo gehen? Magst du Haustiere? Gibst du strenge Noten? Amina beantwortete die Fragen der Mädchen, während Leticia die Suppe, die noch immer auf der Wärmeplatte stand, verteilte. Herzog und Yvonne hatten schon mit dem Essen begonnen. Manchmal forderte einer der beiden die Mädchen auf, weniger zu sprechen und sich mit ihrer Mahlzeit zu beschäftigen.

Als die Mädchen dann ruhiger geworden waren, waren es immer öfter Herzog oder Yvonne, die Amina Fragen stellten und ihre Ansichten über Unterricht mitteilten. „Ich bin für Strenge, Leistung und Disziplin", hatte Yvonne klargemacht. „Ach, Mum, dränge doch nicht jedem sofort deine altmodischen Ansichten auf. Amina macht mir den Eindruck, dass sie schon mit Evy und Lisa zurechtkommen wird". Dieser Herzog, von dem sie damals in Washington gedacht hatte, er wäre ein Playboy, machte einen sympathischen Eindruck. Yvonne war diejenige, die in dieser Familie das Heft in der Hand hatte. Amina hatte bezüglich ihrer Unterrichtsmethoden erklärt, dass sie der Meinung sei, man müsse als Lehrerin aus jedem Schüler immer

143

das Beste herauszuholen versuchen, ihre Ausbildung sei solide und das in sie gesetzte Vertrauen ehre sie sehr. Herzogs unterstützte Aminas Ansichten. Yvonne schätzte es nicht, wenn man ihr widersprach und Herzog lenkte immer ein und gab ihr am Ende recht. Er war ein Typ, der Frieden um jeden Preis wollte, er ordnete sich Yvonne unter, das merkte Amina sofort. Als die Mädchen mit dem Essen fertig waren, verabschiedeten sie sich vom Tisch und verließen das Speisezimmer. "Sag nicht immer Mum zu mir, du weißt, ich hasse das". Amina fand es ebenfalls komisch, wenn Männer von ihren Frauen als „die Mama" sprachen. Sie kannte das nur von älteren Leuten, aber Yvonne und Herzog waren vielleicht Mitte 30. „Du bist meine Mutter und ich habe das Recht, dich Mum zu nennen", sagte Herzog leise, aber bestimmt. Amina, die den beiden gegenübersaß, sah fragend zu Yvonne hinüber. „Ich bin 65, na und"? sagte Yvonne etwas aggressiv. Amina blieb der Mund offen. „Du siehst aus wie höchstens 35". „Meine Mutter ist 65. Seit 40 Jahren leitet sie Mc Pill", erklärte Herzog. „Hier auf diesem Campus wird an Biologically eingeneered Drugs, den sogenannten BEDs geforscht. Mum hat sich seit Beginn der Entwicklung als Versuchsperson zur Verfügung gestellt. Wie man an ihr sieht, wirken ihre Produkte gegen das Altern", führte Herzog näher aus. „Jetzt geht es darum, diese Produkte gewinnbringend zu verkaufen, ohne die Ordnung, die seit der Entstehung der Menschheit herrscht, durcheinanderzubringen. Ich muss mich um die sozialen Implikationen kümmern, die meine Erfindungen haben", übernahm Yvonne wieder das Wort. „Du bist doch Sozialwissenschaftlerin", wandte sie sich an Amina, „vielleicht kannst du mir eine Studie dazu erstellen, an welche Zielgruppe meine BEDs am besten weitergegeben werden sollen". „Das klingt sehr interessant", meinte Amina. Sie sagte weiter nichts, denn das Thema Unsterblichkeit war schon oft in den Medien, aber auch im Ethikunterricht, im Konferenzzimmer und auf Partys zur Sprache gekommen. Die Beteiligten wurden dabei meist sehr emotional. Jede wollte ewig leben, aber keiner wollte, dass bestimmte andere Leute ewig lebten. Manche sagten zwar auch, sie selbst wollten nicht ewig leben, wurden dann aber oft niedergeredet oder änderten ihre Meinung, wenn andere sie für diese selbstlose Einstellung lobten und sagten, es brauche opferbereite Menschen wie sie.

Amina hatte sich bei solchen Diskussionen herausgehalten, denn das Thema sollte ihrer Meinung nach von sehr vielen Seiten beleuchtet werden, sodass sie sich noch keine Meinung dazu bilden hatte können. „Bei diesem Thema geht es vor allem um Macht", sagte Herzog, der, eine Tasse Kaffee vor sich, eine Katze streichelte, die auf seinen Schoß gesprungen war. „Was meine Mutter hier sagt, klingt besorgt und menschenfreundlich, es geht ihr aber letztendlich um Macht", wiederholte er und setzte die Katze auf den Boden.

„Du Würstchen", wandte sich Yvonne an ihren Sohn „Feigheit nenne ich deine Einstellung, dich nicht für unser Geschäft zu interessieren nur um dich möglichen Konflikten zu entziehen". Das Verhältnis der beiden zueinander war nicht respektvoll und herzlich, das konnte Amina auf den ersten Blick erkennen. Sie musste aufpassen, hier nicht zwischen die Fronten zu geraten.

Dass Yvonne keine liebevolle Göttin war, die die Sterblichen durch ihre Macht von Krankheit und Tod befreien wollte, bewiesen noch einige weitere ihrer Wortmeldungen: "Das Altern und der Tod sind für mich technische Probleme, an deren Lösung meine Mitarbeiterinnen erfolgreich arbeiten. Wir entwickeln hier Medikamente, die Krebs und andere Krankheiten heilen. Diese Medikamente kann ich aber nur solange verkaufen, solange es diese Krankheiten gibt. Nicht jeder sollte sich daher unsere Medikamente leisten können. Es darf zu keiner Inflation durch Effizienz kommen". Amina erinnerte sich an die Geschichte vom Glühlampen-Kartell. Um im Geschäft zu bleiben, hatten sich die Glühbirnenhersteller im letzten Jahrhundert darauf geeinigt, die Lampen nur für eine gewisse Brenndauer funktionstüchtig zu erhalten. Yvonne hatte offensichtlich nicht in erster Linie das Wohlergehen der Patienten im Auge. Vielmehr lag ihr daran, nicht zum Opfer ihres Erfolges zu werden. „In eurer Werbung stellt ihr euch immer scheinheilig als Wohltäter der Menschheit dar". Herzog hatte diese Worte fast geflüstert. Wie es aussah, wollte er nicht mit der Firma seiner Mutter in Verbindung gebracht werden, wagte es aber nicht, offen zu widersprechen. Yvonne verteidigte den Vorrang, den sie marktwirtschaftlichen Überlegungen gab: „Nur jenes Unternehmen, das in Bezug auf Innovation UND Marktpräsenz die Nummer 1 ist, bestimmt die Gesundheitspolitik", erklärte sie Amina. „Außerdem versucht die unterlegene Konkurrenz, mir durch Klagen vor Gericht das Geld aus der Tasche zu ziehen. Diese Versager arrangieren sich mit den Rechtsanwälten und der sogenannten Justiz. Wenn irgendein medienbekannter Billionär trotz meiner Medikamente stirbt, kostet mich der ungerechte Vergleich, den unser Rechtssystem hervorbringt, Unsummen, die ich irgendwie wieder verdienen muss", beklagte sie sich empört. „Wenn sich unsere Firma nicht durch die chemisch hergestellten Drogen am Leben erhielte, wäre ich schon bankrott", jammerte sie so wie viele Reiche, die ihr Geld dauernd von verschiedensten Gefahren bedroht wähnten.

„Solange deine Marketingfirmen die Leute zu deinen Ärzten treiben, die ihnen dann deine schön verpackten Produkte verkaufen, wirst du was zu essen haben", bemerkte Herzog spitz. Yvonne sah ihn überrascht an: „Hör auf zu spotten", tadelte sie ihn, „auch du lebst von meinen Geschäften". Damit hatte sie das letzte Wort und erhob sich vom Tisch. „Ich bin schon spät für mein Meeting", verabschiedete sie sich und ließ Herzog mit Amina allein. Die Katze war wieder hereingekommen und hatte sich auf Herzogs Schoß gesetzt. Er streichelte ihr über den Rücken. „Soll ich die Mädchen suchen und mich mit ihnen beschäftigen"? fragte Amina. „Wenn du keine weiteren Fragen hast, kannst du gehen". Sie stand nicht sofort auf, denn sie hatte tausende von weiteren Fragen und überlegte kurz, ob sie eine davon formulieren sollte. „Ich werde Oscar bitten, dich zu Betty, unserer Managerin zu bringen, damit sie mit dir über die Bezahlung und deine Aufgaben spricht", brach Herzog das Schweigen, als der Butler mit Leticia hereingekommen war, um beim Abräumen zu helfen. Amina bedankte sich bei der Köchin für die gute Mahlzeit und verabschiedete sich von Herzog. Er nickte ihr lächelnd zu, ohne sich von seinem Platz zu erheben.

Kapitel 12

Gesetze kann man dehnen aber Gerechtigkeit bricht! (Stefan Radulian)

Um mit Betty zu sprechen, musste man das Gebäude verlassen. Amina fühlte sich befreit, als sie in den warmen Sonnenschein hinaustrat. Nicht einmal die beiden bewaffneten Wachleute neben dem Eingang konnten ihr den Moment verderben. Das Gebäude, in dem Betty arbeitete, war nicht weit vom Hauptgebäude entfernt, aber auf dem kurzen Spazierweg hatte Amina trotzdem Gelegenheit, etwas mehr von der Anlage zu sehen. „Das ist ja eine kleine Stadt hier", sagte sie zu Oscar. „Richtig, in dieser Anlage leben Vertreter der verschiedensten Berufe zusammen. Die Biochemikerinnen arbeiten in diesem Campus hier und die Marktforscher sind in dem kleinen Gebäude dahinter untergebracht. Den Marktplatz in der Mitte der Anlage kannst du dir später ansehen", erklärte Oscar. Er öffnete ihr die Tür zu Bettys Büro und verabschiedete sich. Bettys Arbeitsplatz war ein moderner Raum mit großen Bildschirmen, die alle Wände bedeckten. Ein Bildschirm zeigte Aktienkurse, über andere flimmerten Statistiken mit Säulen-, Balken- und Kurvendiagrammen oder Tabellen zu den verschiedensten Themen. In der Mitte saß Betty, eine hübsche dunkelhaarige Mittdreißigerin in einem hellblauen Kostüm. („Das Alter der Leute hier sollte ich nicht mehr schätzen", dachte Amina). Betty stieß den Bürostuhl, auf dem sie saß, mit den Händen die Schreibtischplatte festhaltend, zurück, erhob sich schwungvoll und reichte Amina die Hand. „Willkommen, Amina", sagte sie „Yvonne hat mir schon mitgeteilt, dass du bei mir auftauchen würdest. Ich habe die Dokumente schon alle vorbereitet". Sie bot Amina einen bequemen Stuhl an, vom gleichen Modell, in dem sie selbst saß, und wies mit der Hand auf die Bildschirme an der gegenüberliegenden Wand. Der Arbeitsvertragstext erschien und Amina begann, ihn sich durchzulesen. „Du brauchst das nicht alles zu lesen. Es handelt sich um einen Standardvertrag über deine Rechte und Pflichten", meinte Betty. „Leg einfach die 4 Finger deiner Hand auf diese Glasscheibe zur Unterschrift". „Das geht mir ein bisschen zu schnell", erwiderte Amina, „ich würde den Text vorher doch gerne lesen". Betty deutete mit der Hand auf den Bildschirm und Amina las weiter. Sie dürfe das Mc Pill Gelände während der Dauer ihres Arbeitsvertrages nicht verlassen, stand da geschrieben, ihren Gehalt würde sie entweder auf ein für sie bestimmtes Firmenkonto oder in cash ausbezahlt bekommen. Für ihr Smartphone müsse sie eine Firmensimcard verwenden. Ihr Gehalt wäre ziemlich gut, gleich hoch wie in Österreich, dachte sie, noch dazu hätte sie hier keine Auslagen, denn die Wohnung und die Mahlzeiten wären für sie frei.

„Dass ich das Gelände nicht verlassen darf, geht mir ein wenig gegen den Strich", sagte sie zu Betty. „Was willst du denn außerhalb des Geländes anfangen"? fragte diese zurück. Da draußen ist auf 100 km Wüste. Du wirst nach ein paar Tagen hier auch gar nicht mehr weg wollen. Auf dem Marktplatz gibt es alles, wovon man da draußen träumt. Designergeschäfte, Restaurants, Spas. In unseren Sportanlagen und der Bäderlandschaft kannst du gutaussehende Wissenschaftler kennenlernen. Falls dich trotzdem Depressionen plagen sollten: Mc Pill Produkte sind hier gratis. Am Sonntag kannst du dich für Waffenexkursionen eintragen. Unser Waffenverleih hat immer die neuesten Modelle..." Nein Danke! unterbrach Amina an dieser Stelle.

Weil sie gerade am Wort war, fragte sie, ob es nicht möglich wäre, ihr den Gehalt auf ihr Konto in Österreich einzuzahlen. „Leider nein, schon seit mehr als 20 Jahren dürfen Leute, die in den USA ihr Geld verdienen, von hier aus ihr Gehalt nicht mehr ins Ausland schicken. Man wollte mit dieser Maßnahme die Einwanderung aus Mexiko stoppen und mit dem Geld, das Mexikaner hier verdienten, die Grenzmauer bauen. Beides, die Einwanderung und der Grenzzaun haben sich aufgrund der restriktiven Maßnahmen von selbst erledigt. Wir haben jetzt Probleme, qualifiziertes Personal zu bekommen. Bei manchen unserer Wissenschaftlerinnen machen wir deshalb Ausnahmen. Wir erlauben ihnen ein Auslandskonto zu besitzen. Allerdings dürfen sie dort nur den Aktiengewinn, den sie aus unserer Firma ziehen, deponieren. Diese gut verdienenden Wissenschaftler stehen alle loyal zur Firma, denn der Gewinn des Unternehmens ist auch ihr eigener Gewinn. Unsere weniger qualifizierten Mitarbeiterinnen dürfen aber ihre Familien hierherbringen", führte Betty die Firmenpolitik weiter aus. Sie ergriff Aminas Hand, um ihre Finger auf die Glasplatte zu legen. Amina zog ihre Hand erschrocken zurück. „Darf ich noch ein bisschen draußen spazieren gehen, um mir die Sache zu überlegen"? fragte sie. Klar, ich bin bis 16 Uhr hier. Ich trage dich für halb 4 ein. Ein Bildschirm verwandelte sich in Bettys Agenda und Aminas Name wurde eingetragen.

Auf dem Weg ins Freie begegnete Amina Bettys nächstem Agendaeintrag. Sie begrüßte den Mann. Er grüßte zurück. Draußen gab es jetzt mehr Fußgänger und Elektroautoverkehr als zu Mittag. Amina hätte sich glücklich fühlen können. Die Stadt bestand aus hübschen, einstöckigen Häusern, die Sonne schien in die Straßen, sie konnte spazieren gehen und sich den Marktplatz ansehen. Auf dem Weg dorthin kam sie an einem Kindergarten und einer Schule vorbei. Der Marktplatz war ungefähr einen Kilometer von dem Hauptgebäude, in dem Amina lebte, entfernt. Es handelte sich um einen freien Platz mit einem großen Mc Pill Monument in der Mitte. Die Gebäude rund um den Platz wiesen Arkaden auf, sodass man sich darunter im Kühlen sitzen konnte. Um diese Zeit waren noch nicht viele Menschen unterwegs, aber es wurden schön langsam mehr. Amina setzte sich in eines der Cafes. Hier sollte sie also mindestens die nächsten Monate verbringen. Wenn sie den Stacheldraht um die Anlage ausblendete, war die Vorstellung nicht so übel. Die Firma hatte dafür gesorgt, dass man sich in Santa Margarita wohlfühlte. Allerdings war klar, dass sie hier als Hilfsarbeiterin angesehen wurde und nicht als Fachkraft. Das Geld, das sie hier verdiente, konnte sie nur hier ausgeben. Sie konnte sich natürlich für die Bargeldzahlung entscheiden. Das Geld in der Handtasche nach Vertragsablauf bündelweise hinauszutragen, konnte sie sich nicht vorstellen. So etwas kannte sie nur aus uralten Filmen. Mc Pill hatte also dafür gesorgt, dass die Mitarbeiter automatisch zu ihren Berufskonsumenten wurden, denn wahrscheinlich verdiente das Unternehmen auch an den Restaurants und Geschäften in dieser Stadt.

Die Nachbartische füllten sich allmählich. Amina fiel auf, dass fast alle Plätze von jungen Frauen eingenommen waren. Sie vermutete, dass das Lokal für einen kollektiven Babyshower angemietet worden war, denn alle diese jungen Frauen waren schwanger. Sie saßen in Gruppen auf mehreren Tischen beisammen und schienen sich zu kennen. Amina bemühte sich, ihren Gesprächen zu folgen. „Ich will hier raus", hörte sie ein Mädchen sagen. Dabei schaute diese fröhlich in die Runde und die anderen lachten. Die Körpersprache der Frauen stimmte mit den Aussagen und den Emotionen, die deren Gespräche in Amina weckten, nicht überein. „Lass ihr doch dein Kind, du wolltest es ohnehin nicht". Auch bei dieser Aussage hielten sie sich die Bäuche, als könnten sie sich vor Lachen nicht halten. „Ich will hier Geld verdienen, danach bin ich draußen". „Wir möchten nicht den Rest der Schwangerschaft deinetwegen in Einzelhaft verbringen".

Aminas Blick fiel auf eine kleine Linse, die wahrscheinlich Teil eines Videoüberwachungssystems war. Sie dachte an Alex, der auf den Knopf in seinem Ohr gezeigt hatte, als sie zu ihm ins Auto gestiegen war. Diese Frauen hier versuchten offensichtlich Zuschauern ein freundschaftliches Treffen in einem Kaffeehaus vorzuspielen. Es musste anstrengend sein, kontroversielle Themen zu besprechen und Mimik sowie Körpersprache auf Komödie einzustellen. Leider konnte Amina vieles, was die Frauen besprachen, nicht verstehen. Sie hatten einen großen Kuchen zum Teilen bestellt und währen sie ihn aufaßen, sah immer wieder die eine oder andere neugierig zu Amina hinüber. Sie hatte sich entschlossen, den Vertrag nicht zu unterschreiben und nachdem sie bezahlt hatte, machte sie sich auf den Weg zu Betty, um ihr den Vorschlag zu unterbreiten, hier ohne Bezahlung als Praktikantin zu arbeiten. Hoffentlich konnte sie auf diese Weise ihre Unabhängigkeit bewahren.

Betty reagierte auf ihren Vorschlag scheinbar gleichmütig. „Wenn du meinst", sagte sie, „kannst du auch als Illegale hier arbeiten". „Ich habe ein Studentenvisum für die USA und 2 Wochen Quarantäne nach der Einreise haben meinen Aufenthalt wohl mehr als legal gemacht", erwiderte Amina. „Illegal wäre es, wenn ich hier für Geld arbeitete", argumentierte sie.

Nach diesem Gespräch suchte sie nach Lisa und Evy. Die beiden spielten in ihrem Zimmer SIMS auf einem riesigen Hologramm Bildschirm. Die SIMS Familien, die sie geschaffen hatten, kamen gerade von einem Urlaub am Meer nach Hause und die Mütter trugen ihre Kinder ins Bett. Dann gaben sie ihnen eine Träum Schön Pille. „Das sind unsere echten Mütter", erklärten sie Amina, die sich zu den beiden Mädchen gesetzt hatte. „Willst du auch eine Familie designen"? Fragten sie. Amina designte auch eine Familie. Die Mädchen machten Vorschläge, wie die Mutter aussehen und wie sich der Vater kleiden sollte. Kinder konnte Amina aber noch keine designen. „Dafür müssen deine Mutter und dein Vater ein bisschen Quality Time miteinander verbringen. Wenn sie reif für die Liebe sind, erscheint über ihren Köpfen ein Herz. Das bedeutet, du kannst jetzt ein Baby designen. Wenn deine Eltern zu ihrem Kind lieb sind, kannst du noch eines designen. In diesem Spiel kannst du Kinder nicht im Internet bestellen. Auch nicht mit einem Cheat Code", erklärten ihr die Mädchen.

SIMS war Lisas und Evys Lieblingsspiel. „Gehen eure SIMS Kinder eigentlich zur Schule"? fragte Amina die Mädchen, um das Thema auf ihre Tätigkeit zu bringen. Lisa und Evy sahen sie an. „Ja, aber immer, wenn sie zur Schule gehen, stürzt der Computer ab. Dann müssen wir das Spiel neu starten". „Aha", sagte Amina nur. Wahrscheinlich wurden die Mädchen überwacht. „Papa hat uns einen SIMS Hauslehrer designt. Der stürzt nicht ab, wenn er kommt und unterrichtet", erzählten die beiden. „Ich werde für die nächste Zeit eure echte Hauslehrerin sein", sagte Amina, während ihre Figuren auf der Hologrammebene Quality Time miteinander verbrachten. Ihren SIMS Mann hatte sie gegen den Willen der Mädchen nach Docs Vorbild designt. „Ein Schwarzer passt doch gar nicht zu dir", hatten sie gemeint. Amina wollte diese Aussage nicht überinterpretieren. In Sunvalley war Rassismus kein Thema gewesen und auch hier liefen Schwangere verschiedenster Ethnien durch die Stadt. „Mein SIMS Mann ist schwarz", bestand sie auf ihrem Design und die Mädchen akzeptierten ihre Entscheidung.

Als Oscar zum Abendessen rief, waren Evy und Lisa mit Amina schon gut befreundet. Beide wollten beim Essen neben ihr sitzen. Leticia reichte Amina und Oscar einen Teller Suppe. Oscar wünschte ihr guten Appetit. „Warten wir nicht auf die Anderen"? fragte Amina. „Wir essen keine Suppe am Abend, sagte Lisa". Leticia brachte den beiden eine Packung Chips und einen Dip. Die beiden Mädchen öffneten die Verpackungen und begannen zu essen. Bei der Nachspeise gesellten sich wieder Yvonne und Herzog zu der Gruppe. Oscar verließ den Raum. Während Yvonne und Herzog aßen, erzählten die Mädchen, dass Aminas SIMS bald Kinder haben würden und diskutierten mit den Erwachsenen, welches Auto sich die virtuellen Figuren anschaffen sollten.

Leticia holte die beiden Mädchen zum Schlafen gehen ab. „Wir kommen gleich Gute Nacht sagen", rief Yvonne, den Kindern nach, die sich ungern von Amina trennten. „Amina soll uns zu Bett bringen", forderten sie. „Ich habe noch etwas mit ihr zu besprechen. Ab morgen bringt euch Amina dann zu Bett", verhandelte Yvonne.

„Ich habe gehört, dir passt dein Arbeitsvertrag nicht", wandte sich Yvonne schroff an Amina. „Mir gefällt nicht, dass ich das Gelände nicht verlassen darf. Außerdem habe ich kein Arbeitsvisum für die USA". „Hier in Santa Margarita bin ich das Gesetz", machte Yvonne klar. „Es ist aber egal, ob du den Vertrag unterschreibst oder nicht. Diese Verträge dienen ohnehin eher zur Beruhigung meiner Mitarbeiter, als dass sie für mich bindend wären", fuhr sie etwas versöhnlicher fort. „Die Justiz evolutioniert hier im Land nach den Regeln eines Ökosystems. Das gesprochene oder geschriebene Wort kann auf so verschiedene Weise ausgelegt werden, dass es fast überflüssig geworden ist. Es gibt einige Traditionen an die man sich als anständiger Mensch hält, wie zum Beispiel, dass ich dir ein Gehalt zahlen werde, wenn du für mich arbeitest. Wie hoch das Gehalt ist, das ich meinen Mitarbeiterinnen zahle, bestimmt der Markt. Glaubst du, die Forscher würden für mich arbeiten, wenn ich ihnen weniger zahlte als sie anderswo bekommen? Krankenversicherung brauchen meine Angestellten keine. Meine Ärztinnen kümmern sich um sie, wenn ihnen etwas fehlt. Ich kann dir versichern, dass ich Interesse daran habe, meine Humanresourcen nicht vor die Hunde gehen zu lassen. Für den Fall, dass mich trotzdem irgendjemand wegen einer Lappalie verklagt, habe ich meine Rechtsanwälte. Wenn du also keinen Einfluss und keine Macht in die Waagschale werfen kannst, um im Streitfall ein günstiges Urteil zu erwirken, dann nützt dir ein Vertrag ohnehin wenig".

Yvonne legte ein Smartphone auf den Tisch. „Ein Geschenk für dich", sagte sie. „Die SIM Karte ist schon installiert. Mit deinem anderen Telefon kannst du hier nicht mehr ins Netz". Sie wünschte Amina und Herzog eine gute Nacht, dann verließ sie den Raum.

Amina wollte sich ebenfalls erheben, aber Herzog hielt sie zurück: "Warte noch einen Moment. Yvonne wünscht den Mädchen gute Nacht, danach gehen wir hinauf zu ihnen". Herzog rief seine Katze, die auch sofort angelaufen kam und sich auf seinen Schoß setzte. „Ich freue mich, dass du meine Töchter unterrichten wirst", sagte er, die Katze streichelnd. „Sie wurden bis vor kurzem von Wilmer, meinem Lebenspartner unterrichtet. Evy und Lisa können schon schreiben und lesen. Sie sind aufgeweckte, lernbegierige kleine Mädchen, wie alle anderen auch. Sie werden dich sicher bald ins Herz schließen". „Ich habe die beiden schon ins Herz geschlossen und freue mich auf meine neue Aufgabe", versicherte ihm Amina. „Warum übernimmt dein Lebenspartner den Unterricht nicht mehr, wenn ich fragen darf"? Herzog gegenüber fühlte sich Amina sehr frei. Er gehörte zu jenen Menschen, die beruhigend auf andere wirkten. Das war seine gute Seite. Dass er unengagiert, passiv und fast fatalistisch Yvonnes Benehmen ihm gegenüber ertrug, war seine schlechte Seite. Allerdings stand es Amina nicht zu, über ihn zu urteilen. Wer weiß, wozu Yvonne fähig wäre, wenn man sich ihr nicht unterwarf.

„Wilmer ist letzten Monat an Herzversagen gestorben", beantwortete Herzog ihre Frage. „Das tut mir von Herzen leid", sagte Amina und umfasste Herzogs Unterarm, den er auf den Tisch gelegt hatte. „Meine Mutter hat uns Evy und Lisa zum Hochzeitstag geschenkt. Sie sind aus einer Samenspende von mir, einem Spender Ei und einer Leihmutter entstanden. Sie sind meine Kinder und wir alle freuen uns, dass wir sie haben. Meine Mutter ist ein bisschen übervorsichtig und will nicht, dass die beiden in Santa Margarita in die Schule gehen. Du wirst merken, dass die Schule in der Vorstellung der beiden ein paradiesischer Ort ist. Wilmer hat versucht, ihnen das auszureden, aber es ist ihm nicht gelungen". Nach diesem für Herzog sehr langen Monolog, war es still im Raum. Amina nahm sich fest vor, Yvonne zu überreden, die beiden Mädchen die Schule besuchen zu lassen. Man lernte doch in der Schule so viel Wichtiges was Sozialverhalten betrifft. Keine Großmutter und kein Vater sollten ihrem Kind die Gemeinschaft mit Gleichaltrigen vorenthalten. Amina würde diese und andere Argumente bei passender Gelegenheit vorbringen.

„Gehen wir zu den Kindern". Herzog erhob sich und setzte die Katze auf den Boden. Amina nahm ihre Handtasche und die Schachtel mit dem Smartphone mit. Es handelte sich um das neueste Modell einer berühmten Marke. Amina fiel ein, dass sie sich gar nicht dafür bedankt hatte. Herzog bedeutete ihr, ihm zum Zimmer der Mädchen zu folgen. Wenn er aufrecht stand und lächelte, nahm man ihm den Playboy ab, zu dem ihn die Paparazzi stilisiert hatten. Würde sie Sally und Angela erzählen, dass ihr Idol gay war? Wahrscheinlich würden ihr die beiden nicht glauben und wer weiß, ob sie überhaupt mit diesem Telefon in Glendale anrufen konnte. Außerdem wurden ihre Gespräche sicher überwacht. Sie musste sich überlegen, wem sie was erzählte.

Lisa und Evy lagen schon in ihren Betten. Herzog gab ihnen einen Kuss und setzte sich auf einen Schaukelstuhl im Zimmer. „Lies uns was vor"! forderte Evy Amina auf. Sie drückten ihr ein Märchenbuch in die Hand. Amina blätterte ein wenig darin herum. „Wie wäre es mit Rapunzel"? fragte sie. Schon nach ein paar Absätzen tat es ihr leid, diese Geschichte vorgeschlagen zu haben. Da ging es um ein Mädchen, dessen Vater vor ihrer Geburt einer Hexe das Kind versprochen hatte, das seine Frau erwartete, nur weil er aus dem Garten der Hexe Rapunzeln gestohlen hatte, auf die seine schwangere Frau so großen Appetit hatte, dass er sich verpflichtet fühlte, für sie diese Rapunzeln aus dem Garten der Hexe zu stehlen. „Was sind Rapunzeln"? fragte Evy. Das hatte sich Amina auch immer gefragt. „Eine Art Gemüse" antwortete Amina. Das war die Antwort, die ihr ihr Papa damals gegeben hatte. Seit damals hatte sie nicht gegoogelt, worum es sich bei Rapunzeln wirklich handelte. Zum Glück gab sich Evy mit der Antwort zufrieden und Amina las weiter. Dabei achtete sie darauf, die Geschichte möglichst untheatralisch vorzutragen. Der Stoff war kein leichter Tobak, dachte sie. Die Hexe sperrte das Mädchen in einen Turm und als sie draufkam, dass jeden Tag ein junger Prinz an Rapunzels langen Zöpfen den Turm hinaufkletterte, schnitt sie dem Mädchen die Zöpfe ab und der junge Prinz, der um der Hexe zu entkommen aus dem Turm gesprungen war und sich an den Dornen in die er gefallen war die Augen ausgestochen hatte, wanderte blind durch die Gegend, bis er Rapunzel wiederfand, die er an ihrer Stimme erkannte. Am Schluss wurde seine Blindheit durch Rapunzels Tränen wieder geheilt. Erst nach dem „und wenn sie nicht gestorben sind, so leben sie noch heute", wurde Amina wieder lustig und sagte: „Ist ja doch gut ausgegangen". Sie beugte sich über Evy, um ihr einen gute Nacht Kuss auf die Stirn zu geben. „Haben die beiden dann Babys im Internet bestellt"? fragte Lisa. Amina lachte: „Nein, sie haben Quality time miteinander verbracht und dann selbst welche gemacht". Herzog lachte nun ebenfalls. Amina gab auch Lisa noch ihren Gute Nacht Kuss, dann verließ sie mit Herzog das Zimmer. „Du bist wirklich gut mit Kindern", lobte Herzog sie. „Ich danke dir, dass du uns hier

153

aushilfst". Sie wünschten sich eine gute Nacht. Herzog bewohnte das Apartment neben seinen Töchtern und Amina ging durch die Eingangshalle in ihren Flügel hinüber.

Als sie ihre Wohnung betrat, hörte sie ganz deutlich jemanden im oberen Stock zum Ausgang huschen und die Tür leise ins Schloss fallen. Amina hatte nicht abgesperrt, da die Wohnung im streng bewachten Gebäude lag und sie nicht gewohnt war Zimmertüren abzusperren. Der Eindringling gehörte wahrscheinlich zum Personal des Gebäudes. Amina fand alles so vor, wie sie es verlassen hatte. Die Schranktür stand etwas offen. Sie war sicher, dass sie diese Türe zugemacht hatte. Aus ihrem Schrank gab es allerdings nichts zu stehlen. Das hatte auch der Eindringling erkannt. Wonach konnte er oder sie gesucht haben? „Mein Pass" fiel es ihr ein. Sie hatte ihn seit sie aus Glendale weggezogen war nicht aus ihrer Handtasche genommen. Hastig durchsuchte sie ihre Schütteltasche. Dort lag alles Mögliche drinnen. Leider hatte sie es sich nie angewöhnt, ihre Tasche täglich zu ordnen. Sie wurde nervös als sie das Dokument nicht gleich fand. Es war unter die Bodenplatte der Handtasche gerutscht, die nur lose in der Tasche lag. Sie atmete auf.

Wie gut, dass sie ihren Pass nicht ordentlich weggeräumt hatte, sondern immer bei sich trug. Vielleicht hatte man in ihrem Zimmer aber auch nach genetischem Material gesucht. Sie hob ihre Bürste auf. Es war ein unangenehmes Gefühl, das sie beschlich. Amina versperrte die Zimmertüren und rief Willow und Doc an. Sie zeigte ihnen ihre schöne Wohnung und erzählte von den Mädchen. Willow und Doc freuten sich, dass es ihr gutging. Ein ehrlicher Seufzer entfuhr Amina am Schluss, als die beiden ihr sagten, dass sie sie vermissten. „Durch euch habe ich gelernt, die Amerikaner zu lieben", sagte sie den beiden. „Hier werde ich viel Neues lernen, aber bei euch wurde ich an ewige Wahrheiten erinnert". Doc führte eine Namaste Handbewegung aus und schaute sie ehrfürchtig wie ein Priester an. „Hör auf, dich über mich lustig zu machen", sagte sie ihm amüsiert. Dieses Gespräch hatte sie beruhigt und so schlief sie tief bis zum nächsten Morgen.

Der Frühstückstisch war schon gedeckt, als Amina herunterkam. Oscar saß am Tisch und las die Zeitung. Er wischte mit seinen Fingern über das Tablet, das vor ihm am Tisch lag und sah zu Amina auf. „Guten Morgen" begrüßte er sie freundlich. „Bitte setz dich doch. Er schob ihr die Kaffeekanne und einen Korb mit Gebäck hin. „Sollte ich nicht mit dem Frühstück auf die Mädchen warten"? fragte Amina. Nein, die Bosse haben es lieber, wenn wir beide zuerst essen. Dann haben wir Zeit, sie beim Essen zu unterhalten und den Mädchen zu helfen. Sie werden sicher gleich kommen". Yvonne, Herzog und die beiden Mädchen kamen zur Tür herein, als Oscar und Amina mit dem Essen fast fertig waren.

„Spielen wir heute wieder SIMS"? fragte Lisa als erstes. „Wünsch deiner Lehrerin erst mal guten Morgen", ermahnte Yvonne streng. „Nein, heute spielen wir Schule", gab Amina zur Antwort und umarmte die Mädchen. Yvonne erkundigte sich, ob Amina gut geschlafen hätte und ob sie das Telefon schon ausprobiert hätte. „Oh ja, ich habe gestern schon damit mit meinen Freunden telefoniert". Yvonne erwartete Dank für das neue Smartphone, aber Amina wollte der unausgesprochenen Aufforderung, sich Yvonne zu unterwerfen, nicht nachgeben. Schließlich hatte Amina ein Telefon, das sie hier leider nur sehr eingeschränkt benutzen konnte. Wenn Yvonne sie überwachen wollte, würde sie sich wenigstens nicht dafür bedanken. Trotzdem sagte sie versöhnlich: „Ich freue mich schon darauf, mit Evy und Lisa zu lernen". Dabei verquirlte sie die Schokolade in Lisas Tasse, die sie vorher mit Milch gefüllt hatte. „Gut" sagte Yvonne nur.

Yvonnes Benehmen stand nicht im Einklang mit ihrem Aussehen, dachte Amina, als sie ihre Chefin beim Frühstück beobachtete. Yvonnes jugendliches Äußeres passte nicht zu ihrem Verhalten. „Wie Pablo Escobar im Körper von Rapunzel", kam es ihr in den Sinn. Die Erfahrungen, die eine 65-jährige Bossin eines Drogenimperiums schon hinter sich hatte, ließen sich wahrscheinlich nicht ganz durch genetische Modifikationen ausradieren. Bei jemandem, der wie Yvonne gewohnt war, der Umgebung seinen Willen aufzuzwingen und keine Konfrontationen scheute, konnten auch schöne, lange blonde Locken, ein volles, jugendliches Gesicht und ein straffer Körper nicht die Ausstrahlung erzeugen, die eine junge Frau, die Wärme und Kompetenz besäße, in der Wahrnehmung ihrer Mitmenschen hätte. Schönheit kommt eben doch von innen; davon war Amina nun überzeugt. Durch Forschung und Medikamente konnten vielleicht Falten vermieden und Haare erhalten werden, aber das, was Menschen wirklich schön macht, muss wahrscheinlich durch Erziehungsarbeit von jeder einzelnen in sich selbst entwickelt werden.

„Vergiss deinen Pressetermin beim Wald-Set nicht", sagte Yvonne nun zu Herzog. „Nimm die Mädchen und Amina mit". „Ist gut", antwortete dieser in seiner gleichmütigen Art.

Nach dem Frühstück begann Amina mit ihrem Unterricht. Sie hatte eigentlich vorgehabt, nach dem Aufwärmen mit den Mädchen eine halbe Stunde durch die Stadt zu joggen, aber Yvonne erlaubte das nicht. „Das ist zu gefährlich", hatte sie nur gesagt. Als Amina widersprechen wollte, hatte sie mit der Hand abgewunken und ihr einen strengen Blick zugeworfen. „Hast du nicht gehört, was ich gesagt habe"? Amina wollte eine Konfrontation mit Yvonne vermeiden. So begann sie den Unterricht mit Yogaübungen. Evy und Yvonne staunten über Aminas Beweglichkeit, aber da sie noch so jung waren, hatten sie keine Schwierigkeiten, die Übungen nachzumachen, die Amina vorzeigte.

Am Schluss des Sportprogramms setzten sie sich in den Schneidersitz und Amina kündigte die 2 Minuten Dankbarkeit an. Sie schloss die Augen und sagte: „Ich bin dankbar für das gute Frühstück und dafür, dass ich Evys und Lisas Lehrerin sein darf. Sie sind so lieb zu mir. Evy sagte: „ich bin dankbar, dass Amina bei uns ist und dass Rapunzel und der Prinz ein schönes Leben haben". Lisa kicherte ein bisschen, aber als sie sah, dass Amina noch immer mit geschlossenen Augen dasaß, sagte sie: „Ich bin dankbar, dass Papa gestern gelacht hat und jetzt weniger traurig ist". Danach wollte sie gleich aufstehen, aber Amina erklärte ihr, dass sie sich wieder setzen sollte, da die 2 Minuten noch nicht um wären. Sie sollten nun versuchen, Dankbarkeit in ihren Herzen zu spüren und die restliche Minute einfach ruhig mit geschlossenen Augen dasitzen.

Danach ließ sich Amina von den Mädchen vorlesen. Lesekompetenz zu erwerben, war bis zur 6. Schulstufe das wichtigste Lernziel überhaupt. Das wusste Amina, obwohl sie nicht als Lehrerin für die Grundstufe ausgebildet war. Durch das Lesen konnte man weitere Erkenntnisse erlangen. Lisa und Evy zeigten Amina eifrig, was sie schon alles konnten. Auch im Schreiben und Rechnen, standen die beiden Mädchen Schülerinnen ihres Alters in Österreich um nichts nach. Amina ließ die beiden eine Bastelanleitung für einen Kalender, der wie eine Uhr aussah, vorlesen. Auf dem Ziffernblatt waren von 1 bis 12 die Monate und darunter in kleineren Ziffern die Tage von 1 bis 31 aufgezeichnet. Sie fand heraus, dass ihre beiden Schülerinnen noch keine wirkliche Vorstellung von den Monaten und den Jahreszeiten hatten. „Wir werden morgen einen Kalender basteln", kündigte Amina an. „Heute besorgen wir uns alles, was wir dafür brauchen". Die beiden Mädchen schrieben auf ihre Liste: einen großen Pappkarton, Küchenrolle, Leim, verschiedene Acrylfarben. Hoffentlich erlaubte Yvonne, dass sie diese Dinge zusammen am Marktplatz von Santa Margarita kaufen durften. Als Oscar sie zum Essen abholte, sangen sie gerade Karaoke. Einen Chor konnte man mit nur 2 Schülerinnen schwerlich gründen. Amina würde aber dafür sorgen, dass die beiden ein Musikinstrument lernten. Das hatte sie sich fest vorgenommen.

Zum Mittagessen war Yvonne diesmal nicht gekommen. Die Stimmung war daher ausgelassen. Herzog, Amina und die Kinder unterhielten sich fröhlich. Amina fragte Herzog, ob sie am Marktplatz die Bastelmaterialien besorgen konnten. „Das trifft sich gut, meinte Herzog, „wir haben anschließend ohnehin den Termin am Wald-Set. Da fahren wir vorher am Marktplatz vorbei".

Kapitel 13

Die Wahrheit ist eine Braut ohne Mitgift (Francis Bacon)

Amina forderte die Mädchen auf, sich bei Leticia für die gute Mahlzeit zu bedanken. Danach gingen sie gemeinsam zum Ausgang des Gebäudes, wo sie schon von Alex erwartet wurden. Er öffnete ihnen die Türen des Elektrocabriolets, in dem sie zum Marktplatz fahren würden. Den Konvoy von 3 Motorrädern vor dem Wagen und 3 Motorrädern, die dem Wagen folgten, fand Amina reichlich übertrieben. „Yvonne besteht darauf", erklärte Herzog nur. Er richtete sein Leben nach den Wünschen seiner dominanten Mutter aus. Amina begann, sich darüber ein bisschen zu ärgern.

Alex war Aminas Bodyguard. Das stellte sie fest, als er unvermittelt im Geschäft auftauchte. Es störte sie zwar, dass man ihr, ohne sie zu fragen, einen Schatten zugeteilt hatte, aber wenigstens war Alex kein Unbekannter. Während die Mädchen Farben aussuchten, machte sie sich mit den Bodyguards von Evy, Lisa und Herzog bekannt. Diese waren allesamt Latinos. Yvonne hatte sie vor Jahren aus dem Nachlass lateinamerikanischer Drogenbosse rekrutiert. Sie hatten den Ruf, einem großzügigen Geldgeber gegenüber besonders loyal zu sein und notfalls über Leichen zu gehen.

Nach der Legalisierung des Drogenhandels in den USA konnten sich die lateinamerikanischen Produzenten nicht mehr so viel Personal leisten und waren froh, dass Yvonne ihnen ihre Rekruten abnahm. Obwohl die meisten Drogen noch in Lateinamerika hergestellt wurden, klebte Yvonne aus marktwirtschaftlichen Überlegungen ein Schild „Made in USA" auf ihre Produkte. Eigentlich wäre sie verpflichtet gewesen, die Herstellung in die USA zu verlegen. Das war die Bedingung für die Legalisierung der Produkte und die Aufhebung von staatlichen Regulationen im Pharmabereich gewesen, aber Yvonne wurde kaum kontrolliert und wenn ein unabhängiger Journalist etwas berichtete, was ihr zu wirtschaftlichem Nachteil gereichen konnte, kümmerten sich ihre Bodyguards oder ein Mitglied ihrer Armee um das Problem. Sie hatte die Erfahrung gemacht, dass die Leute ihr nicht mehr glaubten, wenn sie Wahrheiten in der Öffentlichkeit als Fake News oder alternative Fakten abtat und hatte daraus ihre Konsequenzen gezogen.

Anfangs waren die Gewinne der Drogenproduzenten in Lateinamerika durch die Legalisierung in den USA stark zurückgegangen und die Drogenbosse hatten sich in der Folge zusammengeschlossen, um eine Anbau- und Produktionsquote zu beschließen, die den Preisverfall ihrer Produkte stoppen sollte. Nach einiger Zeit hatten sie aber festgestellt, dass sie nun viel Geld sparten, da die Waffeneinkäufe, die vorher zu 100% in den USA stattgefunden hatten, überflüssig geworden waren. Außerdem mussten sie das Geld, das sie verdienten, nicht mehr in Urwäldern vergraben, sondern konnten es ganz legal auf Banken deponieren oder in Aktien investieren. Allerdings musste man in Lateinamerika fast überall Steuern zahlen, was die Drogenbosse nicht gewohnt waren. Aber Yvonne kümmerte sich um die Vermarktung der Produkte und Yvonne war ein Verkaufsgenie, das mussten alle zugeben. Sie konnte noch dazu auf ihre Lobbyisten zurückgreifen, die schon immer dafür gesorgt hatten, dass pharmakologische Produkte in den USA teurer waren als anderswo auf der Welt. Die einzige wirtschaftliche Niederlage, die Yvonne hatte hinnehmen müssen, waren die hohen Kosten, die die Insolvenz der vielen Läden, die als Tarnung zur Geldwäscherei in allen Einkaufsstraßen und Shopping Mall des Landes zu finden waren, verursacht hatten. Die Franchisenehmer dieser Unternehmen hatten sich nicht mit Krümeln abgegeben.

Nach dem Plaudern mit den Bodyguards und nachdem sie alles gefunden hatten, was sie auf ihren Einkaufslisten notiert hatten, ging es im Konvoy weiter zum Wald-Set. Amina konnte sich erst nicht recht vorstellen, was mit Wald-Set gemeint war, aber als sie nach ca. 45 Minuten Fahrt ihr Ziel erreicht hatten, sah man einen Wald, der mitten im heißen, trockenen Klima Santa Margaritas für Schatten sorgte. Links und rechts der ca. 300 m breiten Anlage waren riesige schräg stehende Wände aus Sonnenkollektoren aufgebaut, die eine Klima- und Wassersprühanlage versorgten, die Bäume und Büsche bewässerten. „Diese Anlage ist meiner Meinung nach das Beste, was meine Mutter jemals aufgebaut hat", sagte Herzog zu Amina, als sie den Wald betraten. Dabei streichelte er Lisa, die neben ihm stand, liebevoll über den Kopf. Evy hielt Aminas Hand. Im Wald war es kühl, die Klimaanlagen zeigten ihre Wirkung. „Sogar Vögel sind hier heimisch geworden", erklärte Herzog, als sie das Gezwitscher der Tiere vernahmen. Die Mädchen liefen zu einem kleinen Bach. Dort setzten sich Herzog und Amina auf einen großen Stein und die Kinder spielten am Wasser.

„Ein bisschen intimer, ihr 2"! hörten sie eine Stimme aus einiger Entfernung rufen. Herzog rückte an Amina heran und legte ihr seinen Arm um die Schulter. Amina zuckte überrascht zusammen und senkte ihren Kopf. „Super, wir sind gleich fertig", hörte man die Stimme wieder rufen. Amina sah zu Herzog hinauf, der immer noch seinen Arm um ihre Schulter gelegt hatte. Er lächelte sie an, dann zog er seinen Arm zurück. Hinter den Büschen kamen jetzt 2 Männer hervor. Einer hielt mit einer Hand die Kamera, die er umgehängt hatte, der andere trug ein Stativ, an dem ebenfalls eine große, moderne Kamera montiert war. Herzog erhob sich von dem Stein, auf dem er mit Amina saß, um die Fotografen zu begrüßen. Die 3 schienen sich gut zu kennen. Herzog scherzte mit ihnen und vor lauter Händeschütteln und Schulterklopfen dauerte es ein bisschen, bis er seine beiden Freunde Amina vorstellte. „Das sind Tom und Dwight, unsere Fotografen", erinnerte er sich schließlich wieder an Aminas Anwesenheit. „Wir sind die beiden Künstler, die sich darum bemühen, unseren Freund Herzog ins rechte Licht zu setzen". Tom hielt seine Hand vor seinen Bauch und verbeugte sich vor Amina. „Spar dir die Förmlichkeiten", lachte Herzog, „ich habe dir doch schon erzählt, dass Amina OK ist". „Ja, ich habe schon gehört, dass du zu unserer Waldparty eingeladen bist", wandte Tom sich an Amina.

Evy und Lisa ließen sich vom Spielen am Bach nicht abbringen. Für sie schienen diese Fototermine Routine zu sein, denn sie hatten die Freunde ihres Vaters nur mit einer freundlichen Handbewegung begrüßt. Auch die Bodyguards erschienen nun wieder am Set und Leticia brachte in einem Golfwagen ein Picknick, das sie für die Runde vorbereitet hatte. Die Fotografen, die Bodyguards, die Kinder und noch anderes Personal, das sich zu Aminas Überraschung hier eingefunden hatte, machte es sich auf dem Waldboden bequem. Herzog schnupfte eine Dosis Stardust, dann warf er das Fläschchen übermütig seinen Freunden zu. Einige bedienten sich, andere lehnten ab.

Evy und Lisa waren nun gekommen, um sich etwas zum Essen zu holen. „Komm, schau, wir haben eine Zwergenhütte am Bach gebaut". Lisa nahm Amina an der Hand und zog sie ans Wasser, um sie zum Mitspielen zu bewegen. Jemand hatte Musik gemacht. Aus den Lautsprechern erklangen Oldies aus den 10er Jahren. „Beautiful day" passte wirklich gut zur fröhlichen Stimmung in diesem Wald. Amina saß nun mit ihren Schützlingen am Bach. Lieber hätte sie der Konversation der Erwachsenen gelauscht, aber die Mädchen nahmen ihre Aufmerksamkeit in Anspruch.

Herzogs Benehmen war durch die Dosis Stardust sehr verändert. Er war selbstsicher und verstand es, seine Gäste zu unterhalten. Die Abwesenheit Yvonnes tat ein Übriges. Als Amina Herzog so sah, konnte sie sich vorstellen, warum sein Image in den USA das eines begehrten reichen Junggesellen war. Sicher war er bei der Jubiläumsfeier in Washington auch gedopt gewesen. Schade eigentlich, dachte sie, dass einem sensiblen Menschen wie Herzog bei seiner Mutter und im Ambiente von Santa Margarita keine Chance gegeben wurde, er selbst zu sein. Yvonne begünstigte solche Partys augenscheinlich, denn als Amina mit fragendem Gesichtsausdruck Alex

160

gegenüber auf ihr Ohr zeigte, um zu erfahren, was denn jetzt mit der Überwachung los wäre, hatte er ihr gesagt, dass hier nicht überwacht werde. Nur die Fotografen durften Fotos machen, die Yvonne dann in ihrer Apothekenrundschau „Pill`s Weekly" verwertete, die im ganzen Land verteilt wurde. Amina kannte diese Zeitschrift aus Glendale. Sie wurde dort in der Mittelschule manchmal als Lesestoff verwendet. Auch im Fach Naturwissenschaft zog man sie als Informationsquelle heran.

Evy und Lisa kannten Alex schon und freuten sich, als er sich zu ihnen an den Bach setzte und mitspielte. Er schnitzte den Kindern kleine Figuren aus Holzstöcken. Amina war es anfangs nicht recht, dass der Bodyguard ihr folgte, sie freute sich dann aber doch, da sie sich mit ihm erstmals ohne Überwachung unterhalten konnte. „Wie gefällt es dir hier"? fragte er sie. „Eigentlich sehr gut, aber es stört mich, dass ich das Gelände nicht verlassen darf und den Lohn nicht auf mein österreichisches Konto überwiesen bekomme", ging Amina gleich in medias res. „Ist das Gelände nicht groß genug für die Ambitionen einer Lehrerin"? Alex setzte einen neutralen Gesichtsausdruck auf, als ob er seine Frage ernst meinte. War sie hier in einem Hi Tech Glendale gelandet, wo die Leute zwar keine Berufskonsumenten, dafür aber Berufsproduzenten waren? „Was heißt hier Ambitionen"? gab sie zurück. „Lehrer sehen es als ihr Ziel an, Menschen die Fähigkeiten zu vermitteln, sich in Gemeinschaft produktiv und vor allem sozial zu entfalten". Alex schwieg und auch sie sagte nichts mehr. Wahrscheinlich wusste er nicht, wovon sie redete. „Soll ich dir ein Taco bringen", fragte sie ihn dann. Sie wollte es sich keinesfalls mit Alex verscherzen, denn man konnte hier sicher jeden Alliierten gut gebrauchen, falls es einmal zur Konfrontation mit Yvonne käme.

Zu Leticia sagte sie deshalb: "Kannst du mir bitte für Alex, mich und die Mädchen eines von deinen wunderbaren Tacos geben". Leticia freute sich über das Lob und Amina fragte, ob sie nicht einmal mit Evy und Lisa zu ihr in die Küche kommen dürfe, um von ihr Kochen zu lernen. „Wenn Yvonne es erlaubt", gab Leticia achselzuckend zur Antwort. Alex fand es klug, dass sich Amina mit Leticia gut stellte. „Der arme Wilmer hatte kein gutes Verhältnis zu unserer Chefköchin", sagte er nachdenklich. Die Mädchen setzten sich zu Amina und Alex, um mit ihnen ihr Abendessen einzunehmen. „Na, habe ich euch eine nette Lehrerin gefunden?", fragte Alex die Kinder. „Wir haben dir gesagt, dass du unsere Mama finden sollst", sagte Lisa und umarmte Amina, die auf dem Boden saß und sich mit den Armen abstützte, um durch das Gewicht des Mädchens nicht nach hinten zu kippen. „Dürfen wir Mama zu dir sagen"? flüsterte Lisa Amina ins Ohr. Amina strich Lisa eine Haarsträhne hinters Ohr. „Ja, aber nur im Geheimen", flüsterte sie zurück. „Was hast du Lisa ins Ohr geflüstert"? kam Evy gleich fragend angelaufen. Lisa stellte sich zu ihrer Schwester und gab ihr Geheimnis auf dem stille-Post-Weg weiter. Diese hatte offensichtlich verstanden, nickte zufrieden und machte sich dann wieder daran, den kleinen Staudamm, in dem Alexes Holzzwerge schwimmen sollten, mit Lisas Hilfe weiterzubauen. Vielleicht war Santa Margarita ja doch genug für die Ambitionen einer Lehrerin, dachte Amina in diesem Moment.

Alex und Amina verließen das Wald-Set, als die Party erst rauschend zu werden versprach. Der Konvoy, der sie nach Hause brachte, war nun kleiner und Alex saß am Steuer. Sie nahmen eine andere Route nach Hause, denn Alex wollte Amina noch andere Sets zeigen. Sie fuhren am Strand-Set vorbei, dessen riesiger blauer Swimming-Pool, der auch Wellen produzieren konnte, von weitem wie die Karibik aussah. Danach blieben sie kurz beim Eiskasten stehen, in dem ein Schilift mit einer kleinen Piste zum Schifahren und Rodeln zu sehen war. Der Eiskasten war aber nur vorne aus Glas. Die anderen Flächen des riesigen Quaders waren von dunklen Sonnenkollektoren bedeckt. „Wenn Herzog und Yvonne in St. Moritz zum Schi fahren sind, ist das Wetter meist schlecht und es schneit", erklärte Alex. „Das spart Strom, denn in dieser Gegend scheint die Sonne auch in den Weihnachtsferien heiß in einen Glaskasten und das wird hier durch die Sonnenkollektoren verhindert".

In diesem Glaskasten herrschte zwar trotz des Klimawandels Schneesicherheit, ins Stubai-Tal oder nach Zell am See zum Schi fahren zu gehen, war aber trotzdem das Schönste, was man sich nur vorstellen kann, dachte Amina. „Vielleicht nehmen sie dich zu Weihnachten auch aufs Set mit" riss Alex sie aus ihren Gedanken. Amina erschrak. „Da bin ich doch schon längst wieder zu Hause", entfuhr es ihr. Sie drehte sich zu den Kindern um, die auf den Rücksitzen schon eingeschlafen waren. Alex half ihr, die Mädchen hinauf ins Zimmer zu tragen.

In den nächsten Tagen lernte Amina Santa Margarita und das Leben hier besser kennen. Es gab viele Wissenschaftler, die an geheimen Projekten arbeiteten, Patientinnen, die sich Yvonnes Industrie als Versuchskaninchen zur Verfügung gestellt hatten und viele Schwangere, die Yvonne den Gynäkologen im ganzen Land abkaufte. „Du hast keine Ahnung, wie vielen Menschen ich schon das Leben gerettet habe", hatte sie zu Amina gesagt, als diese im Gespräch meinte, dass ihr die vielen schwangeren Frauen aufgefallen waren. „Waffenbesitz und Abtreibung sind hier das Wahlthema Nr. 1", erklärte Yvonne. „Wenn du bei diesen Themen auf der richtigen Seite stehst, und ich stehe auf der richtigen Seite, dann gewinnst du jede Wahl, egal, was du sonst machst". "Geld musst du natürlich auch haben, ohne das geht sowieso nichts", hatte sie noch gesagt, nachdem sie sich vorher einen Bissen in den Mund gesteckt hatte.

Bei den Gynäkologinnen des Landes lagen Flyer auf, in denen Yvonne Werbung dafür machte, eine Schwangerschaft nicht abzubrechen, sondern nach Santa Margarita zu ziehen um dort das Kind zur Welt zu bringen. Kost und Logis waren für die werdenden Mütter gratis. Dafür mussten sie Yvonne das Kind überlassen und einer weiteren, diesmal allerdings bezahlten Schwangerschaft als Leihmutter für Yvonnes Kunden zustimmen.

Das Leben in Santa Margarita war in diesen Flugblättern und auf Yvonnes Website in schönen Abbildungen dargestellt. Man sah ein luxuriöses Hotelzimmer, das Restaurant am Marktplatz, wo die Schwangeren ihre Gelüste stillen konnten. Ein Foto zeigte fröhliche junge Frauen beim Eis essen. Drei Tage Aufenthalt im Wald und am Strand waren inklusive. Für medizinische Betreuung war gesorgt, was ja für eine Schwangerschaft in den USA unter normalen Umständen nicht der Fall war, wenn man finanziell nicht dafür vorgesorgt hatte.

Mit den Ärzten, die ihr die jungen Frauen vermittelten, machte Yvonne individuelle Verträge. Manche vermittelten ihre Patientinnen aus Menschenfreundlichkeit gratis, weil sie nicht gerne Abtreibungen vornahmen und eine positive Einstellung zum Leben hatten. Andere verlangten von Yvonne nur den Entgang der Einnahmen für die Abtreibung. Es war Ärztinnen aber auch möglich, sich anteilsmäßig an Yvonnes Gewinn zu beteiligen, wenn die Adoption über den Tisch war. Das brachte den Ärzten einerseits mehr Gewinn pro erfolgreicher Schwangerschaft und anschließender Adoption, andererseits bestanden Risiken. Die Schwangerschaft konnte aus medizinischen Gründen nicht zur Geburt führen oder die Frauen fanden sich in ihre Situation und wollten das Kind nach der Geburt behalten. Für diesen Fall musste eine Frau aber an Yvonne den vollen Preis entrichten, der für eine Adoption fällig geworden wäre plus Aufenthaltskosten für die Monate in Santa Margarita. Ausnahmen machte Yvonne keine, denn das wäre schädlich fürs Geschäft.

Die Kinder konnte man auf Yvonnes Internetseite bestellen und adoptieren. Amina hatte sich die Seite angesehen. Da es sich um ungeborene Kinder handelte, gab es nur hochaufgelöste Ultraschallbilder zu sehen. Die Mütter und ihre Umstände wurden näher beschrieben. So konnte es z.B. heißen: „weiße Mutter und weißer Vater hatten bei der Spring break Party in Mexico nicht aufgepasst. Alkohol- und Drogeneinwirkung ohne Folgen für den Fötus (Laborbericht zu Garantiezwecken liegt bei). Beide aus braver, christlicher Familie, jung und gesund". Oder „Afroamerikanerin und Mexikaner kamen sich in der Schule näher. Beide sind A Studenten und zuverlässig". Etwas Schlechtes stand über die Eltern der Babys nicht im Prospekt. Yvonne war nicht rassistisch und darum richteten sich die Preise der Kinder nach Angebot und Nachfrage. Anders als bei Flügen oder Hotels warf der Computer aber die Suchergebnisse vom Teureren zum Billigeren aus und da konnte man sehen, dass die Adoptionseltern weibliche Mischungen aus einem weißen und einem Menschen anderer Rasse am liebsten hatten.

Amina war unangenehm berührt, als sie die Internetseite wieder abklickte. In Österreich war Schwangerschaftsabbruch bis zum 3. Monat legal. Es gab Gruppen, in denen Freiwillige sich engagierten, dass Frauen, die abtreiben wollten, noch ein Beratungsgespräch führten, damit sie ihre Entscheidung unter möglichst vielen Gesichtspunkten überdenken konnten. Als Amina einmal als Unterrichtspraktikantin mit einer erfahrenen Lehrerin ein Elterngespräch geführt hatte, war die Großmutter eines Schülers gekommen, um sich nach der Lernentwicklung ihres Enkels zu erkundigen. Der Junge war ein freundlicher, kooperativer Schüler mit ausgezeichnetem Lern- und Sozialverhalten und ihre Kollegin lobte ihn vor der Großmutter sehr. Da begann die Frau zu weinen, bedankte sich bei der Lehrerin und sagte: „Und ich habe damals, als meine Tochter mit 17 schwanger wurde, auf Abtreibung gedrängt. Wenn mir das nicht die Lehrerin, die damals Klassenvorstand meiner Tochter war, ausgeredet und uns die Schule nicht tatkräftig unterstützt hätte, wäre heute mein Leben nicht so voll Freude an diesem Kind". Ihre Tochter hätte ihr Studium beendet und einen guten Job im Ausland gefunden und wäre sehr stolz neben ihrer Karriere schon Mutter zu sein.

Amina wusste, dass es vor den 60er Jahren des vergangenen Jahrhunderts und auch nachher noch sehr schwierig war, als alleinstehende Frau ein Kind zu haben. Kinder waren heute viel selbstverständlicher. Zu den meisten Arbeitsplätzen konnte man als Mutter oder Vater ein Kleinkind bis zum 3. Lebensjahr mitnehmen. Danach oder manchmal auch vorher schon ging das Kind zum Kindergarten. Auch im Lehrerzimmer stand immer wieder einmal ein Maxi cosi mit einem Baby darin. Die Kollegen verhielten sich solidarisch und wechselten sich beim Aufpassen ab. Oft nahmen die Lehrerinnen ihr Baby auch ins Klassenzimmer. Klar, dass so ein kleines Kind am Anfang der Stunde Aufmerksamkeit erregte, aber im Laufe des Unterrichts vergaß man auf das Besondere der Situation und integrierte das Kleinkind. In der Schule sollte man ja vor allem miteinander leben lernen. Zu Hause in Österreich suchte man eben nach sozialen Lösungen für soziale Probleme.

Amina seufzte: Yvonne dachte immer nur an Profit. Bei der Empfängnisverhütung war sie natürlich mit ihren Pillen und Pflastern groß im Geschäft und bei Unfruchtbarkeit konnte man auf einer ihrer Websites Samen- und befruchtete oder unbefruchtete Eizellen bestellen, die man sich dann bei der Gynäkologin seines Vertrauens einpflanzen lassen konnte. Yvonne hatte einmal bei einer Konferenz über Ethik im Business über mehrere ihrer Projekte gesprochen und darauf hingewiesen, dass schon ein beachtlicher Prozentsatz der Bevölkerung ihr das Leben zu verdanken habe. Der Moderator der Konferenz hatte ihr Unternehmen als Paradebeispiel für die Harmonie zwischen Profit und Nutzen für die Menschheit bezeichnet.

Das Leben und Lernen mit Evy und Lisa machte Amina trotz Yvonnes Präsenz bei den Mahlzeiten große Freude. Genau genommen musste sie sogar dankbar sein, dass Yvonne zu ihr Vertrauen hatte, denn dadurch lernte Amina, wie es in den inneren Zirkeln der Macht zuging. Das Privileg einer Entscheidungsträgerin als Beobachterin so nahe zu sein, war wohl unbezahlbar.

Eines Tages, als sie wieder zusammen beim Abendessen saßen, brachte Yvonne ihr Wochenmagazin „Pill`s Weekly" mit. „Mysteriöse Schönheit an Herzogs Seite. Ist sie die Mutter"? stand in großen Lettern über einem Foto, das mit einem Teleobjektiv gemacht worden war und verschwommen Herzog und Amina mit den beiden Mädchen am Wald-Set zeigte. Man sah Aminas Gesicht nicht, weil sie nach unten auf den Waldboden blickte, während sie Evy an der Hand führte. Über Evys Augen war ein schwarzer Balken gemalt, der die Geschichte wichtig und geheimnisvoll machen sollte und Lisa konnte man nicht ganz sehen, da sie von Amina verdeckt wurde, die ein bisschen vor ihr ging. Herzog war zwar etwas verschwommen aber deutlich zu erkennen. Auf den Seiten 4-6 des Magazins sollte es noch mehr Informationen geben.

Als Yvonne Amina eines der Magazine reichte, wusste sie nicht recht, ob sie lachen oder empört sein sollte. Amina schlug das Heft auf. Auf den ersten beiden Seiten pries im Editorial der Herausgeber die Erfolge der Pharmafirma, es gab einige Werbungen für Medikamente, Vitaminpillen und Versicherungen, mit denen Mc Pill zusammenarbeitete. Auf den Seiten 2 und 3 eine Werbung für die Mortesecura 10: eine Frau mit langen blonden Locken und frechen blauen Augen setzte darauf ihren Hintern in Szene, während sie, einen Ellenbogen auf den Zaun einer Pferdekoppel gestützt, die Waffe bediente. Darunter stand: „Treffsicherheit in Serie. Die neue Mortesecura 10". „Dieses Produkt generiert Arbeitsplätze", las Amina wieder laut vor. „Das schreiben sie immer, wenn ein Wahlkampf bevorsteht", meinte Yvonne, als sie Aminas erstauntes Gesicht sah. „Meinen die Arbeitsplätze für Chirurgen, die Projektile aus Menschen herausoperieren oder Arbeitsplätze für Totengräber vielleicht"? fragte Amina. „Stell dich doch nicht so naiv", hatte Yvonne sofort die Ironie in Aminas Stimme bemerkt. „Die Herstellung eines jeden Produktes generiert Arbeitsplätze. Aber du hast recht, sie sollten lieber jede Waffe mit dem Label „Dieses Produkt kann tödlich sein" versehen müssen, so wie sie es von mir verlangen, dass ich es auf die Packungen einiger meiner Drogen drucke. Diesen Scheinheiligen geht es nur um den eigenen Profit und darum, mich im Wettbewerb zu schlagen. Die Waffenlobby kann es nicht verwinden, dass ich das vormals illegale Drogengeschäft in die USA geholt habe. Dabei hat das unserer Wirtschaft einen enormen Aufschwung verschafft, indem seither die Drogenkonsumenten ihre Dollars an uns bezahlen und nicht mehr ans Ausland. Außerdem konnte ich beweisen, dass Waffen eine schädlichere Wirkung auf die Gesundheit der Menschen haben als Drogen. Dass ich damals den Prozess gewonnen habe, war ein arger Rückschlag für die Waffenlobby. Trotzdem sitzen wir in Wahlkampfzeiten im selben Boot, denn auch für uns steht das wirtschaftliche Wohlergehen des Landes an erster Stelle und Seite an Seite kämpfen wir um jeden Dollar Profit".

Seit der Legalisierung der Drogen hatte sich das Gleichgewicht in der Symbiose von Waffen und Drogen tatsächlich immer mehr zugunsten der Letzteren verschoben. Den letzten großen Waffendeal hatten die Vereinigten Staaten 2017 abgeschlossen. Der US-Präsident hatte in seiner Rede seinen Bürgern Jobs, Jobs, Jobs als Folge dieses Deals angekündigt, aber bei einem späteren Treffen der Wirtschaftsmächte hatte der französische Präsident sich beschwert, dass die Folge dieser Deals nicht nur Jobs für US-Bürger bedeutete, sondern Flüchtlingsströme für ganz Europa und Jobs hauptsächlich für Totengräber. Die europäischen Staaten hatten sich ihm angeschlossen und arbeiteten seither an der Abrüstung der Welt, worauf sich die amerikanische Waffenindustrie auf den eigenen Markt konzentrieren musste.

Amina blätterte weiter. Es folgte die Coverstory. Man sah die Mädchen von hinten am Bach spielen und auch die Bilder, auf denen Amina, Herzogs Arm um ihre Schultern saß, waren abgedruckt. Die Fotografen verstanden es wirklich mit ihren Bildern eine komplette Geschichte zu erzählen. Herzog sah verliebt zu Amina hinunter. Ihren Gesichtsausdruck konnte man nicht

166

erkennen, da sie nur von hinten zu sehen war, aber sie wusste, dass sie im Moment der Aufnahme erschrocken zusammengezuckt war. Das Bild suggerierte freilich, dass sie ihn verliebt ansah. Viele Informationen gab es nicht zu den Bildern, die Betrachter durften ihre Phantasie spielen lassen.

Auf den nächsten beiden Seiten gab es die Folge eines rührseligen Arztromans. Das Evangelium nach Matthäus 4,23f, in dem Jesus mehrere Menschen von ihren Krankheiten heilte, füllte die darauffolgende halbe Seite. Darunter, unter dem Titel „Rückenwind für deine Gebete" wieder Werbungen für Mc Pill Produkte. Falls die Gebete nicht gleich helfen, solle man doch Jesus mal eine Pause gönnen. „Give Jesus a break", las Amina laut vor und lachte ein bisschen. „Dieser Spruch war meine Idee", verkündete Yvonne stolz. „Die Leute lesen einen Bibeltext lieber als einen wissenschaftlichen Forschungsbericht. Außerdem sind die Urheberrechte für Zitate aus der Bibel längst erloschen und der Zusammenhang mit unserer Arbeit kann leicht hergestellt werden. Wir verstehen uns als Ergänzung zur Bibel, nicht als Ersatz dafür. Eine halbe Seite beliebter Lektüre vinkuliert mit Anzeigen trägt nicht unwesentlich zu unserer marktbeherrschenden Position im Land bei". Yvonne legte eine kurze Sprechpause ein. „Zum Glück stehen die Bibeltexte, die uns betreffen im Neuen Testament. Keybolt Steven muss immer das Alte zitieren, das funktioniert zwar auch, aber längst nicht so gut".

Auf die Bibellektüre und die Werbung folgten die Leserstimmen, in denen die Wunderwirkung verschiedener Produkte besprochen wurde. Die nächsten beiden Doppelseiten waren den Absolventen von Mc Pills Universitäten gewidmet. 4 Seiten waren voll mit den Portraits von jungen Männern und Frauen in ihrer Absolventenuniform mit der typischen Kappe. Obwohl die Uniform es schwerer machte, die jungen Menschen als Individuen zu registrieren, hatte Amina Sally sofort erkannt: „Das ist ja Sally aus Glendale"! rief sie überrascht. „Ich werde ihr gleich eine Nachricht schreiben, um ihr zum Abschluss zu gratulieren". Yvonne und Herzog, die noch mit dem Essen beschäftigt waren, ließen sich die Zeitschrift über den Tisch schieben, um Sally zu sehen.

„So schnell vergeht die Zeit", sprach Amina weiter, "als ich im September nach Glendale kam, hatte Sally gerade erst begonnen zu studieren, jetzt hat sie schon ihren Abschluss gemacht". „Ich habe das Studium gestrafft und all das unnötige Auswendiglernen abgeschafft", lobte sich Yvonne. „Allerdings muss deine Sally noch den praktischen Teil des Studiums bestehen. Sie muss sich auf Verkaufspartys und in einer meiner Filialen bewähren und eine gewisse Summe an Umsatz erwirtschaften, erst dann bekommt sie den Doktortitel von meiner Universität in Bredford zugesprochen". Amina hatte schon in Glendale erfahren, dass dieser praktische Teil wesentlich schwieriger zu erfüllen war, als die theoretischen Prüfungen, bei denen man das Internet zu Hilfe nehmen konnte. Irgendwo auf Mc Pills Website stand die Antwort auf die Examensfragen, aber auf Verkaufspartys war die Konkurrenz durch andere Anwärterinnen auf das Doktorat groß und fertige Doktoren hatten meist schon ihre Stammkundschaft, der man fast unmöglich noch mehr verkaufen konnte ohne, dass sie aufgrund einer Überdosis das zeitliche segneten und dann als Kundinnen ganz ausfielen. Manche Absolventen aus reicheren Familien kauften die Quote, die sie verkaufen sollten, selbst und versteckten sie zu Hause oder fuhren über die Grenze nach Mexico oder Kanada, wo sie versuchten, ihre Vitamintabletten, Schlankheitspillen, Aufputsch- und Abführmittel loszuwerden. Klar ging es schneller, wenn man Stardust oder Opiate verhökerte, denn diese Drogen waren in Mexico illegal. Sie durften dort nur für Mc Pill erzeugt, aber nicht verkauft werden. Das trieb natürlich den Preis hoch und man hatte die Investition, die man in den Titel gesteckt hatte, schneller herinnen. Manche Anwärterinnen blieben aufgrund ihres Verkaufserfolges in Mexico. Sie waren dort unter der Bevölkerung als chicas malas bekannt, was so viel wie bad girls bedeutete, und mussten sich vor der Polizei verstecken.

Yvonne holte aus ihrer Handtasche noch mehrere unveröffentlichte Fotografien, die am Wald-Set gemacht worden waren. Da sah man Amina und Herzog freundschaftlich auf einem Stein sitzen und mit den Mädchen spielen. Die Fotos waren sehr gelungen und Amina gefiel sich in den meisten. „Du darfst sie behalten", sagte Yvonne gut gelaunt, auf die Fotos zeigend. Amina bedankte sich und sah die Fotos nochmals durch. „Gut seht ihr beide zusammen aus", sagte Yvonne, als sie nach der Hauptspeise die Zeitschrift noch einmal in die Hand nahm. Amina hatte Yvonnes Vertrauen nicht nur gewonnen, weil sie mit ihren Enkelinnen gut konnte, sie hatte auch Yvonnes Hoffnungen erweckt, dass Herzog seine Homosexualität aufgeben oder doch wenigstens bisexuell werden würde. Trotz ihrer jugendlichen Erscheinung war Yvonne im Grunde doch eine 65-jährige ältere Dame, die noch nicht mit einer natürlichen Einstellung zur Gendergleichheit aufgewachsen war. Ihr Sohn verstand sich gut mit der Hauslehrerin, das hatte Yvonne schon festgestellt und sie freute sich darüber, wenn auch Amina in ihren Augen als Schwiegertochter zu rebellisch und unberechenbar war. „Bringen wir die Mädchen zu Bett", sagte sie und forderte Herzog und Amina auf, mit ihr zu kommen.

Lisa und Evy wollten wie immer eine Geschichte vorgelesen bekommen. „Amina soll lesen. Sie sucht nicht immer die kürzeste Geschichte aus", sagte

Lisa und drückte der Lehrerin das Märchenbuch in die Hand. „Ich will Rumpelstilzchen hören", meldete sich Evy. Amina wollte auf keinen Fall in Yvonnes Anwesenheit das Märchen vom Rumpelstilzchen, das einer Königin ihr Kind wegnehmen wollte, vorlesen. Vielleicht fühlte sich Yvonne bei diesem Thema angesprochen und würde auf Amina böse sein. Außerdem war dieses Märchen nichts für kleine Mädchen. Dass man geheiratet wurde, weil der zukünftige Mann glaubte, man könne Stroh zu Gold spinnen, war an sich schon skandalös, aber dass man diesen Betrug, der einem durch Erpressung aufgezwungen wurde, mit seinem ersten Kind bezahlen sollte, war wirklich grausam.

„Heute bin ich zum Aussuchen dran", sagte Amina. „Ich lese euch „Der gestiefelte Kater" vor". In dieser Geschichte ging es darum, wie ein auf den Gebieten der Ökonomie und der Kommunikation gebildeter Kater mit List und Hochstapelei seinem Besitzer zu großem Reichtum und einer guten Partie verhalf, obwohl dieser Kater die schlechteste Erbschaft zu sein schien, die 2 Männer ihrem jüngsten Bruder nach dem Tod des Vaters überlassen hatten. Yvonne und Herzog saßen in ihren Stühlen, die Mädchen lagen schon im Bett und murrten ein wenig, weil sie dieses Märchen langweilig fanden. Obwohl Amina ihre Schauspielkunst in den Vortrag legte, waren die beiden bald eingeschlafen. Dafür lag sie mit diesem Märchen bei Yvonne richtig. Diese lachte immer wieder und nickte beifällig zu Aminas Vortrag. „Dieser Kater scheint schon so etwas Ähnliches wie das pump and dump Prinzip gekannt zu haben", kommentierte sie und die Moral der Geschichte gefiel ihr außerordentlich gut. „Streue Gerüchte über den steigenden Wert deiner Aktien und die Investoren fallen darauf herein". Mit diesen Worten stellte sie nach dem „und wenn sie nicht gestorben sind..." das Märchen in einen aktuellen Kontext. Herzog nahm die Geschichte neutral auf. Während Yvonne wahrscheinlich nicht wusste, ob sie sich mehr mit dem Kater oder dessen Herrn identifizieren sollte, würde Herzog wahrscheinlich nie etwas erben und eine Katze hatte er schon.

Kapitel 14

Es heißt nicht mehr Politiker, sondern Lobbyist mit Korruptionshintergrund. (aus dem Internet)

Nach dem Unterricht, der nach wenigen Tagen für alle Beteiligten zur geliebten Routine geworden war und dem täglichen Mittagessen hatte Amina frei und ging oft nach Santa Margarita. Manchmal bettelten Evy und Lisa, sie möge doch bitte mit ihnen SIMS spielen und Amina kam ihrem Wunsch oft nach. Während des Spielens durften die beiden Mama zu ihr sagen. Die neuen SIMS Mamas der Mädchen glichen Amina. Bei dieser neuen Version des Spiels konnte man Figuren, die man geschaffen hatte, einfach löschen. Das war bei der uralten Version, die Amina von Daniel und Valerie geerbt hatte, noch nicht möglich gewesen. Wenn man damals eine einmal geschaffene Figur loswerden wollte, musste man sie umbringen. Amina erinnerte sich, dass sie hohe Mauern um ihren virtuellen Swimming-Pool gebaut hatte, um ihren SIMS den Ausgang zu versperren. Die ungeliebten SIMS Kreaturen schwammen so lange, bis sie irgendwann im Pool ertranken. Damals war es aber so, dass die verstorbenen SIMS die anderen Figuren als Geister verfolgten. Auch mussten die SIMS des Jahres 2043 nicht dauernd zur Toilette gebracht werden. Daniels und Valeries Figuren pieselten auf den Boden, wenn man darauf vergaß, sie aufs Klo zu führen. Dann musste man entweder aufwischen oder eine Putzfrau anstellen, die man aber gleich nach dem Saubermachen wieder entlassen konnte, um kein Geld zu verschwenden. Früher durfte man SIMS Babys auch keine Minute für sich allein lassen, denn da kam sofort die Sozialarbeiterin und nahm das Baby weg. Amina hatte damals versucht, eine Mauer um das Baby zu bauen, um die SIMS Sozialarbeiterin daran zu hindern, das Baby abzuholen. Die Sozialarbeiterin konnte aber durch Mauern gehen.

Die neue SIMS Version war dem Puppen Spielen ähnlicher als die alte, die Amina kannte. Das war auch gut so. Die SIMS mussten nicht mehr zur Arbeit gehen, um Geld zu verdienen und wenn sie sich beim Pizza Service etwas zum Essen bestellten, lagen die Verpackungen und Servietten nach dem Essen nicht überall herum. Die Quality Time, die Eltern miteinander verbringen mussten, um ein Kind zu bekommen, war kürzer als in früheren Versionen. Heiraten konnten Evy und Lisas SIMS ohne Verlobungszeit und man konnte so viele Hochzeiten ausrichten, wie man wollte. Amina hatte sich früher oft geärgert, dass ihre SIMS sich verloben mussten. Die Verlobungszeit durfte aber auch nicht zu lange dauern, denn nach einer gewissen Zeit des Zusammenlebens erlaubte das Programm keine Hochzeit mehr.

Zusammen hatten die SIMS von Evy, Lisa und Amina schon ungefähr 20 Kinder. Diese trafen sich jeden Tag in einem Haus und spielten dort Schule. Die SIMS Kinder sprachen sich gegenseitig als Kusine oder Bruder an und lernten in jedem Spiel zusammen Leben, wie Amina erklärte. „Sagen wir nicht Schule zu diesen Treffen", hatte Amina den Mädchen vorgeschlagen. „Es ist ja auch keine richtige Schule", hatte Lisa gleich verstanden, „unsere SIMS besuchen sich nur gegenseitig und unternehmen etwas gemeinsam". Die eventuellen Aufpasser hatten das Arrangement akzeptiert und ließen diese Schule nicht abstürzen. Das SIMS Spielen änderte allerdings nichts daran, dass Evy und Lisa immer noch davon träumten, in eine echte Schule zu gehen. „Bitte überrede Yvonne, es uns zu erlauben", hatten sie Amina schon oft gebeten. Amina hatte von Yvonne wiederholt keine Erlaubnis erhalten, mit den Mädchen die Schule Santa Margaritas zu besuchen. Sie selbst durfte sich die Schule anschauen, nachdem sie sich von Betty einen Zutrittspass abgeholt hatte. Die Schule war gleich organisiert wie die in Glendale mit dem Unterschied, dass hier Geld für die Erhaltung des Gebäudes und für Schulmaterialien vorhanden war. Die Lehrerinnen wurden bezahlt, aber Ausbildung hatten sie keine und unterrichten wurde mit Babysitten gleichgesetzt: eine wichtige, verantwortungsvolle Aufgabe zwar, aber ohne jedes Sozialprestige. Männer arbeiteten in Santa Margarita überhaupt keine als Lehrer, obwohl die Texte in den Schulbüchern viel weniger frauenfeindlich waren als in Glendale. Aufgrund des Namensschildes, das Betty ihr als Pass gegeben hatte, erregte Amina das Misstrauen des dortigen Lehrpersonals. Das Schild wies sie als Yvonnes Vertrauensperson aus und daher konnte sie keine objektiven Beobachtungen durchführen oder Vorschläge machen ohne Argwohn zu erregen.

Lisa und Evy würden in dieser Umgebung wahrscheinlich nicht als gleichwertige Schülerinnen betrachtet werden und so bemühte sich Amina auch nicht mehr, die beiden in dieser Schule einzuschreiben. Ihre beiden Schützlinge würden leider ziemlich weltfremd aufwachsen. Zum Glück waren sie psychisch gesund und konnten an ihrer Persönlichkeitsentwicklung arbeiten. Diesen Weg hatte ja auch Herzog gewählt, den Amina trotz seiner Passivität zu schätzen gelernt hatte. Er las viel und hatte Amina schon öfters Bücher empfohlen und geliehen. Herzog war eine angenehme Gesellschaft. Er drängte sich nie auf, ganz im Gegensatz zu Yvonne, die immer, wenn sie Zeit hatte, bei allem dabei sein wollte. Wenn sie ins Zimmer kam, wurde es ungemütlich. Das tat Amina sogar ein bisschen leid für sie. Es musste doch schrecklich sein, ewig zu leben und von der näheren Umgebung als Störfaktor betrachtet zu werden. Nach dem Abendessen ging Yvonne jetzt auch immer öfter mit, wenn Herzog und Amina den Mädchen gute Nacht sagten und wollte zuhören, wenn Amina vorlas.

Einmal hatte Yvonne darauf bestanden, das Märchen vom Rumpelstilzchen zu hören, als Amina es wieder abwählen wollte. Nach jedem Absatz, den Amina gelesen hatte, unterbrach sie und gab den Mädchen ihre Ratschläge. „Ihr seid keine armen Müllers Töchter, für die ein alter reicher Sack eine gute Partie wäre". Herzog hatte gelacht und das hatte Yvonne zu weiteren guten Tipps angespornt: „Wenn einer behauptet, er könne Stroh zu Gold spinnen, verlangt zuerst eine gratis Demonstration, denn solche Versprechungen gehen meistens auf irgendjemandes Kosten. Immer aufpassen, dass es nicht auf eure Kosten ist", sagte sie mit erhobenem Zeigefinger. Amina gefiel das sogar ein bisschen und sie begann ab dieser Stelle das Märchen theatralischer vorzutragen. „Wenn ihr keinen anderen Ausweg seht, macht ruhig Versprechen, die ihr nicht halten könnt. Ihr habt Geld und dafür wird euch jeder Anwalt aus jeder Situation raushauen", sagte Yvonne, nachdem die Müllers Tochter dem Rumpelstilzchen ihr erstgeborenes Kind versprochen hatte. „Für zu Gold gesponnenes Stroh könntet ihr dem Gnomen aber ein Baby von meiner Internetseite anbieten", hatte sie leiser hinzugesetzt. Bei dieser Bemerkung verging Amina die gute Laune wieder. Yvonne hatte danach bis zum Schluss nicht mehr unterbrochen. Die Mädchen fragten ihre Großmutter nach dem „und wenn sie nicht gestorben sind....", was sie tun würde, wenn sie Rumpelstilzchens Namen nicht wüsste. „Oh, Rodrigo und Edgar (ihre Bodyguards) hätten seinen Namen schon vor dem 1. Besuch herausgefunden, da kannst du dir sicher sein", sagte sie lachend. „Aber, wenn nicht"? fragte Evy. "Wenn nicht, dann hätten sie sich um das Problem gekümmert. Sie hätten dem Rumpelstilzchen den Kopf abgehackt und den Schädel dem feindlichen Lager ins Camp gerollt. Mit einem Lippenstift hätte ich ihm vorher die Botschaft „mit mir nicht!" auf die Stirn geschrieben". Evy zog sich daraufhin die Decke über den Kopf und wollte sich von Yvonne keinen Gute Nacht Kuss geben lassen. „Ich hab` doch nur Spaß gemacht", hatte diese versöhnlich gesagt, die Decke zurückgezogen und Evy auf die Stirn geküsst".

Yvonnes Lebenszweck war der Profit. Es war nicht einmal so, dass sie besonders geldgierig gewesen wäre, sie war ganz einfach in einem Geist erzogen worden, der dem wirtschaftlichen Erfolg den allerhöchsten Wert zumaß. Je reicher man war, desto mehr Ansehen, Einfluss und Macht hatte man in Amerika. Dies war früher nicht nur in den USA der Fall gewesen, auch im Rest der Welt war Geld bis vor nicht allzu langer Zeit die Einheitswährung für Werte jeglicher Art. In den 20er Jahren hatte man in Europa angefangen, andere Indikatoren für den Erfolg von Gesellschaften zu entwickeln. Die Kriminalitätsrate, die Schulbildung, die Gesundheit und Zufriedenheit der Bevölkerung waren zum Beispiel Themen, denen man Bedeutung und Wert zumaß.

Natürlich war auch in Europa der Erfolg der Wirtschaft immer noch ein Indikator für Fortschritt, aber es ging nicht mehr darum, möglichst viel von irgendetwas zu produzieren und zu verkaufen, sondern es wurde mehr auf den Nutzen der Produkte für die gesellschaftlichen Ziele der Bevölkerung geachtet. So wurde zum Beispiel gesundes Essen und selber Kochen mehr beworben als Vitamintabletten und dadurch erlangte es mit der Zeit mehr Wert. Da gesundes Essen mehr Wert bekam, wurde die Schulküche eingeführt und die Landwirtschaft reformiert. Ebenso war es mit dem Sport. Sich Bewegen wurde beworben und schon in der Schule praktiziert, nachdem man den Nutzen für die Volksgesundheit erkannt hatte. Geld war immer noch genug im Umlauf, wenn auch traditionelle börsennotierte Konzerne nicht mehr diese Gewinnkurven vorzeigen konnten, wie früher.

Es wurden in den Nachrichten andere Gewinnkurven vorgezeigt. Solche, an denen die Bevölkerung beteiligt war. Man freute sich zum Beispiel, wenn die Kriminalitätsrate in einer Gegend gesunken war, weil man erreicht hatte, dass sich die Menschen besser kennenlernten und potentielle schwarze Schafe integrierten. Projektleiterinnen und der Polizei wurde dann ein Bonus ausbezahlt. Es wurden viele Arbeitsplätze im sozialen Bereich geschaffen und die Sozialarbeiter mussten vorzeigen, was sie erreicht hatten. Es gab Forscherinnen, die alte Leute nach ihrer Zufriedenheit fragten und wenn in einer Gegend die Kurve der Zufriedenheit unter den Senioren stark nach oben oder unten zeigte, forschte man die Verantwortlichen aus und belohnte sie oder wechselte die Sozialarbeiterinnen aus, die keine guten Ergebnisse vorzeigen konnten. Die Kurven, an denen der Erfolg von börsennotierter Firmen gemessen wurde, zeigte das Steueraufkommen dieser Unternehmen im Land. Wenn diese Kurve nach oben zeigte, hatten die Menschen Vertrauen in solche Unternehmen und investierten in sie. Es war für jede Firma wichtig, ihren Nutzen für die Bevölkerung hervorzukehren.

Die Bevölkerung wurde ins Wirtschafts- und Gesellschaftsleben eingebunden. In Frankreich wurde zum Beispiel die Bevölkerung der berüchtigten Vororte von Paris an der Verbesserung ihrer Lebensumstände beteiligt. Sie kauften mit vom Staat zu diesem Zweck zur Verfügung gestellten Geld, Baumaterialien und Farbe und junge Leute, die Wohnungen reparierten oder Sportgruppen leiteten, wurden bezahlt und erlangten durch die Kurven, die in die richtige Richtung zeigten, mehr produktives Einkommen und Geltung in der Gesellschaft. Die Reality Show, die bei der Arbeit in den französischen Vororten produziert wurde, lief auch in Österreich. Manche Schülerinnen aus Aminas Klasse waren Fans der französischen Stars dieser Serie. Auch aus dem UK gab es solche Arbeiter Serien. In jeder Folge tanzte dort die Renovier Truppe nach Bollywood Manier. Anstatt in Finanzprodukte investierte man in Europa und zunehmend auch in Afrika und Asien in Dienstleistungen von Menschen für Menschen. Man handelte mehr und mehr IIX (Impact Investment Exchange) Aktien, die sich sozialen Unternehmen widmeten und somit dazu beitrugen, dass sich die Kluft zwischen Reich und Arm verkleinerte.

All diese Entwicklungen hatten sich in den USA nicht durchgesetzt. Dort waren die Börsenkurse der traditionellen Firmen immer noch der wichtigste Indikator für die Werte der US-amerikanischen Gesellschaft und die einzige Kurve, die den Menschen gezeigt wurde. Es wurden immer mehr verschiedenste Wertpapiere aufgelegt, deren wahrer Wert sich alle paar Jahre offenbarte, wenn wieder eine Krise ausbrach. Es war wahrlich überraschend, wie es die Politiker dort immer wieder schafften, von der Bevölkerung gewählt zu werden.

Amina hatte aufgrund ihrer Anwesenheit beim Mittagessen schon einige interessante Gespräche erlebt. Sie hatte zwar bald schon erfahren, dass sie von Yvonne nicht nur als Hauslehrerin, sondern auch als Vorkosterin eingestellt worden war. Oscar hatte ihr das offenbart, als sie einmal partout mit dem Essen auf die anderen warten wollte. „Du musst keine Angst haben", hatte er ihr danach erklärt, „wir alle mögen dich und sehen dich schon als Teil unserer Familie. Von uns wirst du nicht vergiftet werden. Wilmer wurde von Yvonne persönlich eliminiert, weil er mit Herzog und den Mädchen von hier flüchten wollte". Amina hatte ihn entgeistert angeschaut. "Yvonne hat eine Möglichkeit gefunden, ihre DNA am Altern zu hindern, aber sie kann immer noch durch Gift, Mord oder einen Unfall umkommen und davor fürchtet sie sich offensichtlich mehr als normal Sterbliche den Tod fürchten". Oscar hatte Amina den servierten Teller hingeschoben und sie zum Essen aufgefordert. Sie hatte aufgrund dieser Erkenntnisse zwar keine Angst vorm Essen, wusste aber, dass es wahrscheinlich nicht so leicht sein würde, das Gelände zu verlassen, wenn sie ihre Zeit dafür für gekommen halten würde. Sie war nun auch sicher, dass jemand nach ihrem Pass gesucht hatte, da Yvonne persönlich sie einmal gebeten hatte, ihr diesen zu überlassen, um eine Kopie davon zu ihren Akten zu legen. Amina hatte behauptet, sie hätte den Pass bei Doc und Willow vergessen und würde ihn sich dort bei Gelegenheit holen. Yvonne hatte sich zum Glück mit dieser Antwort zufriedengegeben und Amina trug ihren Pass weiterhin in ihrer unaufgeräumten Handtasche herum.

Über das Leben in Santa Margarita konnte Amina sich nicht beschweren. Sie führte dort das Leben einer privilegierten Mitarbeiterin. Yvonne hatte ihr ein Konto eröffnet und Amina konnte mit ihrer Kreditkarte alle Güter und Dienstleistungen bezahlen, die in Santa Margarita geboten wurden. Amina hatte vor, sich vom Glanz der Geschäfte nicht zu sehr blenden zu lassen und eher in Dienstleistungen wie Sportkurse und Spas zu investieren. Durch ihren Abgang aus Glendale, wo sie einige schöne Dinge im Motel zurückgelassen hatte, sollte sie schon die Erfahrung gemacht haben, dass es vorteilhafter ist, sich möglichst wenig materielles Gepäck zuzulegen. Der Versuchung, Geld für Unnötiges auszugeben, erlag sie leider trotzdem oft. Das Angebot war hier viel größer als in Glendale. Nur Waffen gab es hier keine zu kaufen. Hier lag das Gewaltmonopol in der Hand von Yvonne und ihren Söldnern.

Die Politik in den USA wurde von den großen Konzernen bestimmt und da Mc Pill einer der größten davon war, hatte Yvonne beträchtlichen Einfluss auf die Machtverhältnisse im Staat. Es gab noch immer die 2 alten Parteien, aber es ging auch in den USA nicht mehr um rechts oder links. Die 2 Blocks, die sich gegenüberstanden, waren auf der einen Seite traditionelle Firmen wie Mc Pill, Keybolt Steven und die Investmentfirmen der Wall Street, auf der anderen Seite standen die Internetfirmen. Letztere hatten zwar mehr Geld und gewannen fast immer auch die Mehrheit der Stimmen, durch das Wahlsystem in den USA konnte ihr Kandidat aber selten die Mehrheit der Wahlmänner auf sich vereinen. Die Internetfirmen fanden auch nicht immer eine geeignete Kandidatin, die willens war, es mit den Kandidaten und Methoden aufzunehmen, die die gegnerische Seite im Wahlkampf einsetzte.

Eines von Yvonnes produktiven Hobbys, wie sie es nannte, war es, sich aus Filmen und Geschichten Methoden zu notieren, die ihren Kandidaten im Wahlkampf nützen könnten. Dabei interessierte sie sich weniger für plumpe Mordgeschichten, als für die eher neuen Techniken der Manipulation durch Falschmeldungen und Fehlinformationen. „Machiavelli ist zwar ein Klassiker, aber er hatte noch keine Ahnung von Massenmanipulation durch Medien", hatte sie Amina einmal erklärt. „Von ihm kann ein Kandidat heute nur in Bezug auf Persönlichkeitsbildung lernen". Yvonne freute sich immer besonders, wenn sie sich etwas ausgedacht hatte, was im Nachhinein verfilmt wurde. „Da sieht man, dass die Realitäten, die ich schaffe, der Phantasie vorauseilen", erklärte sie dann stolz.

An Yvonne konnte man deutlich erkennen, dass Intelligenz an sich ein neutraler Wert war, den man zu Wohl oder Wehe der Menschen einsetzen konnte. In alten Zeiten hatte man Leute diskreditiert, indem man ihnen die Intelligenz absprach: „Er ist ja so dumm", hatte man von Präsidenten oder Politikerinnen gesagt, mit denen man nicht übereinstimmte. Intelligenz in positivem Zusammenhang war ein Adelsprädikat. Amina hatte am pädagogischen Institut in einer Vorlesung über kognitive Leistungsfähigkeit viel zum Thema Intelligenz erfahren. Menschen mit hoher kognitiver Leistungsfähigkeit hatten es im Leben oft leichter, da sie auf verschiedenste Situationen schneller zu ihrem Vorteil oder wenigstens zum vermeintlichen Vorteil ihres Egos reagieren können. Es sind aber alle Kinder schulpflichtig und deshalb müssen Lehrerinnen dafür sorgen, dass auch weniger intelligente Kinder ihren Weg zu ihrem eigenen und somit dem Wohl der Gemeinschaft finden. Viele Kinder sind außerdem nur auf den ersten Blick weniger kognitiv leistungsfähig und es war immer schön zu sehen, wenn sich Kinder, die nicht auf allen Gebieten Stärken aufwiesen, ihre Nische fanden, in der sie glänzen konnten.

Politiker waren wie die meisten Menschen schon immer durchschnittlich intelligent und bei den wenigen Ausnahmen in die eine oder andere Richtung war es in der Geschichte keineswegs so, dass Intelligenz immer zum Wohle der Mitbürger eingesetzt worden wäre. Meist waren sich die Regierenden dessen auch gar nicht bewusst, denn kaum jemand wollte absichtlich das Böse. Es war nur so, dass das vermeintlich Gute für einen Moment mehr glänzte. Amina betrachtete die Schülerbeiträge in ihrem Geschichtsunterricht gerne unter diesem Aspekt. Allerdings war das Thema „Schaden und Nutzen der Intelligenz an ausgewählten Beispielen der Geschichte" für Mittelschüler zu komplex und deshalb nicht Thema für den Wissenserwerb in ihrem Unterricht.

An Yvonnes Verhalten merkte man, dass in den USA im Herbst wieder Präsidentschaftswahlen anstanden. Freudig erregt, telefonierte sie sogar beim Essen, was sie sonst für schlechtes Benehmen hielt, aber das war notwendig, da sie eine Reihe von lokalen Politikern ihrer Partei und sogar den Präsidenten beriet, der vorhatte, sich der Wiederwahl zu stellen. Präsident Wolf war von ihrer Partei und ungefähr gleich alt wie sie. Er wollte nicht, dass Yvonnes Forscher an seinen Genen herumschnippelten, wie er Yvonnes Angebot von ewiger Jugend verstanden hatte, und darum sah er aus, als wäre er ihr Vater. Das entsprach aber ohnehin dem Profil, das die Wähler in den

USA von einem Präsidentschaftskandidaten im Kopf hatten. Von einem Kandidaten für das höchste Amt im Staat erwartete man Lebenserfahrung. Wolf war in dieser Hinsicht der ideale Kandidat und er brachte noch viel mehr Qualitäten mit, die ihm der Konkurrenz überlegen machten.

J.B.Wolf hatte sein Geld in jungen Jahren an der Wall Street verdient. 2007 sperrte das Unternehmen, für das er arbeitete, zu. Seine junge Karriere hatte durch die Krise einen Knacks bekommen und er konnte sich deshalb erst 10 Jahre später, nach den Deregulierungen des Börsengeschäfts finanziell so richtig entwickeln. Die 20er Jahre waren seine große Zeit. Damals lernte er auch Yvonne kennen. Er wurde zu einem ihrer besten Kunden. Sie verloste unter den Absolventen ihrer Colleges die Praktika auf seinen Partys. Wolf wollte allerdings nur weibliche Beraterinnen haben, weshalb die männlichen Absolventen eine Klage wegen Benachteiligung eingebracht und den anschließenden Prozess gewonnen hatten. Solche Negativwerbung konnte Yvonne natürlich nicht gebrauchen, obwohl schon damals so viele Falschmeldungen und Skandale durch die Medien geisterten, dass ihr Prozess wahrscheinlich kaum Aufsehen erregt hatte und nur zur Unterhaltung einiger an der Genderthematik Interessierter diente. Trotzdem hörte sie mit dem Verlosen der Praktika auf. Ihre Absolventen konnten sich ja privat für den Job bei den Partys bewerben und dann konnte J.B. nehmen, wen er wollte.

Nun war Präsident Wolf ein älterer Herr, dem solche Partys schon zusetzten und der Stardust als seiner Karriere nicht mehr förderlich betrachtete. Yvonne musste das Geschäft mit ihm auf andere Beine stellen. Sie wurde seine Beraterin. Vitamintabletten und Kraftfutter für den Muskelaufbau bekam er von ihr gratis. Die Lizenz für Viagra hatte sie leider noch immer nicht. "An diesem Tag kann ich nicht, kannst du nicht einen Tag später kommen", hatte sie eines Tages, als er beim Mittagessen anrief, ins Telefon gesprochen. „Gut, dann bis nächsten Montag", sagte sie und legte auf. „Das ist Diplomatie", erklärte sie Yvonne, „er muss wissen, dass er sich nach mir richten muss, nicht umgekehrt". Herzog lachte: "Und darum lässt du dich jedes Mal von seiner Sekretärin zurückrufen, die dir dann deinen Wunschtermin bestätigt. Das ist auch Diplomatie". Yvonne sah ihn überrascht an, wie immer, wenn er sie kritisierte. Vielleicht war es Aminas Anwesenheit, die ihn veranlasste, seiner Mutter gegenüber etwas aktiver aufzutreten. Gleich darauf rief Wolfs Sekretärin an und bestätigte Yvonne den Besuch des Präsidenten an ihrem Wunschtermin.

Yvonne trat selbst nicht gerne in der Öffentlichkeit auf. Sie war früher, in ihren jungen Jahren bekannt und in den Medien präsent gewesen. Auch ein

Bad in der Menge hatte sie ab und zu geliebt, aber jetzt gefiel es ihr weit besser, die Strippen von Santa Margarita aus zu ziehen. Hier konnte sie in Ruhe alle ihre Züge planen und überlegen. Das führte viel effektiver zur Durchsetzung ihrer Ziele und sie ersparte sich die Enttäuschungen, die ihr Verrat und Untreue noch immer bereiteten. Außerdem konnte sie vor der Öffentlichkeit die Erfolge in der Forschung ihrer Unternehmen verbergen und hatte dadurch mehr Kontrolle über deren Anwendung und Vermarktung. Sie wollte nicht, dass Neugierige sie nach dem Mittel für ewige Jugend fragten, da sie längst noch nicht alle Konsequenzen erforscht hatte, die die Unsterblichkeit für Wirtschaft und Gesellschaft der Bevölkerung haben würde. Sie hatte ja Zeit die Dinge bedächtig anzugehen. Es genügte vollkommen, wenn Spekulationen über die wissenschaftlichen Erfolge ihrer Firma deren Aktien in die Höhe trieben.

Manchmal kam eine Gruppe von Patienten zum Mittagessen, an denen die Genveränderung praktiziert worden war, die das Altern verhinderte. Amina war immer nur beim gemeinsamen Essen am Beginn der Meetings dabei und hatte daher nicht alle Probleme mitbekommen, die diese Leute besprachen, aber so viel konnte sie sagen, dass auch die Abwesenheit des Alterns nicht ewiges Glück und die Befreiung von allen Problemen brachte. Viele der Unsterblichen hatten trotzdem Angst vor Krankheit und Tod. Nur weil Yvonne behauptete, ihre Forscherinnen hätten alle schädlichen Elemente aus den Genen entfernt, musste das ja noch lange nicht heißen, dass dies den Tatsachen entsprach. Die Forschung stand auf diesem Gebiet noch in Kinderschuhen und es konnten sich Komplikationen ergeben, von denen noch niemand etwas ahnte.

Auch berichteten manche von Yvonnes Patienten über soziale Probleme. Kinder, die mit 45 älter aussahen als ihre Mütter oder Väter, verlangten von diesen entweder auch eine Behandlung in Yvonnes Labors oder stießen ihre unsterblichen Eltern oder Schwiegereltern aus der familiären Gemeinschaft aus, wenn sie es sich finanziell leisten konnten. Manche Männer und Frauen hatten wieder geheiratet. Es ging in diesen Fällen darum, ob man noch einmal Nachwuchs zeugen wollte, konnte oder sollte.

Es gab aber auch Menschen, die mit der Unsterblichkeit weniger Probleme hatten. Das waren diejenigen, die eingesehen hatten, dass man vor allem zum Wohl der Gemeinschaft beitragen muss, um glücklich zu sein. Natürlich war es auch wichtig, den Beitrag anderer am eigenen Wohlergehen anzuerkennen; auch das hatte eine alte junge freundliche Dame einmal bei Tisch betont. „Die meisten technischen Probleme sind leichter lösbar als menschliche oder soziale", gestand Yvonne Amina nach jedem dieser Treffen.

Nach Tisch fanden Seminare statt, zu denen Amina leider nicht eingeladen war. Für diese Seminare hatte jeder Teilnehmer einen Beitrag vorbereitet. Es ging um sehr interessante Themen wie zum Beispiel darum, wem eine solche Behandlung zukommen sollte. Dass sie in Yvonnes Labors nicht gratis durchgeführt wurde, versteht sich von selbst, was aber, wenn in anderen Forschungseinrichtungen der Welt oder des Landes diese Methode eines Tages viel billiger zur Anwendung käme? Konnte man die eigenen Forscherinnen ewig einsperren, um die Geheimhaltung zu gewährleisten? Santa Margarita war eine schöne, gut verwaltete Stadt und die Forscher meist anspruchslose Nerds aus dem Ausland, die sich mit einem Leben hier zufriedengaben; aber würde das ewig so bleiben? Was sollte man machen, wenn diese älter wurden und nach einem Sinn des Lebens suchten? Alle diese und viele persönliche Fragen kamen in diesen Seminaren auf die Tagesordnung und Amina fragte sich, ob all das nicht schon bald Gegenstand ihres Sozialwissenschaftlichen Unterrichts sein würde oder ob sich damit eher die Kolleginnen in Ethik oder Naturwissenschaften befassen würden. Ein alter junger Mann hatte eifrig schon beim Mittagessen Vorschläge gemacht, nach welchen Kriterien die Behandlung gewährt werden sollte. An erster Stelle auf der Liste stand natürlich das Geld, aber an den weiteren Kriterien offenbarte sich sein Rassismus so eklatant, dass nicht einmal mehr alle von Yvonnes anwesenden Gästen unter denen gewesen wären, denen dieser unsympathische Supremacist die ewige Jugend vergönnt hätte.

Als er dann noch dazu Vorschläge zur sozialen Reorganisation der Gesellschaft machte, die Frauen eine untergeordnete Rolle zugewiesen hätten, wusste Yvonne, dass sie sich um das Problem selbst kümmern musste. In der nächsten Versammlung betrauerte man seinen Tod. Schließlich konnten auch junge Menschen unvermittelt an Herzinfarkt sterben. Sein Ableben rief bei dieser nächsten Versammlung Zweifel hervor, ob der Herzinfarkt auf die Genveränderungen zurückzuführen sei, aber Yvonne beruhigte die Anwesenden, indem sie das Gerücht streute, jemand aus der Familie des Verstorbenen hätte versucht an das Geheimnis des alten Jungen zu kommen und hätte sich gerächt, als dieser es nicht teilen wollte. An diesem Gerücht war wahrscheinlich viel Wahres daran und möglicherweise zogen einige der Anwesenden die richtige Lehre daraus, dass man sich seiner Umgebung gegenüber das ganze Leben lang als erträglich präsentieren musste, wenn man nicht beseitigt werden wollte. Die andere Lehre, dass man in den Seminaren nur Vorschläge machen sollte, die Yvonne zusagten, erkannten wahrscheinlich die meisten Teilnehmer als evolutionäre Notwendigkeit um jung wirklich alt zu werden.

Amina hatte auch von dem Fall erfahren. Sie sah eine Parallele zu den Dramen Anzengrubers, die schon im 19. Jhdt. dysfunktionale Familienverhältnisse zum Gegenstand hatten, die diesem Fall ähnlich zu sein schienen. Damals, als sie sich in der Schule mit Anzengruber beschäftigt hatten, hatte sie sich immer damit getröstet, dass heutzutage alles schon viel besser wäre. Das Leben vieler Generationen unter einem Dach wurde nicht mehr idealisiert und war die Ausnahme, der Spruch des Benito Juarez: „Die Rücksicht auf das Recht der anderen, das ist der Friede", galt aus ihrer Sicht sowohl in den Familien als auch unter den Völkern und ein herzliches Miteinander war zumindest in Österreich das Ziel der Politik.

Ihr Aufenthalt in den USA rüttelte allerdings an ihrer positiven Einstellung zur Entwicklung der Gesellschaft. In Glendale hatten rückständige Weiße das Sagen, an denen man allesamt die Gültigkeit des Dunning-Kruger Effekts beweisen konnte, dass nämlich Ungebildete sich anderen überlegen fühlten und ein völlig falsches Bild ihrer kognitiven Fähigkeiten hatten. Unwissenheit erzeugt Selbstbewusstsein. Natürlich wusste Amina, dass man gerade mit solchen Leuten sprechen und sie ins Sozialleben einbinden musste, denn andernfalls konnten diese gefährlich werden. Die Kirche als sozialer Treffpunkt war in Glendale ein Glück, denn dort beschäftigte man sich mit Haarspaltereien, die die Menschen vom Köpfe Spalten ablenkten. Um diese Menschen am sozialen Fortschritt zu beteiligen, hätte es aber einer Schule bedurft, die wirkliche, ganzheitliche Bildung zum Ziel hatte.

Amina skypte noch hin und wieder mit Sally und Angela. Sie erzählte diesen aber nichts von Herzog und den luxuriösen materiellen Verhältnissen, in denen sie jetzt lebte. Sie hatte den Beiden ihre Schützlinge vorgestellt, denen sie Privatunterricht gab, aber Sally und Angela neideten ihr diese Position nicht, obwohl sie Lisa und Evy natürlich ganz süß fanden. Sie sprachen über Sallys Abschluss und Amina erzählte, dass sie Sallys Portrait in Pill`s weekly gesehen hatte. „Das Mädchen mit Herzog am Cover des Magazins sieht dir ähnlich", hatte Angela sogar gesagt. „Ich habe gewusst, dass er mit einer Latina zusammen ist", hatte Sally ergänzt. Amina hatte nur gelacht und ihr Telefon von Evy und Lisa weggetragen, damit sich die beiden nicht verplapperten. Angela hatte für ihren Abschluss noch ein Jahr zu studieren, sie machte aber ebenfalls schon ein Praktikum bei einem Rechtsanwalt, dessen weltliche Urteilssprüche sie mit Zitaten aus der Bibel untermauern sollte. Die Arbeit machte ihr Spaß und sie hatte dort einen Kollegen kennengelernt, mit dem es was werden könnte, wie sie Amina verriet. Der persönliche Kontakt mit den beiden tröstete Amina über die in ihren Augen triste Realität in dem Ort, der nach dem Quarantänecenter ihr erster Aufenthaltsort in den USA gewesen war.

Das Skypen mit Gordy machte immer noch Spaß, aber auch ihm verheimlichte sie die volle Wahrheit über ihren Aufenthaltsort. Sie sagte ihm nur, sie lebe jetzt in Santa Margarita, einem Ort mit vielen Mexikanern und Halbmexikanern und so vielen anderen Menschen verschiedenster Herkunft, dass sie schon ganz verwirrt wäre. „Die Chefin ist aber blond und schön wie eine Märchenprinzessin", hatte sie ihm lachend berichtet. „Ist sie OK"? hatte er zurückgefragt. „Kommt darauf an, was man unter OK versteht", hatte sie ihm geantwortet. „ich komme ganz gut mit ihr aus". Diese Antwort hatte Amina auch im Hinblick auf die Überwachung gegeben, der sie während der Telefongespräche unterlag. Yvonne gefiel es sicher, wenn Amina nichts Schlechtes über sie sagte und nichts Genaueres über ihren Aufenthaltsort verriet.

Als Amina Gordy gesagt hatte, dass es hier viele Ärzte gäbe, erkundigte er sich, ob er einmal für ein Praktikum nach Santa Margarita kommen könnte. Sie hatte ihm erklärt, dass es hier mehr um Forschung auf dem Gebiet der Biotechnologie und der Biochemie ginge und weniger um Chirurgie. „Du willst mich nicht mehr sehen, ich weiß es", sagte er mit gespielter Enttäuschung, dann verriet er ihr aber, dass er sich zurzeit in einer vielversprechenden Beziehung befände, und deshalb sowieso nicht kommen würde. Er wollte nur ihre Reaktion testen, wie er schmunzelnd meinte. Amina hatte ihn nach diesem Gespräch nur einmal noch angerufen und freute sich, dass für ihn das Leben in Glendale seinen täglichen Lauf nahm, in dem man glücklich sein konnte, wenn man wollte und gesund war.

Die meisten Menschen, die in Orten wie Glendale wohnten, halfen ihrem Glück und Wohlbefinden mit Yvonnes Produkten oder mit Alkohol nach. „Nachhaltiges persönliches oder gemeinschaftliches Glück kann man damit nicht produzieren", sagte Amina zu Yvonne, als diese ihr ihre Verkaufsstatistiken für diese Gebiete vorgelegt hatte. „Darum geht es auch gar nicht", erklärte Yvonne pragmatisch, „der wirtschaftliche und politische Erfolg ist die Messlatte, an der die Menschheit seit der Erfindung des Geldes Glück und Wohlergehen misst und die Leute in meinen Gebieten sind stolz darauf, die Macht zu besitzen, den Leader der freien Welt zu wählen. Meine Aufgabe ist es, Konsumenten, bzw. Wähler durch Fehlinformation dazu zu bringen, irrationale Entscheidungen zu treffen, die in meinem Interesse liegen". Amina wollte Yvonne sagen, dass sie wesentliche Entwicklungen auf ökonomischem und sozialem Gebiet verschlafen hätte und der amerikanische Präsident schon seit langem nicht mehr der Leader der freien Welt war, aber Yvonne war eben doch schon eine ältere Dame, deren Einstellung sich nicht so schnell ändern würde.

Auch in Österreich war es immer schwierig gewesen, die Einstellung älterer Leute dem sozialen Fortschritt gegenüber den realen Gegebenheiten anzupassen. Mentale Vorurteile aufzubrechen konnte nur durch das Zusammenleben aller in möglichst vielen realen Bereichen wie der Schule und privaten oder öffentlichen Vereinen gelingen. Es stimmte, dass noch vor 2 Jahrzehnten auch in Österreich die Leute an amerikanischen Präsidentschaftswahlen interessiert waren und man vom Präsidenten der USA bis dahin immer eine Vorbildfunktion für die Werte der freien Welt erwartete. Nachdem sich der Mythos, der amerikanische Präsidenten bis 2017 umwehte, durch das Benehmen seiner Vertreter in der Folge zerschlagen hatte, dienten amerikanische Präsidenten heute nur noch der Unterhaltung in den Klatschspalten der Presse und des Internets. Es kamen aus den USA schon lange keine Vorschläge mehr zu konstruktiver Zusammenarbeit mit anderen Gesellschaften. Präsident Wolf war da keine Ausnahme und es war auch kein Wunder, dachte Amina jetzt, da sie die Leute in Glendale kennengelernt hatte, die diesen Präsidenten wählten.

Das Schulsystem war in den USA jedenfalls kein Motor für sozialen Fortschritt. Das hatte Amina dort feststellen können. Chancengleichheit wurde in Österreich dadurch gewährleistet, dass sich die staatliche Gemeinschaft zu einer guten Erziehung für ihre Kinder bekannte und diese gewährleistete. In den USA konnten Reiche teure Privatschulen bezahlen, die durch ihr Prestige andere Reiche anzogen, wodurch sich der Reichtum auf eine gewisse Gesellschaftsschicht beschränkte. Ohne Geld konnten sich Leute, die diese privilegierten Schulen nicht besuchen konnten, keinen politischen Einfluss kaufen und die Regeln nicht mitbestimmen, die im Interesse der Allgemeinheit gelegen wären. Reiche, wie Yvonne hingegen konnten sich Wähler und Lobbyisten kaufen und besiegelten so mit ihrem Geld den Teufelskreis, der sich gebildet hatte.

Die USA waren auch nicht von der Strömung des aufgeklärten Kapitalismus erfasst worden, in der der Reichtum der globalen Wirtschaft zum Wohl der Gesellschaften eingesetzt wurde. Es bestand natürlich auch in den Staaten Europas nicht immer die gleiche Auffassung darüber, was man unter einer gerechten und fairen Verteilung des erwirtschafteten Reichtums eines Staates zu verstehen hatte, aber die Meinung Ungleichheit sei Gerechtigkeit, die in den USA vorherrschte, hatte man in Europa nicht als Grundregel akzeptiert. In den USA hatten die Profiteure des Kapitalismus die Leiter hinter sich hochgezogen, was das Wirtschaftswachstum in den USA gedrosselt hatte und die wirtschaftlichen Abläufe hemmte, während man in Europa versuchte, dafür zu sorgen, dass möglichst alle einen fairen Anteil am Volkseinkommen abbekamen.

All dieser Gegebenheiten wurde sich Amina bewusst, als Präsident Wolf zu Besuch in Santa Margarita war. Über diesen Besuch des Staatsoberhauptes bei Yvonne wurde in den Medien nicht berichtet und Amina fühlte sich privilegiert, dass sie eine historisch und sozialwissenschaftlich äußerst wertvolle Lektion in Politik bekam, als sie Yvonne und den Präsidenten bei Kaffee und einem schönen Stück Schokoladekuchen über die nächsten Wahlen diskutieren hörte.

Wolf hatte die Vorwahlen schon gewonnen. Als Präsident war es für einen Kandidaten immer leichter, zu einer Wiederwahl anzutreten, als erst alle zerstrittenen Flügel einer Partei vereinen zu müssen, um überhaupt ins Rennen um das Weiße Haus geschickt zu werden. „Deine Kandidatur ist ja fast langweilig", warf ihm Yvonne scherzend an den Kopf, als er sich ein schönes Stück Kuchen in den Mund steckte „Wir müssen etwas finden, das unser Publikum mobilisiert", sagte Yvonne mit Entschlossenheit in der Stimme. „Keybolt Steven hat mir zu Slogans geraten, die aus 3 Worten bestehen, die durch rhythmische Wiederholung auf Versammlungen ins Ohr gehen und auf diese Weise zum Schlager werden", zeigte der Präsident, dass er sich schon erkundigt hatte: „Start that war" oder „kill this ass" zum Beispiel". Wolf sah Yvonne verunsichert an und wartete, was diese wohl zu den Vorschlägen sagen würde. „Du sitzt zwar nicht hier bei mir, um die Vorschläge der Stevies zu diskutieren, allerdings sind diese unsere Verbündeten im Wahlkampf und wir beackern den gleichen Boden", leitete Yvonne ihr Beratungsgespräch ein. „Mir persönlich sind diese Slogans etwas zu roh, wenn ich auch zugeben muss, dass unsere Zielgruppe nicht zimperlich ist, wenn es darum geht, das Recht auf Waffenbesitz zu verteidigen. In 3 Worten ein Gefühl zu komprimieren und durch Herausschreien zu entladen, hat schon öfter ganz gut funktioniert, aber unser Publikum besteht nicht nur aus der Rifle Association. Wir müssen da inhaltlich schon etwas subtiler vorgehen", meinte Yvonne. „Das habe ich den Stevies auch gesagt", bestätigte der Präsident eifrig Yvonnes Bemerkung.

„Wie immer sehe ich unsere Wähler als Käufer und Konsumenten und erstelle unsere Strategie nach diesen Überlegungen", erklärte Yvonne und machte sich daran, eine Karte der USA auf dem Tisch auszubreiten. Sie hatte immer Angst, dass die Internetfirmen, die ja ganz besonders in der Wahlsaison ihre Konkurrenz waren, ihre Computer hacken könnten und griff daher nicht ungern auf Papier und Bleistift zurück. Da ebendiese Internetfirmen in Zeiten des Wahlkampfes nicht mit ihr kooperierten, musste sie selbst sich externe Hacker besorgen, die trotz des sozialen Fortschritts in anderen Teilen der Welt nicht schwer zu finden waren. Yvonnes Geld verströmte noch immer mehr als genug Glanz, obwohl Einmischungen dieser Art im Rest der Welt als Verbrechen geahndet wurden und für die Akteure nicht ungefährlich waren. Gerade Österreich hatte aufgrund der vermehrten Ausbildung von Cyberpolizisten schon oft Verbrechen auf diesem Gebiet für die Interpol aufgeklärt.

„Die Gebiete, die ich mit meinen Slogans bearbeiten werde, habe ich hier rot eingezeichnet", erklärte Yvonne. „Es handelt sich um unsere Kerngebiete plus sozialer Problemzonen in den größeren Städten. In allen rot eingezeichneten Gebieten bekommt jeder Rallyeteilnehmer von mir eine Kappe und ein T-Shirt und eine Dosis einer meiner Produkte. Was sie dann rufen sollen, werde ich mir noch genau überlegen". „Wenn die Konkurrenz Helen als Kandidatin aufstellt, könnte unser Volk „ditch that bitch" schreien", meinte der Präsident und lachte über seinen guten Vorschlag. „Oder „dump that chump", wenn sie Gregory aufstellen", beeilte sich Yvonne zu sagen, denn sie hasste frauenfeindliche Slogans, obwohl sie sich mit einer Partei identifizierte, die damit keine Probleme hatte. „Helen als Gegenkandidatin wäre auf alle Fälle besser", sagte Yvonne nun, denn sie wusste, dass eine Frau in den USA kaum an die Staatsspitze gewählt würde.

„Außerdem werde ich mir auch einige positiv besetzte Slogans ausdenken, denn immer nur durch K.O. des Gegners zu gewinnen, macht doch auch keinen Spaß", setzte Yvonne hinzu. „Ich selbst kehre im Wahlkampf gerne meine männlichen, pardon, meine menschlichen Schwächen hervor". Mit diesem Gesprächsbeitrag stellte der Präsident wieder sich selbst als Kandidaten in den Mittelpunkt der Kampagne. „Ja, Jordan, sprechen wir über dich", ging Yvonne auf seinen Vorschlag ein. „Welche deiner Qualitäten gedenkst du im Wahlkampf hervorzuheben"? Sie saß mit übereinandergeschlagenen Beinen, einen Kugelschreiber in der Hand, am Tisch und wippte scheinbar konzentriert mit dem Fuß. Dabei war es natürlich Absicht, dass sie nicht mit dem Aufzählen seiner Qualitäten anfing, denn sie stand selbst gern im Mittelpunkt oder auf dem 1. Platz. „Also, jedenfalls bin ich reich. Reichtum ist immer anziehend", sagte er. Yvonne notierte diesen Punkt. „Ich komme trotz meines Alters gut bei Frauen an". Yvonne notierte auch das. Sie hatte einmal zu Amina gesagt, dass man als erfolgreiche Frau bei den Männern nicht gut ankäme, egal ob man alt oder jung wäre und dass Amina es gut hätte, weil man als Lehrerin oder Krankenschwester bei

Männern viel größere Chancen hätte. Natürlich hatte Amina sich geärgert, dass für Yvonne Lehrer oder Krankenpflegerinnen nicht als erfolgreich galten. Aber Yvonne fühlte sich sogar einem Präsidenten überlegen und der Rest der Menschen zählte für sie entweder als Wirtschaftsgut oder als Wahlvolk.

„Meine allergrößte Stärke ist aber mein Verkaufstalent", sagte Wolf jetzt. „Ich kann alles verkaufen, einfach alles; in letzter Zeit am besten mich selbst". Er nickte mit dem Kopf und sah Yvonne herausfordernd an. „Sag mir doch einfach wieviel du für meine Kampagne springen lässt und ich organisiere mir meine Rallyes und andere Veranstaltungen selber", setzte er jetzt ein wenig ungeduldig fort. Oscar kam ins Zimmer, um das Geschirr wegzuräumen. Anstatt des Likörs, den die Konkurrenz produzierte, schob Yvonne dem Präsidenten ein Tablettchen mit Stardust hin und er bediente sich. Sie bedeutete Amina nun, das Speisezimmer zu verlassen und schloss die Türen hinter ihr und dem Butler.

Kapitel 15

Mehr Verwicklung als Entwicklung (Manfred Hinrich)

Amina war nach dem Treffen deprimiert in ihr Zimmer gegangen. Sie hatte sich einen Präsidentschaftskandidaten der USA anders vorgestellt. Dieser Herr Wolf schien keine Ideale zu haben, die normale Menschen verfolgen. Freundschaft, Gleichheit, Brüderlichkeit zum Beispiel. Es ging ihm wie Yvonne nur ums Gewinnen. Alles sollte bleiben wie immer. Die Lobbyisten sollten regieren und der Präsident sollte sich möglichst nicht in die Geschäfte einmischen. Die Bevölkerung war an Politik nicht interessiert. Sie wählten, falls überhaupt, denjenigen, von dem sie glaubten, er würde ihnen die Waffen nicht wegnehmen, die Abtreibung unter Strafe stellen und sie ansonsten in Ruhe lassen. Der Staat spielte in den USA fast keine Rolle. Jeder verfolgte seine eigenen Interessen oder die Interessen einer Firma, die Profit abwarf. So gesehen musste man sogar sagen, dass das Leben in den USA trotz der flexiblen Auslegung der Gesetze und der vielen Waffen nicht von dauerndem Mord und Totschlag bestimmt war. Das sprach für die Natur des Menschen. Aber aus den Menschen könnte man durch Zusammenarbeit viel mehr zum Wohle des Einzelnen und der Menschheit herausholen.

Wie immer ging Amina auch an diesem Abend ihren Schülerinnen gute Nacht sagen. „Heirate doch unseren Papa und bestelle dir im Internet einen kleinen Bruder für uns", forderte Evy sie auf. Amina strich ihr liebevoll die Haare aus dem Gesicht. „Ja, bitte, dann bist du unsere richtige Mama". Amina sagte nichts, denn es schnürte ihr die Kehle zu, die beiden so sprechen zu hören. Sie gab jeder einen dicken Kuss, dann nahm sie wortlos das Märchenbuch und las ihnen „Schneeweißchen und Rosenrot" vor. Dieses Märchen hatte nicht allzu viel Drama, schien es ihr. Es handelte von zwei Schwestern, die mit ihrer Mutter in einer Hütte im Wald lebten und für die aufgrund ihrer guten Herzen und ihres Lebens im Einklang mit der Natur die wilden Tiere in diesem Wald keine Gefahr darstellten. Selbst als sie nahe an einem Abgrund schliefen, beschützte ihr Schutzengel sie. Amina machte an dieser Stelle eine Pause und sagte den Mädchen, dass ihnen ebenfalls nichts Böses zustoßen würde, weil sie mindestens so lieb und gütig seien, wie Schneeweißchen und Rosenrot. „Bitte lies weiter", sagte Lisa nur, worüber Amina sehr froh war.

Die beiden Märchenheldinnen nahmen im Winter sogar einen Bären als Hausgenossen auf, mit dem sie spielten und zu dem sie eine Freundschaft entwickelten. Im Frühling musste der Bär wieder hinaus, um seine Schätze vor den Zwergen zu schützen, wie er sagte. Die Mädchen begegneten beim Früchte sammeln im Wald einem Zwerg, der fluchte, weil sein Rock sich in einem Holzstück verkeilt hatte. Bei der 2. Begegnung hatte sich sein Bart in einer Angelschnur verwickelt. Schneeweißchen und Rosenrot halfen ihm jedes Mal, sich zu befreien. Er aber beschimpfte die beiden, weil sie seinen Bart gestutzt und seinen Rock zerrissen hätten. Bei der 3. Begegnung wollte ein Greifvogel den Zwerg wegtragen und beim 4. Mal wurde der Zwerg wütend, weil ihn die Mädchen dabei ertappten, wie er seine Edelsteine ausbreitete, um sie in der Sonne funkeln zu sehen. Da kam der Bär und erschlug den Zwerg. Als Schneeweißchen und Rosenrot ihren Freund erkannten, verwandelte sich der Bär in einen Königssohn. Der Zwerg hatte die Schätze des Königssohns gestohlen und diesen in einen Bären verwandelt. Rosenrot heiratete den Königssohn und Schneeweißchen seinen Bruder. Die Mutter der Mädchen lebte fortan mit ihren Kindern im Schloss. „Wirst du auch mit uns leben, wenn wir verheiratet sind"? fragte Lisa. Amina lachte ohne die Frage zu beantworten, aber in diesem Moment wurde ihr klar, dass sie in nächster Zeit diesen Ort verlassen musste. Sie gab den beiden ihren Gute Nacht Kuss und ging in ihr Apartment. „So weit könnte es kommen", dachte sie aufgebracht „dass ich als alte Frau neben einer ewig jungen Yvonne als Schwiegertochter in Santa Margarita sitze". Selbst wenn Yvonne sie zur Genbehandlung überreden könnte und Amina nicht altern würde, wäre es doch kein Lebenszweck, Generationen von Yvonnes Nachfahren in diesem goldenen Käfig zu unterrichten.

Wahrscheinlich hatten Gedanken dieser Art Wilmer bewegt, die Flucht aus Santa Margarita zu versuchen. Wie das für ihn ausgegangen war, wusste Amina schon. Aber Wilmer war schließlich Herzogs Lebenspartner gewesen und seine Beziehung zu den Mädchen begann mit deren Geburt. Darum wollte er wohl auch nicht alleine flüchten. Evy und Lisa sprachen manchmal von ihm. Sein Tod schien den beiden aber nicht sehr nahe gegangen zu sein. Sie selbst war erst seit 2 Monaten hier und hatte von vornherein klargemacht, dass sie nur für kurze Zeit den Posten einer Hauslehrerin übernehmen würde. Die Trennung von Lisa und Evy würde trotzdem nicht leicht sein.

Amina machte sich zum Schlafen gehen bereit. Sie legte sich hin, konnte aber an diesem Abend nicht einschlafen. Ernste Gedanken gingen ihr durch den Kopf. Sie hatte nicht einmal Docs Anruf angenommen, weil sie keine Lust darauf hatte, mit ihm zu flirten. Er rief immer an, wenn Willow nicht zu Hause war und er die Kinder schon ins Bett gebracht hatte. Dann erzählten sie sich Episoden aus ihrem Leben und sagten sich, wie sehr sie sich vermissten. Das war auch keineswegs gelogen, denn Amina träumte immer noch gerne von Doc. Wegen ihrer Phantasien über ihn und wegen des Flirtens mit einem Hologramm hatte sie kein schlechtes Gewissen. Das war einfach Unterhaltung für einsame Stunden und schadete Willow nicht, wie sich Amina sagte. An diesem Abend war ihr jedoch nicht nach Unterhaltung zumute. Es bewegten sie Gedanken, die ihre physische Freiheit betrafen.

Herzog hatte einmal Nelson Mandela zitiert, der gesagt hatte, man wäre erst dann frei, wenn man sich noch im Gefängnis frei fühlt, aber dieser Spruch tröstete Amina in diesem Moment nicht, obwohl ihr Gefängnis wahrscheinlich unendlich komfortabler war als das Nelson Mandelas vor vielen Jahren. Für Herzog war es vielleicht sogar weise, sein Leben an dem Ausspruch dieses Friedensnobelpreisträgers zu orientieren, denn er hatte ja kaum eine Möglichkeit, sich dem Einflussbereich seiner Mutter zu entziehen, der sich über die gesamten Vereinigten Staaten ausdehnte. Yvonne würde ihren einzigen Sohn wohl nicht umbringen. Andererseits hatte sich Herzog nicht der Genbehandlung unterzogen und in 50 bis 60 Jahren würde ihn wohl der Tod aus diesem Gefängnis befreien, wenn er oder Yvonne es sich bis dahin nicht anders überlegt hätten und er in den „Kreis mit dem erweiterten Radius", wie Yvonne ihren exklusiven Klub nannte, aufgenommen würde. Amina aber dachte nicht daran, ihr Leben in Zukunft in irgendeiner Beziehung mit Yvonne weiterzuführen.

Sie wälzte sich im Bett hin und her, als Doc wieder anrief. Sie hob ab; vielleicht würde ihr ein Gespräch mit ihm etwas mehr Ruhe verschaffen. „Hallo, Amina", meldete er sich. Willow saß neben ihm auf der Couch in Sunvalley. „Die 2 führen ein normales, selbstbestimmtes Leben", dachte Amina neidisch und begrüßte die beiden herzlich. „Entschuldige, dass ich so spät noch anrufe, aber heute ist dieser Bodyguard gekommen, der dich entführt hat, und hat nach deinem Pass gefragt. Er meinte, du hättest ihn bei uns liegen gelassen".

Amina richtete sich alarmiert im Bett auf. Sie konnte Doc nicht erzählen, dass das mit dem Pass eine Notlüge war, die Yvonne auf die falsche Spur bringen sollte. Amina war fast sicher, dass Yvonne sie überwachen ließ. „Ich dachte anfangs mein Pass wäre bei euch, aber Sally hat ihn in Glendale gefunden und wird ihn mir hierher schicken", sagte Amina deshalb geistesgegenwärtig. „Wie geht es euch und den Kindern"? fragte sie dann, um das Gespräch schnell auf ein anderes Thema zu lenken. Willow erzählte von Sina und Tamo und Doc schickte Grüße von einigen seiner Kolleginnen, bei denen Amina hospitiert hatte. Sie selbst erzählte vom SIMS spielen mit den Kindern und sagte, dass es ihr in Santa Margarita gut gehe, dass sie aber vorhabe, bald weiter zu ziehen. „Besuche uns, bevor du wieder nach Hause fliegst", sagte Willow. Dann wünschten sie sich eine gute Nacht.

Im Traum war Amina in einem von Yvonnes Laboratorien aufgewacht. Helle Lichter leuchteten von der Decke herab und 2 Forscherinnen standen im Operationskittel mit Mundschutz über Aminas Rollbett gebeugt. Amina konnte sich nicht aus dem Bett erheben. Yvonne tauchte auf und brachte den Forscherinnen grinsend eine Pipette. Amina konnte sich nicht wehren, als die beiden Forscherinnen sie betäubten und in den OP schoben. Alles drehte sich und Yvonne lachte. Die Ärztinnen standen über Amina gebeugt im OP und hantierten mit Operationsbesteck. Als Amina sich erheben wollte, kam Yvonne und gab ihr eine Spritze.

Schweißgebadet wachte Amina auf. Sie träumte normalerweise nicht. Es war erst 4 Uhr morgens und Amina war noch nicht ausgeschlafen, hatte aber vor dem Einschlafen Angst. Sie wollte diesen Alptraum nicht weiterträumen. Im Bett liegend versuchte sie, sich mit 2 Minuten Dankbarkeit abzulenken und ihre Situation zu überdenken. Vielleicht machte sie sich zu viel Sorgen und Yvonne würde sie einfach ziehen lassen. Diese Möglichkeit bestand immerhin. Amina kannte keine wirklichen Firmengeheimnisse und als Lehrerin wurde sie hier sicherlich nicht als unersetzbare Fachkraft eingestuft. Lisa und Evy würden wahrscheinlich sehr traurig sein, wenn sie ginge, aber ihr Aufbruch war unvermeidlich. Gleich nach dem Frühstück würde sie mit Yvonne darüber sprechen.

Sie hatte sich ein wenig beruhigt und war schon fast endlich beim Einschlafen, als das Telefon wieder läutete. Das Display zeigte eine unbekannte Nummer aus Österreich an. Amina hob ab. „Sascha! Was für eine Überraschung"! Sascha hatte gedacht es wäre schon 2 Stunden später, als Amina ihn informierte, dass es in Santa Margarita erst 5 Uhr morgens war. Sie hatte ihn ja nie angerufen und so wusste er nicht, dass Amina 2 Zeitzonen westwärts gereist war. Aminas Eltern hatten ihm die Nummer des neuen Handys gegeben und er wollte schon seit längerem mit ihr sprechen, wie er ihr sagte. Amina war einerseits erschöpft von der schlechten Nacht, die sie gehabt hatte und der Frustration, dass sie durch den Anruf so kurz vor dem wieder Einschlafen aufgeschreckt worden war, andererseits hatte das Hologrammbild Saschas etwas außerordentlich Beruhigendes. Es vermittelte Vertrautheit und die Möglichkeit an ein früheres Leben wieder anzuknüpfen. Wie gern hätte Amina ihm von ihrer schlechten Nacht und ihren Sorgen berichtet. Sie wagte aber nicht darüber zu sprechen und daher drückte sie ihm gegenüber nur ihre Freude über den überraschenden Anruf aus.

„Ich habe jetzt wieder eine Freundin", verkündete er ihr kurz darauf ohne Umschweife. „Ich wollte nur, dass du es weißt, damit du dich nicht von mir betrogen fühlst, wenn du zurückkommst und mich mit Magda triffst". „Magda"? stieß Amina überrascht hervor. Magda war Saschas Studienkollegin gewesen und er hatte sich manchmal bei Amina über sie beklagt, weil sie von Sascha erwartete, dass er ihren Depressionen ein Ende bereiten würde. Sascha hatte Magda an eine Psychiaterin vermittelt. Die Behandlung war erfolgreich gewesen, wie Sascha Amina nun erzählte und nun seien die beiden ein Paar. „Wie geht es dir"? fragte er, um nicht weiter von seinem Leben erzählen zu müssen. „Gut, was soll ich sagen", meinte Amina. Selbst wenn sie wollte, hätte sie nicht erzählen können, was sie wirklich bewegte. Mit letzter Kraft wünschte sie Sascha nach ein bisschen Small Talk alles Gute, bedankte sich für den Anruf und verabschiedete sich. Danach vergrub sie ihr Gesicht im Kissen und weinte. Die gesamte Energie ihres Unglücks entlud sich in diesem Weinen. Immerhin würde Yvonne keinen Verdacht schöpfen, dass sie an Flucht dachte, denn es handelte sich bei diesem Schmerz eindeutig um Liebeskummer.

Amina war verletzt. Wollte Sascha nicht einmal eine Zeit lang ohne weiblichen Einfluss leben, wie er ihr bei der Trennung vor fast einem Jahr gesagt hatte? Nun teilte er sein Leben mit einer der schwierigsten weiblichen Persönlichkeiten, die Amina je kennengelernt hatte. Sie selbst war, wie sie glaubte, unkompliziert, und trotzdem wollte er eine Auszeit von ihr nehmen, nur um sich dem weiblichen Einfluss einer Frau hinzugeben, die es immer auf ihn abgesehen hatte. Amina würde Sascha diesen Verrat nie verzeihen. Sie schluchzte in ihr Kissen, bis der Wecker läutete. Sie würde beim Frühstück furchtbar verheult aussehen und Yvonne sofort damit konfrontieren, dass sie das Heimweh nicht mehr aushielte und abreisen würde. Diese Entschlossenheit gab ihr Kraft, sich zu duschen, sich herzurichten und zum Frühstück zu gehen.

Oscar wagte es zum Glück nicht, sie zu fragen, was los war. Er warf ihr nur mitleidige Blicke zu, die Amina nicht beantwortete. Als Lisa und Evy kamen und Amina umarmten, hatte sie sich soweit beruhigt, dass sie auf Lisas Frage, was los sei, antworten konnte, sie habe schlecht geschlafen. „Was hast du denn geträumt"? fragte Evy. Ich habe von einer Hexe geträumt, die mich in ihr Knusperhaus gelockt und dort in einen Käfig gesperrt hat, in den sie jeden Tag große Teller mit Essen gebracht hat, das ich aufessen musste", antwortete Amina ihr. „War Hänsel nicht bei dir? Warum bist DU im Käfig gesessen"? stieg Evy in die Geschichte ein. „Nein, Hänsel hat unterwegs kehrtgemacht und wollte nicht mehr mit mir durch den Wald gehen. Ich musste alleine sehen, wie ich aus dem Käfig rauskomme". „Wie bist du rausgekommen"? fragte Evy weiter. „Ich weiß es nicht, ich habe mich träumend gezwungen aufzuwachen und so dem Alptraum ein Ende gemacht". Evy und Lisa sahen Amina an. „Wir hätten der Hexe den Schlüssel vom Käfig weggenommen und sie in den Ofen gesteckt, aber wir waren ja nicht in deinem Traum", sagte Lisa. Amina umarmte die beiden. „Geht schon mal hinauf und bereitet alles für die Schule vor. Ich muss noch kurz mit Yvonne was besprechen", sagte sie zu den beiden Mädchen, als Yvonne zur Türe hereinkam.

„Yvonne, ich habe Heimweh", fiel Amina mit der Türe ins Haus. „Ich werde euch bald verlassen. Sicher werden sich auf ein Stellenangebot für meinen Posten viele geeignete Kandidatinnen melden". Yvonne schien auf Aminas Ankündigung schon vorbereitet zu sein. Sie bedeutete ihr, sich nochmals an den Frühstückstisch zu setzen und schenkte sich und Amina Kaffee ein. „Du bist noch jung", begann sie mütterlich ihre Rede. „in deinem Alter hat man starre Vorstellungen davon, wie das Leben ablaufen soll. Man will heiraten, Kinder bekommen, in einem schönen Haus wohnen und finanziell abgesichert sein. Wenn man das alles erreicht hat, ist man dann ungefähr 50 bis die Kinder auf eigenen Beinen stehen, und zu bequem geworden, noch einmal richtig was zu beginnen".

„Natürlich können wir wieder eine Hauslehrerin anstellen", sagte sie nach einem Schluck Kaffee, „aber eine gut ausgebildete, stabile Persönlichkeit wie du ist auch wieder nicht überall zu finden. Du bist sozusagen ein Asset". Das sollte wohl ein Kompliment gewesen sein und Yvonne schien Amina durch eine kleine Sprechpause Gelegenheit geben zu wollen, sich dafür zu bedanken, was Amina absichtlich nicht tat. „Evy und Lisa lieben dich"., fuhr sie fort. „Mir ist klar, dass du auch eigene Kinder willst und deshalb möchte ich dir gerne eine Zukunft bieten: Du kannst dich bei mir besamen lassen sooft du willst. Reiche Leute bekamen früher viele Kinder, von denen in alten Zeiten nicht alle überlebten. Hier bei uns achten wir auf Hygiene und optimale Umstände für eine erfolgreiche Geburt und wenn du willst, kannst du 10 oder mehr Kinder bekommen, die alle mit uns hier leben können." „Eines oder 2 Kinder sollten bitte von Herzog sein, sodass ich auch Nachkommen habe, bevor Evy und Lisa im gebärfähigen Alter sind", sagte Yvonne nach einer kurzen Pause.

Amina schnappte nach Luft, aber bevor sie sich noch gefasst hatte, um etwas zu sagen, sprach Yvonne weiter: "Wenn du dann so 37, 38 bist, nehme ich dich in den Lebenskreis mit dem erweiterten Radius auf. Du gehörst durch deine Kinder zu unserer Familie und kannst dich kulturellen Aufgaben in

Santa Margarita widmen". „Wieso deine Zukunft von irgendeinem Mann abhängig machen, wenn du mithilfe der Technik und des Geldes selbstbestimmt planen kannst". Diesen letzten Satz hatte Yvonne wiederum nach einer Pause gesprochen und Amina vermutete, dass sie schon über ihren Videocall mit Sascha letzte Nacht informiert war.

Amina saß erstarrt da und konnte nicht sprechen. Sie hatte schon viele Science-Fiction Romane gelesen und auf der Universität sogar einmal ein Seminar zum Thema „Gesellschaft der Zukunft" besucht, aber es war etwas ganz Anderes, nur in der Theorie über Designer zu lesen, deren Material die menschlichen Gene waren, oder über Mütter, denen ihr Kinderwunsch durch künstliche Befruchtung erfüllt werden konnte, als selbst sein potentiell ewiges Leben auf Basis dieser neuen Techniken zu planen. „Überlege dir meinen Vorschlag ein paar Tage lang. Du musst mir nicht sofort Bescheid geben, wie du entscheidest, ich verstehe, dass mein Angebot weitreichende Konsequenzen für dein Leben hat, aber durch die neuen Techniken hast du ein Leben, das wert ist, gelebt zu werden. Mach dich unabhängig von Männern, die dir nur das Herz brechen". Nach diesen Worten kam Oscar herein und überbrachte Yvonne mit knappen flüsternden Worten eine Neuigkeit, die Amina nicht verstehen konnte, die aber für Yvonne so wichtig zu sein schien, dass sie sich erhob und den Frühstücksraum verließ.

Amina ging zu Evy und Lisa und sagte ihnen, dass sie sich nicht wohl fühlte und sich hinlegen werde. Dann bat sie Herzog den Unterricht zu übernehmen. Sie ging in ihr Zimmer und warf sich auf ihr Bett. Vielleicht wäre es besser gewesen, sich durch den Umgang mit Evy und Lisa abzulenken, denn Amina konnte nicht in Ruhe überlegen. Es schien ihr, als stürmten alle Gedanken, die ein langes, potentiell ewiges Leben haben würde, auf einmal auf sie ein.

Yvonne schien ihr die mächtigste Frau des 21. Jahrhunderts und möglicherweise der kommenden Jahrhunderte zu sein. Sie bestimmte den Lebensstil der Leute, die in den kleineren Städten und Orten wie Glendale wohnten, durch ihre Zeitschrift und ihre Produkte und dadurch, dass sie diese alle paar Jahre als Stimmvieh missbrauchte und veranlasste, dass ganz Glendale und tausende ähnliche Orte der USA ihren Kandidaten, egal wie asozial dieser sein mochte, zum Präsidenten wählten. Die Lobbyisten, die dieser zu Ministern machte, konnte sie sich alle mit einem ihrer Angebote kaufen. Dabei blieb sie selbst schön im Hintergrund, damit niemand ihre Geschäfte störte. Ihren Sohn schleuste sie als Click bait in die sozialen Medien, um selbst interessant und im Geschäft zu bleiben. Sie erfreute sich ewiger Jugend und Schönheit und hatte die Macht, diese Gabe an Leute, die ihr zusagten, zu verkaufen oder zu verschenken.

Nun war Amina selbst in den Kreis der von ihr Begünstigten aufgenommen worden. So sah es jedenfalls Yvonne, denn die Tatsache, dass Amina ihre Enkelinnen unterrichtete, schätzte Yvonne zwar, das bezeugte der Gehalt, den Amina von ihr erhielt, jedoch sollte sich Amina dafür nun buchstäblich mit Leib und Seele Mc Pill verschreiben. War es nicht schon ein bisschen sterben, wenn ihr weit weg von zu Hause eine andere Frau ihren Mann ausspannte? Amina tat sich dafür selbst leid, wusste aber, dass dies nur eine unbedeutende Nebenfront im augenblicklichen Kampf um ein selbstbestimmtes Leben war. Nun ging es darum, sich dem Einfluss Yvonnes zu entziehen und Santa Margarita und die USA zu verlassen.

Die Erschöpfung hatte dazu geführt, dass sie eingeschlafen war und sie wachte erst auf, als Evy und Lisa zu Mittag in ihr Zimmer kamen, um sie zum Essen abzuholen. „Geht es dir besser"? fragte Lisa liebevoll und streichelte sie. „Ja, auf jeden Fall", antwortete Amina und konzentrierte sich auf den Augenblick, wie sie sich kurz vor dem Einschlafen vorgenommen hatte. Sie würde Santa Margarita verlassen, aber sie durfte nicht panisch werden und musste einen Ausweg finden, der keinen Herzinfarkt verursachen würde. „Papa hat gesagt, dass wir heute nach dem Essen mit dir aufs Strand-Set fahren, wenn es dir besser geht", verkündete ihr Evy freudig. „Bekommen wir dann wieder schöne Fotos?" fragte Amina, denn es konnte ja sein, dass Yvonne noch vor ihrer 10-jährigen Dauerschwangerschaft oder ihrem Herzinfarkt einige schöne Bilder machen wollte, um die Glendaler und alle anderen, die in ähnlichen Bedingungen lebten, weiterhin mit Herzogs Frauengeschichten zu unterhalten.

Nach dem Essen holte Alex sie mit einem Cabrio ab. Amina grüßte ihn kurzangebunden, denn sie empfand es als Verrat, dass er zu Willow und Doc gefahren war, um nach ihrem Pass zu fragen, ohne sie zu informieren. Trotzdem war sie nicht wirklich böse auf ihn, denn obwohl er die Möglichkeit hatte, sich auch außerhalb Santa Margaritas zu bewegen, war er, genau wie sie selbst, ein Untertan Yvonnes. Amina saß auf dem Rücksitz zwischen Evy und Lisa und genoss den leichten Fahrtwind, als sie durch die Straßen Santa Margaritas fuhren. Die Stadt war hübsch. Die bunten Gebäude mit den Bugambilien, die überall wuchsen, die gepflegten Parkanlagen und hübschen Geschäfte, der Marktplatz mit seinen Cafés und Restaurants, selbst die Lagerhallen oder andere geschlossene, größere Gebäude fügten sich durch aufgemalte Fenster und Pflanzen in das harmonische Stadtbild. Yvonne hatte Geschmack. Für Santa Margarita hatte sie den mexikanischen Kolonialstil gewählt, aber man erkannte trotzdem, dass die Stadt nicht gewachsen war und die Menschen, die hier lebten, nicht organisch mit ihr verbunden waren. Es war, als ob man in einer Abteilung Disneylands lebte. Aminas Aufgabe an diesem Set war es, Evy und Lisa je nach Veranlagung zu Verwaltungsbeamtinnen oder Prinzessinnen zu erziehen, die sich ohne Probleme in dieses Ambiente fügen sollten.

Amina wurde erst hier wirklich bewusst, dass man sie in Österreich mitmachen ließ, dass man dort auf sie zählte und dass sie ein aktiver Teil der Gesellschaft war. Sie wurde eingeladen zu Diskussionen, in denen man die Standpunkte anderer kennenlernte. Sie hatte als Lehrerin Einfluss auf das Wohlbefinden und die Lernhaltung ihrer Schüler. Sicher, manchmal musste man die Bequemlichkeit überwinden, um sich auch an kalten Winterabenden auf den Weg zu einer Veranstaltung zu machen. Jedes aktive Leben erforderte die dauernde Überwindung des Trägheitsmoments. Aber das war es, was das Leben zu einem aktiven machte. Nach jeder aktiven Beteiligung hatte Amina immer wieder Zufriedenheit und Anerkennung in der Gemeinschaft geerntet und sie fühlte den Drang, auch ihre Schülerinnen zu motivieren, aus dem eigenen Leben selbst etwas zu machen. Durch die tägliche Übung einer solchen Lebenseinstellung in der Schule entwickelt sich die Persönlichkeit des Individuums und der Staat, der aus selbstbestimmten Individuen besteht.

Eine aktive Haltung war hier in Santa Margarita nicht gefragt. Yvonne sorgte für alles und verteilte die Aufgaben. Die Forscher sorgten für den Sieg über den Tod oder die Optimierung der menschlichen Ei- und Samenzellen, andere Bewohnerinnen Santa Margaritas führten Yvonnes Vorstellungen bezüglich anderer Projekte aus und Amina selbst erfüllte die Rolle als Hauslehrerin für den Nachwuchs der Herrscherin. Sie durfte sich insofern beteiligen, als dass sie ihre Eizellen mit von Yvonne ausgewählten Samenzellen befruchten lassen konnte und somit geeigneten Nachwuchs für Yvonnes Disneyland hervorbringen und erziehen durfte. Yvonne glaubte noch, ihr einen Gefallen zu tun, indem sie ihr Liebeskummer und ab und zu einen Ehekrach ersparte. Da waren ja Sally und Angela in Glendale noch freier als Amina selbst! Sie konnten sich aus ihren Umständen befreien, wenn sie es schafften, ihr Leben aktiv selbst in die Hand zu nehmen. Sicher, der Schleier, den die Lobbyisten der großen Firmen hier über die Gesellschaft gelegt hatten, war eher wie ein schwerer Vorhang und ließ sich nicht so einfach zur Seite schieben. Trotzdem wäre es zumindest möglich, sich jeden Tag durch aktive sportliche Betätigung mit der Natur und dem eigenen Körper in Verbindung zu setzen. Das könnte jedenfalls ein Anfang sein.

Amina drückte Evy und Lisa, um deren Schultern sie ihre Arme gelegt hatte, näher an sich. Sie sprachen nichts während der Fahrt und schienen den Ausflug zu genießen. Am Strand-Set angekommen, zogen sie sich alle die Schuhe aus und gingen zum großen Pool, dessen Wasser auf ökologischer Basis mit Sonnenenergie umgewälzt wurde, sodass es durch die Bewegung frisch blieb, wie ihr Herzog erklärte. Amina wollte ihm sagen, dass auch in ihrer Heimatstadt die öffentlichen Schwimmbäder nach dieser Methode funktionierten und dass diese Schwimmbäder jedem für ein kleines Eintrittsgeld offenstanden. Schulklassen durften sogar gratis hinein, wenn sie eine halbe Stunde die Toilettanlagen putzten, die Hecken schnitten, Unkraut jäteten oder andere Arbeiten verrichteten, die der Bademeister vorschlug. Amina hatte sich schon manchmal freiwillig mit den „Bravsten" zum Toilettenputzen gemeldet, weil dieser Dienst besonders viel Überwindung für die Schüler erforderte, und sie es schaffte, die nötige Motivation zu erzeugen. Nach dem Putzen und vor dem Badevergnügen verlangte sie, dass alle Schülerinnen die Toiletten inspizierten, damit sichergestellt war, dass alle gesehen hatten, wie eine solche Anlage nach dem Benutzen auszusehen hatte. Amina hatte genug Autorität, um die Wichtigkeit solcher Details zu kommunizieren. Sie erzählte Herzog aber nichts darüber, denn er war Yvonnes Sohn und sollte nicht mitbekommen, wie sehr sie sich nach zu Hause sehnte.

Am Strand lagen schöne Picknickdecken vorbereitet, ein Sonnenzelt war darüber aufgebaut und es lag sogar ein neuer, wunderschöner Bikini für Amina bereit. Man merkte, dass Yvonne etwas an Amina lag und Amina freute sich darüber. Trotzdem würde sie sich durch Yvonnes Gefälligkeiten nicht von einem aktiven, selbstbestimmten Leben ablenken lassen, das in Santa Margarita nicht möglich war. Für Evy und Lisa gab es kleine Styroporsurfbretter und anderes Strandspielzeug. Herzog würde den elektrischen Wasserscooter später ausprobieren, meinte er. Evy und Lisa freuten sich und sprangen im Sand umher. Nach dem Umziehen cremte Amina sich und die Mädchen ein, dann gingen sie ans Wasser. Als sie bis zu den Knien im Wasser standen, begannen sich Wellen zu bilden. Evy, die noch nicht ganz sicher schwimmen konnte, hängte sich an Aminas Rücken und Lisa und Herzog teilten sich ein Surfbrett. Es war ein wirkliches Vergnügen in den Wellen zu spielen, und in fröhlicher Gesellschaft den Sonnenschein zu genießen. Nach dem Spielen in den Wellen nahm Herzog seine Kinder auf eine Fahrt mit dem Scooter und Amina hatte Gelegenheit, sich im Liegestuhl zu sonnen.

„Ist es nicht schon bald Zeit für die Fotographen und die Party"? fragte Amina Herzog augenzwinkernd, als er sich mit dem Handtuch die Haare trocknete. „Nein", antwortete er ihr, während er seine Sonnenbrille aufsetzte. „Heute gibt es keine Fotographen am Set. Yvonne wollte, dass wir einfach etwas Quality time miteinander verbringen". Amina lachte, obwohl ihr Herzogs Statement etwas die Laune verdorben hatte. Es brachte ihr die Realität zu Bewusstsein. Yvonne bestimmte, wann und mit wem ihre Familie und Amina Quality time verbringen würden und das, wenn es nach ihr ginge, bis in alle Ewigkeit.

Trotzdem war das Leben in diesem Moment gut auszuhalten. Amina und Herzog hatten es sich in ihren Liegestühlen bequem gemacht, die Mädchen spielten mit ihrem Sandspielzeug am Wasser. „Yvonne hat mir erzählt, dass du Heimweh hast", begann Herzog ganz gegen seine Gewohnheit ein Gespräch. „Zu Hause habe ich Familie und einen Beruf. Ich gehöre nicht hierher nach Santa Margarita, obwohl ich Lisa und Evy liebe und mit dir schon Freundschaft geschlossen habe. Mein Aufenthalt war von vornherein nur für kurze Zeit geplant". Amina wollte, dass Herzog wusste, dass sie auf jeden Fall ihren Posten hier verlassen würde. „Ich verstehe, dass du nach Hause möchtest und ich werde dich auch nicht überreden, hier zu bleiben, denn auch ich habe schon oft daran gedacht, meinem Leben eine andere Wendung zu geben und Santa Margarita zu verlassen. Tatsächlich habe ich es sogar schon einmal versucht". Herzog machte an dieser Stelle eine Pause. „Wie du siehst, bin ich aber immer noch hier", setzte er fort „Ich versuche der Realität gegenüber keinen Widerstand mehr zu leisten und im hier und jetzt zu leben". Wie um Aminas Gedanken vorwegzunehmen sagte er: „Ich weiß, dass du denkst, ich wäre ein passiver Mensch, der sein Leben an Yvonnes Wünsche anpasst und du hast recht. Es ist meine Schwäche, aus Harmoniesucht Konflikte möglichst zu vermeiden. Aber die Schwächen eines Menschen sind immer auch seine Stärken und ich habe gelernt, immer öfter mit mir selbst und der Welt eins zu sein, was mich in die Lage versetzt, mich dem Augenblick hinzugeben und auch für andere da zu sein. Ich gebe zu, dass ich mich auf der täglichen Gratwanderung zwischen passiver Anpassung und aktiver Akzeptanz meiner Situation oft auf die falsche Seite schlage. Ich verwende meine Energie oft nur dafür, um in Ruhe gelassen zu werden und glaube oft, Probleme dadurch loszuwerden, indem ich sie übersehe, aber es ist nicht immer unreflektiertes Desinteresse, wenn ich mich nicht der Revolution anschließe. Ich weiß, dass ich mich nicht aufgeben darf und der Versuchung widerstehen muss, durch Yvonne und meine Kinder zu leben, anstatt mich selbst zu entwickeln".

Diese, für Herzog sehr lange Ansprache, verschlug Amina die Sprache. Herzog hatte seinen Weg gefunden. Er lag hier am Strand-Set mit seinen Kindern und war zufrieden. Wollte er ihr vorschlagen, es ihm nachzutun und das Glück in der Alltäglichkeit eines von seiner Mutter geplanten Lebens zu suchen? „Du bist anders als ich", sagte er jetzt, „du willst die Realität nicht akzeptieren, wie sie ist und zufrieden sein mit den Entwicklungen der Dinge". „Wie könnte ich zufrieden sein damit, den Rest meiner Tage hier eingesperrt als Yvonnes Gebärmagd zu verbringen", äußerte sie sich empört. „Siehst du nicht, dass der Laden hier aus lauter fremdbestimmten Wesen besteht, die wie ein SIMS-Spiel funktionieren, das deine Mutter entworfen hat"? Amina hielt sich erschrocken die Hand vor den Mund. „Sprich dich nur aus, Yvonne hat mir versprochen, dass wir hier nicht überwacht werden", beruhigte Herzog sie. „Ich weiß, dass du hier nicht dein Glück finden willst, aber sei freundlich zu dir selbst und versuche nicht, deine Existenz auf diesem Planeten zu rechtfertigen, indem du glaubst, die Welt verbessern zu müssen. Alles wird sich zum Guten entwickeln ohne dass du verbissen irgendwelche Prinzipien verfolgst".

Herzog hatte recht. Amina war selten mit etwas zufrieden. Dadurch vermittelte sie ihrer Umgebung den Eindruck, überlegen zu sein. Schon in Glendale hatte sie die Leute gestört, dass ihr die Schule und auch die Gastfamilie anscheinend nicht gut genug waren. Sie glaubte, die bloße Ausrichtung auf einen Idealzustand hin setze sie automatisch immer ins Recht. Andererseits waren ihr Gerechtigkeit und eine bessere Welt ein wirkliches Anliegen und sie wollte beim Aufbau einer besseren Gesellschaft eine nützliche Rolle spielen.

„Sollen wir mit den Kindern nächstes Wochenende meinen Vater besuchen"? fragte Herzog plötzlich. Amina erschrak. „Ist das mit Yvonne abgesprochen"? fragte sie. „Nein, aber ich werde ihr sagen, dass ich mir das wünsche", antwortete Herzog „Dann reise von dort aus nach Hause". Amina richtete sich in ihrem Liegestuhl auf. „Das sage ich Yvonne lieber nicht", meinte Herzog leise.

„Kommt spielen und seht euch die Sandburg an, die wir gebaut haben", meldete sich Lisa. Amina und Herzog erhoben sich aus ihren Liegestühlen und gingen zu den Mädchen. Zusammen verbrachten sie die restliche Zeit mit Sand Spielen, Schwimmen und Wasserscooter fahren.

Eigentlich war an diesem Nachmittag alles perfekt, dachte Amina. Es störte sie nur ein bisschen, dass die 4 so ganz alleine am Strand waren. Ihr Papa hatte ihr erzählt, dass die Österreicher früher immer betont hätten, sie hätten auf einem Strand oder einem See Urlaub gemacht, an dem sie fast ganz alleine gewesen wären. Damals war es ein Zeichen des guten Geschmacks, Orte aufzusuchen, die man mit niemandem teilen musste. Das hatte sich geändert. Man fand es nun schöner, an einem Strand zu sitzen, an dem ein bisschen etwas los war. Man konnte die Leute beobachten und das Geräusch, das mehrere Stimmen erzeugten, gehörte für Amina zur Kulisse eines Stranderlebnisses. Gemeinschaft mit anderen Menschen, die so wie sie ihren Tag am Strand genossen, war das Einzige, was Amina an diesem Nachmittag vermisste. „Mir kann man es auch nicht recht machen", dachte sie gerade als Alex und Letti von der Straße heraufkamen und die Gruppe grüßten. Amina half ihnen, das Picknick, das sie mitgebracht hatten, auszupacken. Herzog lud Alex und Letti ein, mit ihnen zu Abend zu essen. Alex zog seine Stiefel aus und entfernte seine Waffe, damit er sich gemütlich hinsetzen konnte. Dann hängte sich Lisa an seinen Rücken und aß dort ihren Wrap.

Kapitel 16

Freiheit kann man einem anderen nur lassen, nicht geben (Friedrich Schiller)

Alex war ein lieber Mensch, zu dem Amina von Anfang an Vertrauen gehabt hatte. Sie konnte sich nicht vorstellen, dass er jemals seine Waffe einsetzen und jemanden töten würde. „Was hat dich eigentlich hierher nach Santa Margarita verschlagen"? fragte Amina ihn, als Herzog mit den Mädchen seine letzte Tour auf dem Scooter unternahm. „Meine Mutter arbeitete vor Jahren bei einem Gynäkologen als Putzfrau", erzählte Alex. „Ihr Chef verführte sie, wie sie mir erzählte. Sie wurde schwanger und lief von ihm weg, weil er verheiratet war und meine Mutter wusste, dass er ihr nicht erlauben würde, mich zur Welt zu bringen. Sie hatte in der Arbeit von Santa Margarita gehört und die Flyer auf den Tischen der Ordination gesehen, die dafür Werbung machten, eine unerwünschte Schwangerschaft in Santa Margarita zu einem Erlebnis werden zu lassen. Also kam meine Mutter hierher. Sie hatte kein Geld ihren Aufenthalt hier zu bezahlen, wollte mich aber nicht zur Adoption freigeben.

Santa Margarita wurde damals erst errichtet und meine Mutter arbeitete während ihrer Schwangerschaft für Yvonne. Danach ging sie mit mir nach Mexiko. Ich wurde dort hauptsächlich von meiner Großmutter erzogen, während meine Mutter in einem Hotel arbeitete. Mama war selten zu Hause. Dadurch dass sie gut Englisch sprach, hat sie später einen Job im Management des Hotels bekommen. Meine Mutter hatte Yvonne versprechen müssen, mich an meinem 14. Geburtstag hierher zu bringen und mich Yvonne zur Ausbildung zu überlassen. Hier machte ich die Ausbildung zum Security Mitarbeiter". „Bist du hier zufrieden"? fragte Amina weiter. „Ich lebe schon 14 Jahre hier und habe seither meine Mutter und meine Familie in Mexiko nicht mehr gesehen. Die Arbeit ist OK, aber manchmal denke ich schon darüber nach, ob das alles ist, was mir das Leben zu bieten haben wird". „Jedes Leben ist eine Geschichte", sagte Amina und klopfte ihm auf die Schulter. „Danke, dass du die ersten Kapitel mit mir geteilt hast. Sicher wird es nach den nächsten 14 Jahren auch wieder etwas zu erzählen geben".

Amina erzählte ihm von ihrer Familie und ihrer Herkunft und auch Lety teilte ihre Geschichte. Sie lebte seit ihrer Geburt in Santa Margarita und hatte das Gelände nur einmal verlassen. Damals war sie 8 Jahre alt gewesen und ihre Mutter, die bei Yvonne als Köchin gearbeitet hatte, war mit ihr zu ihrer

Familie gefahren. Dort wurden sie dann von Rodrigo und Edgar abgeholt. Lety erinnerte sich noch an die Autofahrt. Leider war ihre Mutter bald darauf plötzlich verstorben. Letys Großmutter hatten den Posten ihrer Mutter übernommen und ausgeführt, bis Lety alt genug war, selbst als Köchin zu arbeiten. Sie hatte Angst vor der Welt außerhalb dieser Mauern und hoffte, hier irgendwann einmal einen Bodyguard zu treffen und zu heiraten, meinte sie scherzend, den Blick auf Alex gerichtet.

„Wir arbeiten hier für eine der größten US-Firmen", erklärte Lety abschließend. „Yvonne nennt uns die Mc Pill Family. Einmal im Jahr, am 1. Montag im September feiern wir unseren Firmenfeiertag. Da rücken unsere Truppen mit der Firmenfahne aus. Es gibt eine Parade und Yvonne hält eine Ansprache, die alle Mc Pill Mitarbeiter und Berufskonsumenten im ganzen Land in den Medien verfolgen".

Amina erinnerte sich an diesen 1. Montag im September. Damals war sie gerade in Quarantine City angekommen. Dieser Montag schien nicht nur ein Feiertag für Mc Pill zu sein, denn Amina hatte auch die Reden einiger anderer Firmenbosse im Fernsehen gehört. Der Boss von Keybolt Steven hatte über die Wichtigkeit des 2nd Amendment für die amerikanische Gesellschaft gesprochen. Es wäre immer wieder „under attack" und verschiedene andere Firmen und Staatsfeinde, vermehrt sogar Christen, versuchten diesen Grundpfeiler der amerikanischen Konstitution auszuhöhlen und den Staat seiner wichtigsten Grundlage, des Rechts seiner Bürger Waffen zu tragen, zu berauben.

Herzog und die Mädchen waren von ihrem Ausritt mit dem Scooter zurückgekommen und man bereitete sich zum Aufbruch vor. „Geht es dir wieder gut"? fragte Lisa, als sie im Auto saßen. „Wie soll es mir schlecht gehen, wenn ihr beide so lieb zu mir seid", antwortete Amina und drückte sie an sich.

Yvonne wartete schon am Eingang, als das Auto die große Auffahrt hinauffuhr. Sie gab Lety und Alex Anweisungen, wo sie die Strandspielsachen verstauen sollten und wann sie sich am nächsten Tag bei ihr melden sollten. Diese kleinen Inszenierungen, die der Umgebung mitteilen wollten, wer hier das Sagen hatte, störten Amina sehr. Es bereitete Yvonne ganz offensichtlich Genugtuung Macht zu besitzen und auszuüben. Sie wollte, dass sich ihre Umgebung an sie anpasste und zwang jedem ihren Willen auf. Im Gegensatz zu ihrem Sohn war sie selbstbewusst und willensstark. Wie hatte Herzog gesagt?: „Die Schwächen eines Menschen sind zugleich seine Stärken". Wenn Leute wie Yvonne ihre Willenskraft dafür einsetzten, die Welt konstruktiv zu verändern, könnten sie die Gesellschaft in positivem Sinne voranbringen. Amina stellte sich Yvonne als Unterrichtsministerin vor, die die Schulen in Glendale auf Vordermann bringen würde, hätte sie die Absicht, ihre Fähigkeiten für etwas Konstruktives einzusetzen.

„Und du", wandte sich Yvonne nun an Amina, „hast du dich beruhigt und mit deinem Leben hier wieder ausgesöhnt"? Bis zu dem Moment, in dem sie Yvonne in der Auffahrt gesehen hatte, war Amina tatsächlich nicht unzufrieden mit diesem Tag gewesen und hatte noch den Nachhall des guten Gespräches, das sie mit Herzog geführt hatte, im Kopf. Amina bedankte sich für den Badeanzug, um auf Yvonnes Frage nicht genauer Auskunft geben zu müssen und ging mit den beiden Mädchen hinauf, um sie ins Bett zu bringen.

Dieses Mal las sie das Märchen „der standhafte Zinnsoldat", das von einer Spielzeugfigur erzählte, die stramm auf nur einem Bein stand, aus dem Fenster fiel und nach Umwegen von einem Fisch verschluckt wurde, in dessen Magen ihn die Magd des Hauses, in das er gehörte, wieder fand und zu seinen Freunden, den anderen Zinnsoldaten stellte. Während seiner Abenteuer hatte ihn das Bild einer Ballerina, die ebenfalls im Kinderzimmer auf einem Bein stand und in die er verliebt war, am Leben erhalten. Nach seiner glücklichen Rückkehr wurde er von dem Jungen, dem die Zinnsoldaten gehörten, in den Ofen geworfen. Ein Windstoß wehte die Ballerina hinterher und beide verbrannten. Am nächsten Tag fand die Dienstmagd ein kleines Zinnherz in der Asche.

Amina hatte dieses Märchen nicht so traurig in Erinnerung, wie es ihr in diesem Moment schien. War nicht alles vergeblich? Selbst wenn man das Leben standhaft meisterte und in wichtigen Dingen Glück gehabt hatte, konnte es einem immer noch passieren, dass alles umsonst war. Amina dachte an ihren Vater. Er hatte Glück gehabt und die Flucht aus Afghanistan überlebt, nur um dann kein Aufenthaltsvisum zu bekommen und zu Hause von verrückten Verbrechern, die aus ideologischer Verblendung töteten, ermordet zu werden. Immerhin hatte sich seine Liebe erfüllt und Amina war das Produkt daraus. In diesem Sinn hatte sie Glück gehabt. Sie nahm sich vor, das Leben weiterhin als Geschenk zu betrachten. Letti und Alex sahen es auch so. Amina hatte immer gute Menschen um sich gehabt und Herzog würde ihr die Möglichkeit verschaffen, seinen Vater zu besuchen, von wo aus sie wieder nach Hause reisen würde.

Die nächsten Tage verliefen ohne besondere Vorkommnisse. Amina war gereizt, weil Herzog nichts mehr von dem Ausflug zu seinem Vater erwähnt hatte; bis Yvonne am Samstagmorgen beim Frühstück zu Amina, den

Mädchen und Herzog sagte: „Packt ein paar Sachen zusammen, Josh hat euch übers Wochenende eingeladen". Die Mädchen sahen vom Tisch auf: „Darf Amina auch mitkommen"? fragte Lisa. „Ja, sie darf mitkommen", beantwortete Herzog ihre Frage. Die Mädchen schienen mehr Begeisterung darüber zu empfinden, dass Amina mitkommen würde als über den Besuch bei ihrem Großvater selbst. Amina dachte nicht lange darüber nach, was das wohl für das Verhältnis der Mädchen zu Josh zu bedeuten hätte. Sie bedankte sich bei Yvonne. So erleichtert war sie über die Aussicht, Santa Margarita verlassen zu können.

In ihrem Zimmer überlegte sie, was sie wohl mitnehmen würde. Dadurch, dass ein Wochenendausflug geplant war, musste sie wenigstens nicht alle ihre Habseligkeiten zurücklassen. Viele junge Frauen nahmen einiges an Gepäck mit, wenn sie übers Wochenende verreisten. Amina würde es diesmal genauso machen und wenn Herzog und die Mädchen am Sonntagnachmittag wieder nach Santa Margarita zurückfuhren, wäre die Zeit zum Abschied nehmen gekommen. Es würde natürlich schwer werden. Lisa und Evy liebten Amina und Amina liebte sie. Dennoch wollte Amina nicht den Rest ihres Lebens in Santa Margarita verbringen, selbst wenn Yvonne vorhatte, für sie das Paradies hier auf Erden zu gestalten und dieses Leben kein Ablaufdatum hätte.

Wer weiß, vielleicht erlaubte Yvonne sogar, dass Evy und Lisa irgendwann einmal ein Austauschjahr in Wien in einer echten Schule verbringen. Diesen Traum würde sie den beiden zum Trost hinterlassen. Es machte sie aber dennoch traurig, von ihnen Abschied nehmen zu müssen. Warum konnte es nicht einfach sein, als ob man von einem Au pair Aufenthalt Abschied nähme, ärgerte sie sich über ihr schlechtes Gewissen, das sie diesen Abschied als Verrat an 2 gläubigen Kinderseelen empfinden ließ, die gehofft hatten, Amina würde eines Tages ihre echte Mama sein.

Wer war überhaupt die echte Mama der Mädchen? Die Spenderin der Eizelle oder die Leihmutter, die die beiden ausgetragen hatte. Sicher war in diesem Fall anscheinend nur, dass Herzog der Vater war. Diese Tatsache ließ Amina darüber nachdenken, wie sich die Zeiten geändert hatten. Bis vor Kurzem war die Mutter immer gewiss. Würde Yvonne den Fragen der Mädchen entgegenkommen, wenn sie in der Pubertät ihre Identität suchten? Hatte Yvonne überhaupt genaue Aufzeichnungen über die Spenderinnen und Leihmütter? Diese Frage glaubte Amina sicher mit Ja beantworten zu können. Yvonne wollte Kontrolle haben. Sicher waren die Spenderin der Eizelle und die Leihmütter für ihre Enkelkinder sehr sorgfältig von ihr ausgewählt worden.

Nun würde Amina den Großvater der Mädchen kennenlernen. Herzog hatte ihr erzählt, dass sich seine Eltern getrennt hätten, als er 10 Jahre alt war. Yvonne war damals durch das Ende der Prohibition zur wichtigsten Pharmazeutikunternehmerin aufgestiegen und sein Vater hatte es satt gehabt, eine Nebenrolle in Yvonnes Leben zu spielen. Außerdem hatten die beiden verschiedene Ansichten was Gesundheitspolitik betraf. Yvonne bildete Ärzte aus, die ihre Produkte verkauften und Josh setzte auf alternative Medizin. „Das hört sich interessant an", hatte Amina gemeint, als Herzog ihr das erzählte, aber Herzog meinte, sein Vater komme ständig mit neuen Methoden, die er an seiner Familie und Freunden ausprobieren wolle und das nerve ein bisschen.

Amina ging mit ihrer Reisetasche zu Lisa und Evy hinüber um ihnen beim Packen zu helfen. „Freust du dich auf den Ausflug"? fragte Lisa. „Ja, und ihr"? fragte Amina zurück. „Wir freuen uns nur, weil du mitkommst", antwortete Evy. Unten wartete Herzog schon am Volant, als Amina mit den Mädchen kam. Yvonne stand beim offenen Autofenster und redete auf Herzog ein. Sie umarmte, die Mädchen, die schon ins Auto steigen wollten und gab Herzog noch schöne Grüße für Josh mit auf den Weg. „Wir sehen uns dann wieder Sonntag abends", sagte sie beim Abschied zu Amina, die verlegen „ja,ja" murmelte. Wenn alles gutginge, würde sie Yvonne sogar irgendwann von Wien aus anrufen und sich bei ihr für alles bedanken. Schließlich hatte sie Amina die Gelegenheit gegeben unschätzbare Erfahrungen zu machen.

Josh wohnte 3 Stunden nordwestlich von Santa Margarita. Amina war aufgeregt, als Herzog den Wagen durch das große Tor auf die Straße hinauslenkte. Vor ihnen breitete sich wieder die Straße aus, die Amina vor ungefähr 2 Monaten in die andere Richtung gefahren war. Links und rechts die karge, menschenleere, von der Sonne beschienene Landschaft. Vor ihnen der Horizont.

Schade, dass ich mich nicht von Alex verabschieden konnte, dachte Amina gerade, als sie im Rückspiegel das Auto sah, mit dem Alex sie damals nach Santa Margarita gebracht hatte. „Meine Mutter", seufzte Herzog, „sie schickt uns ihre Leute hinterher". Amina wollte fragen, ob Herzog glaubte, dass ihr Weg in die Freiheit dadurch versperrt sein würde, oder ob Yvonne hauptsächlich um die Sicherheit ihrer Familie besorgt war, aber sie sagte nichts, denn sie wollte die Mädchen nicht alarmieren.

Die Vorfreude auf zu Hause war nun allerdings getrübt. Sie nahm sich vor, trotzdem die Fahrt zu genießen. Sie hatte ja schon mehr Kilometer durch das Land zurückgelegt als so manche Einheimische, dachte Amina jetzt und erinnerte sich an die Fahrt mit Doc. War sie mit Doc stundenlang durch fast menschenleeres Gebiet gefahren, wurde hier schon nach etwas mehr als einer halben Stunde eine größere Stadt sichtbar. Herzog fuhr auf der Autobahn weiter. Die Stadt und die Ortschaften, durch die sie fuhren, schienen Amina etwas schmuddelig im Vergleich zu dem perfekt angelegten und immer top gepflegten Santa Margarita. „Hier leben eben freie Menschen, deren Alltag nicht von einer Herrscherin bestimmt wird, die festschreibt, welche Aufgabe jeder einzelne zu erfüllen hat", dachte Amina. Wie würde ihr Wien vorkommen, wenn sie wieder zurückkehrte? Sicher viel schöner als diese Städte hier, denn in Wien arbeitete die Bevölkerung daran mit, die Stadt für alle schön zu gestalten, überlegte sie. Wenn sie wieder zu Hause war, würde sie sich aus Dankbarkeit mit ihrer Klasse zum Aufräumen nach einer Veranstaltung melden, nahm sie sich vor. Sie stellte sich vor, wie sie bei der Landung in Schwechat begeistert klatschen würde. Vielleicht sollte sie sogar den Boden küssen. Sie seufzte, denn sie hatte noch keine Flugkarte und doch konnte sie es fast nicht erwarten, bis es so weit war.

Nach fast genau 3 Stunden Fahrt hielt Herzog an einem typisch amerikanischen Haus, wie Amina es schon oft gesehen hatte. In den USA waren Gartenzäune selten, wie ihr sehr gefiel. So konnte man die Häuser sehen. Joshs Haus war eher bescheiden. Im Vergleich zu seinem früheren Leben in Santa Margarita hatte Josh diesbezüglich einen Abstieg in Kauf genommen. Dafür hatte er Freiheit gewonnen. Sicher hatte Yvonne sogar ihm ihre Bodyguards mit dem Auto hinterhergeschickt.

„Hier ist das Meer nicht weit", sagte Herzog, als er das Gepäck aus dem Kofferraum holte. Lisa und Evy stritten sich, wer an der Tür klingeln dürfe. Lisa hatte den Klingelknopf zuerst erreicht und Evy klingelte nach ihr noch einmal. Es rührte sich nichts, obwohl man drinnen deutlich eine Männerstimme hörte und das laute, angestrengte Atmen eines Menschen. „Gut so, einen Moment bitte". Josh öffnete die Tür und begrüßte Herzog und die Mädchen mit einer formalen, freundlichen Umarmung und reichte Amina die Hand. „Kommt rein, ich habe gerade eine Patientin zum Rebirthing hier. Macht euch inzwischen oben eure Betten. Ich habe die Bettwäsche schon hinaufgelegt". Sie gingen nach oben und machten die Betten. „Ich schlafe bei euch", sagte Herzog zu seinen Kindern. „Amina nimmt diesmal das Einzelzimmer". Aminas Herz klopfte bei Herzogs Worten. Meinte er vielleicht, sie sollte sich in der Nacht aus dem Staub machen? „Herzog ist dein echter Papa. Du hast großes Glück einen so lieben Menschen zum Papa zu haben", sagte Amina streng, als Evy protestierte und bei Amina schlafen wollte. Es tat Amina leid, Evy an ihrem vielleicht letzten gemeinsamen Tag so schroff abzuweisen, aber es war richtig, den Kindern zu zeigen, dass sie ihren Vater schätzte. Yvonne sah in Herzog noch immer einen Sohn, der kein eigenes Leben hatte. Wahrscheinlich kannte Amina Herzog schon besser als Yvonne ihn kannte.

„Seid ihr schon fertig"? rief Josh von unten herauf. Anstatt zu antworten, rutschten die Mädchen die Holztreppe hinunter. Unten wechselte Josh mit seiner Rebirthing-Patientin, die umständlich Geld aus ihrer Geldtasche kramte, noch einige Abschiedsworte. Josh steckte das Geld, das sie ihm hinhielt, in seine Hosentasche. „Bis Übermorgen dann", verabschiedete er sich. Nachdem er die Haustür hinter der Patientin geschlossen hatte, ging er in die Küche voraus und bedeutete den anderen, ihm zu folgen. „Wollt ihr eine Tasse Kaffee haben"? fragte er Amina und Herzog. „Seit wann hast du denn Kaffee, ich dachte der sei toxisch", wunderte sich Herzog. „Unter gewissen Umständen kann Kaffee toxisch sein, aber nicht in jedem Fall und nicht für jeden Organismus", erklärte Josh. Dann holte er die Packung und las laut die Inhaltsstoffe vor: „100% Kaffee aus Arabicabohnen". „Gut, da ist sonst nichts Toxisches drin. Für die Mädchen bereite ich einen Gemüsesaft mit vielen Karotten vor. Karotten haben viel Zucker, das wird ihnen schmecken".

Josh holte einiges an Gemüse aus dem Kühlschrank und baute seine Saftpresse zusammen: „So eine Maschine solltet ihr euch auch besorgen. Sie erhält beim Herauspressen des Saftes die Molekularstruktur der einzelnen Gemüsezellen, wodurch die Leber weniger Giftstoffe entsorgen muss. Das ist eindeutig wissenschaftlich bewiesen". Als sich Josh nach diesen Worten wieder der Saftpresse zuwandte, machte Herzog für Amina den Scheibenwischer. Sie unterdrückte ein Lachen und fragte Josh, ob sie ihm helfen könne, das Gemüse zu schneiden. „Ja, bitte, ich zeige dir, wie man das macht, wenn ich die Maschine zusammengebaut habe", sagte Josh und nahm Amina den Schäler aus der Hand, den er vorher schon zum Gemüse gelegt hatte. „Dürfen wir im Garten spielen"? meldete sich Lisa. Herzog öffnete seinen Töchtern die Türe, die von der Küche in den Garten führte.

Josh war mit dem Aufbau der Saftpresse endlich fertig und zeigte Amina nun, wie man Gemüse seiner Meinung nach richtig behandelte. Er nahm eine Karotte und schnitt beide Enden ab. Dann legte er das Messer weg, nahm die abgeschnittenen Enden des Gemüses und rieb sie an der jeweiligen Schnittstelle. „Auf diese Weise geht keine Energie verloren", erklärte er. „Ich übernehme das Schneiden. Du kannst schälen, wenn du willst". Er schälte ihr die Karotte vor, von der er gerade die Enden abgeschnitten hatte, dann gab er Amina den Schäler. Herzog durfte die Saftpresse bedienen, nachdem ihm

Josh ausführlich die einzelnen physikalischen Prozesse erklärt hatte, die beim Pressen abliefen. Es dauerte fast 1 Stunde, bis der Saft endlich fertig war. Josh hatte für alle Saft gemacht. Für sich selbst machte er den letzten Saft mit weniger Karotten und einigen anderen Zutaten, die weder den Kindern noch Amina oder Herzog schmecken würden, wie er meinte, die aber unverzichtbar für einen Vegetarier wie ihn wären und deren Preis sicher sinken würde, sobald die Welt erkannt hätte, dass sich durch Beigabe dieser Zutaten die Lebenserwartung der Menschen erhöhen würde. Herzog nahm das Gefäß mit dem von Josh so bezeichneten „Superfood" in die Hand und las, was darauf stand. Es handelte sich um eine Mischung aus Spurenelementen und Vitaminen, die Yvonne in ihrer Firma erzeugte und für die esoterische Kundschaft anders verpackte und vermarktete als für ihre Berufskonsumenten. Yvonne verstand etwas von Marketing, das konnte man deutlich sehen. Ihre Kunden mussten nur überzeugt werden, etwas vom Konsumieren zu verstehen.

„Da fällt mir ein, Yvonne hat mir etwas für dich mitgegeben", sagte Herzog und erhob sich, um das Mitbringsel zu holen. Bis er wiederkam, schloss Josh seine Augen und nahm ab und zu einen Schluck von seinem Saft. Herzog übergab seinem Vater Yvonnes Geschenk. Es handelte sich um ein Halluzinogen, das aus Pilzen gewonnen wurde. „Danke, aber das nehme ich nicht mehr", sagte Josh und gab Herzog den Behälter mit dem Halluzinogen zurück. „Pilze sind zwar sesshaft, aber trotzdem den Tieren näher verwandt als den Menschen. Sie ernähren sich von organischen Substanzen, die sie aus ihrer Umgebung aufnehmen. Ihre Zellwand enthält Chitin und Pilze machen im Gegensatz zu den Pflanzen keine Photosynthese. Ich bin Vegetarier, wie Yvonne wissen sollte". „Yvonne meinte, du hättest früher gerne mit diesen Pilzen experimentiert", versuchte Herzog seine Mutter zu verteidigen. „Damals wusste ich noch nicht, dass Pilze keine Pflanzen sind", entgegnete Josh.

Herzog ging zum Komposthaufen in den Garten, um den Wirkstoff zu entsorgen und um nach Lisa und Evy zu sehen. „Vielleicht sollte ich jetzt verschwinden", dachte Amina gerade, als sich Josh erhob, indische Trommelmusik aufdrehte, seine Arme ausbreitete und zu tanzen begann. „Dieser Tanz heißt Tandava", erklärte Josh. „Es ist gesund, nach dem Einnehmen von Nahrung ein bisschen zu tanzen. Dieser Tanz regt die Testosteronproduktion an und soll deshalb nur von Männern getanzt werden". Er schloss die Augen und sprang abwechselnd auf einem Bein auf und ab, als Amina ihre Handtasche nahm, aufstand und das Haus verlassen wollte. „Amina, komm heraus und spiel mit uns", kam Evy gelaufen und zog

Amina an der Hand nach draußen. Dort spielte sie etwas lustlos Frisbee mit den Mädchen.

Kurze Zeit später rief Josh: „Ich nehme an, ihr habt Hunger. Ich werde euch etwas Gesundes kochen", kündigte er an. „Darf ich den Tofu in Würfel schneiden"? fragte Lisa, die gleich hungrig zur Küche gelaufen kam „Nein", antwortete Josh. „Tofu ist aus Sojabohnen gemacht und Sojabohnen sind ungesund". „Seit wann das denn? Du hast doch den Tofu in unserer Familie populär gemacht", meldete sich Herzog verwundert, der sich ebenfalls zum Kochen gemeldet hatte. „Soja ist eine Hülsenfrucht und Hülsenfrüchte enthalten Giftstoffe", klärte Josh seinen Sohn auf. „Die im Soja enthaltene Phytinsäure bindet Mineralstoffe wie Zink, Eisen und Kalzium, sodass es zu Mangelerscheinungen im Körper kommen kann". Herzog lachte: „Man merkt, dass wir uns schon ein Jahr lang nicht mehr gesehen haben. Ich bin nicht mehr am Laufenden was die neuesten Ernährungsdogmen betrifft". Zu Amina sagte er: „Mein Vater ist eine Art Ernährungspapst, er lebt, um gesund zu leben". „Mach dich nicht lustig über mich. Ich wette, dass ich mit meiner gesunden Lebensweise älter werde als Yvonne, die sich auf die herkömmliche Wissenschaft stützt und glaubt, sie werde irgendwann die Formel für Unsterblichkeit finden. Rebirthing, Meditation und Sungazing sind alte Praktiken, die zusammen mit gesunder Ernährung einen Jungbrunnen darstellen, den Yvonne patentieren werden will".

Herzog sagte nichts auf die Verteidigungsrede seines Vaters und Amina dachte, dass der Augenschein im Moment Yvonne die erfolgreicheren Aussichten auf Unsterblichkeit einräumte, denn Josh sah gut aus für sein Alter, aber er hatte schon graue Haare und man glaubte ihm die 65 Jahre, die er alt war, wenn man ihn auf den ersten Blick auch jünger schätzte. Yvonne aber sah für ihre 65 absolut unnatürlich jung aus. Sie war der lebende Beweis für das Funktionieren ihrer Methode. Ob sie unsterblich war, würde Amina nicht feststellen können, denn sie hatte vor, ihr Leben weiterhin nach einem natürlichen Rhythmus zu gestalten. Sie würde hoffentlich schon bald wieder ihre Routine in der Schule beginnen können. Morgensport, 2 Minuten Dankbarkeit, gesundes, von Schülern gekochtes Mittagessen, produktive Arbeit und danach Zeit für Musik, Kunst oder in Zukunft doch vielleicht Familie. Sie dachte an Sascha und Magda: Das konnte doch nicht wahr sein, dass Sascha mit Magda zusammen war.

„Hilf mir bitte den Käse zu schneiden", mit diesen Worten weckte Lisa Amina wieder aus ihren Gedanken. Käse gab es also in diesem Haus, ganz vegan lebte Josh also nicht. „Heute mache ich euch ein Gemüsemadley auf einem Olivenölspiegel mit Nüssen und Käse überbacken", kündigte Josh das Menü an. Dazu gibt es Reis. Er nahm die geschredderten Gemüsereste, die vom Saftmachen als Abfallprodukt geblieben waren, mischte Nüsse und einige Gewürze dazu, dann goss er Olivenöl in Muffinformen und presste die gewürzte Gemüsemischung hinein. Oben legte er den Käse darauf, den Amina und Lisa geschnitten hatten. Dann stellte er die Formen ins Rohr. Dazu kochte er Naturreis. Gegen Kartoffeln schien er etwas zu haben, denn er wehrte, eine Erklärung murmelnd, ab, als Amina vorschlug, ein Kartoffelpüree zuzubereiten. Obwohl Amina in Kabul geboren war, liebte sie Kartoffeln. In der Schulküche gab es leider auch öfter Reis als Kartoffeln, weil die Zubereitung von Kartoffeln arbeitsaufwändig war.

Vor dem Essen erwies Josh den Nahrungsmitteln Ehre, wie er sein stummes Tischgebet definierte. Danach nahmen sie die Mahlzeit schweigend zu sich, weil man sich auf das Kauen und die Nahrungsaufnahme an sich konzentrieren sollte. Obwohl sich Amina vorgenommen hatte, Joshs Anweisungen Folge zu leisten, schweiften ihre Gedanken des Öfteren ab. Hatte sie sich auf der Reise von Yvonne zu Josh noch gefragt, warum Herzog nicht lieber mit seinem Vater lebte als mit Yvonne, war Amina nun überzeugt, dass Herzogs Leben in Santa Margarita jedenfalls freier war, als es ein Leben mit Josh je sein könnte. Herzog konnte wählen, womit er sich beschäftigen wollte, während Josh sich ein Gefängnis aus Vorschriften gebaut hatte, die sich zwar anscheinend ändern konnten, wenn es jemand schaffte, ihn von neuen alten Praktiken zu überzeugen, die aber dennoch wesentliche Einschränkungen bedeuteten, während sie galten. Immerhin verdiente Josh sein Geld mit Behandlungen, wie dem Rebirthing. Amina hätte Lust gehabt, im Internet nachzuforschen, was es damit auf sich hätte, aber das würde sie wohl auf später verschieben müssen, wenn sie wieder in Österreich war. Vielleicht könnte sie Josh nach dem Essen auch danach fragen.

„Schmeckt sehr gut, dein Essen", hörte sie sich plötzlich laut sagen. „Freut mich, dass es dir schmeckt", reagierte Josh. „Die Nahrungsmittel, die du bei mir bekommst, schmecken nicht nur gut, sie sind auch so zusammengestellt, dass sie Körper, Geist und Gemüt gleichsam ernähren". „Mir schmeckt besser, was Letti kocht", meldete sich Evy nun. Lisa legte ihren Zeigefinger auf den Mund, um Evy zu bedeuten, dass sie still sein sollte. Alle aßen schweigend fertig und danach räumten Amina und die Mädchen die Teller in den Geschirrspüler.

„Was bewirkt eigentlich Rebirthing"? fragte Amina. Das hätte sie unterlassen sollen, denn Josh erteilte ihr nun einen Vortrag über diese Methode, die vor fast 100 Jahren von einem Herrn Orr erfunden worden war und durch die man angeblich durch eine veränderte Atemtechnik sein traumatisches

Geburtserlebnis verarbeitete. Der Nutzen wurde Amina trotz Joshs Ausführungen nicht klar. Jedenfalls musste man mehrere Rebirthing Sitzungen abhalten, um das Geburtserlebnis zu verarbeiten. Soviel war klar. Es schienen also auch für diese Methode gewisse marktwirtschaftliche Gesetze zu gelten, die verhinderten, dass sich der Erfolg einstellte, bevor er eine Wertschöpfung generiert hatte. Josh schien Aminas Skepsis dem Rebirthing gegenüber zu fühlen und schwenkte auf ein anderes Thema.

Er gab außerdem Kurse in Sungazing, erzählte er ihr. Dabei musste man kurz nach Sonnenaufgang oder kurz vor Sonnenuntergang direkt ins Sonnenlicht schauen. Es gab eine App, die die Zeit der idealen Lichtverhältnisse an verschiedenen Orten dafür anzeigte. Dabei machte das Gehirn nach seinen Angaben Photosynthese und erneuerte sich. Er selbst würde wegen des Sungazings sicher nie Alzheimer bekommen, behauptete er. Diese Methode schien Amina interessant und sie nahm sich vor, sich darüber zu informieren. Allerdings musste man, wenn man es geschafft hatte, 44 Minuten lang in die auf- oder untergehende Sonne zu schauen, 6 Tage lang 45 Minuten barfuß gehen, wozu sie keine Lust hätte. Immerhin konnte jeder nach dem Kurs für sich alleine gratis ohne irgendeinen direkten Einfluss auf das Bruttonationalprodukt in die Sonne schauen (wenn sie schien).

Während Joshs Vortrag waren nacheinander die Kinder und dann auch Herzog aufgestanden und hatten sich vom Tisch verabschiedet. Sie saßen draußen und Herzog las seinen Kindern eine Geschichte vor. Amina konzentrierte sich weniger und weniger auf Joshs Ausführungen und dachte immer mehr daran, dass sie die Zeit nützen müsste, um das Haus und die Kinder zu verlassen. Sie stellte ihre Handtasche näher neben sich und überlegte, ihre übrigen Sachen im Schlafzimmer zurückzulassen. Es tat ihr leid um ihre Kleider und Schuhe und andere Dinge, die sie sich hier besorgt hatte, auch um den Bikini, den Yvonne ihr geschenkt hatte, aber sie hatte ihr Smartphone, das Notizbüchlein und vor allem den Pass. Sie kramte in ihrer Tasche, um zu fühlen, ob er noch unter der Bodenplatte der Tasche lag. Er war noch da. Das Smartphone, das ihr Yvonne gegeben hatte, würde sie hierlassen.

Sie fasste sich ein Herz, legte Yvonnes Smartphone auf den Tisch, stand auf und sagte zu Josh nur: „Einen Augenblick bitte". Dann nahm sie die Tasche, ging ins Vorhaus hinaus und schloss die Küchentür hinter sich. Josh sollte glauben, sie ging zur Toilette. Dann öffnete sie die Haustür und trat ins Freie. Sie durchquerte Joshs Vorgarten und bog nach links ab. Ihr Herz pochte heftig. Wie würde sie von hier zum nächsten Flughafen kommen. In diesem Vorort verkehrten sicher keine Autobusse und eine App für ein Taxi hatte sie hier nicht auf ihrem österreichischen Telefon und um stehenzubleiben und sich eine App zu suchen, hatte sie nicht die Ruhe. Sie beschleunigte ihre Schritte und erinnerte sich an ihre Wanderung nach dem Ausflug mit Sam, die ein so gutes Ende gefunden hatte. Ach würde doch Doc mit seinem Oldtimer um die Ecke biegen und sie mitnehmen! wünschte sie sich. Aber das war natürlich zu viel verlangt.

Sie hielt Ausschau nach Autos und sah eine alte Dame in ihren Wagen steigen. „Würden sie mich ein Stück im Auto mitnehmen"? trat Amina an die Dame fragend heran. „Wo willst du denn hin"? „Zu einem Autobus Richtung Flughafen", informierte Amina auf die Frage der Dame. „Ich fahre zur Strip-Mall ins Zentrum, um mir im CPD store Vitamine zu besorgen und mich über die neuesten Mineralstoffe zu informieren. Bis dahin kann ich dich mitnehmen. Von dort fährt alle Stunden ein Bus zum Flughafen". „Das ist ja wunderbar"! reagierte Amina auf die Einladung. War es möglich, dass wieder alles gut ausgehen würde? Amina glaubte fest an ihr Glück. Im Auto sitzend, versuchte sie ein bisschen Small Talk mit Sandy, so hieß die Dame, zu machen, aber sie merkte, dass Sandy sich auf die Straße konzentrieren wollte, obwohl ihr Auto ganz automatisch lief. „Ich habe diesen Wagen noch nicht lange und habe immer Angst, dass er etwas falsch macht, erklärte sie ihre Konzentration auf die Straße. Aber George macht nichts falsch". Sandy nannte ihr Auto George und hatte in den wenigen Wochen, in denen es für sie arbeitete, wie sie das nannte, eine Beziehung zu George aufgebaut, wie sie besser zu einem lebendigen Chauffeur nicht sein konnte. „George, du bist wirklich ein Engel", sagte Sandy, als der Wagen eingeparkt hatte, und schickte ihm einen Kuss mit der Hand. Amina bedankte sich bei ihr fürs Mitnehmen.

Die Haltestelle für das Sammeltaxi befinde sich gleich hinter ihnen, in der Nähe der Ausfahrt des Parkplatzes. Amina machte sich sogleich auf den Weg. Die Anzeige am Display der Haltestelle zeigte an, dass sie noch 15 Minuten würde warten müssen. Sie überlegte, ob sie jetzt eine Taxiapp suchen sollte, stellte aber anstatt dessen ihr Telefon ganz ab. Es konnte ja sein, - ja wäre sogar wahrscheinlich -, dass Yvonne ihr Telefonsignal verfolgen ließ. Vielleicht wäre es ohnehin schon zu spät und Yvonne war längst hinter ihr her. Rodrigo und Edgar oder Alex hatte sie nicht mehr gesehen, wohl aber erinnerte sie sich daran, dass Yvonne Herzogs Wagen verfolgen ließ. Diese 15 Minuten des Wartens wurden immer schlimmer, je mehr Amina sich Gedanken darüber machte, was alles sein konnte.

Sie hatte ihren Kontostand zu Hause schon lange nicht mehr überprüft, weil sie in Santa Margarita mit ihrem Telefon nicht ins Netz konnte und sie wollte

Yvonne oder ihr Überwachungspersonal nicht in Versuchung führen, ihr Konto zu hacken, weshalb sie es ganz unterlassen hatte, ihre Bankdaten in das neue Handy zu speichern, das Yvonne ihr gegeben hatte. Amina beruhigte sich zwar, dass sie sicher das Geld haben würde, um sich eine Flugkarte zu kaufen, aber im Moment war sie noch nicht einmal am Flughafen. Es kamen jetzt noch andere Personen zur Sammelstelle. Manche kannten sich und plauderten miteinander.

Ein junger Mann sprach Amina freundlich an: „Heiß heute, was"? sagte er zu ihr. Amina antwortete nur: "Ja, wirklich". Sie hatte überhaupt keine Lust mit Unbekannten hier in den USA jetzt noch eine Konversation zu beginnen. Sie wollte einfach nur, dass endlich dieser Bus kam und sie zum Flughafen brachte. Obwohl sie sich sagte, dass ihr ein wenig Konversation die Zeit verkürzen würde, ärgerte sie sich trotzdem, als der Mann sie fragte, wo sie ohne Gepäck hinreise. „Dorthin, wo es auch warm ist", antwortete sie ihm freundlich und sah angestrengt auf das Display, das jetzt nur noch 5 Minuten Wartezeit voraussagte.

Der junge Mann suchte sich nun zum Glück andere Gesprächspartner. „Kannst du mir zeigen, wie ich die Fahrkarte kaufen muss", fragte ihn eine ältere Dame und hielt ihm ihr Handy hin. Der junge Mann nahm das Gerät in die Hand, tippte darauf herum und gab es ihr nach kurzer Zeit wieder zurück. „Nur noch den Code eingeben", sagte er freundlich. Nun wurde Amina ein wenig panisch. Darauf hatte sie ganz vergessen. In Santa Margarita hatte sie die dort verkehrenden autonomen Fahrzeuge immer ohne Fahrkarte benutzen können. Sie holte ihr Handy aus der Tasche und schaltete es ein. Zuerst gab sie den falschen Code ein, dann noch einmal einen falschen. Sie hatte ihr österreichisches Handy so lange nicht benutzt, dass ihr das Passwort nicht mehr einfiel.

Das Display zeigte jetzt nur noch 2 Minuten bis zur Abfahrt an, der Bus war zwar noch nicht aufgetaucht, aber falls ihr der Entsperrungscode hoffentlich wieder einfiel, musste sie immer noch den jungen Mann bitten, ihr mit dem Kauf der Fahrkarte zu helfen. „Kannst du mir auch helfen, die Fahrkarte zu besorgen", fragte sie ihn, der Dame, mit der er jetzt Konversation machte, ins Wort fallend. Amina hielt ihm ihr Handy hin, hoffend, dass es sich schon eingeschalten hatte. „Falsches Passwort", las der junge Mann vor und gab ihr das Gerät zurück. „Entschuldige, ich habe dieses Smartphone schon länger nicht benutzt", sagte sie, nahm das Handy entgegen und versuchte neuerlich, sich an den richtigen Code zu erinnern. Nun bog der Bus um die Ecke. Die Leute machten sich zum Einsteigen bereit . Beim Betreten des Busses musste man den auf dem Handy gespeicherten Boarding Pass einscannen, damit sich eine Schranke öffnete. „Nein", stieß Amina verzweifelt hervor.

„Kauf ihr mit meinem Handy eine Fahrkarte", sagte die alte Dame nun lächelnd zu dem jungen Mann. „Danke", schrie Amina fast. Sie wollte der Dame um den Hals fallen. „Ich bin froh, wenn ich sehe, dass es jungen Leuten passiert, dass sie ihr Passwort nicht mehr wissen", sagte die Dame zu ihr, als ihr der Mann wieder ihr Smartphone hinhielt, um den Code einzugeben. „Dann kann ich hoffen, dass meine Vergesslichkeit nicht altersbedingt ist". Amina rollten nun ein paar Tränen heraus, als die Dame ihr mit dem Handy die Schranke öffnete. „Du bist sehr emotional", sagte die Frau nun zu Amina, als sie nebeneinander im Bus saßen. „Ich fahre zu meiner Familie, die ich nun schon seit mehr als einem halben Jahr nicht gesehen habe", erklärte Amina.

Dann holte sie ihr Telefon wieder heraus. Wenn Yvonne ihr folgen wollte, fand sie sicher einen Weg dies zu tun, dachte Amina. Wichtig war, dass sie wieder Zugang zu ihrem Handy hatte, egal ob es für Yvonne dann leichter wäre, sie auszuforschen. „Stell dir eine Situation vor, in der du glücklich warst und dein Telefon zur Hand genommen hast", sagte die Dame neben ihr jetzt. „Schließ die Augen und konzentriere dich auf diese Situation". Amina dachte daran, als sie in Sunvalley auf der Bühne stand und den Passcode ihres Telefons eingab, um die Kreditkarte auszulösen. Sie nahm nun ihr Handy und gab den richtigen Code ein. „Jaaa" schrie sie durch den Bus. Einige Leute lachten. „Siehst du", lächelte die Dame sie an. Amina umarmte die Frau. „Danke nochmal, auch für die Buskarte". „Es macht doch Freude, anderen zu helfen", reagierte die Frau und drückte sie.

Amina war nun wieder froh. Es gab so viele gute Menschen auf der Welt und ihr waren schon so viele davon begegnet. Es war höchste Zeit für 2 Minuten Dankbarkeit. Beim Verlassen des Busses, als sie sich anstellen musste, um die Schranke nochmals zu passieren, hatte sie noch Gelegenheit sich bei dem jungen Mann zu bedanken, der das Telefon der Dame bedient hatte. Das Flughafengebäude schon vor Augen, sprang sie leichtfüßig aus dem Bus.

Kapitel 17

Etwas zu beginnen erfordert Mut, etwas zu beenden noch mehr (Anke Maggauer-Kirsche)

Draußen warteten Edgar und Rodrigo auf sie. Amina spürte, wie ihr das Blut in den Adern gefror. Starr vor Schreck blieb sie stehen. Edgar kam und führte sie vom Ausgang des Busses weg, damit sie die anderen Fahrgäste nicht am Aussteigen hinderte. „Wir nehmen an, du wolltest eine Reise mit dem Flugzeug machen. Das können wir leider nicht erlauben. Yvonne legt Wert darauf, dass du morgen wieder deinen Dienst in Santa Margarita antrittst". Amina sagte nichts. Sie ließ sich von den beiden Bodyguards zum Auto führen. Rodrigo öffnete ihr die Fahrzeugtür. Sie stieg ein. Alex saß am Fahrersitz. Nun begann Amina zu weinen. Von Edgar und Rodrigo konnte man nichts anderes erwarten, als dass sie Yvonnes Befehle ausführten, aber in Alex hatte sie einen Freund gesehen, der ihr den Weg in die Freiheit zu ihrer Familie nicht versperren würde.

Lange sagten die 3 Männer nichts. Im Auto war nur Aminas Schluchzen zu vernehmen. Dann begann Alex zu räsonieren: „Wo wolltest du denn hin"? fragte er sie. Amina antwortete nicht und so redete er weiter, um das Schluchzen zu übertönen: „Ohne Pass wärst du doch nicht weit gekommen. Besorge dir erst einen Pass. Auf dem australischen Konsulat hier kennt man dich nicht. Yvonne hat mich dort hingeschickt, um dir einen Pass zu besorgen, aber du musst selbst kommen, haben sie mir gesagt." Er machte eine Pause. „Beruhige dich. In Santa Margarita kann man das Leben doch aushalten". Ihm schien die Situation nicht angenehm zu sein. Amina beruhigte sich tatsächlich ein wenig. Seine Worte zeigten trotz allem Mitgefühl. Ihre Entschlossenheit Santa Margarita zu verlassen war durch diese Entführung - anders konnte man das nicht nennen - gewachsen. Sie wusste, dass sie auf keinen Fall ihr restliches Leben in Santa Margarita verbringen wollen würde.

Dieser Gedanke tröstete sie. Allerdings würde eine Flucht schwierig werden. Nach weiteren 10 Minuten Fahrt, in denen kein Wort gewechselt wurde, parkte Alex den Wagen vor Joshs Haus. Rodrigo und Edgar stiegen aus dem Wagen und warteten an der Autotür, um Amina zum Haus zu begleiten. „Lasst mich das machen", sagte Alex zu seinen Kollegen. Er nahm Amina an der Schulter. Sie schüttelte seinen Arm ab. Edgar und Rodrigo setzten sich in den Wagen. Alex bedeutete Amina vor ihm den Weg zur Haustür zu gehen. Er betätigte die Klingel und reichte Amina mit der anderen Hand unauffällig ein kleines Stück Papier. Dann führte er seine Hand an sein Ohr, wie er es immer tat, wenn er Amina darauf aufmerksam machen wollte, dass jemand mithörte. Die beiden verabschiedeten sich nur mit einem leichten Kopfnicken voneinander, als Herzog die Haustür öffnete und Amina einließ. „Es klappt sicher ein anderes Mal", flüsterte Herzog Amina zu, als er die Haustüre abschloss.

„2:00" las Amina auf dem Zettel, den Alex ihr zugesteckt hatte. Sie betrat mit Herzog die Küche, wo Lisa und Evy beim Abendessen saßen. „Amina", rief Evy freudig. Amina umarmte die beiden Mädchen, die auf ihren Stühlen sitzend ihre Suppe löffelten, von hinten. Herzog servierte Amina einen Teller Linsensuppe. „Wo ist Josh?" erkundigte sie sich. „Er meditiert gerade", gab Herzog zur Antwort. „Hast du was Schönes gekauft"? fragte Lisa. Man hatte den Mädchen wahrscheinlich erzählt, Amina wäre zum Shopping gegangen. „Nein, ich habe nichts gefunden. Die Geschäfte in Santa Margarita sind schöner", spielte sie mit. Als die 4 mit dem Abendessen fast fertig waren, kam Josh herein. „Linsensuppe hast du gemacht, sehr gut," lobte er seinen Sohn. Er kostete die Suppe und suchte im Küchenschrank nach einem Gewürz. „Es fehlt ein bisschen Kurkuma und Koriander", stellte er fest und würzte die Suppe nach. Dann setzte er sich zu den anderen an den Tisch.

Die Mädchen verabschiedeten sich vom Tisch und räumten nach Aminas Aufforderung ihre Suppenschalen in den Geschirrspüler. Amina und Herzog blieben bei Josh am Küchentisch sitzen. Schweigend nahm er nach einem kurzen Gebet die Suppe zu sich. Auch Amina und Herzog sprachen nichts miteinander. „2:00", das bedeutete hoffentlich, dass sich Alex etwas für heute 2 Uhr Früh überlegt hatte. Sie würde auf jeden Fall aufstehen und vor die Haustür gehen, um zu sehen, was gemeint war. Selbst wenn Edgar und Rodrigo auf der Lauer lagen, würden sie wohl nicht sofort auf sie schießen. Es stand fest, dass Yvonne sie lebend wollte. Wahrscheinlich wollte ein Machtmensch wie Yvonne ihr einfach zeigen, dass man ohne ihre Zustimmung nirgendwo hinkäme. Die Tatsache, dass Yvonne anscheinend nach Aminas Pass forschte, war immerhin ein Zeichen, dass dieses Dokument Wert hatte und für eine Ausreise nötig war.

Josh war nun mit dem Abendessen fertig. Er räumte seine Suppenschale in den Geschirrspüler, öffnete die Tür zum Garten und zog die Sonnenblume, die gleich neben der Tür wuchs an sein Gesicht. Er bewegte seinen Kopf vor der Blume hin und her, dann küsste er sie und verabschiedete sich mit einer Verbeugung von der Blume. Als er wieder hereinkam erklärte er, er wolle ein neues Heilverfahren erproben, dass die Chakren Therapie ergänzt. Er wolle das Solar-Plexus-Chakra stärken, das auf die Heilfarbe Gelb reagiere. Danach breitete er eine Matte auf dem Boten aus, legte sich auf den Rücken, nahm den trockenen Lavendelstrauß, der in einer Vase stand, in die Hand und roch daran. Amina und Herzog sahen ihm zu. Amina war froh, dass Josh Ablenkung bot und sie sich weder mit ihm noch mit Herzog unterhalten musste. Auch als die Mädchen hereinkamen, um Amina zum Gute Nacht wünschen zu holen, bedeutete sie ihnen still zu sein, um Josh nicht zu stören. Die Mädchen zogen Amina an der Hand zur Küche hinaus.

„Du bist heute gar nicht lustig", meinte Lisa vorwurfsvoll „Lies uns eine lustige Geschichte vor". Amina blätterte im Märchenbuch, das sie aus Santa Margarita mitgebracht hatten und las „Hans im Glück". Die Geschichte erzählte von einem Jungen, der von seinem Lehrherrn einen Batzen Gold als Lohn erhalten hatte. Der Goldklumpen wurde ihm auf dem Weg schwer und er tauschte ihn gegen ein Pferd, dieses für eine Kuh, die Kuh für ein Schwein und so weiter, bis ihm der Schleifstein, sein letztes Tauschobjekt in den Brunnen gefallen war und er befreit von jeder Last zu seiner Mutter nach Hause kehrte. Die Mädchen waren mit der Geschichte nicht sehr glücklich. „Dieser Hans ist dumm. Er tauscht nur schlechte Sachen gegen das Gold. Ich hätte mir einen Jet Pack getauscht. Damit würde ich durch die Gegend fliegen", sagte Lisa. „Und ich hätte mir eine echte Mama getauscht", meinte Evy. „Ich nicht, wir haben doch Amina".

Diese letzten Worte, die Lisa so unbedacht ausgesprochen hatte, trafen Amina ins Herz. „Und ihr habt einen lieben Papa", sagte sie streng. „Manche Kinder haben keine gute Mama und keinen guten Papa. Dankt eurer echten Mama, auch wenn ihr sie nicht kennt, dass ihr am Leben seid und freut euch darüber, dass ihr einen lieben Papa habt". Mit diesen Worten wollte sie sich von den Mädchen befreien, aber es war klar, dass die beiden noch zu jung waren, um das Leben an sich als Geschenk zu betrachten. Sie hatten das berechtigte Bedürfnis von den Eltern geliebt zu werden. Amina hatte in den pädagogischen Kursen auf der Akademie gelernt, wie wichtig die emotionale Bindung für das Überleben der Menschheit war. Der Staufferkaiser Friedrich II. hatte im Mittelalter ein Experiment gestartet, das die Ursprache der Menschen herausfinden sollte. Niemand sollte mit Neugeborenen sprechen, bis sie als Kleinkinder von selbst zu sprechen begännen. Die Sprache, in der sich diese Kinder verständigen würden, wäre die Ursprache. Damals vermutete man, die Kinder würden hebräisch, griechisch oder lateinisch sprechen, aber die Kinder verstarben alle. Menschen konnten nicht ohne emotionale Zuwendung überleben. Das war der Schluss, den sowohl Friedrich II im Mittelalter als auch ihr Pädagogikprofessor aus diesem Experiment gezogen hatten.

Amina gab den beiden Mädchen eine feste Umarmung und einen dicken Gute Nacht Kuss auf die Wange. Danach ging sie in die Küche, um Herzog zum Gute Nacht Sagen zu den Mädchen zu schicken. Sie setzte sich an den Küchentisch. Josh hatte sich eine Bernsteinkette umgehängt und saß mit ansonsten nacktem Oberkörper im Yogasitz mit geschlossenen Augen auf einer Matte am Boden. Amina war froh, dass sie sich nicht mit ihm unterhalten musste. Schwerwiegende Gedanken bedrückten sie. Sollte sie länger bei Lisa und Evy bleiben. War es vielleicht die Mission ihres Lebens die beiden wenigstens bis nach der Pubertät zu begleiten? Sie würde dann 35 oder 36 Jahre alt sein und verwarf diesen Gedanken gleich wieder. Niemand war unersetzlich. Evy und Lisa waren 2 emotional sehr gesunde kleine Mädchen. Sie hatten Herzog, und auch von Yvonne, ihrer Großmutter wurden sie geliebt. Sicher, es würde aufgrund von Yvonnes Kontrollwahn in der Pubertät zu Problemen zwischen den Enkelinnen und ihrer Großmutter kommen, aber das gab es ja in vielen Familien. Schade, dass Lisa und Evy nicht Teil einer Schulgemeinschaft waren. Eine Schulgemeinschaft ergänzte jedes Familienleben auf gesunde und positive Weise. In der Schule könnten die beiden Beziehungen knüpfen und sie würden eine reale Auseinandersetzung mit Klassenkameradinnen und Lehrern erleben. Die SIMS und Starlets der Reality Shows waren ja doch kein wirklicher Ersatz für echte menschliche Kontakte. Lesen und Schreiben konnte man auch zu Hause mit einer Hauslehrerin lernen, aber das Zusammenleben und das soziale Lernen konnte nur in Gemeinschaft stattfinden. Amina würde nicht 10 Jahre ihres Lebens dafür einsetzen, damit ihre beiden Schützlinge eine Hauslehrerin hatten, die sie mochten. Sie wollte selbst Kinder und ein reales Sozialleben haben. Sie musste zurück.

Josh hielt sich nun mit Daumen, Zeige- und Mittelfinger seiner rechten Hand abwechselnd ein Nasenloch zu und atmete hörbar aus und ein. Als nach einigen Atemzügen Herzog wieder zurückkam, war Josh mit seiner Atemübung fertig und erklärte Amina den Sinn des abwechselnden Ein- und Ausatmens durch nur ein Nasenloch. „Deine Energie-Kanäle können blockiert sein. Diese Atemübung löst die Blockade und verschafft dir innere Ruhe". „Das könnte ich gut gebrauchen", meinte Amina. Josh interpretierte diese Reaktion als Interesse für seine Methode: „Ich finde es gut, dass du dich noch nicht soweit von Yvonne hast verderben lassen, dass du auf ihre Beruhigungsmittel setzt", sagte er „Komm, setz dich hier zu mir, ich unterweise dich in dieser Technik". Er klopfte mit der Hand auf den Platz neben ihm. „Herzog, du machst auch mit. Du weißt ja schon, wie das funktioniert", sagte er zu seinem Sohn. Herzog setzte sich, widerwillig zwar, an Joshs Seite. Er fügte sich eben nicht nur Yvonne, sondern auch seinem Vater. Das entsprach Herzogs Natur.

Amina erinnerte Joshs Ritual an Gregs Gebetsabende in Glendale. Auch dort fühlte der Haushaltsvorstand manchmal, die Familie müsse sich mit geschlossenen Augen und gefalteten Händen um seinen Tisch setzen und mit ihm ein Gebet sprechen. Amina hatte diese Gebetszeit immer für ihre 2 Minuten Dankbarkeit genutzt, aber das Energiekanäle Freilegen um innere Ruhe zu erlangen, erforderte etwas mehr Übung als sich Gregs Gebete anzuhören. Josh war jedenfalls nicht sehr zufrieden mit Amina. Sie musste zugeben, dass sie keine innere Ruhe hatte. „Ich entspanne mich im Bett", sagte sie schließlich zu Josh. Er wollte noch nicht ganz aufgeben, Aminas Seelenfrieden durch seine Methode herzustellen, aber Herzog war aufgestanden und reichte Amina seinen Arm, um sie vom Boden hochzuziehen. „Dann geht halt meinetwegen schlafen", sagte er. „ich mache noch einige Übungen, während meine Energie noch fließt". Amina und Herzog wünschten Josh eine gute Nacht und stiegen die Treppen hoch. Oben angekommen, wandte sich Herzog wortlos Amina zu und umarmte sie fest. Amina erwiderte seine Umarmung, danach gingen beide in ihr Zimmer.

Nach dem Duschen machte sich Amina daran, ihre Flucht vorzubereiten. Zuerst fotografierte sie die Seiten ihres Notizbuches, machte ein Dokument daraus und schickte es sich per E-Mail. Sie wusste nicht, was Alex vorhatte, aber wahrscheinlich würde es keine gemütliche Reise mit dem von Yvonne überwachten Dienstwagen werden, mit dem Alex sie in Sunvalley abgeholt hatte. Sie versicherte sich, dass alle Telefonnummern in ihrer Cloud gespeichert waren, dann zog sie ihre Jeans an, ein T-Shirt und eine dünne langärmelige Bluse darüber. Zum ersten Mal seit Glendale holte sie ihren Pass aus seinem Versteck und steckte ihn sich in die Hosentasche, nachdem sie ihre Kreditkarte hineingelegt hatte. Dann zog sie sich ihre Sportschuhe an und legte sich ins Bett. Sie hatte sich vorgenommen, bis 2 Uhr auszuruhen. Den Wecker ihres Handys hatte sie auf 2 Minuten vor 2 gestellt.

Im Bett liegend wollte sie sich die Zeit bis zum Einschlafen mit angenehmen Gedanken vertreiben. In Sunvalley hatte sie eine schöne Predigt zum Thema Glauben gehört. Der Pastor hatte Glauben mit Vertrauen gleichgesetzt. Man müsste Vertrauen wagen, damit Mitmenschlichkeit zur vollen Entfaltung kommen könne. Vertrauen sei ein Geben und Nehmen. Sie würde sich Alex anvertrauen, obwohl sie noch nicht einmal wusste, was er vorhatte.

Als um 2 Minuten vor 2 der Wecker läutete, war Amina sofort hellwach. Ihr Herz klopfte heftig. Sie ging zur Toilette und trank nach dem Händewaschen noch ein paar Schluck Wasser aus der Leitung. Als sie die Treppe hinunterging, rechnete sie jeden Moment damit, dass das Knarren einer Stufe sie verraten würde. Als dann wirklich eine Stufe knarrte, blieb sie kurz stehen, holte tief Luft und ging weiter. Sie könnte ja auch etwas in der Küche gesucht haben, sagte sie sich. Das würde ihre Ausrede sein, falls jemand anderer als Herzog oder Alex sie hier unten finden würde. Sie könnte sogar sagen, dass sie im Mondkalender gelesen hätte, dass heute um 2 Uhr morgens die Energieverhältnisse fürs Joggen ganz besonders günstig wären. Das würde sie jedenfalls Josh erzählen. Für Rodrigo und Edgar zählten solche Ausreden wahrscheinlich nicht.

Vorsichtig drehte sie den Haustürschlüssel, der im Schloss steckte, um und entfernte die Sicherheitsvorrichtung. Dann öffnete sie leise die Tür und schloss sie vorsichtig wieder. Als sie sich umdrehte, wollte sie schreien vor Schreck, denn Alex stand plötzlich vor ihr. Er hielt ihr zum Glück den Mund zu und tastete ihren Körper ab, wie um zu sehen, ob sie eine Waffe bei sich trug. Er zog ihren Pass aus der hinteren Hosentasche. Ihre Kreditkarte fiel heraus. Da ließ Alex sie los und als sie sich umdrehte, um die Kreditkarte aufzuheben, warf Alex ihr einen überrascht respektvollen Blick zu und zeigte auf ihren Pass. Er streckte einen Daumen in die Höhe und gab ihr das Dokument zurück, das sie wieder mit der Kreditkarte in die hintere Hosentasche schob. Dann nahm Alex sie bei der Hand und sie liefen lautlos denselben Weg entlang an Sandys Haus vorbei, den Amina diesen Nachmittag beim ersten Versuch ihrer Flucht entlanggegangen war. Hoffentlich klappte dieser zweite Versuch, denn einen dritten würde es wohl nicht geben, dachte sie.

Alex schien zu wissen, wohin er wollte. Das gab Amina ein Gefühl der Sicherheit, das sie in Gedanken fast schon euphorisch das Gelingen der Flucht feiern ließ. Dieser Spaziergang durch die Nacht war fast besser als der Spaziergang vor einigen Monaten durch die Wildnis. Sie war nicht allein. Allerdings wurde sie damals nicht verfolgt. Damals hatte man sie ausgestoßen. Diesmal wollte man sie nicht weglassen. Sie nahm sich vor, mit ihrer Klasse einmal einen Nachtspaziergang zu organisieren; oder mit Sascha, aber daraus würde wohl nichts werden, dachte sie traurig.

Amina wollte wissen, was Alex vorhatte. Würde er sie zu einem Transportmittel bringen und sie dann alleine weiterreisen lassen oder würde er ebenfalls die Gelegenheit nutzen, um Santa Margarita für immer zu verlassen. Er war in seinem schwarzen Security Outfit unterwegs. Sein Waffenetui war leer. In der Hand trug er einen Beutel. Was sich darin befand, wusste Amina nicht. Vielleicht hätte sie ebenfalls etwas mitnehmen können. Ihr Telefon wenigstens und Wäsche zum Wechseln.

Alex und Amina waren sicher schon eine Stunde lang lautlos unterwegs gewesen, als Alex ihr ein Kompliment zu ihrer Fitness machte. „Ich beginne jeden Tag mit Sport", erzählte sie ihm flüsternd. „Das ist gut, denn auf unserem Weg nach Mexiko werden unsere motorischen Fähigkeiten noch getestet werden", gab er leise zurück. Eigentlich hätten sie nicht flüstern müssen, denn Rodrigo und Edgar hatten sie nicht verfolgt und Amina und Alex waren auch sonst allein unterwegs. Die Stille der Nacht veranlasste sie zu flüstern: „Es geht also nach Mexiko"? fragte Amina. „Kommst du mit"? „Ja, unser Gespräch neulich hat mir klargemacht, dass ich als freies, selbstbestimmtes Individuum leben möchte. Außerdem habe ich Heimweh nach meiner Familie. Ich habe meine Mutter schon seit 14 Jahren nicht mehr gesehen", erklärte Alex mit leiser Stimme.

„Was ist mit Rodrigo und Edgar, werden sie uns nicht einholen?", erkundigte sich Amina ebenfalls flüsternd. „Ich habe mir in Santa Margarita einen Betäubungscocktail besorgt. Die beiden schlafen. Einer von ihnen im Wagen auf Pause und der andere im Dienst vor Joshs Haustür". Alex sah auf die Uhr. „Wir haben sicher noch 3 Stunden, bis die beiden aufwachen". Er sprach schon fast auf normaler Lautstärke. „Gut, dass du dein Telefon nicht mitgebracht hast. Dass du einen Pass hast, hat mich sehr überrascht", sprach Alex weiter. Amina erinnerte ihn daran, dass sie sogar eine Kreditkarte hatte, die man außerhalb Santa Margaritas verwenden konnte. „Wird es Yvonne nicht möglich sein, Zahlungen mit dieser Karte zu verfolgen"? gab Alex zu bedenken. Amina glaubte nicht, dass Yvonne sich je für diese Kreditkarte interessiert hatte und da sie sich geweigert hatte, Amina ihren Lohn auf das österreichische Konto zu bezahlen, kannte Yvonne auch die Kontonummer nicht, von der die Kreditkarte abgebucht wurde. Sie hatte die Karte seit ihrem Auftritt in der Sunvalley Megachurch nicht mehr verwendet, erklärte sie Alex. „Da hast du bei unserer Exkursion in den nächsten Tagen bessere Karten als ich", meinte Alex.

Dann erklärte Amina ihm den Unterschied zwischen Österreich und Australien. Alex hatte noch nie etwas von Österreich gehört, aber er verstand nach Aminas Erklärung, dass es sich um einen Mitgliedsstaat der europäischen Union handelte. „Ich kenne auch nicht alle 50 Bundesstaaten, die verschiedenen Territorien und Besitzungen der USA", sagte sie ihm. „Meine Grundschulzeit habe ich in Mexiko verbracht", erklärte Alex; "darum kenne ich nur die 32 Bundesstaten Mexikos". „Dass Yvonne dich für eine Australierin hält, ist ein Vorteil. Es wird somit schwieriger für sie, dich auszuforschen. Vielleicht sollten wir getrennte Wege gehen, da Edgar und Rodrigo vermuten werden, dass ich versuchen werde, nach Mexiko durchzukommen". Alex hatte diese letzten Worte mit Trauer in der Stimme geäußert. „Du könntest ja mit Pass und Kreditkarte von einem US-Flughafen aus nach Hause reisen", schlug er ihr vor. „Nein, das ist schon einmal schief gegangen"! Amina hatte diesen Satz ziemlich laut in die Stille der Nacht hinein gesprochen. Sie wollte mit Alex gehen und nicht alleine sein. „Vielleicht siehst du die Dinge bei Tageslicht anders", gab Alex pragmatisch zu bedenken.

Schweigend gingen sie eine weitere Stunde durch die Nacht. „Hast du einen Plan"? fragte Amina nach einiger Zeit. „Du scheinst ziemlich zielstrebig unterwegs zu sein". „Wir werden hoffentlich bald am Strand sein", informierte Alex. Von dort aus gehen wir weiter nach Süden. Am Strand können uns Rodrigo und Edgar nicht so leicht mit dem Auto verfolgen. Am Vormittag suchen wir uns einen Schuppen oder irgendetwas, wo wir uns verstecken und schlafen können. Davor besorgen wir uns an einem Automaten oder sonst irgendwo noch etwas zu essen und zu trinken. Erst danach geht es in der Nacht wieder weiter. Falls Yvonne nach uns fahnden lässt, was ich für wahrscheinlich halte, wird sie sicher unsere Fotos nicht vor 2 Uhr im Netz verbreiten. Vorher wird sie Edgar und Rodrigo eine Chance geben, uns zu finden. Die beiden sind mit dem Auto natürlich viel schneller als wir beide zu Fuß und können alle Wege, die wir nehmen, absuchen".

Wie Amina sehen konnte, hatte sich Alex einen Fluchtplan zurechtgelegt. „Glaubst du wirklich, dass Yvonne lange nach uns suchen wird"? fragte sie. „Sie findet sicher ganz leicht einen neuen Guard und eine neue Hauslehrerin", meinte sie. Alex machte ihre Hoffnungen zunichte. „Es geht Yvonne ums Prinzip. Sie würde es nur schwer verwinden, wenn sich jemand nicht an die von ihr festgelegten Regeln hält. Was würde denn aus Santa Margarita werden, wenn nicht alles nach Yvonnes Vorstellungen liefe"? Diese rhetorische Frage beantwortete Amina nicht, denn sie kannte Yvonne und wusste, dass Alex recht hatte. Yvonne sorgte dafür, dass die Leute, die sie sich hielt, in Santa Margarita einen angenehmen Aufenthalt hatten, aber sie vertrug es nicht, wenn Wissenschaftler, schwangere Frauen oder Mitglieder ihres Personals ihre eigenen Vorstellungen durchsetzen wollten.

„Deine Kreditkarte kann unsere Flucht angenehmer gestalten", sagte Alex nach einer Weile. „ich habe etwas Bargeld mitgebracht, aber viele Automaten funktionieren nur noch mit Karte". „In der europäischen Union gibt es kein Bargeld mehr", erklärte Amina. „Die Schweden und nach ihnen die anderen skandinavischen Staaten sind uns in dieser Sache vorangegangen. Alle Geldströme sind somit übersichtlich geworden. Man musste natürlich einige Regeln ändern und Vorschriften, zum Beispiel im Arbeitsrecht, vereinfachen". Amina entdeckte wieder die Sozialwissenschaftslehrerin in sich und als Alex interessiert fragte, ob in Österreich Kinder schon Kreditkarten besäßen, beantwortete Amina seine Frage gern: Ja, manche Kinder besäßen Kreditkarten, es gäbe aber auch eine Bezahlapp für das Mobiltelefon, das bei Kindern, die meist noch kein Bankkonto besäßen, beliebter wäre, um das Taschengeld zu verwalten. Auch Bettler bettelten mit einem Schild, das ihre Telefonnummer zeigte und man konnte ihnen Geld überweisen, wenn man wollte. „Innerhalb Santa Margaritas kann man auch nur mit Kreditkarte bezahlen", bemerkte Alex. „Stimmt, auf diese Weise kann Yvonne kontrollieren, wofür du dein Geld ausgibst, aber Yvonne ist kein demokratisch gewähltes Staatsoberhaupt, das mit ihrer Regierung dafür sorgt, dass die Interessen möglichst aller Bürger Santa Margaritas vertreten werden", kommentierte Amina. „Yvonne geht es darum, ihr Vermögen zu vermehren, wozu, das weiß sie wahrscheinlich selbst schon nicht mehr, denn sie hat schon längst genug Geld um sich alles zu kaufen, was sie konsumieren kann, Unsterblichkeit inklusive".

Alex ging nachdenklich neben Amina her. „Es gefällt einigen Leuten in Santa Margarita nicht, dass sie nur konsumieren können, was Yvonne anbietet. Immer wieder werden diese Leute von anderen beschwichtigt, dass das Leben in Santa Margarita nichts zu wünschen übrigließe, trotzdem ist der Friede dort nicht so stabil, wie es auf den ersten Blick scheint", erzählte Alex. „Ich würde nicht darauf wetten, dass Yvonnes Lebenserwartung diejenige normal Sterblicher übertrifft", setzte er fort. Amina sah ihn überrascht an. „In der Security Abteilung habe ich einiges mitbekommen, wofür man Yvonne vor dem internationalen Gerichtshof für Menschenrechtsverletzungen anklagen könnte, wenn die USA die Konvention unterschrieben hätten", fuhr Alex fort. Als Amina nach Beispielen fragte, blieb Alex stumm.

Nun waren sie tatsächlich ans Meer gekommen und am Horizont wurde es heller. Amina fühlte sich glücklich. Auch Alex schien der Anblick des Ozeans zu überwältigen. Er klopfte Amina zuerst auf die Schulter, dann drückte er sie mit einem Arm etwas an sich. Amina ließ sich das gerne gefallen. Alex und sie bildeten eine Schicksalsgemeinschaft und da durfte körperliche Nähe nicht fehlen, wenn auch Alex für sie nicht diese Faszination ausstrahlte, die Doc auf sie gehabt hatte. „Wir gehen jetzt am Strand entlang Richtung Süden", informierte Alex sie, nachdem er die Umarmung gelöst hatte. Er bekräftigte diese Aussage mit einem Kopfnicken und Amina hob ihren Daumen zum OK.

Der Strand war nicht überall frei zugänglich und manchmal mussten sie auf die Straße ausweichen, um nicht die Umzäunung eines Hotels oder einer anderen privaten Anlage auf dem Wasserweg zu überwinden. Alex sah jedes Mal auf die Uhr, wenn sie wieder eine öffentliche Straße betraten. „Rodrigo und Edgar werden wohl schon wach sein", sagte er nach wenigen Stunden Strandwanderung. „Gehen wir was frühstücken und suchen wir uns dann ein Versteck", schlug er vor. „Ich gehe allein in den Supermarkt, du wartest hier", instruierte er Amina, als sie bei einem Mallmart vorbeikamen. „Falls eine Fahndung nach uns draußen ist, suchen sie nach uns beiden. Alleine fallen wir weniger auf. In diesem Mallmart gibt es sicher Kameras". Alex setzte seine Kappe auf und ging zum Supermarkt.

Amina stand ziemlich auffällig auf dem Parkplatz. Sie lehnte sich an ein Auto und hoffte, dass sie keine Alarmanlage auslösen würde. Sie wagte es nicht, den Platz zu verlassen, an dem Alex sie zurückgelassen hatte, denn sie hatte kein Telefon mehr, mit dem sie sich mit ihm in Verbindung hätte setzen können. Sie hatten noch nicht einmal E-Mail-Adressen ausgetauscht, sodass sie wenigstens in Zukunft in Verbindung bleiben könnten. Amina dachte an Erzählungen ihrer Oma, die in Aminas Alter noch kein Handy und kein E-Mail hatte und trotzdem schon durch die Welt gereist war. Ihre Oma konnte sich damals kein Flugticket im Internet besorgen, aber zu Fuß, so wie Amina jetzt unterwegs war, das war schon fast Steinzeit. Sie würde Alex fragen, ob sie nicht vielleicht einen Autobus nehmen könnten oder ein Taxi, aber wahrscheinlich schreckten ihn die Sicherheitskameras, die überall installiert waren, davon ab, eine bequemere Transportmöglichkeit zu wählen.

Alex kam ziemlich bald mit seinem Einkauf zurück. Als Amina die Tüte mit Nahrungsmitteln sah, die er in der Hand hielt, merkte sie erst, wie hungrig sie war. „Wir suchen uns erst eine Bleibe, wo wir uns untertags schlafen und uns verstecken können", sagte Alex, als Amina die Tüte untersuchte, um zu sehen, was er mitgebracht hatte. „Du kannst mit meiner Kreditkarte rechnen", meinte Amina. Sie beschlossen, sich in einem der größeren Hotels einzumieten, weil sie dort, im Gegensatz zu einem automatisierten Drive-in Hotel beim Check-in in keine Kamera sehen mussten. Eine Rezeptionistin würde sich ihr Gesicht nicht merken. „Durch deine Kreditkarte wird unsere Flucht noch zum Luxusurlaub", meinte Alex gut gelaunt. „Ich habe eigentlich damit gerechnet, den Tag unter einer Bootsplane zu verbringen". „Wäre vielleicht auch romantisch gewesen", hörte Amina sich sagen. Alex wurde rot.

Sie mussten nicht lange nach einem großen Hotel suchen. Amina würde allein zum Check-In gehen, um nicht aufzufallen. Der Rezeptionist nahm

Aminas Pass und Kreditkarte entgegen. „Eine Nacht bitte, wir reisen morgen sehr früh weiter", gab Amina Auskunft. „Parkplatz"? fragte der Angestellte. „Ja, bitte", antwortete Amina schnell, denn ein Fahrzeug mitzubringen war sicher unauffälliger, als ohne zu reisen. Diese kleine, ansonsten unnötige Investition konnte zur Tarnung nützlich sein. Nachdem Amina das Gästeblatt mit falschen Namen ausgefüllt hatte, was dem Rezeptionisten zum Glück nicht aufgefallen war, denn er hatte ihr ihren Pass gleich wieder zurückgegeben, zog sie ihre Kreditkarte durch die Maschine, die man ihr gereicht hatte. Sie bekam zwei Schlüsselkarten und eine Karte für die Parkgarage. Dann holte sie Alex ab und gemeinsam fuhren sie in den 7. Stock. Der Angestellte am Empfang hatte ihnen kein Zimmer mit Blick zum Meer gegeben, dafür durften sie zu dieser frühen Stunde schon einchecken, ohne eine weitere Nacht zu bezahlen.

Alex öffnete die Zimmertür mit seinem Schlüssel. Amina ging hinein und warf sich auf das gemachte Bett. „Unsere Wanderung hat mich müde gemacht", sagte sie. Er durchsuchte nach alter Security Guard Gewohnheit die Laden und Kästen des Zimmers. „Du wirst doch nicht glauben, dass jemand eine Bombe in das Zimmer gelegt hat", lachte Amina ihn aus. Er zog die schweren Vorhänge des Fensters zurück, das einen Blick auf die Straße freigab. Erschrocken trat er 2 Schritte zurück. „Was ist"? fragte Amina. „Ich sehe unseren Wagen", antwortete er. Amina setzte sich im Bett auf. „Du willst mich foppen", sagte sie. Er hatte sich auf das Sofa gesetzt, das zwischen dem Bett und dem Fenster, das sich über die ganze Wand hin erstreckte, stand. „Nein, ich bin sicher. Es sind Edgar und Rodrigo". Alex warf noch einen vorsichtigen Blick zum Fenster hinaus, um zu sehen, ob das Auto angehalten hatte. Der Wagen fuhr langsam die Straße vom Hotel weg weiter. Rodrigo musste am Steuer sitzen, denn nun sah man Edgar aussteigen. Er näherte sich einem am Straßenrand geparkten Bootsanhänger und schob die Plane, die das Boot bedeckte, beiseite. Amina saß schon neben Alex, und so beobachteten sie beide diese Szene durch das Hotelfenster. „Das hätte unser Versteck sein können, wenn du keine Kreditkarte mitgebracht hättest", meinte Alex zu Amina. „Sicher hätten wir uns nicht in diesem Boot versteckt", sagte sie. „Vielleicht nicht in diesem, aber an ein Versteck dieser Art hatte ich gedacht und wahrscheinlich hat Edgar schon mehrere Boote und Schuppen auf dem Weg hierher untersucht und er wird noch mehrere Verstecke dieser Art untersuchen". Amina stand auf: „Ich dusche erst einmal und dann gehe ich schlafen". Der Anblick des Autos hatte sie beunruhigt, aber die Tatsache, dass die beiden nun offensichtlich an ihnen vorbeigefahren waren, machte sie zuversichtlich. Immerhin hatten Edgar und Rodrigo sie gestern ganz leicht ausfindig gemacht und sie an der Abreise gehindert. Heute hatten sie sie verfehlt.

Alex schien die Nähe seiner beiden Kollegen mehr zu beunruhigen als sie. Er saß noch immer vornübergebeugt am Sofa und hatte sein Gesicht in den Händen vergraben. „Es tut mir leid, dass ich dich in so große Gefahr gebracht habe", sagte er nun zu Amina aufschauend, die gerade die Türklinke zum Badezimmer in der Hand hatte. „Im Gegenteil!" erwiderte Amina. „Ich danke dir, dass du mir die Möglichkeit verschaffst, Santa Margarita zu verlassen. Die Verfolgung durch Rodrigo und Edgar bestätigt meine Entschlossenheit, diesem Land endgültig den Rücken zu kehren". Sie schloss die Badezimmertür hinter sich und duschte. Danach verließ sie in ihrer Unterwäsche das Bad, zog die Tagesdecke vom Bett und schlüpfte zwischen die Laken. Während Alex duschte, dachte sie daran, dass er durch seine Flucht mehr aufgäbe als sie. Er lebte schon seit 14 Jahren in Santa Margarita und hatte dort seine Arbeit und sein soziales Leben, wie sie annahm. Er musste sich ein neues Leben in Mexiko erst aufbauen.

Ihre Zukunft sah rosiger aus als seine. Sie hatte in Österreich eine gut bezahlte Arbeit mit Sozialprestige und würde über ihre Abenteuer in den USA berichten. Sie malte sich aus, wie sie in ihrem Vortrag die soziale Bedeutung guter Schulen in den Vordergrund rücken würde. Viele negative Beispiele für ein dysfunktionales Schulsystem hatte sie hier schon sammeln können, um den Kontrast zu Österreich darzustellen „Was wirst du machen, wenn du wieder zu Hause in Mexiko bist"? fragte sie Alex, als er aus dem Badezimmer zurückkam. Er hatte sich seine schwarze Uniform ausgezogen und trug nun ein helles Polohemd und Jeans. „Am liebsten wäre mir ein Job bei der Polizei, aber noch wage ich nicht an eine Zukunft in Mexiko zu denken. Zuerst müssen wir es bis dorthin schaffen. Wie wir gesehen haben, sind uns Edgar und Rodrigo dicht auf den Fersen", antwortete er.

Nachdenklich setzte er sich aufs Sofa und blätterte in der Pill`s Weekly, die auch hier auflag. „Warum wirst du nicht Lehrer?", fragte Amina. „Du bist lieb zu Kindern. Ich erinnere mich ans Wald-Set, wo du für Evy und Lisa Holzzwerge geschnitzt hast und du sprichst nach 14 Jahren in Santa Margarita gut Englisch. Du könntest die notwendigen didaktischen und pädagogischen Kurse machen und dann in Mexiko Englisch unterrichten", schlug sie ihm vor. „Ich werde es mir überlegen", sagte er nur.

„Bist du nicht müde? Komm doch schlafen". Sie klopfte mit ihrer Hand auf die andere Seite des Doppelbetts. „Ich schlafe auf der Couch", sagte er. „Leider gehöre ich nicht zu dir ins Bett". Amina stützte den Kopf auf einen

Arm und sah ihn über das Bett hinweg an. Er lag nun mit geschlossenen Augen auf dem Sofa, aber Amina war sicher, dass er nicht schlief. Dieses „Leider" in seiner Weigerung sich zu ihr ins Doppelbett zu legen, hatte sie getroffen. Es war schon möglich, dass Alex etwas für sie empfand und sie durch ihre Liebe zu Sascha und ihre Verliebtheit in Doc gar nicht wahrgenommen hatte, dass Alex in sie verliebt war. Möglicherweise bestand sogar sein Hauptgrund Santa Margarita zu verlassen darin, ihr die Flucht zu ermöglichen.

Sie stand auf, zog sich ihr T-Shirt über den BH und ging zu Alex ans Sofa. Sie rüttelte ihn sanft an der Schulter: „Komm doch bitte rüber ins Bett. Du hast dir mindestens verdient, gut zu schlafen". Als er auf diese, ihre Worte hin, die Augen öffnete und sie sich ansahen, konnte sie aus seinem Blick deutlich seine Empfindungen für sie ablesen. Amina störte die Verantwortung, die das mit sich brachte, denn sie hatte nicht die Absicht Alex zu verletzen, aber sie konnte seine Liebe auch nicht erwidern. Der Arme, warum verliebte er sich in sie, die ihm ja nur Schwierigkeiten bereitete. „Komm rüber", sagte sie jetzt freundschaftlich. „Ich beiße nicht". Alex kam ihrer Aufforderung nach und legte sich ins Bett. Amina drehte sich zur Seite und wandte ihm den Rücken zu.

Als sie wieder aufwachte, war es schon später Nachmittag. Alex schlief noch. Da sie hungrig war, nahm sie die Speisekarte und bestellte für sie und Alex Wraps und eine Flasche Wein aufs Zimmer. Sie zog sich an und setzte sich aufs Sofa. Während sie auf das Essen wartete, blätterte sie die Pill`s Weekly durch. Sie enthielt schon eine Wahlwerbung für Präsident Wolf. „Er steht für unsere Werte" stand unter einem Foto, das ihn mit einem kleinen Jungen an der einen Hand durch eine Landschaft gehend zeigte. In der anderen Hand hielt er ein Gewehr. Amina hätte dieses Bild gerne mit ihrem Handy fotografiert, denn es könnte für den Unterricht nützlich sein. Was waren denn die Werte, die Präsident Wolf auf diesem Bild verkörperte? Diese Frage hätte sie ihren Schülerinnen gestellt. Sicher würde dieses Bild Anlass für Diskussionen liefern. Man könnte es auch österreichischen Wahlwerbungen gegenüberstellen.

Als es an der Tür klopfte, erwachte Alex. Amina öffnete die Tür, bedankte sich beim Kellner, nahm das Bestellte entgegen und zog ihre Kreditkarte durch die Maschine, die der Angestellte ihr reichte. Dann schloss sie die Türe wieder. „Ich finde es ein wenig riskant, Essen aufs Zimmer zu bestellen", sagte Alex zu ihr, als er sich seine Schuhbänder zuband. „Wir müssen was essen", meinte Amina „und zum Automaten in die Lobby zu gehen, ist doch wohl riskanter", verteidigte sie ihre Entscheidung. Alex sagte nichts.

Wahrscheinlich war es ihm einfach unangenehm, dass Amina sich um Dinge kümmerte, von denen er dachte, sie gehörten auf dieser Flucht in sein Resort. Er setzte sich zu ihr auf die Couch. „Komm, feiern wir unsere Freiheit mit einem Schluck Wein". Sie schob ihm 2 Wraps hin und schenkte ihm ein Glas Rotwein ein. „Auf die Freiheit" prostete sie ihm zu. „Auf die Freiheit" bestätigte er mit fester Stimme. Amina hoffte, dass die Entschlossenheit, die seine Worte ausdrückten, auch seiner eigenen Freiheit galten, denn sie wollte keine Liebesopfer von diesem sympathischen jungen Mann annehmen.

„Vielleicht sollten wir noch eine Nacht hierbleiben und erst morgen weiterziehen", schlug Amina vor. „Es könnte doch sein, dass sich Yvonne dann beruhigt hat und die Suche nach uns aufgibt ". „Vielleicht hat sie dann aber schon unsere Bilder mit einer interessanten Lügengeschichte dazu in ihrer neuen Pill`s Weekly oder in den elektronischen Medien verbreitet, und die Leute kennen uns schon", gab Alex zu bedenken. Amina konnte sich nicht vorstellen, dass sie beide für Yvonne von solcher Bedeutung wären, dass sie lange nach ihnen suchte. „Ich kenne Yvonne besser als du", sagte Alex und Amina musste ihm Recht geben. Allerdings war Aminas Kontakt zu Yvonne intensiver gewesen, denn sie hatte sie immer bei den Mahlzeiten begleitet und hatte dabei Gelegenheit gehabt, ihre private Seite kennenzulernen. „Ihre nicht private Seite willst du nicht kennenlernen", hatte Alex ihr entgegnet, nachdem Amina Yvonnes Bindung zu ihrer Familie als positiv dargestellt hatte. Amina fragte nicht weiter nach und nahm einen Schluck Wein. Der Alkohol tat ihr gut und auch Alex schien darüber seine Sorgen ein bisschen zu vergessen.

Er nahm nun eine bequemere Haltung auf dem Sofa ein, lehnte sich zurück und rückte ein bisschen näher an Amina heran, damit seine beiden Arme ausgebreitet auf der Lehne des Sofas Platz fanden. Dabei schien es ihn nicht zu stören, dass er Aminas Schulter berührte. Sie war anfangs ein wenig elektrisiert von seiner Berührung, genoss die Spannung nach einiger Zeit und rückte ihrerseits näher an ihn. Bald hatten sich beide einander so weit genähert, dass sich ihre Körper die ganze Flanke entlang berührten. Amina wurde heiß vom Rotwein und der Erregung, die Alexes Körper in ihr erzeugte. Er zog sie mit einem Arm näher an sich heran und hob seinen anderen Arm von der Lehne, um ihr mit der Hand die Haare aus dem Gesicht zu streichen. Dann beugte er sich über sie und begann ihr Gesicht zu küssen.

Zuerst küsste er vorsichtig ihre Stirn, dann, als sie keinen Widerstand leistete, auch ihre Wangen, schließlich den Mund. Amina dachte nichts mehr. Sie gab sich ganz den Liebkosungen des Freundes hin und genoss seine Berührungen

Er fasste unter ihr T-Shirt und sie öffnete den BH, sodass seine Hände freien Zugang zu ihren Brüsten hatten. So musste einige Zeit vergangen sein, denn es war inzwischen dunkel geworden. Die Dunkelheit verstärkte die Emotionen der beiden und sie fanden sich schon bald beide nackt im Bett. „Ich habe kein Kondom", flüsterte er. Sie hatte auf ihrer Reise nie ein Kondom dabeigehabt und hatte auch die Fertilhoy Zahnpasta nicht mehr nachgekauft, seit sie ihr schon bald nach ihrer Ankunft in den USA ausgegangen war. Von ihren Phantasien mit Doc konnte sie schließlich nicht schwanger werden und damit, dass es mit Alex, dem von Yvonne ihr zugeteilten Bodyguard zu einer solchen Situation kommen würde, hatte sie nicht gerechnet. All die Ermahnungen ihres Papas, der 3 Dinge nicht wollte, dass sie tat, nämlich Drogen nehmen, betrunken ein nicht autonom fahrendes Auto lenken oder bei einem betrunkenen Lenker mitfahren und, eben, mit einem Mann, den sie nicht wirklich kannte, ohne Kondom schlafen, waren in diesem Moment zu grauer Theorie geworden, die zwar sicher immer noch Gültigkeit hatte, aber der Tatsache, dass sie jetzt, in diesem Augenblick mit Alex schlafen wollte, nachgeordnet war. Sie genoss es unsäglich mit Alex hier zusammen zu sein. Er war ein großartiger Liebhaber, der offensichtlich wusste, wie man eine Frau im Bett richtig behandelte, und der nun der Geschichte ein Ende bereitete, indem er sich, sie fest umarmend, auf ihrem Bauch ergoss. Sie hielten sich noch eine Zeit lang umschlungen. Er flüsterte ihr noch „Ich liebe dich" ins Ohr, dann ließ er sie los und ging ins Bad.

Sie lag noch einige Zeit zutiefst befriedigt und erfüllt im Bett. Nach einer Weile spürte sie aber, wie diese Hingezogenheit zu Alex ihr Freiheitsgefühl beeinträchtigte. Sie sagte sich zwar, dass ja eigentlich nichts wirklich weltbewegendes passiert war. Jedenfalls würde sie nicht von Alex schwanger werden, trotzdem spürte sie, dass sie nun ebenfalls kopfüber verliebt war und sie wusste schon, dass es keinen schlimmeren Schmerz auf der Welt gab, als den Schmerz, den unerfüllte Liebe mit sich brachte. Sie wollte nach Hause. Dieser Wunsch kollidierte nun mit der Tatsache, dass Alex in Mexiko bleiben würde und sie nicht auf diesen Kontinent gehörte.

Ihr Blick fiel auf die halbleere Weinflasche. Waren ihre Gefühle am Ende nur ein Produkt des Effektes gewesen, den der Alkohol ausgelöst hatte? Irgendwie gelang es ihr nicht, sich ihre Gefühle für Alex auszureden und als er angekleidet aus dem Badezimmer herauskam, die Pappteller und Servietten in den Papierkorb warf, die Polster des Sofas aufschüttelte und ihre Kleider schön sorgfältig auf das Bett bereitlegte, war sie etwas enttäuscht. Nach dem Aufräumen setzte er sich zu ihr aufs Bett, strich ihr die Haare aus dem Gesicht, beugte sich zu ihr und flüsterte ihr ins Ohr, dass es Zeit zum Aufbrechen wäre.

Amina drehte sich auf den Rücken und zog ihn zu sich. Sie lagen sich noch einige Zeit in den Armen, bis Amina sich aufraffte, duschte und sich zum Aufbruch fertig machte. Als sie aus dem Badezimmer herauskam, saß Alex vor 2 gefüllten Weingläsern am Sofa. „Trinken wir das noch aus, dann gehen wir", schlug er vor. Amina setzte sich zu ihm. Sie wusste nicht, ob er sich Mut antrinken, oder ob er einfach den Wein nicht verschwenden wollte. Sie freute sich, noch einige genussvolle Minuten in diesem sicheren Hotelzimmer zu verbringen. Er legte seinen Arm um ihre Schultern und wollte sie am Aufstehen hindern, als sie sich daran machte, in der Minibar nach Nüssen oder Chips zu suchen. „Wir sollten möglichst viel Essbares zu uns nehmen, bevor wir aufbrechen", erklärte sie ihm und brachte tatsächlich Chips und Nüsse. Schweigend saßen sie zusammen und sahen die erleuchtete Stadt durchs Fenster. „Man soll immer den Augenblick leben, dann ist das Leben schön", sagte sie zu Alex, der mit seinen Gedanken offensichtlich schon auf der Flucht war.

Kapitel 18

Grenzen? Ich habe nie welche gesehen, aber ich habe gehört, sie existieren in den Köpfen der Menschen (Thor Heyerdahl)

„Ich habe vor, von hier bis zum „Cross Borders Adventure Park" zu Fuß zu gehen, eröffnete Alex das Gespräch über die nächsten Schritte, die nun wohl nach dem Genießen des Augenblicks zu tun waren. „Wenn wir es bis dahin schaffen, kaufen wir uns ein Ticket für den Park und kommen auf diese Weise legal über die Grenze nach Mexiko. Du weißt, ich habe keinen Pass, nur den Führerschein, der mir in Santa Margarita ausgestellt wurde. Für den Abenteuer Park genügt das". Alex erklärte ihr, dass man im Cross Borders Adventure Park die Situation nacherleben sollte, die damals sogenannte illegale lateinamerikanische Migranten vor 20 Jahren vorfanden, wenn sie die Grenze in die USA überqueren wollten. Man unternahm dabei zum Beispiel Nachtmärsche durch die Wüste. Wenn man Pech hatte, wurde man aufgegriffen und wieder zurück an den Start gebracht. Die Grenze konnte man entweder durch den Fluss schwimmend überqueren oder man tat sich zusammen und überkletterte eine Mauer oder man brachte in Erfahrung, wo es Tunnels gab. Wenn man den Adventure Park von Mexiko aus betrat, war die letzte Station Koriander schneiden, Grapefruits pflücken oder Tomaten ernten in den USA. Man konnte den Park aber auch in den USA beginnen, dann begann das Abenteuer mit der Tätigkeit auf einer landwirtschaftlichen Produktionsstätte.

„Dieser Park wird von Mexikanern betrieben, die schon seit Generationen in den USA leben. Sie haben hier gelernt, wie man aus allem Geld macht und ich freue mich nicht auf den Abenteuer Park", erklärte Alex. „Zusätzlich zum Eintritt, den man bezahlen muss, wird man dort für landwirtschaftliche Tätigkeiten ausgenutzt", empörte er sich. Amina nahm die Sache mit Humor. „Seit wann gibt es denn diesen Cross Borders Adventure ParK"? Sie hatte noch nie etwas davon gehört. „Seit ungefähr 2 Jahren", gab Alex Auskunft. „Dann auf ins Abenteuer", ermunterte sie ihn, nachdem sie beide ihre Gläser leergetrunken hatten und die Nüsse aufgegessen waren.

Beide sprachen nicht über Edgar und Rodrigo, aber auch Amina, die die zuversichtlichere war, was den Ausgang des Unternehmens betraf, warf noch einmal einen letzten nostalgischen Blick in das sichere Hotelzimmer, an das sie hoffentlich schöne Erinnerungen bewahren würde, während sie an der Tür auf Alex wartete, der das Zimmer noch einmal nach eventuell vergessenen Gegenständen durchsuchte. Sie fand das etwas unnötig, nachdem man das, was sie mitgebracht hatten, an einer Hand abzählen konnte. Alex trug nun seine Uniform in der Wegwerftasche, in der sich vorher die Kleider befunden hatten, die er nun anhatte. „Wir dürfen keine Spuren hinterlassen", erklärte er. Dann gingen sie Hand in Hand über die Hotelterrasse an den Strand und spazierten am Wasser entlang nach Süden. Amina trug ihre Schuhe in der Hand.

Sie fielen sicher nicht auf, dachte Amina, als sie mehreren Paaren begegneten, die so wie sie und Alex am Strand entlangwanderten. Auch die einigen Male, als sie auf die Straße ausweichen mussten, machten sie nicht nervös, da die Straßen belebt waren, und man die beiden nur identifizieren konnte, wenn man ihnen direkt gegenüberstand und sie kannte. In der Stadt legte Alex immer seinen Arm um Aminas Schulter und strich ihr das Haar ins Gesicht. Es störte ihn, wenn Amina mit Entgegenkommenden Augenkontakt suchte und Fremde anlächelte, weil er es für gefährlich hielt, dass sich jemand Aminas Gesicht merken könnte, wenn sie Aufmerksamkeit erregte. „Du musst nicht eifersüchtig sein", hatte Amina ihm erklärt, aber er versicherte ihr, dass er sich noch keine Hoffnungen auf eine gemeinsame Zukunft machte, erst müssten sie Yvonnes Einflussgebiet verlassen haben, bevor man hochfliegendere Träume träumen könnte. Dabei drückte er Amina im Gehen fest an sich, was ihr Wohlgefühl bei diesem Nachtspaziergang verstärkte. Ein Abenteuerpark als Abschluss passte für sie im Moment sehr gut zum Programm.

„Wie lange glaubst du, dass wir zum Adventure Park unterwegs sein werden"? fragte sie. „Es fehlen uns noch ungefähr 30 Meilen bis dorthin, was in Zeit umgerechnet circa 12 Stunden Fußmarsch bedeutet", antwortete Alex. „Sag doch bitte 55 km", ermahnte Amina ihn. Es hatte sie schon in Glendale gestört, dass man in den USA noch immer nicht auf das metrische System umgestiegen war. Wissenschaftler rechneten zwar nun auch in den USA nach dem weltweit gültigen metrischen System, aber seit Präsident Carter im 20. Jhdt. damit gescheitert war, das metrische System auch in der Bevölkerung zu verwurzeln, hatte kein US-Politiker mehr versucht, die Bürger zum metrischen System zu bekehren. „Du hast Recht", bestätigte Alex, „es wird Zeit, dass wir unser in den USA erworbenes provinzielles Denken ablegen".

Als sie nach einiger Zeit hungrig wurden, schlug Amina vor, in einem Restaurant zu Abend zu essen. Alex war dagegen. „Wir kaufen uns etwas an einem Automaten und gehen an den Strand", bestimmte er. Es dauerte noch einige Zeit, bis Alex ein geeignetes Lokal gefunden hatte, in dem neben

Waschautomaten, Geldausgabemaschinen und einem Bildschirm, in dem eine lokale Sendung lief, auch mehrere Automaten mit Lebensmitteln standen. Sie holten sich Sandwiches und Getränke, auch Apfelspalten und Doughnuts. Amina wollte noch Kaffee haben, als am Bildschirm ein Foto von Alex und Amina erschien. Eine Kommentatorin behauptete, die beiden hätten Firmengeheimnisse gestohlen und es bestünde die Gefahr, dass wertvolle Informationen ans Ausland verkauft würden, wenn die beiden Industriespione nicht gefasst würden. Yvonne hatte eine kleine Belohnung für die Ergreifung der beiden ausgesetzt. Amina war sprachlos.

„Siehst du", sagte Alex, „wie gut, dass wir hier alleine in diesem Automatenlokal sind und nicht in einem Restaurant sitzen, wo ein Angestellter uns an Yvonne ausliefern könnte. Amina gestand Alex, dass sie nie und nimmer damit gerechnet hätte, dass Yvonne so hartnäckig auf ihre Rückkehr nach Santa Margarita bestehen würde. „Die Reichen machen in diesem Land was sie wollen", erklärte Alex. „Wenigstens sind wir jetzt gewarnt und kommen nicht in Versuchung, einen Autobus zu nehmen". Er steckte die Lebensmittel in seine Tasche zur Uniform, dann verließen sie das Lokal und spazierten wieder am Strand entlang, wo sie nach einigem Suchen einen geeigneten Platz fanden, um ihr Abendessen zu sich zu nehmen.

Beim Essen empörte sich Amina darüber, dass Yvonne durch Fehlinformationen aus ihr machte, was ihr gerade vorteilhaft schien. „In Santa Margarita arbeitete ich als Hauslehrerin, aber für die Öffentlichkeit wurde ich in der Pill`s Weekly zu Herzogs Geliebter und zur Mutter der Mädchen. Jetzt bin ich eine Industriespionin. Nichts von alledem ist wahr". „Leider glaubt man hier Yvonne", bemerkte Alex nur. Durch die Fahndung, die Yvonne nach den beiden ausgeschrieben hatte, wurde Aminas Wunsch das Land zu verlassen zu einer Notwendigkeit und auch für Alex gab es keinen Weg zurück.

Schweigend beendeten sie ihre Mahlzeit, dann sammelten sie die Abfälle ein und steuerten einen Mülleimer an. Alex drückte etwas aggressiv die Verpackungen in den schon übervollen Abfalleimer, dann ergriff er Aminas Hand und gemeinsam setzten sie ihren Weg fort. Die Dunkelheit bot Schutz und da Amina und Alex gut geschlafen hatten, kamen sie auf ihrem Weg durch die Nacht gut voran. Amina fühlte sich glücklich, mit Alex am Strand entlang und durch nun schon verlassene Ortschaften zu wandern. Sie sprachen nicht miteinander, aber Amina fühlte, dass auch Alex die Reise genoss. „Der Weg ist das Ziel", sagte er einmal und obwohl das natürlich auch bedeuten konnte, dass er noch nicht zu hoffen wagte, ans Ziel zu gelangen, fühlte Amina wie er. Sie drückte seine Hand und schmiegte ihre Wange an seine Schulter.

Nach mehreren Stunden hatte Alex nach der letzten Ortschaft den Strand verlassen und war nach Osten weitergegangen, wo man schon die Morgendämmerung erahnen konnte. Es gab hier keine schönen Hotels mehr, wo man den Tag hätte verbringen können und Amina fürchtete sich ein wenig, da sie in der Gegend, in die sie kamen, mehreren streunenden Hunden und Katzen begegneten. Das Schreien, der Katzen bereitete ihr besonders Unbehagen. Sie hatte zuerst gemeint, es wären kleine Kinder, die schrien, bis Alex ihr versicherte, dass nicht Kinder litten, sondern Katzen sich balgten.

„Wir sollten uns bald eine Bleibe suchen", meinte er besorgt. Amina antwortete nichts. Ihre gute Laune war dahin und sie wagte nicht, Alex zu fragen, ob sie noch auf dem richtigen Weg wären. Sie hatte diesmal kein Handy, das ihr wie bei ihrem nächtlichen Weg durch Wald und Wiesen vor einigen Monaten die Straßen und Wege gezeigt hätte. Alex würde sicher nicht erlauben, dass sie ein Auto anhielten, um eine Mitfahrgelegenheit zu erbitten oder wenigstens nach dem Weg zu fragen. Alex schien ihre Unsicherheit zu spüren, aber er drückte nur liebevoll ihre Hand fester, wie um sie zu trösten, ohne ihr mit Worten zu bestätigen, dass sie zuversichtlich sein sollte. Hoffentlich ging sein Plan auf und er fand diesen Abenteuerpark.

Als sie an einem Haus vorbeikamen, in dem schon Licht brannte, verlangsamte Alex seinen Schritt. In der Einfahrt stand ein altes Benzinmotorauto. Neben der Einfahrt befand sich ein Schuppen, der allerhand Gerümpel ein Dach bot. Darin stand ein Wohnwagen mit fast platten Reifen. Sie näherten sich dem Anhänger. Alex drehte vorsichtig an der Öffnungsvorrichtung der Tür. Der Wohnwagen war offen und Amina und Alex traten ein. Alex setzte sich auf das Doppelbett, das sich im Fond des Wagens befand. „Sollen wir hier bleiben"? fragte er Amina. Sie war den Tränen nahe. Zur Erschöpfung, die ihr die Wanderung die ganze Nacht hindurch bereitet hatte, kam die triste Aussicht den ganzen Tag in diesem verstaubten Wohnwagen zu verbringen. „Wir haben kein Wasser und nichts zu essen", gab sie zu bedenken. „Im Haus brennt Licht, ich nehme an, jemand macht sich fertig, um in die Arbeit zu gehen", legte Alex seine Sicht der Dinge dar. „Wir könnten später ins Haus gehen. Vielleicht gibt es sogar einen Computer oder eine Landkarte, sodass wir unseren Standort bestimmen können". Durch diese Hoffnung wurde klar, dass Alex nicht genau wusste, wo sie sich befanden. Amina setzte sich zu ihm aufs Bett und lehnte sich an ihn. „Wir machen, was du sagst. Immerhin bin ich unter deiner Führung schon weiter gekommen, als gestern Vormittag alleine". Sie hatte beschlossen, ihn in seinen Entscheidungen zu bestärken, da es niemandem nützte, wenn sie ihre Zweifel angstvoll zum Ausdruck brächte. Sie konnte sicher sein, dass Alex in ihrer beider Interesse Entscheidungen treffen würde, so gut er konnte.

„Das Hotelzimmer gestern war Luxus und dieser Wohnwagen ist immer noch besser als in einem Boot unter einer Plane zu schlafen". Mit diesen Worten verlieh Alex seiner Sicht der Dinge Ausdruck. Er hatte Recht. Es war besser, die Erwartungen herunterzuschrauben, dann konnte es nur besser werden. Alex drehte sich zu ihr, streichelte ihre Schultern dann den Hals und sah ihr tief in die Augen, er drückte ihren Oberkörper sanft auf das Bett, dann beugte sich über sie und begann sie zu küssen. Amina genoss nun auch ohne Alkohol im Blut seine Liebkosungen und die Euphorie mit Alex zusammen zu sein, ließ sie für sicherlich eine ganze Stunde ihre Situation vergessen.

Als sie beide selig erschöpft die Umgebung um sich wieder wahrzunehmen begannen, war es schon Tag geworden. Alex kleidete sich an, stand auf, schob die Gardinen des Fensters beiseite und warf einen Blick aus dem Wohnwagen. Sie hatten sich die letzte Stunde nicht darum gekümmert, die Umgebung zu beobachten. Der Blick zum Haus war durch die Wand des Schuppens, in dem der Wohnwagen stand, verdeckt. Der Blick auf die Landstraße, auf der sie gekommen waren, war frei. Nur sehr selten kam ein Auto vorbei. Amina wusste nicht, ob das ein gutes oder ein schlechtes Zeichen wäre. Falls dies der richtige Weg zum Abenteuerpark war, war dieser entweder schlecht besucht oder es gab noch andere, besser frequentierte Straßen dorthin. „Hast du das Auto, das in der Einfahrt stand, wegfahren gehört"? fragte Alex Amina. Sie hatte, ebenso wie er, nichts wahrgenommen.

Amina saß auf dem Bett und beobachtete Alex. Obwohl sie darüber froh sein sollte, dass er sich wieder um die faktischen Probleme kümmerte, war sie etwas enttäuscht, dass die Realität ihrer Situation nicht mehr Romantik erlaubte. Sie stand auf, richtete sich ihren BH unter dem T-Shirt und zog sich ihre Hose wieder an. „Ich gehe hinaus und schaue nach, ob das Auto noch vor der Tür steht", sagte Alex „Warte hier auf mich". Er öffnete die Türe des Wohnwagens. Amina ging zum Fenster und schob die schmutzige Gardine beiseite, um Alex beobachten zu können. Sie sah ihn unter ihrem Fenster um den Wohnwagen herum gehen und vor der Wand des Schuppens vorsichtig in die Einfahrt spähen. Das Auto schien nicht mehr dort zu sein, da Alex nun den Schuppen Richtung Haus verließ. Mehr konnte Amina nicht sehen.

Sie untersuchte den Wohnwagen, um sich die Zeit zu vertreiben. Es gab altes Geschirr und Besteck. Einige Souvenirs zeigten an, wohin der Wohnwagen schon gereist war. Teller, die den Grand Canyon und die Golden Gate Bridge zeigten. Sie fand auch eine in Zeitungspapier gewickelte Kaffeemaschine. Die Zeitung war aus dem Jahr 2017. Amina las darin einen Artikel über den Präsidenten, der den FBI Direktor gefeuert hatte, weil er Dinge untersuchte, die dem Präsidenten nicht passten. Über dieses Ereignis wurde schon in der Vergangenheit berichtet. Der Präsident beschwerte sich in dem Artikel über seine Kritiker, die ihn seiner Meinung nach so unfair behandelten, wie kein anderer Präsident zuvor in der Geschichte der Vereinigten Staaten behandelt worden war. Es gab Werbungen für Waffen und Vitamintabletten, ähnlich wie in der Pill`s Weekly und einige Filmbesprechungen. Als Amina die wenigen Seiten fertiggelesen hatte, wickelte sie die Kaffeemaschine wieder in die Zeitung ein. Sie lugte noch einmal durch das Fenster auf die Straße, auf der nach wie vor nicht viel los war.

Alex war nun schon mindestens 20 Minuten weg und Amina vermisste ihn. Sie saß mit angezogenen Beinen am Bett und hatte ihren Kopf auf die Knie gelegt. Hoffentlich kam er bald zurück, denn es war ein unangenehmes Gefühl, nicht zu wissen, was er in dem Haus machte. Es konnte ja auch sein, dass sich Leute darin befanden, die Yvonnes Fahndungsfotos gesehen hatten und ihn im Haus festhielten. Wahrscheinlich aber hatte er niemanden im Haus angetroffen, denn in diesem Fall wäre er schon zurückgekommen, beruhigte sie sich. Sie überlegte, ob sie vielleicht ebenfalls den Wohnwagen verlassen sollte, verwarf den Gedanken aber, da sie sich im Falle, dass sie von jemandem erwischt wurde, nicht mit Alex in Verbindung setzen konnte. Ohne ihr Smartphone fühlte sie sich von der Welt abgeschnitten. Sie konnte sich kein Leben vorstellen, in dem man dauernd in Unsicherheit lebte und nicht in Erfahrung bringen konnte, wo sich ein Mitglied der Familie gerade befand. Nicht, dass sie dauernd anrief oder dauernd angerufen wurde, aber sie war es gewohnt, Reaktionen auf ihre Botschaften oder Fotos zu erhalten und auf Botschaften und Fotos zu reagieren, die andere ihr schickten. Sie war nun um Alex besorgt, den sie 20 Minuten lang nicht gesehen hatte. Wie besorgt würden ihre Eltern und Verwandten sein, die nun schon seit 2 Tagen nichts von ihr gehört hatten. Ihre Mama würde sich sicher Sorgen machen, wenn sie keine Reaktion auf ihre Whattsapp Botschaften bekam. Sie hoffte auf ihren Papa, der ihre Mama sicher mit einer rationalen Erklärung beruhigen würde. Wahrscheinlich vermutete er, sie wäre auf einem Ausflug und hätte vergessen, das Telefon mitzunehmen oder in die Sonne zu legen oder sie hätte ihr Telefon verloren und sich noch keine neue Nummer besorgt. Wie lange er ihre Mutter und sich selbst mit diesen vernünftigen Erklärungen beruhigen würde, wusste sie aber nicht. Sie würde Alex fragen, wie lange man für den Parcours im Cross Borders Adventure Park rechnen müsse, denn nach weiteren 2 oder 3 Tagen ohne Nachrichten, würde wahrscheinlich auch ihr Papa beginnen, nach ihr zu suchen. Sie dachte an Evy und Lisa, die sicher sehr darüber enttäuscht waren, dass sie sich grußlos aus dem Staub gemacht hatte. Herzog würde die beiden aber beruhigen können, sagte sie sich und Yvonne würde wohl bald eine neue Hauslehrerin finden.

Sie sah von ihren Knien auf in Richtung Fenster. Eine Gestalt näherte sich zu Fuß dem Schuppen. Amina vermutete, es handelte sich um Alex, aber hinter der ersten Gestalt, kam nun noch eine zweite. Es waren 2 Männer, die Spanisch miteinander sprachen, wie Amina vernehmen konnte, da sie sich dem Wohnwagen näherten. Sie konnte nicht verstehen, was die beiden miteinander besprachen, aber ihr Gespräch wurde häufig durch Lachen unterbrochen, was Amina beruhigte. Den Geräuschen nach zu urteilen, holten sie Geräte aus dem Schuppen. Amina konnte bald darauf einen Rasenmäher und einen Rasentrimmer vernehmen. Wahrscheinlich hatte auch Alex die beiden Arbeiter gehört. Er würde nicht kommen, bevor die beiden mit dem Rasenmähen fertig waren. Sie legte sich an das Kopfende des Bettes und bedeckte sich mit den Kopfpölstern. Dann zog sie die Tagesdecke über sich und die Kissen, sodass es aussah, als befände sich unter der Decke ein großes Kissen. Amina glaubte zwar nicht, dass einer der beiden Männer den Wohnwagen betreten würde, aber man konnte ja nie wissen. Sie freute sich auch ein wenig darauf, Alex zu erschrecken, wenn er kam, damit würde sie sich ein wenig dafür rächen, dass er sie so lange alleine gelassen hatte.

Nachdem die Rasenmähergeräusche verstummt waren, vernahm Amina das Öffnen der Wohnwagentür. In ihrem Versteck hörte sie zu ihrer Überraschung nicht Alex, sondern die beiden Männer, die sich auf Spanisch unterhielten. Sie spürte, dass einer der beiden sich aufs Bett gesetzt hatte. Ihr Herz klopfte nun so stark, dass sie fürchtete, die Decke, mit der sie zugedeckt war, würde sich durch das starke Herzklopfen bewegen und sie verraten. Nun setzte sich auch der zweite aufs Bett und Amina konnte am Rascheln von Papier und dem Geräusch, das ein Soda beim Öffnen erzeugte, darauf schließen, dass die beiden Arbeiter hier ihr Frühstück einnahmen. Müde war Amina nicht mehr. Der Adrenalinschub würde jedenfalls verhindern, dass sie einschlief, aber hungrig war sie sehr. Die Männer sprachen nun weniger, da sie mit dem Essen beschäftigt waren und Amina konnte Alex den Wohnwagen betreten hören. Für einige Sekunden war es sehr still, dann hörte sie Alex die Männer begrüßen. Sie grüßten zurück, danach sprach Alex mit den beiden auf Spanisch weiter, sodass sie nicht verstehen konnte, worum sich die Konversation drehte. Sie streckte vorsichtig eine Hand aus ihrem Versteck und hielt sie hoch, sodass Alex ihre Gegenwart erkennen konnte. Als er mitten unter einem Schwall spanischer Worte „very good" sagte, deutete sie das als Zeichen, dass er sie gesehen hatte. Es schien ihr eine Ewigkeit zu vergehen, bis die Arbeiter den Wohnwagen verließen und sie aus ihrem Versteck kriechen konnte. Sie hatte sich durch Alexes Anwesenheit schon unter der Decke beruhigen können, aber Alex war noch aufgeregt und umarmte sie erschöpft und wortlos. Amina spürte sein Herzklopfen. „Was hast du mit den Gärtnern besprochen"? fragte sie ihn schließlich. „Ich habe ihnen erzählt, dass ich diesen Wohnwagen gekauft habe, dann haben wir über den Cross Borders Park gesprochen. Dein Handzeichen hat ihnen übrigens das Leben gerettet, denn ich hätte die beiden so lange gefoltert, bis sie mir gestanden hätten, was sie mit dir gemacht haben, wenn ich dich nicht hier gefunden hätte", sagte Alex.

Dann holte er eine Tasche mit Lebensmitteln hervor. „Das habe ich im Haus gestohlen. Ich wollte nicht, bis zum Supermarkt gehen, wo mich die Leute vielleicht erkannt hätten", erklärte er. Amina war es egal, woher das Frühstück kam. Sie machte sich daran, aus den Brotscheiben, der Butter, dem Käse und den Tomaten, die Alex gebracht hatte, Sandwiches vorzubereiten. „Wir schlafen jetzt hier und hoffen einfach, dass niemand mehr kommt", bestimmte Alex. „Bis zum Abenteuerpark sind es nur noch 3 Stunden zu Fuß". Amina umarmte ihn. Ihr war ein Stein vom Herzen gefallen. Alex hatte ihre Position bestimmen können und wenn die Information der Arbeiter richtig war, fehlte nicht mehr viel bis zu ihrem vorläufigen Ziel. Fest umschlungen schliefen sie nach dem Essen sofort ein.

Es war wieder am späten Nachmittag, als sie aufwachten. Wie spät es genau war, wussten sie nicht, da keiner von ihnen ein Mobiltelefon hatte, um die genaue Zeit zu bestimmen. Sie würden sicher noch einige Stunden hier verbringen müssen, bis sie ihren Weg in der Dunkelheit fortsetzen konnten. „Erzähl mir, was dich vermutlich in Mexiko erwartet", wollte Amina ein Gespräch mit Alex beginnen, aber er hatte Lust auf Liebe und antwortete nicht. Amina gab sich ihm hin und als sie wieder klare Gedanken formulieren konnte, war es schon dunkel geworden. Es störte die beiden ein wenig, dass sie sich nicht duschen konnten, aber schwerwiegendere Dinge lenkten ihre Gedanken von diesem Umstand ab. Wie am Vortag sprach Amina am Beginn des Fußmarsches nichts, um Alex durch ihre Gedanken nicht zu beunruhigen. Es waren wenige Autos unterwegs und Fußgänger sowieso nicht. Amina und Alex fielen als einsame Wanderer in dieser dünn besiedelten Umgebung auf. Wenn ein Auto langsamer fuhr, winkte Alex freundlich ab, um zu verhindern, dass der Fahrer ganz stehenblieb um sie mitzunehmen. „Wenn alles gut geht, kommen wir ohnehin viel zu früh zu diesem Abenteuerpark. Da müssen wir nicht das Risiko eingehen, von Leuten in einem Auto erkannt und an Yvonne ausgeliefert zu werden", meinte er.

Amina würde sich lange an das Glücksgefühl erinnern, das sie überkam, als sie das erste Straßenschild sah, das an einer Kreuzung den Abenteuerpark ankündigte. „Cross Borders Adventure Park 3 mi" stand auf dem Schild. Sie umarmte Alex und auch er schien sehr erleichtert zu sein, dass sie dieses Etappenziel nun wirklich erreichen würden. Vor Mitternacht noch kamen sie an einen großen Parkplatz, auf dem mehrere Autos standen.   „Viele verbringen in diesem Abenteuerpark bis zu 1 Woche Urlaub", erklärte Alex die geparkten Fahrzeuge. Er sah sich ein wenig nach Autos um, deren Fahrer vergessen hatten, die Tür abzuschließen. „Vielleicht können wir in einem der Fahrzeuge den Rest der Nacht verbringen", meinte er. Amina interessierte sich mehr für die Ankündigung eines Hotels in der Nähe. „Vergiss es", meinte Alex, „In diesem automatischen Hotel machen sie beim Einchecken ein Foto von dir". Alex und Amina gingen mit gesenkten Köpfen den Parkplatz entlang, denn natürlich gab es auch hier Videoüberwachung. Nach kurzer Zeit steuerte Alex zielstrebig ein Auto an und öffnete Amina die hintere Tür. Sie lobte ihn für seinen geübten Blick, stieg ins Fahrzeug und machte es sich auf der Rückbank bequem. Alex schraubte die Rückenlehne des Beifahrersitzes herunter.

„Ich freue mich schon so sehr darauf, meine Familie wiederzusehen", träumte Amina von dem Erfolg ihrer Flucht. „Ich hoffte du würdest bei mir bleiben", reagierte Alex nach einer längeren Pause auf Aminas Ansage. Amina, die ihre Beine unter dem Kopfende des Beifahrerrücksitzes untergebracht hatte, um sich bequem hinlegen zu können, setzte sich auf und beugte sich vor, um Alex zu umarmen. Er hatte nicht viel, was ihn in Mexiko erwartete. Sicher, er würde glücklich sein, seine Mutter wiederzusehen, aber er hatte keinen Job und wahrscheinlich auch keine Freunde, die ihm seit der Kindheit die Treue gehalten hätten. Amina fühlte das Gewicht der Verantwortung, das sie für ihn hatte. Sie liebte seine Nähe und diese Flucht aus Santa Margarita war für sie wie das Drehbuch für einen romantischen Abenteuerfilm, von dem noch einige Kapitel fehlten, aber sie stellte sich keine Fortsetzung dieses Drehbuchs mit einem Leben in Mexiko vor.

„Wir werden frei sein", flüsterte sie ihm ins Ohr. „Du wirst frei sein", gab er darauf zurück. Seine Reaktion zeigte ihr, dass für ihn die Vorstellung der Freiheit nicht die wichtigste Motivation gewesen war, sein Leben in Santa Margarita aufzugeben. Er hatte bei diesen Worten seine Arme hinter der

Nackenstütze verschränkt und Amina hatte das als Aufforderung aufgefasst, von ihm abzulassen. Sie stützte ihre Arme auf der Rückenlehne ab und sah ihm ins Gesicht. In seinen Augen konnte Amina sehen, wie verzweifelt er sie liebte und als er seine Arme wieder um sie legte, um sie an sich zu ziehen, wusste sie, dass er in dieser Liebe mehr gefangen war als sie. Sie war in ihn verliebt und fühlte sich zu ihm hingezogen, aber er spielte in ihren Zukunftsträumen keine Rolle. Emotional war sie noch damit beschäftigt Saschas Verbindung mit Magda zu verarbeiten. Andererseits fühlte sie sich durch Saschas Untreue frei, ihre Verliebtheit in Alex zu genießen. Alex hatte viel für sie aufs Spiel gesetzt, obwohl er wusste, dass er Amina nicht für immer besitzen würde. Er ließ sie frei, obwohl er an ihrem Wunsch ihn für ihre Heimat zu verlassen, litt.

Amina umarmte Alex fest, sie drückte ihr Gesicht an seine unrasierte Wange, aber es kam ihr falsch vor, ihn mit Sex zu trösten. So lagen sie sich eine Zeit lang in den Armen. „So einen Mann wie Alex müsste ich in Österreich treffen", dachte sie, drückte ihn nochmals fest und küsste ihn. „Versuchen wir, ein bisschen zu schlafen", sagte sie und nahm wieder ihre Position auf der Rückbank ein. Alex drehte sich auf die Seite mit dem Gesicht zu ihr und schloss die Augen.

Als der Morgen dämmerte, weckte Alex Amina. Er hatte seine Rückenlehne schon hochgestellt und streichelte Aminas Bauch unter dem T-Shirt und der Bluse. „Machen wir ein wenig Morgensport", schlug er vor. Amina hatte keine Lust, stolperte aber trotzdem hinter ihm her, nachdem sie ausgestiegen war und er alle Autotüren geschlossen hatte, die er vorher geöffnet hatte, um den Wagen zu durchlüften. Er lief voraus und Amina packte nach einigen Metern der Ehrgeiz, ihm zu beweisen, dass sie mit ihm leicht mithalten konnte. Jedes Mal, wenn sie schneller lief, steigerte Alex das Tempo, bis sie stehenblieb und keine Lust mehr hatte. „Du hast gewonnen", schnaufte sie erschöpft und beugte sich nach vorne, um ihre Wirbelsäule zu dehnen. Er drehte im Laufen um und kam lachend auf sie zu. Der Sieg im Wettlauf schien seine Laune gehoben zu haben.

„Ich bin sehr hungrig", brachte Amina nun hervor. Sie frühstückte immer vor dem Morgensport. „Das Restaurant am Eingang des Parks wird bald aufmachen", sagte Alex. „Dort riskieren wir ein Frühstück". Es waren, während sie außerhalb des Parkplatzes ihre Runden gedreht hatten, mehrere Autos gekommen. Wahrscheinlich fand sich das Personal des Parks schon ein, um sein Tagwerk zu beginnen. Auch eine Gruppe von Besuchern steuerte fröhlich schwatzend aus dem Park kommend, das Restaurant an. „Schließen wir uns diesen Leuten an", schlug Alex vor, „dann fallen wir weniger auf". Er nahm Amina an der Hand und lief auf die Gruppe zu. Amina störte es, dass er einen Mann auf Spanisch ansprach, sodass sie nicht verstehen konnte, was gesprochen wurde. Es war aber offensichtlich auch von ihr die Rede, denn Alex nahm ihre Hand, legte sie an seine Wange und küsste sie, nachdem er ihre Hand losgelassen hatte, auf die Wange. Daraufhin beglückwünschte sie der Mann und stellte sich als Octavio vor. Auch seine Frau, Isabel, gab ihr die Hand und noch einige Mitglieder der Gruppe. „Amina", sagte sie bei jeder Begrüßung ihren Namen und lächelte freundlich. „Du siehst wie eine Mexikanerin aus", bemerkte Isabel, als Amina mit der fröhlich schwatzenden Gruppe das Restaurant betrat. „Das hat man mir in den USA schon öfter gesagt", meinte sie und erinnerte sich dabei an die vielen Stationen ihrer Reise.

„Verrückte Idee, die Flitterwochen im Cross Borders Park zu verbringen", sagte einer der Männer, dessen Namen sie vergessen hatte, zu ihr, als sie sich alle zusammen an einen Tisch setzten. Amina sah Alex verwundert an, dann spielte sie mit: „Ja, mein Mann will meine Ausdauer testen", erklärte sie lachend und umarmte Alex kurz. „Sag jetzt nicht, du hast „Cross Borders Simple" gebucht, wandte der Mann sich an Alex. „Ich habe noch gar nichts gebucht. Die Idee unsere Flitterwochen hier zu verbringen, ist uns spontan gekommen", erklärte Alex. „Ich habe den Park schon mehrmals besucht und ehrlich gesagt, gefällt mir „Simple" besser als „De Luxe", mischte sich Isabel ein. „Als ich „De Luxe" buchte, fuhren 2 Mexikaner mit mir und 3 anderen Mädchen in einem alten gepanzerten SUV ans Meer, sie setzten uns in eine Yacht, auf der wir dann nach Mexiko segelten. Dort wurden Drogen geladen und dann ging es wieder zurück. Die Party, die wir alle zusammen 2 Tage lang an Deck der Yacht gefeiert haben, war allerdings erstklassig. Chicas malas und bad hombres haben uns alles verkauft, was sie im Programm hatten. Wir waren soooo zu" Isabel führte ihre flach ausgestreckte Hand an ihrer Stirn vorbei und rollte die Augen. Amina lachte: „Nein, de Luxe buchen wir sicher nicht. Das fehlte uns noch, dass wir auf der Yacht Sally treffen, die beleidigt wäre, wenn wir ihr Praktikum nicht mit dem Kauf von 2 Kilo Stardust unterstützten", meinte sie lachend an Alex gewandt.

„Wir sind sportlich und haben uns so etwas wie einen Geländelauf vorgestellt", Alex sah bei diesen Worten fragend in die Runde. „Dann empfehle ich euch „Simple" oder „historisch", gab Octavio Auskunft. „Simple geht viel schneller und ist ein Ablauf von sportlichen Disziplinen. Wenn du hier in den USA beginnst, startest du bei „Simple" mit einem Geländelauf durch die Wüste. Du musst versuchen, an der Polizei vorbeizukommen, ohne von den richtigen Wegen abzukommen. Skelette mit leeren Trinkflaschen in den Rucksäcken zeigen dir an, dass du dich verlaufen hast. Wenn du der Polizei begegnest, bringen sie dich zurück an den Start". Alex und Amina hörten interessiert zu. „Wenn du den Parcours in Mexico beginnst, schwimmst du zuerst durch den Fluss und kletterst dann über die Mauer. Das funktioniert besser im Teamwork. Vielleicht solltet ihr euch einer Gruppe anschließen. Es ist weniger anstrengend, wenn man sich hilft".

Isabels Vorschlag forderte Amina zu der Frage heraus, wie der historische Parcours ausgelegt sei. „Auf dieser Seite beginnst du den historischen Parcours mit Gemüse Ernten oder Obst pflücken, dann folgt der Marsch durch die Wüste. Wenn dich die Polizisten finden, wirst du nicht zurück an den Start gebracht. Du kannst sie mit dem Geld, das du beim Gemüse Ernten verdient hast, bezahlen, dann lassen sie dich frei, oder sie bringen dich in ein Gebäude, wo sie dir nach alter Manier deine Rechte vorlesen und dich ein wenig beschimpfen, damit du ein Feeling dafür bekommst, dass Einwanderer früher nicht unbedingt willkommen waren". „Ein wenig beschimpfen, ist doch etwas untertrieben", ergänzte Octavio Isabels Ausführungen. „Unser Sohn hat dort die ärgsten Schimpfwörter gelernt und wir mussten ihm erklären, was ein Vergewaltiger ist". Die anderen lachten.

„Also ich bin für historisch", sagte Amina zu Alex und schmiegte sich an seine Schulter. „Mir wäre die rein sportliche Version wesentlich lieber", meinte Alex, an Amina gewandt. „Mach, was sie will", mischte sich Isabel ein. „Wenn du schon den Cross Borders Park für die Flitterwochen ausgewählt hast, lass sie das Programm dort entscheiden". „Außerdem könnt ihr eine romantische Nacht in der Wüste verbringen", unterstützte Octavio Aminas Präferenz für die historische Version. Alex zeigte mit beiden Daumen nach oben, um Octavio zu zeigen, dass ihm sein Vorschlag gefiel „Historisch also", sagte er. „Ich will die Flitterwochen ja nicht mit einem Streit beginnen". Dann forderte er Amina auf, ihn zum Buffet zu begleiten, um sich etwas zu essen zu besorgen. Auch die meisten anderen erhoben sich und stellten sich mit ihren Tabletts an, auf die sie Obst, Waffeln, Chilaquiles und viele andere Speisen luden, die Amina in Santa Margarita kennengelernt hatte.

Alex war der einzige, der im Restaurant mit Cash bezahlte, denn er wollte Aminas Kreditkarte nicht kompromittieren. Der Fernseher, der kurz nachdem sie zu essen begonnen hatten, zu laufen anfing, störte die Ruhe der beiden ein wenig, denn sie fürchteten Yvonnes Fahndungsanzeige würde auf dem Bildschirm erscheinen. Das Frühstück verlief jedoch in Ruhe, Amina genoss die herrliche Mahlzeit und auch Alex lobte das gute Essen. „Greift nur ordentlich zu, denn auf dem historischen Parcours gibt es nichts Gekochtes", kommentierte Isabel. Nach dem Essen verabschiedeten sich Alex und Amina von der Gruppe. Isabel und die anderen wünschten ihnen noch viel Glück, dann trennten sich ihre Wege. „Hast du das Auto gesehen, das reagierte, als Octavio seinen Schlüssel zum Entsperren hochhielt"? fragte Alex. „Es war der Wagen, in dem wir geschlafen haben. Er wird sich wundern, wenn er sein Auto nun abgeschlossen vorfindet". „Zufälle gibt es im Leben", meinte Amina zuversichtlich und fasste ihn an der Hand.

Die Schlange am Eingang des Parks war zu dieser frühen Morgenstunde noch nicht sehr lang und da Alex und Amina schon wussten, dass sie „historisch" buchen würden, hatten sie ihre Tickets schnell gekauft. Aminas Reisepass hatte ein wenig mehr Aufmerksamkeit erregt als Alexes Führerschein: „Die meisten Europäer buchen den historischen Parcours", hatte die Angestellte an der Ticketausgabe bemerkt, als sie Amina ein elektronisches Band um das Handgelenk legte: „Wenn du nicht mehr weiter weißt, aktivierst du durch einen Druck auf diesen Knopf ein Signal, dann kommt jemand und holt dich", erklärte sie Amina die Funktion des grünen Armbandes. Dann bekam Amina ihren Pass wieder zurück. Dazu das Eintrittsticket und einen Taschenkompass, den sie gekauft hatte. Vor dem Security Check kämmten sich beide noch schnell mit ihren Händen durch die Haare um nicht durch ein unordentliches Äußeres aufzufallen. Als Amina und Alex Hand in Hand das klimatisierte Gebäude verließen, um nach dem Korianderfeld zu suchen, das sie helfen würden, abzuernten, schien die Sonne schon heiß vom Himmel. Ein Wegweiser führte sie in ein mit Sonnenkollektoren überdachtes, gekühltes Zelt, wo die Teilnehmer am historischen Parcours auf Holzbänken Platz nahmen. Der Park Ranger, der für diese Station verantwortlich war, gab ihnen Werkzeug und eine Kiste, in die sie den Koriander gebündelt hineinlegen sollten.

Der Gruppe, die ungefähr 20 Personen umfasste, wurde ein Film präsentiert, der zeigte, wie man den Koriander am besten erntete. Historische Daten über die Wirtschaftsleistung der damals meist illegalen Einwanderer wurden mit Kommentaren ergänzt. Praktisch alle Felder im Süden der USA wurden zwischen 1970 und 2020 von Migranten abgeerntet, die aufgrund des Rassismus von manchen als Vergewaltiger und Kriminelle beschimpft wurden. Heute befände sich die hauptsächliche landwirtschaftliche Produktion, die die USA mit Lebensmittel versorgte, in Mexiko und anderen lateinamerikanischen Staaten.

Nach dem Film wurde die Gruppe aufs Feld hinaus geführt. Es roch wunderbar nach frischem Koriander. Alex und Amina bildeten mit anderen ein Team, so wie es der Kommentator im Film vorgeschlagen hatte. Amina erzählte Alex, dass sie schon oft mit ihren Schülerinnen in Österreich bei der

Obsternte geholfen habe und dass dort schon Kindergartenkinder alten Leuten halfen, die Ribisel in ihren Gärten zu pflücken. Nach einer halben Stunde Koriander ernten musste Amina zugeben, dass die klimatischen Verhältnisse die Bedingungen beim Obst ernten in Europa einfacher machten, denn hier im Süden der USA brannte die Sonne schon um diese Tageszeit heiß herab. Sie war froh, dass nur 2 Stunden für diese Tätigkeit im Parcours geplant waren, denn länger hätte sie die Arbeit in der Hitze nicht mitgemacht. Zum Glück musste sie sich ihren Lebensunterhalt nicht auf diesem Feld verdienen und war hier sozusagen nur zum Spaß. Manche Mitglieder der Gruppe sprangen früher ab und machten sich auf den Weg durch die Wüste. Diese bekamen allerdings keine Punkte auf ihr Armband gebucht und konnten sich somit nicht freikaufen, wenn sie auf der Flucht von den Parkpolizisten erwischt wurden. Amina und Alex ärgerten sich freilich sehr, als sie am Ende für das Koriander Ernten nur 2 Drittel der versprochenen Punkte bekamen. „So war das damals", reagierte der Park Ranger auf ihren Protest. „Ihr könnt mich ja vor Gericht verklagen, wenn ihr wollt". Alex lachte bei diesem Vorschlag des Rangers sarkastisch, legte das Armband wieder an, drehte sich um, nahm Amina bei der Hand und ging mit ihr zu einem Automaten um Wasser zu kaufen. Beide tranken die Flasche, die sie aus dem Automaten gezogen hatten, sofort leer und holten sich jeweils noch eine Gallone Wasser für unterwegs. „Mehr können wir nicht tragen", stellte Alex fest. Im Film hatten sie erfahren, dass Schlepper ihrer Kundschaft oft nicht erlaubten, genug Wasser mitzunehmen, da dies die Gruppe aufhalten würde. Viele Migranten waren auf ihrem Weg durch die Wüste verdurstet.

Amina nahm nun ihren Kompass zur Hand. Octavio hatte gemeint, man käme am besten voran, wenn man sich von jeder Station aus direkt nach Süden begäbe. Auf diese Weise würde man zwar trotzdem ein oder 2 Skeletten begegnen, aber diese seien seiner Meinung nach nur zur Verwirrung ausgelegt, um die Parkbesucher zu einem Fast Food Restaurant im Park zu lenken, in dem sie dann Nahrung und Kühlung suchen würden. „In diesen Restaurants kannst du mit den Punkten, die du dir auf dem Parcours verdienst, nicht bezahlen", hatte Octavio sie informiert. „Ihr könnt aber einen Schlepper damit bezahlen, der euch an den Schützen nahe der Grenze vorbeischleust", hatte er dann vorgeschlagen. „Schießen sie nahe der Grenze mit echter Munition"? hatte Amina besorgt gefragt. Octavio hatte diese Frage mit „Nein" beantwortet, Es handele sich um ein Spiel wie Laser Tagging, aber wenn man mehr als 5 Schüsse abbekäme, müsse man 24 Stunden im Gefängnis verbringen. Das Gefängnis wäre nicht weiter schlimm, aber Kost und Logis wären dort nicht billig und der Zeitverlust verschlechtere dein

Ergebnis, besonders bei der Simple Version des Parcours. „An historischen Einsichten gewinnst du in diesem Gefängnis nichts", hatte Octavio gemeint: "Das Gefängnis ist eine Filiale von Quarantine City. Was du dort einkaufst, bringen sie dir an den Ausgang des Parks, sodass du nichts schleppen musst", hatte er erklärt.

Alex und Amina hatten vor, den Park so schnell wie möglich zu durchqueren. Sie würden sich erst einmal alleine auf den Weg machen und sich erst nahe der Grenze einer Gruppe anschließen. Deshalb schlugen sie die Einladung eines Paares, mit dem sie Koriander geerntet hatten, den Weg gemeinsam zu gehen, aus. „Wir sind auf Hochzeitsreise", erklärte Amina den freundlichen älteren Leuten, die aufgrund ihrer Leibesfülle schon beim Koriander Ernten ziemlich geschnauft hatten. Die beiden gratulierten Amina und Alex und beide Paare wünschten sich gegenseitig alles Gute für den Parcours.

Alex und Amina gingen Hand in Hand mehrere Schritte in die Richtung, die sie der Sonne nach zu urteilen für Süden hielten, um sich aus dem Blickfeld der Erntegruppe zu begeben, dann nahm Amina ihren Kompass. „Hier weiter", sagte sie mit einem tiefen Seufzen zu Alex. In der Richtung, in die sie gezeigt hatte, gab es nichts als staubige Wüstenlandschaft mit Pflanzen, die der Trockenheit widerstanden. Kein vorgezeichneter Weg zeigte ihnen an, dass schon Menschen vor ihnen diesen Pfad gewählt hätten, oder dass sie in die richtige Richtung liefen. Alex lächelte Amina aufmunternd an: „Na, dann los"! Er legte seinen Arm um ihre Schulter und begann den Marsch durch die Wüste mit einem ersten großen Schritt. Für einige Stunden wanderten sie durch die gleiche monotone Landschaft, deren Anblick sie schon bald nicht mehr genießen konnten, da die Hitze fast unerträglich war und Amina, die von Natur aus einen sehr niederen Blutdruck hatte, sich schon bald sehr schlecht fühlte. Alex verweigerte ihr zudem die Wasserflasche, die Amina schon in den ersten Stunden halb leer getrunken hatte, um ihren Durst zu stillen. „Wir trinken erst wieder etwas, wenn wir das erste Skelett sehen", erklärte er ihr.

Als sie dann nach Stunden wirklich ein Skelett sahen, fiel Amina erschöpft zu Boden. Trotz des schaurigen Anblicks war dieses Skelett ein Zeichen menschlicher Gegenwart und Amina begann, von ihren Emotionen überwältigt, zu weinen. Nur wenige Tränen traten aufgrund der totalen Trockenheit ihres Körpers aus den Augen. Alex reichte ihr die Flasche mit Wasser, setzte sich zu ihr auf den Boden und nahm selbst auch einen Schluck. „Jetzt sind wir schon weit gekommen", tröstete er sie und streichelte ihr übers Haar. Sie wollte ihre Beine ausstrecken, aber der Schatten, den der

Busch bot, unter dem sie saßen, war nur klein und außerhalb dieses Schattens war die Sonne nicht zu ertragen. Sie kauerte ihren Oberkörper in Alex Schoß und versuchte, nicht zu weinen, um Alex mit ihrer Verzweiflung nicht anzustecken.

„Von hier aus gehen wir weiter nach Süden und folgen nicht diesen Spuren, die sicher zu dem Fast Food Restaurant führen, von dem Octavio gesprochen hat", bestimmte Alex. Er saß mit ausgestreckten Beinen, einen Arm im Sand abgestützt und mit der anderen Aminas Kopf in seinem Schoß streichelnd unter dem Busch. Seine Kleidung war nass vom Schweiß und sicher war für ihn diese Wanderung durch die Hitze ebenfalls keine angenehme Erfahrung, aber er schien in den widrigen Umständen, in die sie geraten waren, nur Vorteile zu sehen: „Edgar und Rodrigo folgen uns sicher nicht hierher", meinte er „und die Leute, die den Parcours durchqueren, haben anderes zu tun, als sich auf Yvonnes Fahndungsbilder zu konzentrieren", teilte er seine Überlegungen mit Amina. „Da hast du vermutlich recht", bestätigte sie ihn, aber sie war keineswegs sicher, diese Hitze zu überleben. Sie war nahe daran, sich von Alex zu trennen und den Spuren zum Fast Food Restaurant zu folgen oder den Knopf an ihrem Armband zu betätigen, damit man sie aus dieser Hölle hier herausholte. Alex schien ihre Gedanken zu erraten: „Diese Hitze hier ist mörderisch, aber ich bin überzeugt, dass wir durchkommen, wenn wir uns stur Richtung Süden weiterkämpfen". Er hob ihren Oberkörper aus seinem Schoß und stand auf. Dann beugte er sich zu ihr hinunter, nahm ihre Hände und zog sie energisch hoch. „Weiter geht`s". Er schob sie im Gehen mit einer Hand sanft nach vorne, während er auf dem Kompass die Richtung bestimmte. Amina blickte auf das Skelett zurück. Es war in dieser Wüste ein Zeichen menschlicher Zivilisation und sie wollte gerne den Weg zum Fast Food Restaurant nehmen, so wie andere Menschen vor ihr. „Du wolltest historisch", sagte Alex zu ihr. „Früher gab es keine Alternative zum Weg durch diese Wüste, wenn man sich einmal entschlossen hatte, im Norden sein Glück zu suchen".

Amina hatte sich immer körperlich fit und willensstark gefühlt, um Strapazen zu ertragen und deshalb wunderte sie sich über sich selbst, dass ihr die Hitze so unerträglich schien, sodass sie mehrmals versuchte, Alex zum Aufgeben zu überreden. Er forderte sie streng auf, das Sprechen zu unterlassen, um keine Energie zu verschwenden. Sie fühlte sich dadurch verletzt und machte ihm in Gedanken Vorwürfe, weil er egoistisch nur daran dächte, bald zu Hause zu sein und es ihm ganz egal wäre, wenn sie ohne Wasser in dieser Wüste verdurstete. Es war ihr zwar ab und zu bewusst, dass diese Aggressionen gegen ihn völlig irrational waren und der Hitze, dem Durst und der Erschöpfung zuzuschreiben waren, aber als er sie hinter einen Busch zog, als sie in der Ferne einen Polizisten patrouillieren sahen, gab sie ihrem Impuls nach, sich mit anderen Menschen in Verbindung zu setzen, die einen kühlen Raum mit Nahrung zu bieten hatten. Sie stieß Alex weg und lief auf den Ranger zu. „Bleib hier, was machst du?", hörte sie Alex hinter sich mit heiserer Stimme rufen, Er lief ihr nach, holte sie ein, stürzte sich auf sie und riss sie zu Boden. Dann verlor sie das Bewusstsein. Als sie wieder zu sich kam, lag sie unter einem Busch, Alex goss ihr etwas Wasser über das Gesicht. Er lächelte sie an. „Geht es dir wieder besser"? fragte er, als ob nichts weiter Schlimmes zwischen den beiden vorgefallen wäre. „Ich kann nicht mehr weiter", flüsterte sie „es tut mir leid". Sie führte ihre rechte Hand an das Armband um mit einem Knopfdruck nach Hilfe zu rufen. Alex reagierte, nahm ihre Hand und führte ihren Arm zu Boden. Er beugte sich über sie und küsste sie: „Mach das nicht, wir haben es schon fast geschafft", flüsterte er ihr ins Ohr. Amina war zu erschöpft, um Widerstand zu leisten. Nachdem sie einige Zeit am Boden gelegen war, Alex das Gesicht zu Boden gerichtet, neben ihr liegend und ihren Rist festhaltend, hatte sie sich beruhigt. Die Sonne stand schon tiefer und die Hitze hatte etwas nachgelassen. Alex kniete sich neben sie, hob ihren Oberkörper etwas an und gab ihr die letzten Schlucke des warmen Wassers aus der Flasche. Alex protestierte nicht, als sie danach liegen blieb und sich zur Seite drehte, um zu schlafen.

Als sie aufwachten, war es dunkel. Aminas Lebenswille war wieder zurückgekehrt. Sie lag am Rücken und lauschte den Geräuschen der Nacht. Beide hatten keine Ahnung wie spät es war. „Kennst du die Sternbilder"? fragte Alex. Amina war ein Stadtmensch und kannte nur den großen und den kleinen Wagen und auch Alex verstand nicht viel mehr von Astronomie. An diesem beeindruckenden Nachthimmel konnte Amina überhaupt kein einziges Sternbild erkennen. Die Milchstraße war deutlich sichtbar und der Rest des Himmels war so von Sternen übersät, wie Amina es noch nie gesehen hatte. „Wir sind nur ein Punkt im Universum", brachte sie überwältigt von dem Anblick, den der Himmel bot, hervor und suchte nach Alexes Hand, die er unter seinem Kopf verschränkt hatte. Er nahm ihre Hand und rückte näher an sie heran. Gemeinsam verharrten sie noch einige Zeit schweigend zum Himmel blickend, dann beugte sich Alex über Amina und begann sie zu streicheln. „Du bist so schmutzig, dass ich deinen Mund im Gesicht fast nicht finden kann", sagte er und strich ihr mit seinem Finger über die Lippen, wie um sie zu säubern. Dann küsste er sie. Diesmal war es Amina, die zum Aufbruch mahnte.

In der Nacht kamen sie wesentlich schneller voran als in der Hitze der Sonne am Tag zuvor. Trotz der Tatsache, dass sie kein Wasser mehr hatten und durstig waren, überwog die Zuversicht, dass sie bald auf eine Einrichtung des Parks stoßen würden. Sie würden die letzten beiden Aktivitäten in der Gruppe absolvieren, in der Hoffnung nicht erkannt zu werden. Nach einiger Zeit stolperten sie in der Dunkelheit fast über ein Schild, das den Weg zu den „Border Activities", anzeigte. Alex sprang vor Freude in die Luft und Amina drehte sich mit ausgebreiteten Armen um die eigene Achse. „Wir haben es geschafft" rief er in die Stille der Nacht. Es war ein Vergnügen, einen von Menschen angelegten Weg entlang zu gehen in der Überzeugung, dass dieser Weg nicht im Nirgendwo enden würde, was beim Wandern mit dem Kompass als einzigen Wegweiser nicht selbstverständlich war: man konnte immer auf unüberwindliche Schluchten oder andere Hindernisse stoßen, die zur Kursänderung zwingen würden.

Schon bald konnten sie in der Ferne ein beleuchtetes Gebäude sehen. Beim Näherkommen sahen sie auf einem in Flutlicht getauchten Sportplatz eine Gruppe von Menschen mit Waffen trainieren. Der Trainer gab seine Anweisungen in einem altmodischen befehlshaberischen Ton von sich, der mit vielen Schimpfwörtern, die heute nicht mehr üblich waren, gespickt war. Manchmal lachten die Leute und auch der Trainer schien seine Beschimpfungen nicht ernst zu meinen. Amina und Alex betraten das Gebäude und begaben sich zur Rezeption. „Polizist oder Migrant"? fragte die Angestellte mürrisch und verlangte mit einer Handbewegung nach den elektronischen Bändern, die die beiden von ihren Handgelenken abnahmen und ihr übergaben. „Polizist" sagten beide wie aus einem Munde, obwohl Amina sich über sich selbst wunderte, da ihr das Herumlaufen mit einer Waffe auch als Spiel unsympathisch war.

Die Angestellte scannte die Armbänder und konnte die Gutscheine erkennen, die die beiden beim Koriander Ernten gewonnen hatten. „Habt ihr im ganzen Park nichts konsumiert"? fragte die Dame verwundert. „Wir haben überall Cash bezahlt", antwortete Alex geistesgegenwärtig. „Wenn ihr jeder noch 10 Dollar draufzahlt, kann ich euch für die nächste historische Trainingseinheit in einer halben Stunde einteilen". Alex begann mit der Frau zu diskutieren: „Hier steht geschrieben, dass man mit 15 Punkten oder 40 Dollars die Trainingseinheit als Polizist besuchen kann". Amina unterbrach ihn. „Ist schon gut", sagte sie und hielt der Angestellten ihre Kreditkarte hin. „Ich nehme für diesen Zweck nur Cash", meinte die Dame „Ohne Aufzahlung kann ich euch für die Trainingseinheit am Nachmittag um 1 buchen". Alex zog seufzend einige feuchte, zerknüllte Dollarscheine aus der Hosentasche und hielt sie der Rezeptionistin hin. Sie begann umständlich das Geld zu zählen und obwohl nur 18 Dollar zusammengekommen waren, steckte sie es in ihre Tasche und buchte die beiden für die nächste historische Polizistentrainingseinheit. Sie gab ihnen die elektronischen Bänder zurück und wies sie an, sich in 25 Minuten in Raum 12 einzufinden, wo sie durch einen Film auf ihre Aufgabe vorbereitet würden.

Amina dankte der Frau aber Alex drehte sich grußlos vom Schalter weg und setzte sich zu einem der Tische, um den Platz zu besetzen, während Amina etwas zum Essen besorgte. Sie buchte die Pizzas und den Kaffee auf ihr Armband, denn sie vermutete, dass man hier diskriminiert würde, wenn man nicht genug konsumierte. Als sie wieder zurückkam, erzählte ihr Alex empört, dass das Paar, das nach ihnen an den Schalter gekommen war, kein Schmiergeld zahlen musste, um in die nächste Trainingseinheit aufgenommen zu werden. „Die sehen aus, als hätten sie im Parcours genug konsumiert", sagte Amina kichernd, denn die beiden waren nicht gerade schlank. „Ich glaube, die Angestellte diskriminiert gegen Mexikaner", tat Alex hörbar kund und Amina stieß ihn am Ellenbogen an. „Sei doch leise"! zischelte sie. „Wir wollen doch nicht auffallen. Außerdem ist die Angestellte doch sicher selbst Mexikanerin". Alex zuckte ein bisschen zusammen und gab Amina völlig recht, was das nicht Auffallen betraf. Dann hielt er ihr einen langen Vortrag über den Rassismus der Mexikaner, der sich meist gegen die eigenen Leute richtete. „Deine Pizza wird kalt", sagte Amina nur, denn sie hatte ausnahmsweise keine Lust auf sozialpolitische Diskussionen. Sie war zu aufgeregt, diesen letzten Teil des Parcours zu absolvieren, ohne aufzufallen.

Alex widmete sich seiner Pizza und Amina ging noch einmal zu einem Automaten, um einige abgepackte Apfelschnitten zu holen. Sie war mit diesen Geräten schon seit Quarantine City und der Schule in Glendale vertraut. Als sie wieder bei Alex saß, brachte sie vor Aufregung die Äpfel fast nicht hinunter. Sie lehnte sich an ihn und er zog sie mit dem rechten Arm näher an sich. Er konnte ihr Herzklopfen spüren. „Es ist fast geschafft", sagte er. „Ich freue mich jetzt aufs Schießen". Amina rückte von ihm weg. Wieso hatte sie sich bei diesem blöden Spiel überhaupt als Polizistin gemeldet, dachte sie jetzt. Und Alex freute sich noch dazu darauf. „Wir treffen ein paar Leute mit einem Laserstrahl, dann gehen wir zur Mauer, klettern drüber und das war`s dann mit den USA für mich", erklärte er ihr und zog sie wieder kurz an sich, um ihr einen Kuss zu geben. Dann stand er auf, warf den Müll weg und forderte Amina, die mit ihrem Kopf in den Händen, die Ellenbogen aufgestützt, am Tisch sitzengeblieben war, auf, mit ihm zu kommen.

In Raum 12 saßen um diese Zeit nur wenige Menschen. Die Hologrammebene war schon herausgeklappt und die Werbung lief schon, als Alex und Amina sich setzten, um den Dokumentarfilm „Schüsse an der Grenze" zu sehen. Der kleine Kinosaal war mit schönen, gepolsterten Klappstühlen ausgestattet, nicht mit Holzbänken, so wie der bei der Ernteeinheit und die beiden machten es sich gemütlich. „Hoffentlich schlafe ich nicht ein", meinte Amina, denn in dem bequemen Stuhl merkte sie, wie müde sie war.

Auch Alex war müde und döste vor sich hin. Ihre Aufmerksamkeit richtete sich erst auf die Dokumentation, als laute Schüsse die Worte des Kommentators ablösten. Einige jugendliche Migranten lagen sterbend auf der Hologrammebene. Der Kommentator erzählte, dass am Beginn des 21 Jahrhunderts immer mehr Veteranen die Polizei beim Grenzschutz ablösten und dadurch der Grenzschutz immer mehr militärischen Charakter annahm. Die Grenzkontrolle hatte das Recht, sofort zu schießen, wenn sie sich zum Beispiel durch Steine werfende Migranten angegriffen fühlte. War ab der Mitte des 20. Jhdts. der Aspekt des illegalen Drogenhandels beim Grenzschutz im Mittelpunkt gestanden, richtete sich ab dem 21. Jhdt. der Grenzschutz mehr gegen illegale Migranten, die in den USA Arbeit suchten. Der Strom der Einwanderer nahm zwar im 21. Jhdt. durch die Verbesserung der wirtschaftlichen Bedingungen in den lateinamerikanischen Ländern ab, die Todesfälle an der Grenze aber nahmen zu, weil man den Weg in die USA derart versperrte, dass nur der Marsch durch die Wüste oder andere gefährliche, von ruchlosen Schleppern kontrollierte Möglichkeiten geblieben waren, in die USA zu kommen. Auch selbsternannte Grenzschützer fühlten sich als Vigilantes berechtigt, die sogenannten Illegalen einfach zu erschießen. Der Kommentator warnte die Parkbesucher davor, sich zu sehr mit ihrer historischen Rolle als Polizisten zu identifizieren, denn man wäre nun in der Mitte des 21. Jhdts. und schätze Migranten in den USA als Konsumenten und Wirtschaftsfaktor im Allgemeinen.

„Wir sollen uns nun also in die Rolle von vom Irakkrieg frustrierten Veteranen oder verrückten Mitgliedern einer Bürgerwehr versetzen, die unschuldige Leute abschießen", meinte Amina nach dem Film zu Alex. Er nahm am Ausgang kommentarlos ein Lasergewehr und die elektronische Weste, die seine Treffer registrieren würde, in Empfang. „Du kannst ja ohne Gewehr hinter mir herlaufen, wenn du nicht schießen möchtest", sagte er zu Amina. Sie nahm aber das Gewehr, weil sie schon den Eintritt als Polizistin bezahlt hatte, wie sie meinte. Der letzte Teil des Dokumentarfilms hatte sich den Spielanweisungen für diesen Teil des Parks gewidmet. Es ging darum, so viele

Menschen wie möglich mit dem Laserstrahl zu treffen. Wenn man aus Versehen einen Polizisten traf, gab es Strafpunkte. Hatte man über 50 Punkte gesammelt, durfte man durch einen Drogenschmuggeltunnel bequem nach Mexiko queren. Für jede 10 Punkte, die man zusammen hatte, gab es Erleichterungen beim Überklettern der Mauer. Man konnte den Kletterpark aussuchen oder bekam eine Leiter, man konnte sich an einem Seil hochziehen oder von oben in ein Sprungtuch springen. All das hatte natürlich mit den historischen Tatsachen, die eine illegale Grenzüberquerung früher bedeutet hatte, wenig zu tun, aber der Cross Borders Park war ja als Vergnügungspark installiert worden, der von seinen Einnahmen lebte. „Ich will gar nicht 50 Punkte zusammenbekommen, um durch den Tunnel zu gehen", gestand Alex. Er wollte sich im Kletterpark beweisen. „In einem schlecht beleuchteten Tunnel fallen wir weniger auf", gab Amina zu bedenken. Sie wurden zu dem Sportplatz geführt, auf dem sie bei ihrer Ankunft am Gelände die Besucher trainieren gesehen hatten.

Die Morgendämmerung zog schon herauf und die beiden wollten die Trainingseinheit schnell hinter sich bringen, um nicht in der Hitze spielen zu müssen. Der Ausbildner zeigte ihnen, wie die Lasergewehre funktionierten, wie man sich den damals so genannten Illegalen am besten näherte und wie man vermeiden könne, sich auf dem Gelände zu verirren. Auf dieser Station kämen die Parkbesucher sowohl aus den USA wie aus Mexiko. Man müsse Richtung Norden ziehen, wenn man den Park von Mexiko aus begonnen hatte und Richtung Süden, wenn man von den USA nach Mexiko queren wollte. Sie bekamen noch Instruktionen, wo man die Ausrüstung abzugeben hätte, danach wurden sie entlassen.

Alex und Amina verließen den Sportplatz in Begleitung eines älteren Ehepaares, das sich nach der Pensionierung in Mexiko angesiedelt hatte und auf dem Heimweg war. „In Mexiko ist das Wetter schöner, das Essen gesünder, die soziale Versorgung besser und wir bekommen mehr für unser Geld. Kunst und Kultur werden dort staatlich gefördert und es dreht sich dort nicht immer nur alles nur um den Profit", meinte Mitchell und seine Frau pflichtete ihm bei: „Wir sitzen stundenlang mit unseren Freunden in Kaffeehäusern oder Restaurants auf dem Zocalo, so heißt dort der Hauptplatz, und spielen Karten. Es gibt noch echte Kellner und die Lokalbesitzer sind meist keine Franchisenehmer sondern private Unternehmer. So etwas gibt es in den USA kaum noch", sagte sie. Amina fragte Emma, so hieß die Frau, ob sie kein Heimweh nach ihrer Heimat hätte, aber Emma erklärte, sie hätte schon während ihrer aktiven Zeit in den Staaten mehrmals den Wohnsitz gewechselt und darum habe sie keine

Probleme den Ort, an dem sie jetzt wohnte, als ihr zu Hause anzusehen. Amina, die immer nur in Wien gelebt hatte, konnte sich nicht vorstellen, für immer woanders zu leben. Ihr Heimweh meldete sich wieder. Sie verabschiedete sich mit freundlichen Worten von Emma und Mitchell und bedeutete Alex durch ein Handzeichen mit ihr zu kommen.

Sie liefen beide einige Minuten durch das Gelände, um einen Vorsprung herauszuholen. Hier gab es Dünen, hinter denen man sich verstecken konnte und Alex stolperte fast über den ersten Illegalen, der hinter einer solchen Düne rastete. „Ich verrate euch, wo ihr auf eine Gruppe treffen könnt, wenn ihr mich nicht abschießt", sagte der Parkbesucher. Alex hielt ihm das Lasergewehr an den Bauch: "OK, wo sind sie"? fragte er lachend. „2 km in diese Richtung", deutete der junge Mann. „Danke", sagte Alex und schoss ihn ab. Dann nahm er Aminas Gewehr und schoss noch einmal. Er lief in die Richtung, in die der Illegale, der ihm ein Schimpfwort nachrief, gedeutet hatte. Amina entschuldigte sich und lief Alex nach. Als sie ihn eingeholt hatte, schimpfte sie Alex wegen seines gemeinen Benehmens. Sie war ehrlich empört. Nie hätte sie ihm so etwas zugetraut. „Es ist ja nur ein Spiel und du willst doch die 50 Punkte zusammenbekommen, um bequem durch den Tunnel nach Mexiko zu queren", verteidigte er sich. „Außerdem könnte er gelogen haben und es gibt vielleicht gar keine Gruppe". Amina ging nun einige Schritte hinter Alex, um ihm zu zeigen, dass ihre Solidarität mit ihm Grenzen hatte, nahm aber dann doch schnell das Gewehr zur Hand und schoss wild durch die Gegend, als sie plötzlich tatsächlich auf die Gruppe trafen, die versuchte, hinter eine Düne zu entkommen. „Na, wie viele Punkte hast du schon"? fragte Alex, als sie wieder neben ihm hermarschierte. Amina hatte 2 Punkte mehr als er. „Du bist ja schon eine richtige Killerin", meinte er zu ihr. Sie fühlte sich durch dieses Statement unangenehm berührt, dachte aber dann, dass Alex sich für den Tadel vorhin und die 2 Punkte Vorsprung, die sie hatte, rächen wollte. „Ich habe als Jugendliche viel League of Legends gespielt", erklärte sie. Alex hatte es in diesem Spiel ebenfalls weit gebracht, wie er ihr erzählte. Vielleicht sollte man diese Exkursion mit den Lasergewehren nicht so ernst nehmen, dachte sie. Schließlich handelte es sich ja nicht um echte Gewehre und man konnte sich kaum verletzen. Sie erzählte Alex die Geschichte von Diego und Greg und Alex erzählte ihr von einem Freund, der im Dienste Yvonnes durch eine verirrte Gewehrkugel ums Leben gekommen war. „Man sollte das Leben als Spiel betrachten, aber nicht mit dem Leben spielen", schloss Alex seine Betrachtungen zum Thema ab.

Er lief auf eine Düne hinauf, um einen besseren Überblick über die Landschaft zu haben und nach weiteren Opfern Ausschau zu halten. Dabei wurden sie versehentlich von 2 Polizisten abgeschossen. Diese ärgerten sich und beschwerten sich bei Alex und Amina, dass sie sie nicht gewarnt hätten, wegen den beiden würden sie nun 2 Punkte verlieren. „Get over it", sagte Alex nur, nahm Amina bei der Hand und zog weiter, während die Polizistin noch über ihren Punkteverlust meckerte. Immer wieder trafen sie auf Gruppen, die nach Norden zogen und Alex und Amina schossen gnadenlos auf jeden Illegalen dem sie begegneten. „Ist ja nur ein Spiel"! rief Alex immer, wenn jemand um Gnade bat, um nicht den nächsten Tag in Quarantine City verbringen zu müssen. Amina stellte fest, dass es ihr schon Spaß machte, durch das Zielen auf Menschen mit einem Lasergewehr Punkte zu sammeln.

Es war fast Mittag, als die beiden zum „Saloon an der Grenze" kamen. Dort würden sie ihre Laserkanonen abgeben und sich auf die letzte Übung des Parks vorbereiten. „Wir haben beide genug Punkte für den Tunnel", stellte Amina fest, nachdem sie ihr Armband und das von Alex gecheckt hatte. „Der Tunnel ist etwas für alte Leute", erwiderte Alex. „Ich will über die Mauer und dann durch den Fluss". Amina zählte weitere Vorteile des Tunnels auf. Sie würden viel sicherer und schneller in Mexiko sein. Außerdem entkämen sie der Hitze, die schon jetzt fast unerträglich war und sie würden weniger Leute treffen, die sie erkennen könnten. Alex solle doch das Erreichte nicht für das Klettern über die Mauer aufs Spiel setzen. „Als meine Mutter vor vielen Jahren das 1. Mal in die USA kam, ist sie durch den Fluss und durch ein Loch in der Mauer gekommen. Ich möchte erfahren, wie es sich anfühlt, diesen Weg zu gehen. Du wolltest historisch, für mich ist das historisch", erklärte Alex. „Du kannst ja durch den Tunnel gehen", setzte er noch hinzu.

Amina konnte ihm nicht widersprechen und wollte nicht mit ihm streiten, aber darauf, in der Hitze vor der Mauer warten, bis sie dran wäre hinaufzuklettern und auf die andere Seite in ein Sprungtuch zu springen, hatte sie keine Lust. Sie nahm Alexes Hand, aber seine Reaktion zeigte ihr, dass er sich nicht durch Zärtlichkeiten überreden lassen würde, mit ihr durch den Tunnel zu gehen. Er ließ ihre Hand los und hielt ihr die Eingangstür des Saloons auf. Der Saloon war innen überall mit Stars and Stripes geschmückt und altmodische Plakate klärten über die Rechte auf, die man in den USA genoss. Hauptsächlich ging es um das Recht Waffen zu tragen, und ein Holzschild zeigte den Weg zur Keybolt Steven Filiale an, die sich im Saloon an der Grenze befand. Für die meisten Besucher des Parks war dieser Saloon, von Mexiko kommend, die erste Station und man konnte hier Waffen und Stardust kaufen, beides Dinge, die in Mexiko nicht am freien Markt zu haben waren. Alex steuerte die Keybolt Steven Filiale an und als Amina ihn fragte, was er da wolle, meinte er, vielleicht wolle er sich eine Waffe kaufen, schließlich habe er die letzten 14 Jahre eine getragen und er fühle sich fast nackt ohne sein Gewehr oder seinen Revolver. Amina stolperte sprachlos hinter ihm ins Geschäft. „Darfst du in Mexiko überhaupt eine Waffe tragen"? fiel ihr endlich ein. Alex sagte nichts. Er hatte einen Revolver in der Hand und prüfte dessen Funktion. „Du hast recht", sagte er nur, nahm Amina an der Hand und verließ den Laden.

Sie gingen zum Schalter, um sich für die Grenzüberquerung anzumelden. Amina hielt dem Angestellten ihr Armband hin. „53 Punkte", stellte dieser fest. „Ich will durch den Tunnel auf die andere Seite", erklärte Amina trotzig. Sie drehte sich nach Alex um, um sicher zu gehen, dass er ihre Entscheidung mitbekommen hatte. Alex ließ seine Schultern sinken und sah sie enttäuscht an. Der Angestellte forderte wieder ihre Aufmerksamkeit, gab ihr das Armband zurück und einen Plan in die Hand. Er zeigte ihr, wo sich die Gruppe versammelte, die zum Tunnel fahren würde. Nun trat Alex an die Theke und verlangte die Mauer und den Fluss. „Nein", entfuhr es Amina. „Treffen sich die verschiedenen Gruppen beim Ausgang wieder"? fragte Alex den Angestellten. Dieser zeigte Alex am Plan die verschiedenen Gebäude, durch die man den Park verlassen könnte. „In allen diesen Gebäuden ist Party", sagte der Rezeptionist. „Fiesta, verstehst du"? ergänzte er, als ob Alex nicht wüsste, was eine Party ist. Wenn ihr euch dort in der Menschenmenge nicht trefft, stellt eure Handys auf Vibration und macht euch schriftlich einen Treffpunkt aus. Man versteht in dem Partylärm sein eigenes Wort nicht.

Alex nahm wortlos sein Armband und den Plan, dann ging er mit Amina zum Food Court des Saloons. Sie setzten sich an einen Tisch und besprachen, in welchem der 3 Gebäude sie sich treffen würden. Sie wählten das Gebäude, das Alexes Station am nächsten war, denn Amina würde wahrscheinlich schneller durch den Tunnel kommen. Amina bemühte sich, ihre Enttäuschung zu verbergen, dass Alex sich nicht entschlossen hatte, mit ihr zu kommen. „Ich hol uns was zu essen", sagte Amina, legte ihren Arm um seine Schulter und gab ihm einen Kuss auf die Wange. Es tat ihr leid, dass sie den letzten Teil des Parks nicht gemeinsam absolvieren würden, aber es kam ihr falsch vor, sich zu opfern um die Mauer zu überklettern und sie wollte auch nicht, dass er nachgab um mit ihr durch den Tunnel zu gehen. Sie bestellte extra gutes mexikanisches Essen und brachte ihm das Tablett mit den Speisen. Dann ging sie noch einmal, denn sie hatte nicht alles tragen können, was sie bestellt hatte.

Als sie wieder zurückkam, schob Alex ihr die neue Pill`s Weekly hin, die er durchgeblättert hatte, während er auf sie wartete. „Yvonne hat uns eine halbe Seite gewidmet", sagte er nur. Amina fand den Artikel schnell. Sie und

Alex wurden darin als undankbare Angestellte beschrieben, denen Yvonne in ihrer Firma zu einer Karriere verholfen hatte und die nun mit Firmengeheimnissen geflüchtet waren. Es wurde dazu aufgerufen, die beiden bei der Polizei anzuzeigen, sollte man sie finden. Amina und Alex sahen sich um. Hier am Food Court gab es viele Mexikaner, die sich für die Pill`s Weekly nicht zu interessieren schienen, aber US Bürger, die hier Strafpunkte absitzen mussten, um möglichst viel zu konsumieren, würden die Zeitschrift sicher durchblättern. Beide beendeten schnell ihre Mahlzeit. „Wir sehen uns auf der anderen Seite", sagte Alex und umarmte Amina fest. Dann begaben sie sich zu ihren jeweiligen Treffpunkten.

Alex hatte Recht gehabt: Es überquerten hauptsächlich ältere Leute die Grenze durch den Tunnel und Amina fiel als Mexikanerin auf. Sie sprach wenig mit den Leuten, was auffällig war und erzählte deshalb den Leuten nur dass sie traurig wäre, weil ihr Mann nicht mit ihr durch den Tunnel gehen, sondern unbedingt über die Mauer klettern wollte. Diese romantische Geschichte lenkte die Leute ab und sie ließen sie in Ruhe, da es ihnen plausibel erschien, dass eine junge Frau auf ihrer Hochzeitsreise mit ihrem Mann zusammen sein wollte. Niemandem sagte sie, dass sie aus Österreich wäre, denn sie wollte vermeiden, dass sich jemand an den Artikel in der Pill`s Weekly erinnerte, in dem sie als Australierin beschrieben wurde, der Yvonne zu Einreisepapieren und einer Arbeitsgenehmigung im Land der unbegrenzten Möglichkeiten verholfen hätte.

Amina war froh, als endlich der Kleinbus kam, der sie zum Tunnel bringen würde. Sie setzte sich hinten in die letzte Reihe ans Fenster und konnte auf der Fahrt noch einmal die Landschaft vorüberziehen sehen. Wenn alles gut ging, würde dies hier das letzte sein, was sie für längere Zeit von den USA sehen würde. Sie erinnerte sich an Irene, die Schule und ihre Gastfamilie in Glendale, Diego, Gordy, Doc und Willow in Sunvalley und schließlich auch an Evy und Lisa, die sie sicherlich noch vermissten.

Obwohl nur wenige Tage vergangen waren, seit sie Joshs Haus verlassen hatte, schien ihr die nahe Vergangenheit unendlich fern. Ihre Familie in Österreich war ihr hingegen noch immer gleich nahe. Sie fürchtete, dass nun auch ihr Vater schon begonnen hätte, sich Sorgen zu machen, weil sie sich seit einigen Tagen nicht gemeldet hatte und der Gedanke daran ließ sie ungeduldig werden. Es machte sie unsicher, dass der Bus nach Norden fuhr. Schließlich hielt er am Rande einer Siedlung vor einer großen Lagerhalle. Ein Guide betrat den Bus, der autonom unterwegs gewesen war und begrüßte die Reisegruppe.

Er wies die Insassen an, sich ins Lagerhaus zu begeben und dort auf ihn zu warten. Amina war eine der ersten, die den Bus verließ. Sie hätte dem Guide helfen können, der übergewichtige und ältere Personen dabei unterstützte, den Bus zu verlassen. Amina bereute es schon ein wenig, nicht mit Alex gegangen zu sein. Es dauerte lange, bis alle Exkursionsteilnehmer einen Platz im Lagerhaus auf einer der mit Warenpaketen gefüllten Paletten gefunden hatten. Danach verwandelte sich das Warenhaus in eine Hologrammshow, die der Guide als die neueste Errungenschaft des Cross Borders Park angekündigt hatte. Man sah die Hologrammfiguren nicht auf einer Ebene herumgehen, sie agierten im gesamten Warenhaus. Drogenhändler sprachen miteinander über die Chilidosen und Matratzen, in denen der Stoff verpackt war. Immer wieder hörte man dazwischen die Parkbesucher kurze Schreckensschreie ausstoßen, da einer der Drogenhändler ihnen die Palette, auf der sie saßen, wegzog und in einen LKW verlud. Die echte Palette blieb dabei auf dem Boden, aber auch Amina unterdrückte einen Aufschrei, da es sich so echt anfühlte, als einer der Narcos ihre Sitzgelegenheit mit einem Gabelstapler wegbrachte. Sie und einige andere Besucher schienen sitzend in der Luft zu schweben.

Nach dem Verpacken der Ware in den LKW befahl der Drogenboss einem seiner Leibwächter, alle Arbeiter, die den Tunnel gebaut hatten, umzubringen, damit sie nicht verraten konnten, wo sich das Bauwerk befand. Die Szene wechselte, man sah nun, wie an die Arbeiter Sodas und Tacos ausgegeben wurden. Als sie gemütlich beim Essen zusammensaßen, näherte sich das Killerkommando des Drogenbosses, brachte sie alle um und verscharrte sie in der Erde. Danach war wieder das Warenhaus zu sehen. Der letzte LKW verließ gerade das Gebäude, in dem nun nur die Zuschauer wie Geister schwebten. Einer der Hologramm-Narcos im Warenhaus bekam nun einen Anruf, dass die nächste Ladung zu erwarten wäre. Daraufhin schob er eine Palette beiseite, auf der niemand saß. Darunter befand sich ein Loch. „Bitte bleiben sie sitzen und nähern sie sich nicht dem Loch im Boden. Es ist real", hörte man eine Stimme sagen. Damit endete die Show. Manche Besucher begannen zu klatschen, aber Amina blieb wie vom Donner gerührt sitzen. Sie stand noch immer unter dem Eindruck des virtuellen Blutbades, dessen Zeugin sie gerade geworden war. „Mach dir nichts draus", sagte ein älterer Mann zu ihr, der ihr den Schreck ansah und der sich ihr gegenüber mühsam von den Kisten erhob, auf denen er saß. „Auch die Arbeiter, die den Tunnel bauten, waren Verbrecher und haben durch ihre Arbeit dazu beigetragen, dass die amerikanische Jugend vergiftet wurde", sagte er. „Ja, und seit ihr den Drogenhandel zu einem lukrativen Geschäft für euch selbst gemacht habt, sterben wenigstens keine mexikanischen Tunnelbauer mehr durch eure Waffen", gab sie zynisch zurück.

Der Guide erklärte, dass dieses Loch im Boden des Warenhauses absolut originalgetreu nachgebildet worden wäre. Man hätte es nur ein wenig verbreitert, damit Personen bis zu 300 Pounds durchpassten. Diesmal stellte sich Amina am Ende der Reihe an und es verging eine Ewigkeit, bis die Teilnehmer vor ihr einer nach dem anderen die Leiter hinuntergeklettert waren. Manche, die knapp an der 300 Pound Marke waren, brauchten die Unterstützung des Guides, der ihren Hintern ins Loch presste und sie anfeuerte. Unten angekommen, müssten sie sich nicht mehr sportlich beweisen, sie würden auf einem kleinen Zug Platz finden und auf der Strecke, auf der man früher die Drogen transportiert hatte, bequem nach Mexiko kommen, wo der Tunnel mit einer Rampe in der Partyvilla eines Drogenbosses endete.

Als letzte stieg Amina durch das Loch und der Guide schob wieder die Palette mit den Chilidosen über die Öffnung. Amina konnte noch hören, wie sich die Tür öffnete und die nächste Gruppe das Warenlager betrat. Unten angekommen, setzte sie sich hinten in den Zug. Wie in einer 8er Bahn senkte sich eine Sicherheitsbarriere über sie, auf einem Videoschirm, der von der Decke des Tunnels hing, wurden Sicherheitsanweisungen gegeben. Man dürfe die Hände nicht ausstrecken und solle die Augen schließen, da der Zug die 50 Meilen bis zum Ziel in nur 15 Minuten zurücklegen werde. Die Drogen seien nicht mit einer derartigen Geschwindigkeit unterwegs gewesen, aber die Strecke, die sie im Tunnel zurücklegten, habe ungefähr diese Länge gehabt. Es folgte eine Hochgeschwindigkeitsfahrt durch die Finsternis und Amina zitterten die Knie, als die Geisterbahn zum Stillstand kam.

„Welcome to the fun side oft he wall" stand in großen grün, weiß, roten Lettern geschrieben, darüber eine mexikanische Flagge. Amina atmete tief durch. Sie hatte es geschafft hierher zu kommen, wo Yvonne nichts mehr zu sagen hatte. Ein junger Mann stand an der Rampe und reichte ihr gut gelaunt die Hand um sie aus dem Wagen zu ziehen. „Raus mit dir, meine Schöne", sagte er und zwinkerte ihr frech zu. Dann flüsterte er ihr etwas auf Spanisch zu, das sie nicht verstand. „Ich spreche kein Spanisch", sagte sie und konzentrierte sich darauf, festen Boden unter den Füßen zu gewinnen. Sie stolperte den anderen Teilnehmern der Gruppe nach.

Am Ausgang standen 2 Kellner in schicken Uniformen, die den Neuankömmlingen Margaritas anboten. „Willkommen in Mexiko", begrüßten sie die Gäste auf Englisch und Spanisch. Amina ging mit der

Margarita in der Hand weiter. Der Drink war in einem echten Cocktailglas serviert und das Crushed Ice war am Boden des Glases schon zu einer hellgrünen Flüssigkeit zerschmolzen. Der Rand des Glases war mit Salzkristallen bedeckt und eine Limettenscheibe, deren Schale kunstvoll zur Spirale geschnittenen war, machte die Präsentation des Getränkes perfekt.

Die Rampe führte zum Seiteneingang eines Saales, der mit Marmorfliesen gepflastert war. Mehrere Menschen standen mit ihren Margaritas in der Hand in Gruppen herum. Amina trat auf die offene Terrasse, in die die Front des Saales mündete. Sie setzte sich auf die steinerne Balustrade. Dort nahm sie den ersten Schluck ihrer Margarita. Die Sonne stand schon tief im Westen, links von ihr, Richtung Norden sah man nichts als Wüste und im Osten in einiger Entfernung eine Straße und dahinter eine Stadt. Der Alkohol hatte Amina von der Spannung befreit, die sie die letzten Tage im Griff hatte. Müdigkeit und Erschöpfung überfielen sie. Tränen begannen über ihre Wangen zu rollen. Sie sah in die Landschaft hinaus. Einzelne Szenen des Lebens, das sie die letzten 8 Monate in den USA gelebt hatte, stiegen auf, als sie die Augen schloss, um den Fluss der Tränen zu unterbrechen.

Eine junge Frau tippte ihr an die Schulter. „Hast du schon eine Party ausgesucht"? fragte sie und drückte ihr einen Flyer in die Hand. Amina war nicht nach Party zumute. Sie griff in ihre hintere Hosentasche um nach ihrem Pass und der Kreditkarte zu fühlen. Diese beiden Dinge waren das einzige Zeugnis ihrer Zugehörigkeit zu einer Gruppe. Hatte es Alex ebenfalls geschafft? wie würde sie ihn hier wiederfinden? fragte sie sich. Das Beste würde sein, hier sitzen zu bleiben und auf ihn zu warten. Er würde sicher nach ihr suchen, tröstete sie sich und genoss melancholisch den Sonnenuntergang.

Dieser spekulative Zukunftsroman erzählt eine Geschichte, wie sie Amina, eine österreichische Lehrerin, die ein Sabbatjahr in den USA verbringt, im Jahr 2043 wirklich erleben könnte. Die Europäische Union stellte in den letzten 20 Jahren die soziale Entwicklung ihrer Gesellschaften in den Vordergrund. Die USA haben sich zu einer Plutokratie entwickelt, in der die großen Konzerne regieren und das Geld im Mittelpunkt steht. Auf dem Hintergrund dieser Gegebenheiten erlebt die Heldin einige spannende Abenteuer: Aus Glendale, einem zurückgebliebenen Kaff im Südosten der USA, wird sie ausgestoßen. Das Schicksal bringt sie mit Doc zusammen, in den sie sich auf der Reise nach Westen verliebt. In Santa Margarita arbeitet sie als Hauslehrerin für Evy und Lisa, die Enkelinnen einer reichen Pharmazeutikunternehmerin. Yvonne, ihre Chefin, erkennt bald, dass sie in Amina ein Asset vor sich hat, das man nicht aufgeben darf. Nun muss Amina flüchten, wenn sie je ihre Heimat wiedersehen will.

9 783740 747572

26 | TWENT SIX
DER SELF-PUBLISHING-VERL

ISBN 978-3-7407-4757-2   www.twentysix.de